W0186435

Wir danken allen, die mit Text und Bild zu diesem Buch beigetragen haben.

Covermotiv „Lust an sich", fotografiert von Thomas Karsten
Coverrückseite und S. 1 fotografiert für dieses „heimliche Auge" von tomboy 62.
Frontispiz: Laura, 2014, letzte Seite im Buch: Resa Rot

Impressum
© konkursbuch Verlag Claudia Gehrke 2014/2015
PF 1621 – D-72006 Tübingen
Tel. 0049 (0) 7071 66551 oder 78779
E-Mail: office@konkursbuch.com,
www.konkursbuch.com
facebook: www.facebook.com/konkursbuch.verlag
Mittwoch. konkursbuchblog: blog.konkursbuch.com/

Copyright © für die einzelnen Bilder und Texte: die Autoren und Künstler.
Sie sind für ihre eingesandten Beiträge und Materialien rechtlich selbst verantwortlich.
Gestaltung: Verlag & Freundinnen, Grafische Konzeption: G.H. Seidel
Das heimliche Auge gibt es auch im Abonnement, die rückliegenden Ausgaben
halten wir lieferbar. Einsendungen für weitere Ausgaben an: gehrke@konkursbuch,com

ISBN 978-3-88769-529-3

Claudia Gehrke & Uve Schmidt

Mein heimliches Auge

Das Jahrbuch der Erotik XXIX

konkursbuch

Vorwort Claudia Gehrke

Morgen kommt eine neue Praktikantin, eine Studentin mit indischen Wurzeln, gerade 23 geworden. Sie kommt zu spät, um an der Auswahl für das diesjährige heimliche Auge mitzuwirken, doch sie wird es, bevor es in Druck geht, einmal durchblättern: ihre erste Aufgabe ist, mir die Seitenzahlen für die Autorenangaben (unser „Inhaltsverzeichnis") anzusagen. Und ich werde sie bitten, spontan und ohne Selbstzensur – also ohne, dass sie mir zuliebe alles gut findet – zu sagen, was ihr gefällt, was nicht, ob sie ein Bild besonders anspringt oder erschreckt. „Was ist erotisch?" Allgemein lässt sich diese Frage nicht beantworten. Doch im Blättern durch „Mein heimliches Auge" springt, hoffe ich, auch dieses Jahr Erotisches heraus, aus den Texten, Bildern und dazwischen, für jeden vielleicht etwas anderes.

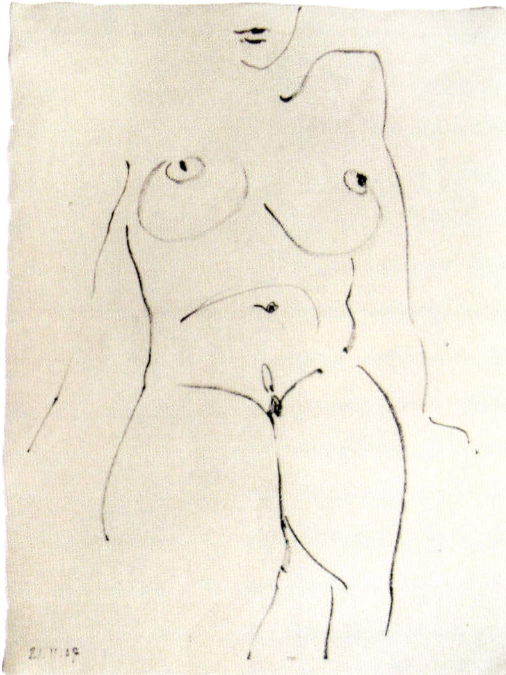

Valentin Rothmaler

Und im Alltag? Ein zufälliger Blickwechsel kann Funken sprühen. Dazu muss ich aus der Wohnung, weg von Bildschirm- und Online-Leben und irgendwohin gehen, wo ich Menschen treffe. Ein Blick in ein aufregendes Gesicht. In lebenslustige Augen, auf Lachfalten und einen ironisch sinnlich geschwungenen Mund. Auf Handgelenke. Auf Körper, in die Geschichten eingeschrieben sind und die aus einer Bewegung heraus Erotik entfalten, auch wenn sie nicht dem knackigen Idealkörper entsprechen. Manchmal erzeugen auch eine sinnliche Landschaft, ein spezieller warmer Wind, ein Duft Empfindungen, die dem erotischen Glück in nichts nachstehen. Natürlich kann aus zufälligem Blickgefunkel eine Liebesgeschichte werden, voller Lust, Sex und Alltag samt seinen amüsanten Pannen, Missverständnissen, Dramen und Ambivalenzen. Auch für die, die in glücklicher Partnerschaft leben, ist solche Empfänglichkeit für das Erotische, das in der Luft schwirrt, bereichernd für zweisame Lust. Es muss ja nicht aus jedem erotischen Augenblick eine Affäre entstehen.
Im Hintergrund höre ich Gesänge. Das Auge entsteht jedes Jahr etwa zur gleichen Zeit, um zur Buchmesse gedruckt vorzuliegen. Das Layout wird immer fertiggestellt, wenn hier Dorffest ist. Fenster offen, durchs Fenster klingt die Musik. Nicht nur Blasmusik (die auch, manchmal schließe ich dann die Fenster), sondern klassische Lieder, die Gänsehaut machen, ein Chor. Statt selbst zu kochen, geht das gesamte Dorf aufs Fest essen. Ich nahm einen vegetarischen Flammkuchen. Denn

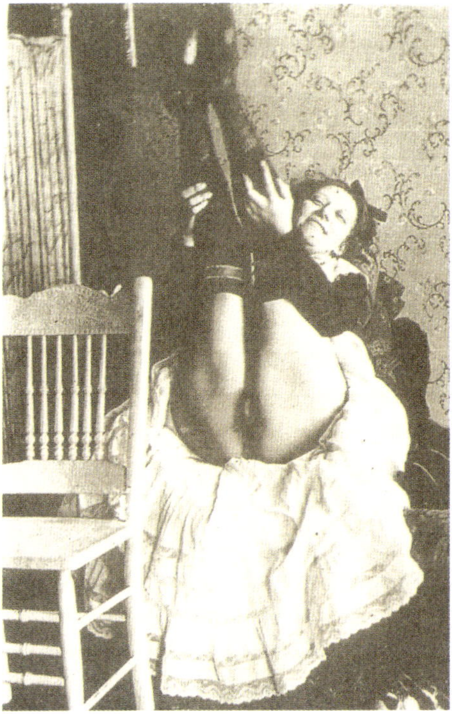

ich musste ja noch arbeiten. Der Duft von Schweinefleisch, in Zwiebeln und Kräutern gebraten und in ein „Weckle“ gepackt, machte mich, während ich den gut schmeckenden Flammkuchen aß, hungrig. Ich ging zurück an den Computer und feilte am Layout. Der Duft folgte mir. Zwei Stunden später widerstand ich nicht mehr und holte mir ein Schweinerückensteakbrötchen, der Bratensaft durchzog das Brötchen, es tropfte, pure Lust am Essen beflügelte die Feilarbeiten. Die Schweine, von denen das Fleisch für das Dorffest kommt, leben einigermaßen „glücklich“ (ich weiß allerdings nicht, ob ich wirklich beurteilen kann, wann ein Tier glücklich ist), aber auf jeden Fall mit Platz, nicht eingepfercht, direkt in der Nachbarschaft.
Auch das hat mit Erotik zu tun, noch einmal hinauszugehen, der Lust zu folgen.
Ich selbst koche fast immer vegetarisch, warum, weiß ich nicht einmal, esse aber lustvoll Fleisch, wenn ich ausgehe.
Früher, vor gut zwei Jahrzehnten, obwohl es mir noch nicht so lange vorkommt, habe ich geraucht. Nicht oft, manchmal täglich gegen Abend, manchmal nur alle paar Wochen, aber gerne im Fernsehen. In der Zeit war ich in Sachen Erotik öfter in Talkshows eingeladen. Ich erinnere mich an den Brief eines Zuschauers, eines Arztes: „Toll, was Sie zum Thema Sex gesagt haben! Aber Sie sollten nicht rauchen!“ Darauf folgte eine lange Erklärung, warum nicht. Heute rauche ich auch nicht, nur manchmal, wenn mich die Lust packt, im Schnitt ungefähr einmal im Jahr. Beispielsweise, wenn eine Autorin zu Gast ist und wir gemeinsam ein Buch layouten (zum Beispiel „Mein lesbisches Auge“) und sie alle paar Stunden auf den Balkon verschwindet. Irgendwann packt mich die Lust. Ich muss mitrauchen! Nicht nur „paffen“, sondern richtig, „auf Lunge“. Es hat mir gutgetan.
Nicht immer vernünftig sein. Sich einlassen, auch wenn es „falsch“ erscheinen mag. Loslassen können. Lust hat auch 2014 noch damit zu tun, manchmal aus dem Abwägen und Nachdenken herauszutreten. Die Bilder auszuschalten. Ob die Flut erotischer Bilder im Netz, die Massen selbstfotografierter Alltagsmomente in den Smartphones oder die Bilder der Tagesberichterstattung, ob Ukraine oder Gaza oder Irak und die wechselnden „Rettungsversuche“ der USA und Verbündeter, die erst die einen bekämpfen und „abschaffen“ und retten und dann deren Nachfolger oder was auch immer als täglicher Kriegshorror vor Augen steht, Bilder, die erschrecken, Fragen, die keine Antwort finden (ich maße

mir nicht an zu wissen, was jeweils im Detail wirklich vorgeht, vielleicht begreife ich etwas mehr von dem, was „bei uns" vor sich geht, die wir nicht getrennt vom Rest der Welt sind, das Auseinanderdriften von arm und reich, soziale Abstiege) – auf jeden Fall gibt es „erotische Momente", in denen die Bilder und Fragen verschwinden, ebenso wie das Nachdenken darüber, was gesund oder ungesund ist.
Die „Vernunft" schaltet sich nach diesen Momenten ja wieder an.

Als ich noch einiges jünger war, stand vieles aus unserer Elterngeneration im Feuer der Kritik, auch das Heiraten. Heiraten galt als spießig. Ich kann mich an kein Hochzeitsfest unter gleichaltrigen Freunden erinnern, war mit damals gängigen Lebensexperimenten befasst, ohne Bindung, ohne Ehe, angeblich „frei" zu leben. In Ostdeutschland heirateten viele sehr jung und manche pragmatisch vor allem aus dem Grund, eine eigene Wohnung zugeteilt zu bekommen. Geschieden wurde hier wie da oft. Diese Freiheit von „bürgerlichen Zwängen", in Kommunen etwa, entpuppte sich schnell als Trugbild: z.B. machten viele Frauen mit, weil sie dazugehören wollten, aber nicht aus „Lust". Sex gehöre zum „freien" (Kommunen-)Leben, hieß es – und obwohl sie nur in eine/n aus der Gruppe verliebt waren, mussten sie mit allen ... Diese freien Lebensgemeinschaften hielten selten über einen längeren Zeitraum.
Viele Teenager bzw. junge Erwachsene heute möchten Familien gründen, das wird auch in pubertären Trotzphasen nicht in Frage gestellt. Zugleich haben sie ein Netzwerk von besten Freundinnen und Freunden, damit meine ich jetzt nicht Facebook, sondern reale. Der Wunsch nach Familie, ob mit oder ohne Heirat, ist kein Weg in eine abgeschlossene ausgrenzende Zweisamkeit.
Immer gab es Bildung von Lebensgemeinschaften, durch die sich Gesellschaften strukturierten und die mit Ritualen festgeschrieben wurden. Eine Gesellschaft mit so vielen Singlehaushalten (40 Prozent) wie die heutige in Deutschland ist historisch neu. Eigentlich müsste die Prozentzahl, wenn ich in mein Umfeld schaue, wieder sinken! Nicht nur die Jüngeren heiraten oder teilen ihr Leben. Auch viele ältere, die einst politisch gegen Ehe argumentierten, sind heute verheiratet und verpartnert, lesbisch, schwul oder hetero. Es ist gut, dass verschiedene Lebensgemeinschaften, deren Teilnehmer verbindlich füreinander da sein wollen, manche mit Kindern, manche nur für sich gegenseitig, inzwischen gesellschaftlich akzeptiert sind. Ich könnte mir noch mehr Varianten an Lebensgemeinschaften vorstellen.
Die Gründe, Ehen zu schließen, änderten sich, lange stand Pragmatisches im Vordergrund, heiraten, um Besitztümer zu vermehren und die Stabilität adliger Familien zu fördern oder um neue Arbeitskräfte zu erzeugen. Im 17ten Jahrhundert machten sich bekannte Dichterinnen (sog. „preziöse Frauen") noch über die Idee einer „Liebesehe" lustig.
Doch kurz darauf wurde Gefühl zur Grundlage – in religiösen Definitionen der Ehe immer von Bedeutung –, zu Zeiten der Romantik wurden „Gefühle" auch jenseits des Religiösen wichtig. Die Idee vollkommener Liebe und Ehe entstand, des großen romantischen Gefühls. Allerdings trafen sich die Liebenden oft erst im Unendlichen, also nie, das roman-

tische Liebesideal des 18ten Jahrhunderts erfüllte sich in sehnsuchtsvollen endlosen Briefwechseln. Das Pragmatische außer Acht zu lassen, bedeutete, dass die „vollkommene Liebesehe“ kaum gelebte Realität war. Im 19ten Jahrhundert kam zur Idee der Gefühlsehe Geschlechtertrennung und Rollenaufteilung – so geschlechtergetrennt war Ehe vorher nicht, das wurde erst mit zunehmender Industrialisierung und den wachsenden Städten möglich. Gefühlsbetonte Frau zu Hause, Mann raus ins „feindliche Arbeitsleben“. Frau zu Hause muss für kuschelige Wärme des Ehe-Heims und gefühlsmäßige Aufgehobenheit des Mannes sorgen. Die Frauen ließen sich aber nicht lange ins „Ehe-Heim“ sperren. Schon in den 1920er Jahren gab es sie wieder allein auf den Großstadtstraßen, neue Lebensentwürfe, Frauenbewegung. Dann der Bruch, Krieg, 50er Jahre, geteiltes Deutschland. Im Wirtschaftswunderwesten kam die Idee des trauten Heims des 19ten Jahrhunderts zurück, Frau allein zu Hause, ohne Freundeskreis, einsam. Im Osten packten beide an. Diese Einsamkeit, mit denen manche West-Ehefrauen bis hin zur Depression zu kämpfen hatten, gab es dort nicht.

Viele aus meiner „Westgeneration“ also wehrten sich gegen den familiären Mief in Eltern-Ehen. Beeinflusst vom Feeling der Sixties, auch noch längere Zeit danach, taumelten wir also von einem Liebesgenuss zum anderen, wobei „Genuss“ im Vordergrund stand. Eine neue „Romantik“ entstand, doch anders als im 18ten Jahrhundert war diese neue „Romantik“ samt ihrer Unerfüllbarkeit sexuell konnotiert. Wenn überhaupt Ehe, war es eine Verbindung, die schnell wieder getrennt werden konnte. Gab es nur eine kleine Störung, hieß es oft: „das ist der oder die Falsche“, es wurde getrennt, dann ging's aufs Neue ins große Glück, in den tollen Sex, die große Liebe – bis die erste Störung und so weiter, wieder von vorne.

Oder man blieb aus pragmatischen Gründen gleich solo, fand grundsätzlich keine/n „Richtigen“.

Regina & Jörg Holz

Viele aus der jüngeren Generation heute – und darüber freue ich mich! – leben wieder mit „praktikableren" Ansprüchen an die Liebe, sie leben inmitten der Realität (auch wenn es manchen aus älteren Generationen wegen Internet etc. anders erscheinen mag). Ihr Wunsch nach langer Dauer von Beziehungen, so erscheint es mir, ist nicht unerfüllbar, weil nicht gleich bei kleiner und im Alltag unausweichlicher Störung das Handtuch geworfen wird. Wenn beides aufeinandertrifft, das große Gefühl, Erotik, aber auch Freundschaft und Alltag, dann kann Ehe richtig sein! Eine „Hochzeit" ist ein Versprechen, das über alle Zeiten erhaben ist. Es geht nicht um „Höhepunkt", was ja nur ein Moment sein kann oder viele immer wieder, sondern um „Zeit". Das „Versprechen" mag traditionell und bürgerlich klingen, doch es hat sich durch die Geschichte samt ihrer Wellen oder Moden, was Liebe

Simon Traston

und Ehe sein soll, erhalten. Eine Hochzeit ist etwas ganz Besonderes. Manchmal sieht man auf dem Porträtfoto eines Paares Ähnlichkeit in den Gesichtern. Man sieht, dass etwas „zusammenpasst". „Seelenverwandtschaft". Spaß an ähnlichen Dingen, gut miteinander reden und lachen können. Ich habe in diesem Jahr eine Hochzeitszeitung für meine Nichte gestaltet, entworfen von ihrem Freundinnenkreis, und als ich das Cover einer Bekannten im Urlaub zeigte, einer Spanierin, die das Paar nicht kennt, sagte sie spontan: Die beiden sehen sich ähnlich! Man sieht, dass sie zusammenpassen. Mir war diese Ähnlichkeit noch gar nicht aufgefallen – aber sie hatte recht.

Wir haben für dieses heimliche Auge mehrere Gespräche über Langzeitliebesge-

Ein Leser der Jahrbücher, Vorname Harald, schickte uns dieses Bild als Coveridee

schichten geführt. Wie liebt es sich über längere Zeiträume? Weitere, mündlich (und nicht wie oft per Mail) geführte Gespräche gab es in älteren Augen, und andere sind noch ungedruckt (wir versammeln sie in einem Buch zum Thema „Lange Lieben").

Wie jedes Jahr stöhnte ich zu Beginn der Arbeit an der Auswahl für „Mein heimliches Auge" und hatte das Gefühl, es könnte niemals gut werden. Las mich durch Stapel langweiliger Texte, bildete mir ein, dasselbe in vorherigen „Augen" oder anderswo in schönerer sprachlicher Form gelesen zu haben. Zum Beispiel gab es in den eingesandten Texten immer wieder Variationen von Gebrauchsanweisungen: X streichelte mit drei Fingern ihrer rechten Hand seine oder ihre Schulter (oder andere sexuell bedeutsame Körperteile) – mir würde reichen: Sie umfasste oder streichelte … was auch immer. Ob es die rechte oder linke Hand war, ist mir egal, und dass es „ihre" Hand war (wessen sonst?), ist klar, und auch, dass es überhaupt die Hand ist, die „streichelt", es sei denn, sie streichelte mit Zunge. Über die Bilder stöhnte ich ebenso.
Glatte dünne geleckte unechte Körper in erotischen Posen, sogenannte Aktfotografie, ohne Leben.
Ich fing an, das Layout zu bauen. Probierte zunächst Ewigkeiten (statt Texte oder Bilder auszuwählen und einzubauen) mit der Schrift herum. Sicher sinnvoll, eine lesbare Schrift für den Satz in Spalten zu finden, zugleich ein Ablenkungsmanöver. Ich dachte, ich würde niemals hineinfinden. Doch dann fand ich zwischendurch Text- und Bild-Perlen. Körper in Bewegung, intime Momente in einer Bildserie, die auf mich übersprangen, ich war auf einmal nicht mehr nur distanzierte Betrachterin, sondern mittendrin, berührt.

Regina & Jörg Holz

Schließlich baute ich die ersten Seiten. In der nächsten Nacht schaffte ich noch ein paar Seiten. Kurz vor Mitternacht fragte ein Autor nach, ob ich seinen Text bekommen habe, den er Anfang des Jahres gemailt hatte. Hatte ich, aber in meinem Überdruss nicht mehr gelesen. Ich las ihn jetzt – er riss mich mit und passte genau an die Stelle, an der ich im Ablauf der Texte und Bilder war! Und zehn Minuten später kam die Antwort zweier Bildautorinnen, die ich übers Internet gefunden und angefragt hatte. Sie mailten, dass sie gerne mitmachen würden, und schickten Bilder – und diese Bilder wiederum passten genau hinter den Text, und einen Text, mit dem ich diese Bilder kombinieren kann, gibt es auch.
Der Moment, in dem es beginnt, sich wie ein Reißverschluss zusammenzufügen, das ist der Moment, in dem sich der Fluss des Gestaltungsprozesses in Bewegung setzt. Der Rausch, die Lust am „Heimlichen-Auge-Machen" ist da! Der erregende Fluss der Gestaltung! Ohne den vermutlich kein heimliches (lesbisches, schwules) Auge erscheinen kann!

tomboy62

Mit dem „Auge" aufwachen, einschlafen und den Tag verbringen. Das sind Momente sinnlichen Glücks. Sich mit einer Sache zu beschäftigen und nicht mit hundert Dingen gleichzeitig (z.B. mit Druckereikalkulationen, Buchhaltung, Sparüberlegungen, mit Vorschau- und Gesamtverzeichnisproduktion, mit Lektüre von Manuskripten für potenzielle neue Bücher – wir erhalten so viele Textangebote, dass ich weder mit Kommunikation noch mit Lesen nachkomme: bitte wieder einmal um Pardon an dieser Stelle dafür, dass ich auf Manuskript- oder Heimliches-Auge-Beitrags-Einsendungen und sehr sympathische Briefe nicht antworte!). Dieses Glücksgefühl, sich nur mit einer Sache beschäftigen zu dürfen, ist natürlich nicht nur mit dem „Auge" und der Auswahl erotischer Bilder und Texte verknüpft. In diesem Frühjahr saß ich mit vergleichbarer Lust an der Auswahl von Landschafts- und Pflanzenbildern für unser neues La-Palma-Reisebuch. Der Umschlag dieses Reisebuches hat Klappen, die bis an den Anschlag reichen, darauf vorne eine Übersichtskarte. Alle, bisher wirklich alle, die das Buch in meinem Beisein in die Hand nahmen, schauen als Erstes unter die Klappe. Erst danach blätterten sie ins Buch. Unter der Klappe ist: nichts. (Ich hatte den Druck nur einseitig kalkuliert und realisiert.) Wenn es (ich hoffe es) je zu einer zweite Auflage kommt, werde ich unter die Klappe etwas drucken. Was, weiß ich noch nicht. Es scheint so, dass das Verborgene interessanter ist als das Offensichtliche, das Aufklappen, Entblättern. Damit spielt das heimliche Auge.

Dieses Jahr, und ich weiß nicht, ob es etwas mit der Zeit zu tun hat oder Zufall ist, wurden für das Jahrbuch verhältnismäßig viele (es sind nicht alle abgedruckt) Beiträge mit Fantasien und realen Erlebnissen vom Sex zu dritt eingesandt.
Und es kamen überraschend viele Schwarzweißfotos. Vielleicht sehnen wir uns nach Romantik und Geheimnis inmitten der bunten Bildermassen. Und es kam eine Kiste erotischer Bilder aus der Ex-DDR. Es sind Negativfilme. Ich konnte nichts erkennen. Es wäre viel zu teuer gewesen, alle Filme in digitale Dateien umzuwandeln, so habe ich per Zufallsprinzip ein paar Streifen ausgesucht. Und mich sehr gefreut an den liebenswerten „Zufallsbildern" – sie passen zu einer runden Zahl. 1989-2014. 1989 erschien „Mein heimliche Auge 4", die Buchmesse lag vor dem Mauerfall, ein Thema im Auge 4 war das Changieren zwischen den Geschlechtern, im körperlichen Sinne der Zweigeschlechtlichkeit, auch die Verwandlung und das Psychologische spielten eine Rolle. Nummer 5 erst hat sich (auf dem Cover samt Aufklappeffekt) mit der DDR-BRD-Vereinigung befasst, in Nummer 6 gab es den Abdruck von Original-Stasiakten über eine Autorin, die Transvestiten fotografiert hat, und Beobachtungen über die Differenz von West- und Ostfrauen. Heute haben sich die Differenzen weitestgehend aufgelöst, oder?, und es gibt eine Generation danach.

Wir wünschen Ihnen langes oder kurzes oder geträumtes Liebesglück und erotische Momente! Bis nächstes Jahr, zur Nummer 30,

Ihre Claudia Gehrke

Leonartd & Leonartd

Vorwort Uve Schmidt

Sex gehört zu jenen elementaren menschlichen Ansprüchen, welche nach Luft- und Lichtzufuhr, Essen und Trinken und Schlafen (bzw. Ausruhen) unverzichtbare Lebensbedürfnisse beinhalten, ohne die unsere Gesamtgesellschaft augenblicklich aufhörte zu existieren. Global gesehen ginge es auch ohne Sex. Die drei mächtigsten Buchstaben der Zivilisationsgeschichte bezeichnen die Vorbedingungen, Umstände und Verfahren zur Herbeiführung und Auslösung von geschlechtlichen Lustgefühlen durch Körperkontakte zwischen Primaten, nicht aber die Fortpflanzung menschlichen Lebens mit positiven Ergebnissen. Schon die biblische Schöpfungsgeschichte verdeutlicht, dass es ohne uns paradiesisch zuginge auf Erden, vorausgesetzt, die Fleischfresser hätten sich seinerzeit zu Veganern gewandelt und wir hätten uns nicht über das Neandertal(er) Niveau hinausentwickelt durch Festlegung und Ausformung des Privateigentums an Frauen, Vieh, Werkzeug und schließlich allen Wirkungsfeldern, dem kausalen Sündenfall.

Tatsächlich wird in kommenden Dezennien die Not erfordern, eine globale Geburtenkontrolle vermittels gesundheitspolizeilicher Gewalt durchzusetzen und in staatlichen Brutkästen den homoniden Nachschub auch qualitativ sicherzustellen. Damit und bei gleichzeitiger flächendeckender Defertilisierung wäre dem folgenlosen Vergnügen ein optimaler Freiraum geschaffen, dem Sexkommerz jedoch eher eine Regression vorauszusagen, denn nach den verschärften Antialkoholgeboten und weiteren volkshygienischen Maßregelungen, Verdikten und Pressionen auf dem Genuss- und Suchtmittelmarkt werden alsbald auch die muslimischen Verbände mehr Züchtigkeit im öffentlichen Raum anmahnen und in diversen Gremien und Stadträten durchsetzen, was die christlichen Puristen längstens erfolglos verlangen. Bei Licht besehen wird eine multikonfessionelle Koalition überparteilicher Sittenwächter nicht länger auf sich warten lassen, wenn wir dem weltweiten Vordringen der salafistischen Saubermänner ihre Angriffsflächen entziehen: Westliche Jugendkultur, westliche Frauenfreiheit, westliche Rechtsnormen. Okay?

So wie sich derzeit junge Europäer in Westeuropa fragen, ob sie für Frau Merkels Ruhekissen den Nato-Waffenbrüdern in Polen, Rumänien und im Baltikum beistehen, falls Putin weitere Grenzkorrekturen vortrüge, gegebenenfalls auf Panzerketten, genauso dürfen wir uns fragen, ob unsere Werte es wert sind, im Kaukasus oder im Nahen Osten verteidigt zu werden, solange die Dschihadisten von uns nicht mehr wollen, als dass wir ihre Weiber in Ruhe lassen, ihren Jünglingen lange Vollbärte erlauben und in muslimisch besiedelten Wohngebieten die Kirchenglocken möglichst gar nicht läuten. Die DDR-Bürger, die nach der Öffnung der Mauer zu Berlin massenhaft in den „Westsektor" strömten, strömten mehrheitlich zuerst in die Sex-Shops und dann in die Freibierbuden und dann eventuell noch zu entfernten Verwandten. Ich möchte mit dieser „Statistik des Stolzes" niemanden verunglimpfen, denn die ersten 100.000 Spontanbesucher waren mehrheitlich sehr junge Leute, ledige Männer und toughe Paare ohne

Verwandte in Westberlin und ohne das Westgeld, um sich zu erfrischen oder sonst was einzukaufen. Die Sex-Shops hingegen ahnten, dass ihre künftigen Kunden kämen, und überhäuften sie mit Werbegeschenken und Gratisproben. Es hat in jenen ersten Stunden und an den folgenden Tagen und Wochen auf beiden Seiten ein großes Erstaunen gegeben, wie wenig deutsch die zweierlei Republikaner dachten und sich entsprechend benahmen, nämlich primär materialistisch die konsumptiefgesunkenen Ossis und die beutegeilen, gewinnorientierten Wessis, wobei Letztere die Landestöchter von Elbe und Oder durchaus als dankbare Draufgaben betrachteten, indes die TITANIC das Blondchen mit der Banane zur Zonen-Gabi machte. Patriotische, religiöse und/oder völkische Danksagungen auf Knien erfolgten zumeist unbeobachtet oder organisiert; ich nahm nichts dergleichen wahr. Seit gestern (Beginn der WM in Rio) tummeln sich deutsche Teens und Twens beider Geschlechter auf Frankfurts Flaniermeilen und Kneipengassen, als wär's an der Copacabana, jeder bedresste Ballbubi tut, als hätte ihm eine schwarze Amme die Samba-Seele mit der Milch eingegeben und die Dorfschönen aus dem Taunus posen wie transsexuelle Nutten.

Und mittendrin in der „spornosexuellen" (BILD) Vorfreude stirbt Frank Schirrmacher, als „Jahrhundertjournalist" bei der FAZ, „das personifizierte deutsche Weltgewissen" (gemeint war wohl Weltgehirn), dem „nichts zu gering war, um unbeachtet zu bleiben". Nun, um Fußball und Sex (Thema Nr. 1 und 2 unter Männern) hat er sich dienstlich nicht gekümmert; dass für die Adamiten sich Fußball und Ficken auf derselben Wiese abspielen, bedeutet nicht, dass sie gleichwertig seien. In Zukunft wird der Fußball zum Moloch in jeder Hinsicht, die Sex-Industrie ist es längst und wuchert weiter. Wer davon

Seite 2 von 2

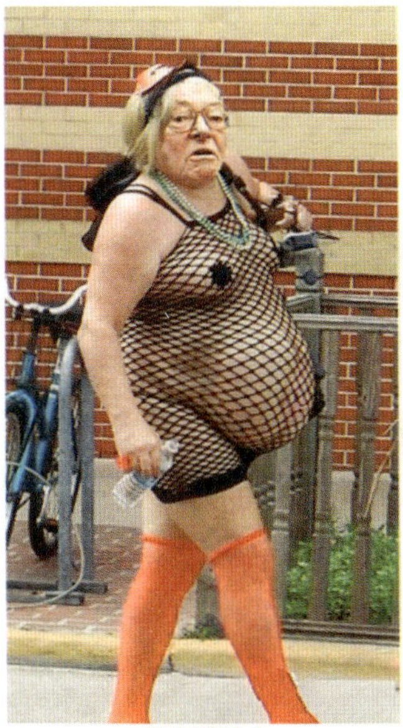

DAMN !

Forgot my Lipstick

Don't you just hate it ? You get all dressed up; you are lool
hot... ***smokin' hot!*** As you strut your stuff down the street,
can almost feel all the eyes upon you. **Then,** you happen to
catch a quick glimpse of yourself in a mirror, and you sudde
REALIZE...you forgot the lipstick...the whole look you were
after is gone to hell, right then and there !

nichts wissen will, kann allerdings ausweichen, was extra muros nur mit Scheuklappen funktioniert und ansonsten in strikter Privatheit. Dass MEIN HEIMLICHES AUGE dabei nicht im Geringsten stört, signalisiert schon unser Titel, der es durchaus verdiente, auch die entlegensten Liebeslauben zu benennen als Refugien der Lüste.

Da ich dies schreibe, teilt frau mir die Uhrzeit (15:30) und die soeben auf unserem Balkon gemessene Außentemperatur (41 Grad Celsius) mit, und natürlich ist das ein Thema, um die Medien mit Zukunftsprognosen zu beschäftigen, ergo uns auch vorherzusagen, wie unser öffentliches Leben sich künftig abspielen wird, d.h. welche klimagemäßen sozialen Formen es künftig annimmt bzw. hervorbringt.

Obwohl ich ein „alter Herr" bin (*1939), der de facto zwischen mehr Strapsen groß geworden ist, als ich späterhin dazwischen gelegen oder gekniet habe, und der als Sohn bzw. Enkel dreier Modefachfrauen und als hübsches Kriegskind von Frauen aller Lebensalter förmlich umstellt war, bin ich mit den Kulturphänomenen jener Jahrzehnte relativ unbeschadet aufgewachsen, und meine Traumata sind ausschließlich militärischer Verursachung. Träumte ich von Hexen und bösen Feen, so waren sie den Gebrüdern Grimm geschuldet. Will sagen, dass ich weder zum SM-Freak, zur Tunte, zum Wäschefetischisten oder zum Missbrauchsopfer wurde, aber zum imprägnierten Liebhaber der Vielfalt. Und natürlich habe ich mir ein Auge bewahrt, das scharf schaut, zu differenzie-

Regina & Jörg Holz

ren vermag und zwinkern kann. Wer mir einredet, die Erwärmung unseres Planeten habe zwangsläufig zur freizügigen Bekleidung unserer Mädchen und Frauen geführt, ist dumm oder dreist, und ganz gewiss sind die Macher dieses Trends dummdreist. Was als Ausdruck der Selbstbefreiung (Emanzipation) gefeiert wird, ist eine Selbstauslieferung weiblicher Körper in für die Fleischauslagen der freien und offenen Märkte konzipierten Zweit-Haut-Verpackungen, wovon zwar viele die erschwerte Angreifbarkeit eingeschweißter Schinken versprechen, viele andere jedoch nur die belegten Pausenbrote sind, denen das spitzengesäumte Pergamentpapier davonflatterte. Selbstverständlich dürfen unsere weiblichen Kinder das, solange sie nicht Eintrittsgelder verlangen, und das ist der Knackpunkt: Mode sollte sozialverträglich sein und nicht irreführend. Diese Maxime gilt nicht nur für Klamotten (Clothes), sondern selbstverständlich auch für Sexualpraktiken und die Usancen des Kennenlernens und Näherkommens: Fairplay bitte und No Racism und keine Gewalt gegen den Schiedsrichter und die Mediatoren. Zu Letzteren gehören gewiss nicht diejenigen, welche weiterhin ihre Verklemmungen als Ideale pflegen. Immerhin: Wer sich erinnert, wie in Süd-europa und Nordafrika die Männerwelt und vorneweg der dortige Klerus einst auf die ersten Bikinis an den heimischen Stränden reagierten, sollte angesichts dessen, was auf hiesigen Schauplätzen, Promenaden und Liegewiesen vornehmlich nicht geschieht, schon stolz sein auf die Mehrheit unserer Männer, solange kein Leinenzwang und keine Maulkorbpflicht besteht …

In diesem Sinne und Geiste grüße ich die Autorinnen und Autoren dieser Ausgabe, die Leserinnen und Leser sowie den großen weltweiten Freundeskreis des Jahrbuchs der Erotik: MEIN HEIMLICHES AUGE is watching you!

Frankfurt am Main, im Sommer 2014

Rhein-Main EXTRA TI

Dieser Trend geht tierisch ab:
Leben und Lieben wie Wuffi

Im Studio Enigma führt Lady Leyl eine Sklavin im extra angeschaffte Hundekostüm spazieren.

on Christian Reinartz

nmer mehr Menschen in ler Region wollen beim ex auf alle Viere gehen –

Maravolo, Inhaberin des Frankfurter Erotikshops für Frauen „insideher". Auch Katzenmasken aus Leder sind heißbegehrt. Was die Kunden jedoch damit anstellten, wisse sie nicht.

das Sexuelle. „Die wollen sich dann schonmal wie ein Hund am Bein des Frauchens reiben", sagt Leyla.
Im Studio Enigma, wo Leyla arbeitet, gibt es deswegen mittlerweile extra eine komplette Hundeausrüs-

ihren Spieltrieb ausleben zu k nen, überall schnüffel zu könn und auch mal unartig zu sein.
Doch was steckt dahinter, we sich erwachsene Männer und Fr en freiwillig in Tiermasken qu

Harry Unte

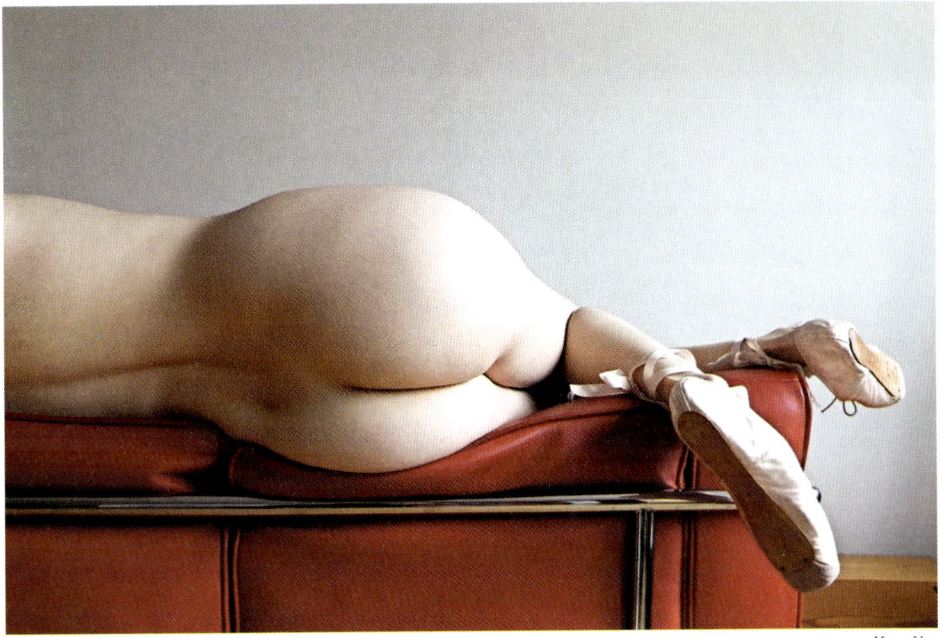

Harry Unte

RAN

augen rufen
lieb mich doch
hände suchen
zieh mich hoch
schenkel spreizen
halt mich fest
vögel singen
guten morgen

Harry Unte

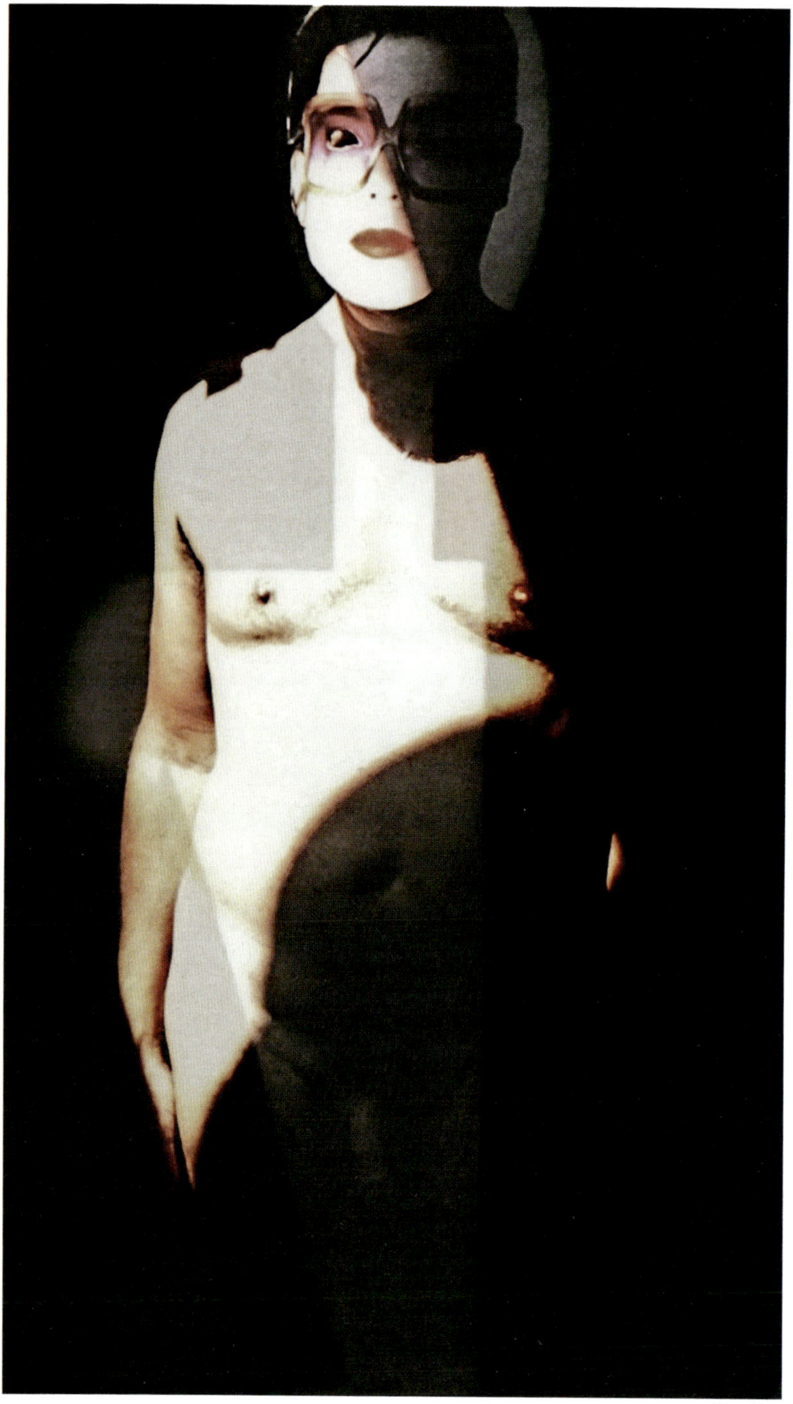

Harry Unte

Ulf Großmann
Verfolgung

Eigentlich saß er im Sessel. Doch andererseits konnte er nicht von ihr lassen. Unruhig folgte er ihr. Der Frau. Er beobachtete sie seit einer Stunde. Seine Sorge in diesen Augenblicken war, dass sie ihn nicht entdecken durfte. Angesichts der Gefahr schmiegte er sich in Hauseingänge, vergrößerte den Abstand bis zur Unerträglichkeit.
Sie ging in einen Laden. Kurz überlegte er, ob er ihr dorthin, vielleicht bis an die Schaufensterscheibe, folgen sollte. Nein! Er wartete auf dem Gehsteig, zwei Häuser weiter, ohne die Tür aus den Augen zu lassen.
Die Frau kam mit einer Plastiktasche heraus und lief zur Straßenbahnhaltestelle. Die entsprechende Bahn hielt nach zwei Minuten. Sie stieg ein, er folgte und nahm zwei Sitzreihen hinter ihr Platz.
Er sah, wie sie sich durch das Haar strich. Diese Geste, wie ein Déjà-vu, brachte Bewegung in seine Gedanken. Für den Moment überlegte er, die Verfolgung abzubrechen. An der nächsten Haltestelle auszusteigen. Doch dazu war es zu spät. Er stellte sich ihre Brüste vor. Den Leberfleck unter der rechten. Er dachte an ihre Beine, die glatt rasiert über sein Gesicht strichen, spitzte unwillkürlich die Lippen zu einem Kussmund, ehe er sich zur Ordnung rief.

Erst an der Endhaltestelle stieg sie aus. Gleich nach ihr verließ er die Bahn, wartete einen Moment, tat so, als studierte er den Fahrplan.
Als er die aktive Verfolgung wieder aufnahm, hatte sie einen Vorsprung von knapp zwanzig Metern. Sie lief die Straße bis zu ihrem Ende entlang, bog in den

Ortie

Park ein. Sie drehte sich nicht um.
Einen Augenblick verlor er sie aus den Augen.
Doch am Parkausgang hatte er sie wieder im Visier. Sie betrat ein Grundstück. Das Grundstück.
Er folgte ihr langsam, voller Vorsicht.
Jetzt sah er das Haus, sah auf seine Uhr. Er müsste zu Hause sein.
Gleich nachdem sie die Haustür geschlossen hatte, folgte er ihr. Die Räume waren sauber, alles an seinem Platz. Mit Sympathie blickte er sich um.
Um diese Zeit aß er meist eine Kleinigkeit. Ja, er saß am Tisch und ließ Ananasstückchen in seinen Mund gleiten. Die Frau trat zu ihm und küsste ihn auf die Stirn, blieb nach dem Kuss neben seinem Sessel stehen. Nicht ein Wort fiel.
Einen Moment später erhob er sich, wischte sich die Hände und den Mund mit einer Serviette ab, trat aus sich zu ihr und küsste sie auf die Lippen. Es sah aus, als könnten sie nicht voneinander lassen.
Doch schließlich schob sie ihn von sich. Sie lächelte und strich über sein erigiertes Glied, was sich durch die Hose abzeichnete. Als er nach ihr greifen wollte, entfernte sie sich Richtung Bad.
Er hörte die Dusche. Sie sang. Ihre Stimme vermischte sich mit dem Geräusch eines Regenschauers.
Dann war es still.
Sie kam ins Zimmer und ließ das Handtuch herabgleiten. Da brach er die Beobachtung ab, schloss die Augen und ließ sich auf sich ein.

Ortie

Ortie, après l'amour 1

après l'amour 5

après l'amour 2

André Schinkel
Unter den Sternen

Viel wussten sie nicht darüber, aber sie hatten sich gegenseitig, so gut es ging, die Sternbilder erklärt. Die Milchstraße stand hier, so weit draußen, als klares Band am Himmel, und je länger man in das Schwarz hinaufsah, umso mehr funkelte und blinkerte es, schien die Nacht Stück um Stück heller zu werden. Vor dem Dunkel des Waldrands sah er die Silhouette ihres suchenden Gesichts schwach vom Mondlicht beleuchtet; auf den Gläsern ihrer Brille, so war ihm, sah er die Sterne noch einmal, eine winzige Milchstraße, die sich quer über ihre Augen gelegt hatte. Eine Weile dachte er, sie hätte nicht bemerkt, dass er ihre Hand genommen hatte. In seiner Hand ruhte sie dann, still, ohne Regung, dass ihn um ein Haar der Mut verließ. Nicht schlüssig, ob er sie loslassen solle, wollte er seinen Griff lockern und das Wagnis ungeschehen machen – da griff sie plötzlich zu: ihre schöne, das wusste er, etwas kräftige Frauenhand; und es schien ihm, als würde er sie nun schon nicht mehr loslassen können. Hinter den spiegelnden Gläsern ihrer Brille, spürte er, sahen ihn ihre Augen jetzt an, der schmale Mund in ihrem markanten Gesicht zog sich zu einem Lächeln auseinander. Alle Strenge, mit der sich diese Frau tagsüber schützte, war jetzt, unter dem Dach der Milchstraße, gewichen – später, ahnte er, würden sich

Karin Székessy

Karin Székessy

ihre Lippen öffnen, er fühlte bereits den Geschmack ihrer Zunge auf seiner; und er wünschte, er hätte sie schon enger gefasst und würde sich um ihre Wangen und Brüste, um das herrliche Fleisch ihrer Hüften bemühen. Weit über ihnen stand Kassiopeia, und das Sommerdreieck drehte langsam ab in den Nachthorizont. Der Polarstern, auch wenn man den Großen Wagen kaum über dem Waldrand ahnte, blinkte und leuchtete den Verirrten heim. Aber das sahen die beiden schon nicht mehr – schnell hatte er ihre zweite Hand gefunden und ihren Leib, sich an ihren Armen heraufarbeitend, in seine Arme genommen. Es folgte, Erlösung und Verdammnis zugleich, ein erster Kuss, dem ein tieferer folgte, ein drängendes Greifen und Streichen an den Rücken entlang. Die Frage, wie sie sich am nächsten Morgen ihren jeweiligen Partnern erklären wollten, stand nicht im Raum, sie dehnte sich aus bis in das Schwarz des Firmaments, verdünnte sich unter der zunehmenden Gier ihrer Küsse. Die Bäume rauschten, tiefer im Wald schrie ein Kauz los, als sie sich abwandten und durch den Park dem Gästehaus zugingen; und die Rotoren der Windkrafträder in der Ferne drehten sich unaufhaltsam, dass es schien, als würden sich die einzelnen, rot glühenden Augen der Anlagen bei jedem Vorbeihuschen der Rotorblätter, durch die Stämme der Bäume blickend, unentwegt öffnen und schließen.

Dietrich Uffhausen
Klage-Lied der Kore

„Wer kann sie vergessen, / wie sie -ertrinkend in sich-
sich wehrt / wider ihr Süßsein...“ (Rilke, SaO I,15)

Das einzige JA/ NEIN meiner Scham, für das ich mich schäme
im gleichschenkligen Dreieck, das mich beschämt im kata-
launischen Feld meines jungfräulichen Königspalastes - - bist DU

Die einzige Bedrohung beim Blumen-Pflücken Kränze-
Binden beim frohlockenden Ballspiel mit den Gefährtinnen oder
auch beim Verkosten der bittersüßen Granat-Apfel-Kerne - - bist DU

Der Einzige, deß‘ Anblick mir das Herz verschreckt,
deß‘ Nahen mein Gebein derart durchschaudert, daß
vor meinen Füßen sich plötzlich die Erde spaltet - - bist DU

arin Székessy

Karin Székessy

Ulrike Voss
Tranquila

Ich schwamm, träumte vor mich hin, wendete, beim Wenden berührte mein Fuß etwas, ich schauderte, ein Fisch? Ich schwamm weiter. Am Himmel weiße Federn auf leuchtendem Blau, das Meer ruhig. Gerade kamen mir nebenher im Träumen beim Schwimmen die Formulierungen für den Pressetext zu einem Buch in den Sinn, um den mich meine Chefin trotz Ferien per Mail gebeten hatte, als ich an etwas Großes stieß. Diesmal erschrak ich fürchterlich. Ein riesiger Fisch? Drehte mich hektisch um. Sah eine Frau mit Schwimmbrille und Schnorchel, den sie im Moment aus dem Mund nahm. Pardon, ich entschuldigte mich überschwänglich, auf Deutsch. Ein klares Gesicht, kurze schwarze Haare, die Augen unter der Brille schimmerten grün oder braun. Das nahm ich wahr. Sie unterbrach mich, „tranquila!“. Ich wiederholte meine Entschuldigung auf Spanisch und war den Spanischkursen dankbar, die ich zu Unizeiten belegt hatte, und sie wiederholte ihr „tranquila“, ergänzte „no pasa nada“, nichts passiert, und wir schwammen weiter in unterschiedliche Richtungen.
Als ich aus dem Wasser kam, fand ich meine Sachen nicht. Der Strand war riesig und voll. Ich hatte mir gemerkt, dass neben meinem bunten Handtuch, das ich über die Klamotten gedeckt hatte, ein grünes Sonnenschutzzelt gestanden hatte. Nichts. Kein Zelt. Aber hier in dem Bereich irgendwo muss es doch gewesen sein? Ich ging weiter Richtung Norden, viel weiter, als ich vermutete, wo mein Handtuch lag, dann ging ich zurück, weit in Richtung Süden, und fand es nicht. Am Spätnachmittag wurde der Strand voller, Leute kamen, andere saßen auf

Imeldo Bello

ihren Handtüchern und tippten oder starrten in ihre Smartphones, während ich sicher zum fünften Mal an ihnen vorbeilief. In mir begann sich der Horror abzuspielen. Ist es passiert? Aber es würde doch auffallen, wenn einer einfach mein Handtuch samt Klamotten mitgenommen hätte? Die Leute wechselten, keiner achtete auf die Nachbarn. Große Familien, die sich untereinander kannten, waren mit sich beschäftigt. Die beiden Deutschen auf der anderen Seite meines Handtuchs waren wahrscheinlich auch gegangen. Außerdem würde ich sie nicht wiedererkennen. Ich kann doch nicht jeden fragen, der hier liegt, ob er gesehen hat, wie jemand mit meinen Sachen davongegangen ist! Dauernd geht jemand mit Sachen davon. Außerdem, wen sollte ich fragen, wenn ich nicht mehr wusste, wo ich gelegen hatte? Unter dem Handtuch war meine Hose, mit den Reißverschlusstaschen, darin Brille, Portemonnaie. Darin Geld, Karten, Führerschein, Ausweis. Ich ließ nichts in dem Ferienhäuschen, in dem ich untergebracht war, weil mir die Nachbarin erzählt hatte, dort sei vor Kurzem bei einem der vorigen Gäste eingebrochen worden. Sie vermutete die Kinder der Nachbarsfamilie weiter unten an der Straße hinter den Einbrüchen. Die kämen überall rein, das sei ein Sport. Aber man könne nichts beweisen. Daher nahm ich immer alles mit an den Strand. Ich lief weiter auf und ab. Dass ich so unscharf sah, machte mich zunehmend nervöser. Das Schlimmste, wenn meine Brille weg wäre. Die Ersatzbrille hatte ich in Deutschland vergessen. Was müsste ich unternehmen, wenn Ausweis und Führerschein weg waren? Die Schnorchlerin kam aus dem Wasser, lief auf mich zu und an mir vorbei, dann drehte sie sich um und kam ein paar Schritte zurück zu mir. Eine große schlanke Frau, wie groß sie war, war mir im Wasser nicht aufgefallen.
„Geht es dir nicht gut?", fragte sie.
„Oh doch, nein …", ich wiegelte ab. Es war mir peinlich, ihr zu erzählen, was los war. Dass ich meine Sachen nicht fand.
„Ist schon okay." Ich muss verzweifelt ausgesehen haben.
Sie fragte: „Wirklich alles okay?"
Ich gab zurück: „Ja."
Sie schaute mich lange zweifelnd an. Ich sah ihr in die Augen und wurde ruhiger. Jetzt entschloss ich mich, den gesamten Strand entlangzulaufen. Keiner beachtete mich. Sie guckten immer noch in ihre Smartphones, spielten Ball, kreischten, tobten, bewarfen sich mit Sand, rannten ins Wasser, lasen. Die Frauen E-Books, die Männer Gedrucktes.
Bunte Handtücher gab es viele.
Als ich zurückging fand ich es. Es lag sicher zweihundert Meter von der Stelle entfernt, die ich vermutet hatte. Wahrscheinlich war ich beim Schwimmen abgetrieben, hatte nicht darauf geachtet, dann der Zusammenstoß mit der Frau. Mir raste das Herz vor Erleichterung. Die Aufregung, die Horrorgedanken ließen sich nicht abschalten. Ich legte mich in die Sonne. „Tranquila" klang mir im Ohr. Beruhigen Sie sich! Die Frau hatte eine schöne dunkle Stimme. Ich beruhigte mich.
Am nächsten Tag kam ich zum Strand, stand am Meeressaum und sah in der Ferne im Wasser jemanden winken. Diese Person konnte nicht mich meinen! Ich ging hinein, und sie schwamm auf mich zu, tauchte unter, tauchte auf, spuckte das Mundstück des Schnorchels aus, lachte

mich an, und wir schwammen eine Weile parallel. Wir kamen ins Gespräch.
Ich fragte sie aus, was es hier unter Wasser zu sehen gebe, ich kennte ja nur die Oberfläche, und vielleicht sei es unten schrecklich unheimlich. „Ach, das lässt sich nicht beschreiben“, sagte sie, zog sich Schnorchel und Brille vom Kopf und hielt mir beides hin. Kurz zögerte ich, hatte sie nicht eben noch in den Schnorchel hineingespuckt?, sie bemerkte das, lachte, hielt den Schnorchel demonstrativ ins Wasser, spülte ihn durch und reichte ihn mir wieder. „Ich sehe aber nicht richtig, bin stark kurzsichtig“, sagte ich. Hatte ich Angst, unter die Oberfläche zu schauen?
„Ich bin auch kurzsichtig. Die Brille hat Sehstärken. Vielleicht passt es ja.“ Ich zog zappelnd Brille und Schnorchel über, sie schüttelte sich, bespritzt von mir, und sagte: „Los!“ Ich hatte seit langer Zeit nicht mehr geschnorchelt, das letzte Mal als Kind, aber es ging, ich bekam Luft. Die Sehstärke war fast perfekt. Tiefes Blaugrün, Sonnenstrahlen darin, unten ein Algenwald, der sich sanft hin- und herbewegte, wie ein Traum. Auf einmal dunkelblaue Fische mit viereckig schwarz umrandeten Augen. Ihr Körper neben mir. Sie tauchte ohne Brille und Schnorchel und blieb sehr lange unter Wasser. Ein Schwarm goldener Fische verschwand in einem Abgrund, dunkles Blau. Davor ragte ein einzelner Felsen hoch. Ich drehte mich von dem furchtbaren Abgrund weg, sah wieder ins Grün und Rot des Meeresgebüschs. Tauchte auf. Ihr Blick animierte mich zu beschreiben. „Ich hätte es mir nicht vorstellen können“, sagte ich. „Danke fürs Ausleihen! Ich hätte nicht gedacht, das es so nah am Ufer so viele Fische, eine solche Unterwasserlandschaft gibt.“ Eine große Möwe schoss vor uns ins Wasser und kam mit einem Fisch im Schnabel wieder hoch.
Als wir rausgingen, sagte sie: „Ich heiße Lola, und du?“
„Julia.“
Ob sie sich zu mir setzen dürfe. Wir saßen nebeneinander, ich auf meinem bunten, sie auf ihrem dunkelgrünen Handtuch, und redeten, bis die Sonne unterging. Sie war auf der Insel geboren, wohnte schon lange auf dem Festland, hatte dort einen Job. Aber im Sommer sei sie immer hier, wie viele, die hier aufgewachsen waren. Dann gingen wir zusammen in Richtung der Bushaltestelle. Ein Duft wehte aus einer der Gassen. „Calamares por lemon y Aioli!“, sagte sie. „Tengo ganas!“ Mir lief das Wasser im Mund zusammen. Vom Duft, von ihrer Stimme, wie sie das Wort Calamares aussprach. Sie fragte, ob ich Lust habe, mit ihr Calamares zu essen. Wir betraten ein verstecktes Lokal, das ich noch nie wahrgenommen hatte. Die Calamares zergingen auf der Zunge. Das Aioli selbstgemacht, mit sehr viel Knoblauch und frischem Eigelb. Mich durchzuckte der Gedanke, dass man kein rohes Ei essen sollte, während sie begann, mir Komplimente zu machen. „Du hast schöne Handgelenke. Deine Grübchen neben deinen sexy Lippen sind sehr verlockend.“ Wir tranken einen Wein. Und noch einen Wein. Auf einmal strahlte sie mich an, strich mir über die Lippen, über die Wange, ich errötete, mir wurde heiß, und sie leckte sich den Klecks Aioli, den sie mir von den Lippen oder der Backe gewischt hatte, von den Fingern. Dann verabredeten wir uns für den nächsten Tag. Sie brachte mich zur

Alexis W.

Bushaltestelle. Der letzte Bus für heute Nacht würde gleich fahren. Als er einfuhr, sah sie mich an und fragte, fragte nicht, sondern stellte fest: „Du liebst Frauen wie ich. Lass uns die Nacht zusammen verbringen."

Ich zögerte. Seit der Trennung von Christine hatte ich nichts angefangen. „Woher weißt du, dass ich lesbisch bin?", fragte ich.

„Das strahlst du aus. Du weißt doch umgekehrt auch, dass ich lesbisch bin!" Ja! „Außerdem musste ich hier auf der Insel früher ein Gespür für andere Tortilleras, so wurden wir genannt, entwickeln. Es gab keine Szene, wo man sich hätte treffen können. Inzwischen gibt es sogar bei uns Christopher-Street-Day-Paraden."

Ich hatte seit gestern, seit ich so lange geschwommen, seit ich mit der Frau zusammengestoßen, seit ich meine Sachen nicht mehr gefunden hatte, kein einziges Mal an Christine gedacht. Christine hatte eine andere. Ich hatte gehofft, es wäre bald vorbei mit der anderen und sie würde zu mir zurückkommen. Ich hatte gelitten. Seit gestern Nachmittag, mitten im Atlantik, hatte ich Christine vergessen. Ich litt nicht mehr. Aber ich hatte Angst. Die Nacht zusammen verbringen. Das bedeutete Sex. Ich hatte seit Langem außer mit Christine mit niemandem mehr Sex gemacht. Und viele Erfahrungen hatte ich vor Christine nicht gesammelt. Ich wäre sicher ungeschickt. Mit Chris war es eingefahren gewesen. Ich wusste, wie es mit ihr ging. Sie, wie es bei mir ging. Wir hatten uns in letzter Zeit öfter mittendrin über Haushaltsdinge unterhalten. Aber mit einer Unbekannten? Mit einer so schönen Frau! Und so aussichtslos. Sie lebte in Madrid, ich in Berlin. Was den-

ke ich nur? Es geht doch nicht um eine Beziehung, es geht um eine Nacht, um Sex. Kann ich das nicht einfach genießen, ohne das Denken an vorher oder nachher? Sex mit einer Wildfremden?
Sie musste mir diese Überlegungen angesehen haben. „Keine Sorge, ich erwarte nichts. Lass uns einfach die Nacht zusammen verbringen."
Ich gab mir einen Ruck. Warum nicht? Ferne, Sommer, eine Nacht mit einer Frau. „Und wo?", fragte ich.
„Da hinten am anderen Ende des Strandes." Sie deutete auf die kleineren Häuser direkt oberhalb des Meeres.
Ihre Familie, die in der Hauptstadt wohne, habe dort ein Ferienappartement. Wieder musste sie meine Gedanken geahnt haben. Ich dachte, dass ihre Eltern reich sein müssten, wenn sie sich in der ersten Häuserlinie am Meer ein Appartement leisten konnten. „Früher gab es nur diese vordere Reihe Häuser", sagte sie. „Und ein Onkel meiner Mutter ist von hier. Es war das alte Haus seiner Familie. Wie andere hat er es ausgebaut mit vier Ferienappartements. Eines davon hat die Familie behalten."
Wir gingen auf dem Strand am Meer entlang durch die Nacht.
Der knapp viertelvolle Mond stand schon tief und warf einen goldenen Schimmer auf die Meeresoberfläche. Dass ein Viertelmond so leuchtete! Geheimnisvolle unbewegte Spuren durchzogen den Schimmer. „Bonanza" nenne man das hier, sagte sie. Sie nahm mich an der Hand, und wir gingen, als würden wir das erste Mal im Leben verliebt sein, Hand in Hand weiter. Das Gefühl, das sich in mir breitmachte, erinnerte mich auch an mein erstes Mal Verliebtsein. Ich war glücklich und aufgeregt und unsicher zugleich. Was würde in ihrem Appartement passieren? Würde ich alles falsch machen? Der Weg nahm kein Ende. Ich wollte auch nicht, dass er je zu Ende wäre. Auf einmal blieb sie stehen, schaute in den Mond, der noch dunkler geworden war, und sagte: „Gleich geht er unter." Er sah inzwischen aus wie ein Schiff, das schräg auf einer hohen Welle stand. Dann verschwand er in den Wolken am Horizont. In der Ferne die Lichter der Strandpromenade, viele Leute im Hellen, doch hier unten waren wir alleine. Das Meer glitzerte von der Spiegelung ferner Lampen. Sie ließ meine Hand los. Ich fühlte mich verlassen und begann zu frösteln. Als sie mein Gesicht umfasste und ihre Lippen auf meine legte und sie dort ließ, unbewegt, zitterte ich. Bis ich es nicht mehr aushielt und zu küssen begann. Sie öffnete sich, saugte mich hinein. Es schmeckte wunderbar, obwohl sie doch wie ich Wein und Knoblauch ausdünstete. Wir verharrten aneinandergelehnt, bis sie, fast schüchtern, sagte: „Ich kann nicht mehr warten, ich habe Lust, dich zu berühren, jetzt sofort, hier. Darf ich?" Dann nahm sie mich einfach, zog mir das T-Shirt über den Kopf, küsste meine Brüste, die sich füllten und ihr entgegenwuchsen, „wie schön", flüsterte sie, „ideal zum Essen" – „a comermelas!" –, dann zerrte sie mir die Hose mit den von Portemonnaie und Brillenetui ausgebeulten Taschen nach unten, blieb hängen, lachte und fragte: „Was trägst du denn alles mit dir herum? Das fühlt sich ja an wie ein Pistole!" Es war das Brillenetui in Kombination mit einem Stein, den ich am Strand gefunden hatte, einem Hühnergott, wie meine Mutter ihn genannt haben würde, ein schwarzer runder Stein

mit einem durchgängigen Loch in der Mitte. Sie bat, dass ich mich einfach selbst ausziehe. Hier, jetzt sofort. Ich widersprach nicht, wand mich aus der Hose, die an mir klebte, feuchte Salzhaut. Sie zog ihr Hemd aus, breitete es unter uns und hatte schon die Finger in mir, als ich mich hinlegte. Sie fickte mich geschickt, und mir wurde schwindelig, vom Wein, von der salzigen Nachtluft, ihrem Duft, von ihren rasenden Fingern, die sich in einen Rhythmus eingependelt hatten, dem sich nicht ausweichen ließ. Ich wurde nass. Sie küsste mich und flüsterte mir viele heiße spanische Wörter zu, die ich nicht mehr verstand, bis sie ihre Hand aus mir zog und sagte, auf Englisch, dass ich es auch sicher verstehen würde: „Ich möchte, dass es dir jetzt kommt." Ich zitterte vor Gier. Ich vermisste ihre Hand, sie, ihren Kuss, doch sie hielt Abstand. „Es kommt dir jetzt." Ich bat, ich wimmerte nach ihr, „bitte berühre mich, bitte", ich sagte es auf Deutsch, auf Spanisch. Endlich fasste sie mich wieder an, legte den Daumen an meine Klit und Finger in mich, drückte sie zusammen und sagte: „Jetzt!" Ich kam, ich brüllte, ich überschwemmte sie.

So einfach war das. Anschließend hat sie sich ausgezogen und gewünscht, dass ich sie lecke, sie sagte wieder „esse", und ich leckte sie mit Inbrunst, dachte an den Schnorchel und wie sie ihn mit Ironie in den Augen ausgespült hatte, und jetzt hatte ich alle ihre Säfte in mir. Und dann besorgte sie es mir noch einmal, bis ich schrie und zappelte und das Gefühl hatte, mir würde das Herz zerspringen, und da sagte sie: „Tranquila, ruhig, meine Liebe, beruhige dich!"

Als wir uns wieder anzogen, gingen andere Nachtspaziergänger nahe an uns vorbei.

Uga Gautier

Hasta mayo, Cuaresma

El macizo central se me antojaba la espalda de un *lomo plateado*. La luz sobre los brezos florecidos le confería un brillo matizado, degradado del blanco al mercurio, que la brisa estremecía como un suspiro en el pelo del gorila. Atravesarlo era una fiesta, y sentirme inmersa en aquella mole vegetal me sublevaba los sentidos. Nunca, en todos los años que viví allí, la había contemplado en aquel estado. Tanta exhuberancia era insultante. Los malvas y amarillos brotaban de las cunetas, los riscos destilaban y laderas y vaguadas presentaban un alfombrado verde, más intenso cuanto más cerca del agua que, como pequeños hilillos de plata, corría por quebradas y barrancos.

Un día de mayo en que la isla, dadivosa, parecía despedir al invierno que la había preñado con la generosidad que sólo el amor depara. Mañana despejada y tibia. Todo parecía confabularse para mi deleite: aromas olvidados que brotaban y mixturas de colores, conjugaban lujurias en mis sentidos y la carrerita de hormigas que surgía de mi estómago a medida que me adentraba en la laurisilva, alentada por la calidez del aire, sorteaba las tripas para estimular mi pubis que despertaba. Sentí mi sexo caliente y húmedo aprisionado en los vaqueros contra el asiento del coche; lo espoleé jugando con mi músculo secreto mientras me frotaba los pezones con la palma de la mano conduciendo entre suspiros, por la carretera.

Bis Mai, Fastenzeit

Das Zentralmassiv erschien mir wie ein *Silberrücken*. Das Licht über dem blühenden Heidekraut verlieh ihm einen nuancierten Glanz, abgestufte Farbtöne von Weiß bis Quecksilber. Die Brise strich wie ein Hauch durch das Fell des Gorillas. Hindurchzufahren war ein Fest, und das Gefühl, in dieser Masse aus Pflanzen versunken zu sein, brachte meine Gefühle zum Revoltieren. Niemals während all der Jahre, die ich dort lebte, habe ich sie in diesem Zustand betrachtet. So viel Üppigkeit war demütigend. Die malvenfarbenen und gelben Töne quollen aus den Straßengräben, die Felsen destillierten und die Hänge und Talsohlen präsentierten grüne Teppiche, umso intensiver, je näher sie dem Wasser waren, das wie kleine silbrige Filetfädchen durch Klammen und Schluchten floss.

Ein Maitag, an dem die Insel, freimütig, dem Winter den Abschied zu geben schien, der sie mit der Großzügigkeit geschwängert hatte, derer nur die Liebe fähig ist. Der Morgen wolkenlos und mild. Alles schien gemeinsame Sache zu machen, um mir Vergnügen zu bereiten: vergessene Düfte, die hervorströmten, und Mischungen aus Farben brachten Wollust in meine Gefühle und das Ameisensträßchen, das aus meinem Magen auftauchte, während ich in den Lorbeerwald eindrang, ermutigt von der Wärme der Luft, umging meine Eingeweide, um meine Schamgegend zu reizen. Ich spürte mein heißes und feuchtes Geschlecht, eingezwängt in die Jeans gegen den Autositz gepresst; ich spornte es mit meinem geheimen Muskel an, während ich mir zwischen Seufzern die Brustwarzen mit der Handfläche rieb und über die Landstraße fuhr.

Me sentía como una mona cachonda, y la idea de la guardia civil detrás de la curva, el sujetador en el cuello y el coche a toda leche, me excitaba más aún.
Cuando aparqué frente al restaurante del Parque ya se habían licuado todos mis esfínteres y me sumé, como una burbuja más, al hervidero de la parroquia. Alerta. Buscando, como un cernícalo, una presa en la que extasiarme.
Fue en el postre. Después del estremecimiento que me produjo el primer contacto de la *leche asada* contra el paladar, abrí los ojos y allí estaba ella, y el cuerpo se me estremeció de nuevo. Aquellas piernas, aquellas nalgas duras que imprimían movimiento al mapa de su anatomía, dos metros cuadrados de piel que recorrí con deleite mientras el dulce se me derretía en la boca. Se me acercaba de frente, con un vaivén andariego firme, de gacela provocadora que me insinuaba ahora uno y luego otro pecho, asomados parcialmente al balcón de la blusa escasa, asida con dos tirillas a los hombros morenos. El vientre plano y el ombligo que surgía

Ich fühlte mich wie eine geile Äffin, und die Idee der Guardia Civil hinter der Kurve, den Büstenhalter im Nacken und mit Vollgas dahinrasen, machte mich noch heißer.
Als ich vor dem Restaurant des Parks hielt, hatten sich alle meine Schließmuskeln schon verflüssigt, und ich mischte mich, wie eine weitere Luftblase, in das Gewimmel der Kundschaft. Wachsam. Wie ein Falke, auf der Suche nach einer Beute, die mich in Begeisterung versetzt.
Es war beim Nachtisch. Nach dem Schauder, den der erste Kontakt mit der *leche asada*, der gebackenen Milchcreme, an meinem Gaumen auslöste, öffnete ich die Augen, und da war sie, und mein Körper schauderte aufs Neue. Diese Beine, dieser feste Hintern, der der Landkarte ihrer Anatomie Bewegung einprägte, zwei Quadratmeter Haut, die ich genussvoll durchstreifte, während die Süßspeise in meinem Mund zerschmolz. Sie näherte sich mir von vorne, mit dem festen wiegenden Gang einer provozierenden Gazelle, die sich bei mir einschmeichelt, jetzt mit der einen und dann mit der anderen Brust, sie lugten teilweise aus dem Ausschnitt ihrer knappen Bluse, gehalten von zwei Trägern an den braunen Schultern. Der flache Bauch und der Nabel, der sich aufreizend durch die biegsamen Bewegungen der Hüften zeigte, kamen über mich. Und ich saß dort, jedes Gefühl für Zeit und Raum verloren, ich tauchte voll in den warmen Duft ein, den sie verströmte. Ich betrachtete sie verwirrt und musste wie eine Idiotin

Anja Müller

leche asada: Nachtisch (*leche* wird auch für Sperma und weibliche Lustflüssigkeit benutzt.)

Sigrid Hutter

excitante con el cimbreo de junco de las caderas que lo remataban, se me venían encima. Y yo allí sentada, perdidas ya las coordenadas espacio-tiempo, me zambullí de lleno en el aroma tibio que desprendía. Contemplé estupefacta, y debí parecer una toleta, aquella boca húmeda sobre mi cara que se movía pidiéndome fuego. Le ofrecí lumbre sin perder ni pizca del calor del incendio que se me reavivó contemplando la armonía de sus huesos.
Sucedió como en una secuencia a cámara lenta, en el momento de la película en que la heroína, en primer plano, cobra protagonismo y se lanza a la aventura con decisión.
Yo también me lancé.
Vine a buscarte, le dije, y el deseo se me escapó por los ojos.

ausgesehen haben, dieser feuchte Mund vor meinem Gesicht bewegte sich und bat um Feuer. Ich hielt ihr die Flamme hin, ohne auch nur einen Hauch der Hitze des Feuers zu verpassen, das wieder in mir entflammte, als ich die Harmonie ihrer Knochen betrachtete.
Es geschah wie in Zeitlupe, in dem Moment im Film, als die Heldin, in Großaufnahme, in den Vordergrund tritt und sich entschlossen in das Abenteuer stürzt.
Auch ich sprang vor.
„Ich bin gekommen, um dich abzuholen", sagte ich zu ihr, und die Begierde leuchtete aus meinen Augen.
Mein Mädchen lächelte mit einer Geste, die alles sagte. Sie hatte mich verstanden.
Ich kannte sie nicht, aber ich hatte oft von ihr geträumt, sie war die Hauptdarstellerin in dem Traum, der sich mir immer wiederholte, ohne dass ich gewusst hätte, warum.

Mi chica sonrió con gesto suficiente.
Entendió.
No la conocía, pero había soñado con ella muchas veces; protagonizaba el sueño excitante que se me repetía sin que supiera por qué. Allí, en aquel momento, pareció cobrar sentido.
Hola, Alba. El *Porrón* la saludaba. El *Porrón* la conocía.
Alba, se llama Alba.
Carajo, *Garimba*, de vacaciones por mi tierra, y se sentó a mi mesa.
El Porrón ahora no, por favor, que se esfume, que desaparezca.
Hola, *Porrón*. Luego, vale.
Hablaba al *Porrón* y miraba como Alba se alejaba hacia su mesa.
Era un sueño magnífico al que recurría en momentos de apuro. Ahora podría hacerlo realidad. Alba era la piba de mi sueño, pero tendría que deshacerme del *Porrón*.

Anja Müller

Anja Müller

Dort, in jenem Moment, schien er Bedeutung zu erhalten.
„Hallo, Alba." Der *Porrón* begrüßte sie. *Porrón* kannte sie.
Alba, sie heißt Alba.
Verdammt, *Garimba*, im Urlaub in meiner Gegend, und er setzte sich an meinen Tisch.
Porrón jetzt nicht, bitte, er soll verduften, möge er verschwinden.
„Hallo, *Porrón*." Später, bitte.
Ich sprach zu *Porrón* und schaute zu, wie Alba sich zu ihrem Tisch entfernte.
Es war ein fantastischer Traum, den ich in Notzeiten abspulen ließ. Jetzt könnte er wahr werden. Alba war die Frau aus meinem Traum, aber ich musste *Porrón* loswerden.
Ich stand auf, um ihr zu folgen, aber *Porrón* vertrat mir den Weg, indem er sich vor mich stellte.
Nichts da mit später, Prachtweib, später verschwindest du, und ich habe geilen Stoff dieses Jahr. Wir könnten ihn probieren, während wir ein bisschen angeln. Das Meer ist spiegelglatt, die Fische beißen, sicher, und so können wir über Bücher reden, du weißt doch, dass ich niemanden habe, mit dem ich über Literatur sprechen kann.
Ich konnte sie über die Schulter von *Porrón* hinweg sehen, sie saß, rauchend, und jeder Zug war ein Versprechen. Mein Gott, welch ein Mund.
Aber nichts da mit den Rücksitzen im Auto. Die Lust ist da, doch die Decke aus dem Kofferraum mitten im Laub ist romantischer, sei es auch nur wegen des ähnlichen Klangs.*

Porrón: Trinkgefäß für Wein, hat auch mit porro = Joint zu tun. Spitzname. *Garimba*: Bier, auch eine Biersorte und ein Ort auf Teneriffa. Wird als Kosename verwendet. Auf den Kanaren ist es üblich, Menschen neu zu „taufen" und mit Kosenamen zu versehen, die auf etwas anspielen, z.B. auf das Dorf, aus dem sie kommen, oder ein Ereignis.

* Bezieht sich auf Wortklang im Spanischen: „follaje" und „follar": Laub und vögeln

Me puse en pie para ir tras ella, pero *Porrón* me cerró el paso parándose frente a mí. De luego nada, tía, que después desapareces, y tengo un producto este año que te cagas. Podríamos catarlo echando unos lances. La mar está echada, pican, seguro y así hablamos de libros, que ya sabes que no tengo con quien hablar de literatura.
Podía verla por encima del hombro del *Porrón*, sentada, fumando, y cada bocanada era una promesa. Dios mío, qué boca.
Pero nada de asientos traseros de coches. Hay ganas, pero el edredón del maletero en pleno follaje es más bucólico, aunque sólo sea por semejanza fonética.

Anja Müller

Que sí, hombre, que sí, espérame en la barra. Ahora voy.
Es cogollo puro, *Garimba*, lo mejorcito de la comarca.
Ella me miraba y bajaba la vista con un rubor ensayado que me excitaba más, por fingido, porque me hablaba de su deseo, y prometía.
Detrás de la cabaña del restaurante, a unos cien metros, entre los brezos, nos esperaba el lecho de margaritas que el encuentro requería.

Ja, Mann, ja, warte an der Bar auf mich. Ich komme sofort.
Es sind reine Spitzen, *Garimba*, das Beste aus der Gegend.
Sie schaute mich an und senkte den Blick mit geübter Röte, was mich noch mehr erregte, weil es gespielt war, weil sie mir ihren Wunsch verriet und ein Versprechen gab.
Hinter der Hütte des Restaurants, ein paar hundert Meter entfernt, zwischen dem Heidekraut, wartete das Bett aus Margeriten auf uns, das unsere Begegnung brauchte.

Anja Müller

La tomaría como en mi sueño,
despacito, como nos gusta.
Espera un poco, *Porrón*, después me cuentas ¿vale? Sólo es un momento.
Alba apagaba el cigarrillo y recogía.
El *Porrón* intentó retenerme.
Yo la miraba, zafándome. Ella cogió el bolso y la chaqueta, se dirigió a la puerta del restaurante y desapareció.
Que esperes un momento, hombre.
Cuando salí su sonrisa abandonaba el aparcamiento.
¿Dónde está el incendio, *Garimba*?
Yo paseaba por las callejas del pueblo en uno de esos recorridos que tanto disfruto cuando vuelvo de visita.
Delante del bar del *Cuca* saludé a Pancho y hablamos un rato, pero al girar la esquina de la farmacia me la tropecé de lleno. Y, como éramos amigas, nos fundimos en un abrazo

Ich würde sie wie in meinem Traum nehmen, langsam, wie es uns gefällt.
Warte etwas, *Porrón*, dann erzählst du's mir. Einverstanden? Nur einen Moment.
Alba machte die Zigarette aus und räumte ihre Sachen zusammen.
Porrón versuchte mich festzuhalten.
Ich schaute sie an, machte mich los. Sie ergriff die Tasche und Jacke, wendete sich der Restauranttür zu und verschwand.
Warte einen Moment, Mann.
Als ich heraustrat, verließ ihr Lächeln den Parkplatz.
Wo brennt es, *Garimba*?
Ich spazierte durch die Gassen des Dorfes, bei einer dieser Runden, die ich so sehr genieße, wenn ich zu Besuch bin. Vor der Bar von *Cuca* begrüßte ich Pancho, und wir redeten eine Weile, aber als ich um die Ecke an der Apotheke bog, stieß ich mit ihr zusammen. Und so, als wären wir Freundinnen,

Cuca: vulgär Schwanz

grande, sin miedo. No nos importó que atinaran a vernos las brujas, desde detrás de alguno de sus puestos de observación, siempre al acecho y rendidas al cristal y al cotorreo, y no nos separamos, seguimos juntas, pegadas. Tenía su cuerpo rodeado con mis brazos, relajado, dejándose acoger. Me incliné, buscándole los ojos, para hablarle, saludarla, y me

umarmten wir uns fest, ohne Angst. Es interessierte uns nicht, was den Hexen einfiel, als sie uns sahen, von einem ihrer versteckten Beobachtungsposten aus, immer auf der Lauer, der Glasscheibe und dem Geschwätz hingegeben – und wir trennten uns nicht, wir gingen gemeinsam weiter, aneinandergedrückt. Ich hielt ihren Körper umschlungen, entspannt, sie ließ sich halten. Ich beugte mich vor, suchte ihre Augen, um mit ihr zu

Magister Bontanicus , Waldrebe

Magister Bontanicus, Aronstab

encontré con su boca buscando la mía. La besé y me embrujó. Un beso largo, sin preámbulos, que me fundió como mantequilla. Comencé a tocarla, como para reconocerla, y la apoyé en la pared de la botica.

sprechen, sie zu begrüßen, und ich traf auf ihren Mund, der meinen suchte. Ich küsste sie, und sie verzauberte mich. Ein langer Kuss, ohne Vorreden, der mich wie Butter dahinschmelzen ließ. Ich begann, sie zu berühren, um sie zu erkennen, und ich lehnte sie gegen

Busqué sus pechos y los acaricié mientras seguí buceando en su boca. La agarré con fuerza por la cintura, le sobé el culo, volví a sus tetas sin dejar de presionarla contra el muro. No nos habíamos dicho ni una palabra. Me separé por un momento y, sin soltarla, con un gesto de la cabeza le señalé hacia su casa. Caminamos sin separarnos, como barcos abarloados por el temporal. Y allí, ya a cubierto, le fui quitando la ropa. Quería ver su cuerpo moreno, acariciarla toda y lamerla lentamente. Se dejó y nos quisimos mucho.
Qué hermoso sueño.
Lo recreé de nuevo, al amparo de la noche y del susurro de la marea.
Eso sí, alegamos de libros echando una pesca el *Porrón* y yo, liando porros del mejor género del país entre unos tragos de güisqui, pero otra Semana Santa *cerrera**.

* vulgarmente, con deseo sexual

die Wand der Apotheke. Ich suchte ihre Brüste und streichelte sie, während ich weiter in ihren Mund tauchte. Ich ergriff sie fest in der Taille, knetete ihren Hintern, ergriff wieder ihre Brüste, ohne sie von der Mauer abrücken zu lassen. Wir hatten kein einziges Wort miteinander gesprochen. Ich trennte mich für einen Moment und, ohne sie loszulassen, zeigte mit einer Kopfbewegung auf ihr Haus. Wir gingen, ohne uns zu trennen, wie vom Unwetter aneinandergekuppelte Schiffe. Und dort, schon geschützt, zog ich sie aus. Ich wollte ihren braunen Körper sehen, sie überall streicheln und sie langsam lecken. Sie ließ es zu, und wir liebten uns sehr. Welch schöner Traum.
Ich stellte ihn wieder nach, im Schutze der Nacht und dem Rauschen der Flut.
Also, schieben wir die Bücher vor, damit *Porrón* und ich die Angel auswerfen, während wir zwischen einigen Schlucken Whisky Joints aus der besten Sorte des Landes drehen, aber eine andere Karwoche geht es wieder auf die Hügel.

aus dem Spanischen von Ines Dietrich

cerrera ist etwas, das von Hügel zu Hügel streift, hier hat es die Nebenbedeutung „sexuelles Verlangen", „von Venushügel zu Venushügel", ungezähmt. Erklärung der Autorin: vulgär, mit sexuellem Verlangen.

Resa Rot

Katzenbär & Botanicus
Aaronstab

Es ist warm geworden in der Welt. Die Sonne hatte die Macht des Winters gebrochen, und allerorten keimt und sprießt es. Verlockend, hinauszugehen in die Wälder, die Arbeit zu vergessen und sich dem süßen Tun anheimzugeben. So spazieren sie, die beiden Alten, Hand in Hand – sie genießen, dass des Lebens Mühsal ihnen bereits gestattet, sich diese Zeit zu nehmen. Ein junges Pärchen sieht sich verstohlen um und huscht ins tiefe Dickicht des sie vor neugierigen Blicken verbergenden Unterholzes.
„Sieh nur, Liebster, sie gehen eine Aaronswurzel stecken!“
„So jung und unschuldig, so unwissend und neugierig!“
„O ja, neugierig! Das waren wir auch! Und was haben wir gezittert vor Angst und Aufregung. Und dass der andere herausfindet, dass wir nichts von alledem wussten, mit dem wir geprahlt hatten!“
„Ich weiß noch wie ich dich an der Hand hatte und nicht wusste, ob du mich oder ich dich hinter mir herzog, nur, dass ich kaum laufen konnte, so sehr hab ich dich begehrt!“
„Ach ihr Männer, dass ihr nie aufhören könnt, euch einzubilden, dass es uns leichter fällt, bei Sinnen zu bleiben, wenn das Blut heiß und schwer wie starker Wein durch unseren Leib tobt! Wenn wir geschwollen und feucht sind, unsere Brustwarzen sich erregend am Stoff der Bluse reiben und wir uns fragen, wie es sein wird, wenn eure Hände sich endlich dorthin legen, wo wir bis dahin nur uns selbst berührten. Ich hatte nur von deinen Lippen getrunken und war schon voll des Rausches.“
„Berauscht von den eigenen Gefühlen, die neu und zugleich vertraut waren. Ich wollte von dir kosten und war doch nicht sicher, ob ich es wirklich wagen durfte. Ob ich nicht ertrinken würde, im Tau deines Leibes. Und doch, als deine Hand sich in die meine schob und du zu mir aufschautest, keck und herausfordernd, wie hätte ich da zugeben können, dass ich wie ein unschuldiges Lamm war, das es nicht erwarten konnte herauszufinden, was es mit der Schlachtbank auf sich hat!“
Sie lacht ihr helles Lachen, das ihn schon vor vielen Jahren zu ihr hingezogen hatte.
„Wir waren schon arge Lämmer, dass wir die Schlachtbank nicht vom Wiesenbette zu unterscheiden wussten. Aber hat es das nicht auch so aufregend gemacht, dass wir nicht wussten, was uns erwarten würde? Ich wusste nicht, ob du mir wehtun würdest, wie die Frauen sagten, oder ob es so gut würde, dass ich nach mehr verlangte.“
„Und ich, ich hatte Furcht, mich zu entblößen, denn was ich wusste, war das, was ich von den Tieren kannte. Wenn der Bock das Schaf bespringt oder der Stier die Kuh. Wie aber sollte ich es tun?“
„Dich von hinten zu besteigen schien mir zwar logisch, aber unpassend, ich wollte dich küssen und dich sehen, streicheln und berühren, endlich deine Brüste fühlen, bevor ich mich in deine feuchte Enge versenken konnte.“
„Es war unser großer Tag, der Tag, der uns von Maulhelden in Erfahrene verwandeln würde.

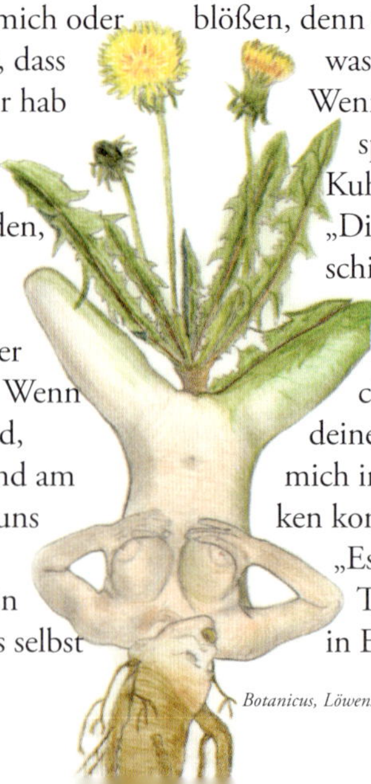

Botanicus, Löwenzahn

Und alle Furcht konnte unsere bebende Neugierde nicht aufhalten. Ich hatte Angst vor meiner eigenen Courage. Doch zu erfahren, wie du dich in mir anfühlen würdest, war etwas, dem ich mich nicht verweigern wollte. Da halfen alle Warnungen, wie gefährlich es sei, mit einem Jungen im Wald die Aaronswurzel zu stecken, nichts.“ „Nun, ich glaube kaum, dass sie heute helfen und dass der junge Mann dort im Gebüsch an etwas anderes denken kann, als sich in das süße, feuchte Fleisch zu versenken, zu saugen an der festen, kleinen Brust und zu trinken von den weichen Lippen seiner Gefährtin. Sie werden sich, wie wir, aufgeregt und unsicher, fragen, wie es sein wird, das erste Mal.“

Das alte Pärchen sah dem jungen schmunzelnd nach und wünschte ihnen im Stillen, dass, wenn sie aus dem Wald kämen, jenes leise Lächeln auf den Lippen läge, das auch sie dereinst nach Hause trugen.

Joachim Feyerabend

Nacht

Dunkler Wahnsinn einer Nacht
dein Stöhnen hat mich reich gemacht
ich wühlte tief in deinen Haaren
zum ersten Mal seit langen Jahren
mein Schrei durchschnitt das Dunkel
und der Sterne Staubgefunkel
schneite nieder auf die Kissen
gab uns das tiefe, alte Wissen
um die Kraft des wilden Tieres
das rote Blut des toll geword’nen Stieres
da warst nur du
gabst mir Ruh
Dunkler Wahnsinn einer Nacht
du hast mich jung und hast mich alt gemacht

Ewigkeitssekunden

Im Wäldchen da
im Buschgewimmer
gabst du mir alles her
im Wäldchen da
im Birkenschimmer
warst du ein weißer Stern
Die Krähen krächzten über uns
der Fluss zog seinen Weg
ich hab’ dich lieb
ich hab dich gern
schriebst du
mit deiner Brunst
in den kühlen Abenddunst
Dort am Holzgeheg’
ich hab’ dich gern
ich hab’ dich lieb
im Wäldchen da
wohin’s uns trieb
ins Buschgewimmer
ich gab dir alles hin
und im letzten Abendglimmer
wog uns die Nacht
durchwacht
wie Ewigkeiten schwer
Es loht mein genitales Feuer
auf deiner vaginalen Glut
du bist mir lieb
du bist mir teuer
wir beide sind uns gut

Botanicus, Calmus

Anna Breitenbach

Hänsel & Gretel

wenn sich
die dunklen Wälder verlaufen
finden wir auf den Wildwegen
heim

Hitze

ich leih mir
meines Hundes
schwarzen Mantel
zieh mir seine
Ohren ins Gesicht
ich lass die Leine
an dem Haken
wo sie hängt

lauf in die Nacht
den Rüden nach

für kältere Tage

die Haut innen
leicht angeraut

nach außen hin
gewachsenes Fell

und ist nachts
Frost angesagt
glüht das Herz
unter den Händen
bluthell

la rose vampire

sie treibt sich gegen
Morgen unnachgiebig

vom nächtlich langen
Beute machen Lieben
Jagen recht rosenmüd
sie schont sich nicht!

in ihre dunkle Kammer
wo sie sich hütet vor
dem harten bösen Licht
und weil sie so auch
langsamer verblüht

Natürliche Strukturen

Bernd Kebelmann
Störtebekers Fliege

Mari Otberg 2014, Störtebekers Fliege

Wenige Tage im Jahr, die Störtebeker gelten, verwandeln Ralswiek auf Rügen am großen Jasmunder Bodden in einen Hexenkessel. Ich sah einem Schwimmbagger zu, der regelmäßig die Fahrrinne aushob, auf der drei provisorische Koggen, abgetakelte Fischerboote mit bunt bemalten Kulissen unter dem Jubel der Gaffer in den Hafen einfahren würden. Ihre Ladung: die Freibeuter selbst, Klaas Störtebeker und Gödeke Michel, dazu acht weitere Männer, gefesselt und geschoren, dem Henker entgegensehend, dem Richtschwert der Hamburger Ratsherren.

Ulla und mir drohte nur der Feinsand. Vom leichten Wind getrieben, rieselte er über unsere Leiber, verirrte sich in die Ritzen, massierte die Haut an Bäuchen und Schenkeln, häutete uns, den Blindschleichen gleich, die sich über uns an der Steilküste sonnten, bescherte uns eine sanfte, fast erotische Streichelei. Ulla drehte sich auf den Rücken, gähnte, schlief wieder ein. Ausgestreckt lag sie da, fast so flach wie der Bodden selbst, hüllenlos, sandig, vom Strandsand verklebt. Mit jedem Stück Haut genoss sie wie ich die weiche Junisonne.

Ich stützte mich auf die Ellenbogen und kniff die Augen zusammen. Im Glitzern der Sonnenstrahlen auf dem brackigen Boddenwasser erschienen mir auf einmal die kahlen Köpfe der Männer. Diese Vitalienbrüder hatten Stockholm, das um dreizehnhundert von den Dänen belagert wurde, vor dem Verhungern bewahrt. Später wurden ihre Einkünfte knapp, und sie holten sich von den Hansekoggen, was sie zum Leben brauchten. Im Dienste der Hamburger Kaufmannschaft vertrieb sie daraufhin der Deutsche Orden von Gotland nach Rügen, wo man sie 1401 vor dem Versteck ergriff und vor die Ratsherren schleppte. Nun aber, vierhundert Jahre später, köpfte man sie in Ralswiek, zum Gaudi der Gaffer, genau wie damals, vor den Pappkulissen des Hamburger Marktes, alle Jahre wieder.

Neben mir lag und schlief Ulla. Sie verdöste die blutigen Abenteuer der heldenhaften Piraten. Ich blinzelte über das Wasser hin, sah sie knien, in einer Reihe, zu neunt, an eine Deichsel gebun-

Rimaldis Vikšraitis

den. Nur Klaas, der Anführer, stand. Er hielt die Verteidigungsrede. Leider war nichts zu verstehen. Der Schwimmbagger dröhnte, es stank nach Diesel.

Plötzlich fesselte etwas anderes meine Aufmerksamkeit, weniger blutig und grausam, dafür so nahe, so spannend, dass ich zur Seite rollte, um genauer zu sehen. Ich erblickte, verfolgte die Abenteuer einer gewöhnlichen Stubenfliege, die sich am Strand herumtrieb. Und wo sie sich herumtrieb! Der Ort musste unwiderstehlich sein. Er zwang sie, sich dort niederzulassen, wo in gewöhnlichen Stunden nichts hingehört als ein Slip.

Störtebeker verhandelte, bot dem Senat für das Leben der Mannschaft so viel Gold, eine Kette zu schmieden, die rund um Hamburg reichte. Ich rollte mich auf den Bauch. Ulla lag da und schlief. Kein Henker zerhackte die Träume der Frau, auch nicht die trunkene Fresslust dieses entfesselten Krabbeltiers. Die Fliege summte und brummte. Aus Richtung Venushügel kämpfte sie sich durch Kraushaar und Feinsand der Doppelfalte entgegen, erkletterte einen der Wülste und vergrub ihr Rüsselchen in der Schlucht. Es war eine Lust zu leben!
Die Piraten wussten das auch. Klaus bot der Hanse Gold, das niemand gefunden hatte; in zwei Mastbäumen war es versteckt. Nein danke, man wollte kein Gold. Die Hanse hatte genug von den räuberischen Paradestücken, zur Nordsee, zur Ostsee, an Land.
Ihr Gold, geht die Sage, bekam später jemand, der für ein paar Heller die Mastbäume erstand, um daraus Brennholz zu schneiden.

Die Fliege bekam Appetit, näherte sich der verborgenen Quelle. Ulla zuckte kaum merklich zusammen, drehte den Kopf, schlief weiter. Mein Blick hatte längst dort Anker geworfen, wo sich das Tier vergnügte. Welcher Mann könnte behaupten, das Studium weiblicher Anatomie abgeschlossen zu haben! Ulla schlief selig und süß, und diese Süße war es, die der Fliege gefiel. Sie war nicht mehr zu halten. Die haarigen Beinchen stemmten sich gegen die Ränder

der Schlucht, die jene Essenz enthielt, die das Insekt verführte. Wie alle Tierwelt war sie der süßen Verlockung verfallen, taub und blind für jede Gefahr.

Ulla streckte sich, rollte zur Seite, drehte den Schoß, zog die Knie an und gab dem Dunkel zwischen den Schenkeln Raum. Glück für die Fliege und ihre Trunksucht. Mit einer gekonnten Grätsche, von sirrenden Flügeln gebremst, rutschte sie abwärts, verschwand zur Hälfte im Vorhof der Freibeuterhöhle. Dort stand sie mit zittrigen Beinchen still und badete im Hochgefühl des Genusses. Dann schwang sie den Rüssel und saugte.

Klaas Störtebeker stand starr und steif. Er hatte nichts zu verlieren, doch bat er für die neun Männer. Die Mannschaft kniete gefesselt in einer Reihe, den Richterspruch zu empfangen, der fest stand wie der Richtblock, auf dem das Schwert hinabsausen würde, einmal, noch einmal, zehnmal. Der Hauptmann aber machte den Ratsherren ein letztes, verzweifeltes Angebot.

Die Fliege soff und soff. Ihr Kielschwert pflügte die süße See; besaß das Tier nicht etwas von Störtebekers Geist? Der kleine Pirat stürzte sich in die Flut und machte reiche Beute. Bald aber ging es ihm wie allen armen Seelen, die nie genug bekommen! Plötzlich drehte Ulla den Kopf, „Lass das, du, lass mich schlafen". Ich erschrak, die Sache war heikel. Wir kannten uns erst drei Tage.

„Den Hauptmann zuerst", schrie die Menge. Es stank nach Geifer und Schweiß. Klaas redete noch immer. Der Hamburger Rat wurde ungeduldig. Da öffnete Ulla die Augen, erwartete eine Erklärung für die sensible Berührung. Sie spitzte die Lippen und blies die Haare zur Seite. „Mach eine Fliege", zischte sie, drehte sich auf den Rükken und schob mir ein Knie an den Bauch. Ich lag unschuldig da, unterm Richtschwert der Sonne. Über uns zirpten die Schwalben.

Störtebekers Vorschlag war frech. Auf den Stirnen der Ratsherren stand Schweiß. Dieser Kerl verspottete sie! Er kam zuerst unters Schwert. Diese Ehre sollte er haben. Dann wollte er sich erheben und ohne Kopf davongehen, an der Reihe der Männer entlang, wie zu einer Parade? Was für ein teuflischer Plan. Die Ratsherren stimmten zu. Tod oder Leben, es galt: an wem der Hauptmann vorbeilaufen würde, der sollte die Freiheit haben!

Ich stöhnte. Freibeuter hatten es leicht, es ging um Tod oder Leben. Hier ging es um eine Zweierbeziehung, die ich mir nach drei Tagen nicht schon verderben wollte. Ich musste die Fliege verscheuchen, bevor sie Ullas Schlaf durch Trunksucht noch länger störte. Keine Frage, das lästige Tier hatte den Tod verdient! Da stand sie, nein, sie schwamm. Jeder ihrer Schritte verstärkte die süße Flut. War sie schon im Vollrausch? Ich öffnete Ullas Schenkel, wegen der besseren Sicht. Und schon geschah das Erwartete …

Der Hauptmann legte den Hals auf den Richtblock, nachdem der Hohe Rat sein Wort gegeben hatte. Der Henker tat sein Werk. Die Menge johlte auf. Ein blutiger Kopf lag im Weidenkorb. Jetzt begann der teuflische Spuk …

Ulla war unruhig, streckte sich. Ich suchte nach einem winzigen, schmerzfreien

Manipulator. Ein Grashalm vielleicht, der das Tierchen zwang, die beglückende Höhle zu räumen; eine heikle Situation. Nur keine rohe Gewalt! Hier war nicht der Hamburger Marktplatz.

Auf ihm troff der Geifer der Menge, die schwieg. Störtebeker stand auf und lief kopflos vor seinen Getreuen entlang. Wen er passierte, dem wurde vergeben. Er kam frei, es war ihm versprochen. Klaus schaffte es bis zum achten. Der neunte war Gödeke Michel.

Ulla spürte Sonne und Sand in der Nase. Sie musste plötzlich niesen. In dem Moment, als Gödeke Michel als Letzter den Schwertstreich empfing, zuckte die Frau zusammen. Es erschütterte sie bis ins Mark. Jede Fliege hätte die Flucht ergriffen. Was tat das verführte Insekt? Es tunkte den Rüssel ins Glück! Was konnte schon geschehen? Kopflos war es bereits.

Mari Otberg

Acht Freibeutern wurde das Leben geschenkt. Der Hamburger Pöbel tobte. Die wider Erwarten befreiten Piraten, die in Schweiß geratenen Ratsherren strebten davon, hatten ähnliche Ziele, würden die Hurenhäuser besuchen, verschiedene Klassen natürlich.

Uns stand der Höhepunkt noch bevor. Da sich Ullas Körper beim Niesen wie ein Gummiball dehnte, zusammenzog, war die Fliege plötzlich verschwunden. Es gab keinen Zweifel, wohin. Meine Hand schnellte vor, Richtung Schleuse, aus der noch ein haariges Bein hervorsah. Ich griff nach der Fliege und zog, ohne die weibliche Haut mehr als notwendig zu berühren. Ein Ruck und da war das Insekt, heftig zappelnd und feucht. Ich hob das Tier, die verklebten Flügel, den Kopf mit den großen Augen vor Ullas staunenden Blick. Sie sagte kein Wort, ihre Lippen zuckten, die Augen verdunkelten sich. Es blitzte unter den Brauen. Ulla hob die Hand, griff mir ins Haar und zog mich zu sich heran. Mit einem Wimpernschlag wischte sie meine Entschuldigung weg. Ich ließ die Fliege fallen. Ulla selbst hatte plötzlich die Lust auf Ebbe und Flut gepackt, der Wunsch nach einer Kaperfahrt in süßer und salziger See, wert, das Leben zu wagen. Ein Wunsch, der allen gemeinsam ist, Stubenfliegen und Hanse-Piraten, Henkern und Hamburger Kaufherren. Der Schwimmbagger hatte genug gegraben. Ich war an der Reihe, und der Bodden schwieg.
Später lagen wir bäuchlings nebeneinander und sahen der Fliege zu, die vor uns im Sand saß. Sie rieb sich mit haarigen Beinchen die klebrigen Flügel trocken, ganz vergnügt von der Schönheit der Welt.

Martin Alexander Sieber

Der Schlaf der Liebenden

für Sel

Wieso man ausgerechnet eine der aufregendsten Sachen der Welt als „miteinander schlafen" bezeichnet, darüber hat sich wahrscheinlich jeder schon einmal gewundert – gibt es doch so viele Plätze, an denen sich's wunderbar lieben lässt, nicht nur im Bett. Etymologisch ist einem auch nicht viel weiter geholfen; bei Borbély heißt es lediglich: „Zum ‚Beischlaf' (das Wort stammt aus dem 15. Jahrhundert) kommt es, wenn Mann und Frau ‚zusammen schlafen'. Wie beim Ausdruck ‚entschlafen' ist auch hier ein Vorgang gemeint, der mit ‚schlafen' nicht direkt zusammenhängt und den man lieber nur umschreibt." Sprache funktioniert hier wie im Film der Schnitt: Was ist passiert? Die Liebenden liegen friedlich umschlungen im Bett (gerade haben sie einander noch mit Blicken aufgefressen). Kein Wunder, dass dieses Geheimnis alle Kinder ganz närrisch macht. Denn das Wesentliche hat man ausgelassen und gleich mit dem Ende angefangen: mit dem Schlaf, dem Schlaff- und Schlappwerden der Glieder. Diese gliederlösende Fähigkeit teilt Hypnos mit Eros und Thanatos; im „Schwinden der Kräfte" liegt seine Macht. Dass einen der Schlaf wie die Liebe überkommt und man sich dagegen kaum wehren kann, stellt eine erste verwandtschaftliche Beziehung zwischen diesen Grenzerfahrungen dar. Andererseits gibt es die Schlaflosigkeit. Schlaf und Lust lassen sich nicht willentlich erzwingen: sie werden gegeben. Gegeben werden sie nur denjenigen, die sich ihrer Macht hingeben – ohne Hingabe kommt man nicht in den Genuss des süßen Schlafs oder Beischlafs. Man könnte den Menschen somit als Lebewe-

Alexis W.

Alexis W.

sen bezeichnen, das sich nicht nur beim Lachen und Weinen, sondern auch beim Schlafen und Sexen „loslassen muß, um die Lösung zu finden“ (Helmuth Plessner). Eine weitere Analogie zwischen Schlaf und Beischlaf ließe sich hinsichtlich der Intimität aufzeigen, denn nicht nur der leiblich-sinnliche Austausch mit einem anderen, auch der eigene Schlaf ist intim, ist „Vertrautheit mit dem Zentrum“ (Maurice Blanchot), ein „Hineinkriechen des Menschen in sich selbst“ (C. F. Hebbel). Aus diesem Grund sah Freud im Schlaftrieb den Wunsch, zum intrauterinen Leben zurückzukehren: „Wir ziehen uns darum zeitweise in den vorweltlichen Zustand zurück, in die Mutterleibsexistenz also. Wir schaffen uns wenigstens ganz ähnliche Verhältnisse, wie sie damals bestanden: warm, dunkel und reizlos. Einige von uns rollen sich noch zu einem engen Paket zusammen und nehmen zum Schlafen eine ähnliche Haltung wie im Mutterleibe ein.“ Diese Regressionssehnsucht hat Nike Wagner eindrucksvoll bei Tristan und Isolde nachgewiesen: „Sie wollen zurück, weit zurück. Sie wollen eine Symbiose, die es nur vor aller Trennung gab. ‚Wo Ich war, soll Es werden‘, würde man, die Maximen der aufklärerischen Psychoanalyse umkehrend, sagen müssen. Sie meinen, in der totalen, der radikalen Liebe ohne Außenbezug, einer Liebe in der Grotte oder Höhle oder auf einsamer Insel sei das möglich. Liebe, die sich solchermaßen absolut setzt, hat alle Wirklichkeitskriterien hinter sich gelassen. Damit aber gibt sie sich zu erkennen, als das, was sie ist: Ausdruck von Regressionssehnsucht. Illusion, man könne zurückkehren in Meer und Höhle, ins geborgene Medium vor dem Geborenwerden. Geschlechtliebe in dieser Sicht (...) ist die raffinierte Täuschung, den

Individuen vorzugaukeln, sie könnten in der Ekstase der Sinne ihre Körper verlassen und mit der bewußtlosen Natur wieder in eins verfließen. Das zu verlassende und verlassene Dunkel bei der Geburt, so Blumenberg, könnte die Erklärung für alle Sehnsucht nach Geborgenheit, aber auch für jeden Wahn vollkommener Wunscherfüllung sein." Mit den Momenten, die im Leben Geborgenheit spenden, können sich Tristan und Isolde nicht zufrieden geben, aus Schlaf und Liebesrausch kann man jederzeit aufwachen, und so erblicken sie

letztlich im Tod den einzigen Ausweg, um die „intramarinen Bedingungen des leichten und geborgenen Lebens im homogenen Medium" (Blumenberg) auf Dauer wiederherzustellen.

Aber wenn ich an den Schlaf der Liebenden denke, denke ich nicht an Tote; Verschmelzungssehnsüchte dürfen nicht zur gegenseitigen Sterbehilfe ausarten. Vielmehr habe ich eine Filmszene von Kim Ki-duk vor Augen, in der sich ein junges Paar im Mondlicht auf einem Ruderboot liebt und am nächsten Morgen vom Ufer auf die Mitte des Sees zutreibt – schlafend. Mir gefällt dieses Bild so gut, weil es, ganz unmittelbar und viel besser als es Sprache vermag, den Verweisungszusammenhang von „schlafen" und „miteinander schlafen" aufdeckt: wie sich die zwei ihrer Leidenschaft hingegeben und die Welt um sie herum völlig vergessen haben. Vielleicht zählt auch der Liebe zu den Dingen, die man am besten nur mit der „Rückendeckung des wartenden Schlafs" machen sollte, man ist ja sowieso schon so schön in- und aufeinander gebettet. Es geht ganz von selbst: Die gliederlösende Macht von Eros und Hypnos greift zärtlich ineinander, leitet vom Außer-sich-Sein in die Erschöpfung, von der Refraktärphase allmählich in den Schlummerzustand über. Auf diese Weise schützt der glückliche, ermattete Schlaf der Liebenden, die gemeinsam versinken, vor der postkoitalen Traurigkeit, vor der Melancholie der Erfüllung und verlängert den Liebesflug „in eine lange Schwebe hinein, in eine Fermate, die

bis an die Grenzen der Auflösung und des Verklingens ihres Einklangs selbst gehalten wird: vermischt, entmischen ihre Körper sich unmerklich, mögen sie mitunter auch bis zum Ende des Schlafs umschlungen bleiben, bis zu dem Moment, wo ihnen die Freude wiederkehren wird, wie erneuert vom Vergessenwordensein, vom Verdunkeltsein während ihres Schlummers, dem Moment, wo ihre wendigen Körper wieder auftauchen, nachdem sie entsunken waren in den Tiefen der Wasser, die sie selbst verströmten."

Alexis W.

Lilli Tollkien

Meermuschi

Ich liege zurechtgefickt und nur mit einem Unterhemd bekleidet auf dem frisch bezogenen Bett eines Hotelzimmers und beobachte den Deckenventilator, wie er geräuschvoll die Mittagshitze im Zimmer verteilt. Der Duft der gebügelten Bettwäsche, der Geruch unserer Körper und die salzige Meeresluft ergeben eine betörende Mischung. Vom weit geöffneten Fenster erklingt der fremdsprachige Singsang spielender Kinder, ab und zu mischt sich das Geräusch eines vorbeifahrenden Mopeds unter das hypnotisierende Surren des Ventilators.

Aus dem Bad höre ich, dass du den Wasserhahn aufdrehst und unter die Dusche gehst. Das warme Nass unserer Lust ergießt sich verspätet zwischen meinen Beinen. Gedankenverloren lasse ich eine Hand zu meiner noch geschwollenen Vulva wandern, verteile das süße Rinnsal und beginne vorsichtig und benommen, die schmerzhaft empfindliche Klit zu streicheln. Die Hitze drückt meinen von einer dünnen Schicht Schweiß bedeckten Körper in die durchgelegene Matratze, und ich bewege mich trotz wachsender Lust kaum unter der Berührung. Wangen und Po glühen ohnehin von deinen Ohrfeigen, und es fällt mir nicht schwer, deinen Mund in der Erinnerung wieder an meinen brennenden Nippeln zu spüren. Mit der Zunge fahre ich über meine salzigen Lippen und stelle mir deinen Schwanz in ihrer Obhut vor.

Die Geräusche, meine Erregung, die Hitze und die Gerüche lassen mich in eine angenehme Trance fallen. Ich habe nicht bemerkt, dass du vom Duschen zurückgekehrt bist und mir seit einigen Minuten dabei zusiehst, wie ich die Finger langsam und rhythmisch an meiner brennenden Klit bewege. Erst, als ich die Kühle deines geduschten Körpers wahrnehme, dich in der Nähe meines Gesichts spüre, öffne ich die Augen und höre erschrocken auf, mich zu berühren. Das schmatzende Geräusch zwischen meinen Beinen hallt nach und klingt ordinär. Ich realisiere, dass ich noch immer meine Lippen benetze, und komme mir albern vor. Du hältst mir deinen aufgerichteten Schwanz vor den Mund und schaust belustigt auf mich herab. Dein Anblick erregt mich, und zugleich fühle ich mich ertappt und bloßgestellt. „Na los", sagst du, „mach schon weiter", aber ich erstarre, und es gelingt mir nicht. Du packst mich an den Haaren, und ich spüre das Brennen deiner Hand auf der Wange, als du mich ohrfeigst. Dann lässt du los und ich sinke zurück in das Laken. „Hast du mich nicht verstanden?", fragst du, es klingt mehr nach Drohung als nach Frage. Bevor ich antworten kann, schiebst du mir grob eine Hand in den Nacken und führst mich zu deinem Schwanz. Greifst mir wieder in die Haare, sodass ich gezwungen

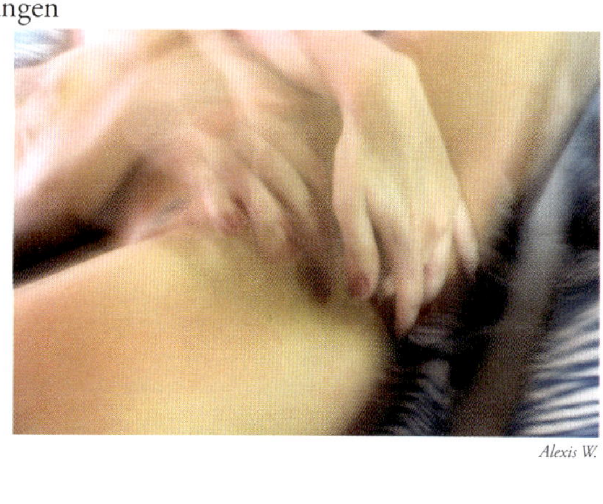

Alexis W.

Alexis W.

Alexis W.

bin, den Kopf in den Nacken zu legen und dir meine glühenden Wangen zu präsentieren. Ich schließe die Augen und werde von einer weiteren Ohrfeige zurückgeholt. „Sieh mich an“, sagst du und spuckst mir ins Gesicht. Dann schiebst du deinen prallen Schwanz zwischen meine Lippen, ich beginne, ihn zu lecken und zu küssen. „Du sollst weitermachen“, rügst du mich und drückst meine Hand an den nassen, warmen Ort zwischen meinen Beinen. Automatisch fahre ich fort, meine Finger kreisen zu lassen, während du mir deinen Schwanz tief in den Hals rammst. Deine fordernden Bewegungen, der abschätzige Tonfall und meine Scham erhitzen mich ungemein. Ich bin kurz davor, zum Höhepunkt zu kommen, als du innehältst, um dich stöhnend über mein Gesicht zu ergießen: „Jetzt kannst du aufhören“, sagst du lachend, und ich fühle mich beschämt, erniedrigt und erregt.

Du wendest dich ab und beginnst, dich anzuziehen. „Dann geh ich jetzt duschen“, sage ich leise, setze mich auf und freue mich insgeheim auf Erlösung durch meine Hand unter der Dusche. Als ich aufstehen will, drehst du dich um und drückst mich zurück ins Bett. „Nein, das tust du nicht“, sagst du, „wir schauen uns noch die Gegend an, das heißt, ICH schaue mir die Gegend an“, und dann ziehst du ein dunkelblaues Band aus deiner Hosentasche und verbindest mir die Augen. „Du musst dir aber noch etwas anziehen“, fügst du höhnisch hinzu und ich stehe unbeholfen auf und taste mich vorsichtig in Richtung Tisch, um den Rock zu finden, den ich auf dem Stuhl am Fenster vermute.

Trotz der Augenbinde spüre ich deine Blicke, und meine Bewegungen kommen mir ungelenk vor. Schließlich schaffe ich es, mir den Rock überzustreifen, und set-

ze mich unsicher auf den Stuhl. Ich höre dich nicht mehr, spüre kaum deine Anwesenheit und weiß nicht, wo im Zimmer du dich befindest. Unbehagen breitet sich in mir aus, ich will die Augenbinde abnehmen, aber im selben Moment trittst du aus der Stille hinter mich.
Sanft massierst du meine Schultern und lässt mich an deiner Brust ausruhen. Dann ergreifst du meine Handgelenke und bindest sie hinter meinen Rücken. „Gehen wir“, sagst du und dirigierst mich am Nacken nach oben, sodass ich gezwungen bin aufzustehen. Du hebst beiläufig meinen Rock und schiebst mir ohne Vorwarnung zwei Finger in den Hintern. Als ich drohe vornüberzufallen, presst du die andere Hand gegen mein Brustbein. Es ist schmerzhaft, aber ich sehne mich so sehr nach Erlösung, dass ich dir mein Hinterteil entgegenrecke. Schließlich zerrst du mich an den Haaren zum Ausgang, öffnest die Tür und führst mich etwas sanfter durch den Flur und eine knarrende Holztreppe hinunter, vorbei an der Rezeption, hinaus in die noch immer drückende Hitze des Nachmittags. Barfuß und ohne Slip spüre ich den heißen Boden unter den Füßen und die feuchtwarme Luft zwischen den Beinen. Über glühende Kieselsteine folge ich deiner Hand an meiner Taille zu dem alten Nissan Patrol und höre, wie du die Tür öffnest. Erleichtert, dass du offenbar nicht vorhast, mich auf der metallenen, heißen Ladefläche abzulegen, lasse ich mich auf den Beifahrersitz heben und recke dir zum Dank die Lippen entgegen. Doch

Alexis W.

Alexis W.

du drückst nur einen genervten, kalten Kuss darauf und schließt die Tür, ohne mich anzuschnallen. Der Motor startet, die Reifen drehen sich quietschend auf den Steinen und dann fahren wir durch die kleine fremde Stadt. Ich höre dröhnende Fernseher aus offenen Lokalen, lauthals lamentierende Männer, bellende Hunde und spüre den warmen Wind an Hals und Gesicht. Um nicht das Gleichgewicht zu verlieren, presse ich mich in den Kurven tief in den Sitz, die Hitze des Leders in meinem Schritt.

Das ungewisse Ziel unserer Fahrt beunruhigt mich, aber du streichelst mir sanft übers Bein und zerstreust die aufkommende Angst. Aus den scheppernden Boxen des Autoradios tönt eine melancholische Frauenstimme, die in der schönen fremden Sprache dieses Landes einen Allerweltschmerz besingt, und ich beginne, mich fallenzulassen und zu dösen.

Ruckartig komme ich zu mir, als der Motor ausgeht und ich das Zuschlagen der Autotür höre. Ich schmecke das Meer auf den Lippen und ahne, dass wir zu der kleinen Sandbucht gefahren sind, hinter der Stadt, gleich nach der Fischerei, zwischen den Dünen. Dann geht die Beifahrertür auf und du hilfst mir aus dem Auto. Als ich zum Stehen komme, drückst du meinen Kopf unsanft gegen die Scheiben und greifst in meinen vom Sitzen betäubten Schritt. Ich versuche, den Kopf zu wenden, und will dich küssen, deine Nähe suchen, um die wieder aufkeimende Angst zu zerstreuen, doch du spuckst mich an und verteilst das warme, im Seewind kühlende Nass auf meinem Gesicht. Dann küsst du meinen Nacken und beginnst, mich quälend sanft zwischen den Beinen zu streicheln, bis dort die noch ungestillte Lust erneut aufkeimt. Mit gekonnten Bewegungen pflügst du den feuchten Boden und ergötzt dich an der reifen, prallen Frucht, die du erntest.

Noch benommen von der Fahrt und auf wackeligen Beinen erfasst mich die Erregung mit Dringlichkeit; wie ein Vakuum zieht die Begierde meinen Unterleib zusammen, ich möchte nichts mehr, als dass du mich endlich nimmst und diese Leere ganz und gar ausfüllst. Aber auch diesmal hältst du inne und lässt mich warten. Mit einem zärtlichen Griff an meine schmerzenden Handgelenke weist du mich an, nach rechts zu laufen. Ein paar Schritte gehen wir gemeinsam, dann spüre ich heißen Sand unter meinen Füßen und du

drückst mich auf die Knie. An den Haaren ziehst du mich bäuchlings durch den körnigen Sand, der sich schmerzhaft in die schweißverklebten Poren meiner Haut eingräbt. Plötzlich wird der Boden fester und kühler, und ich höre das Rauschen des Meeres. Du lässt mich los, und ich robbe zum Ufer. Mit den Knien ertaste ich die Gischt und kühle zuerst die Beine, dann den Rest meines geschundenen Körpers unter den gleichmäßigen Streicheleinheiten der Wellen, lasse Schenkel, Bauchnabel und Brüste vom zugleich brennenden und kalten Salzwasser umspülen und genieße die immer noch heißen Strahlen der Abendsonne auf meiner nassen Haut.

Allmählich beginnt mein Körper, die Anspannung zu verlieren, doch je mehr ich der Entspannung nachgebe, desto heftiger meldet sich das gierige Pochen zwischen meinen Beinen zurück, die unbefriedigte und belächelte Lust des Nachmittags, die noch immer keine Erlösung gefunden hat. Wie ein verletztes, hungriges Tier erwacht sie aus dem Dämmerschlaf, die Begierde, und rebelliert in meinem Schoß.

Ich wittere jede Bewegung, merke, wie du neben mir deinen Gürtel öffnest, und recke instinktiv den Unterleib in die Höhe. Dann höre ich ein sanftes Zischen in der Luft und spüre den brennenden, aber noch zaghaften Schmerz deines Gürtels auf meiner Venus. Schützend tauche ich die Lenden in die nächste Welle, recke sie dir gleich darauf wieder entgegen, unentschlossen zwischen Schmerz und Erregung. Anstatt zu einem erneuten Schlag auszuholen, fasst du mich mit beiden Händen an den Hüften und umschließt meine pulsierende Vulva mit den Lippen. Ich flehe dich an, mich endlich zu nehmen. Stattdessen verharrst du mit den Lippen in meiner Lust und entfernst vorsichtig die Fesseln. Ohne nachzudenken führe ich die vom einschießenden Blut kribbelnden Hände zum Gesicht, nehme die Augenbinde ab und ergebe mich überwältigt dem seltsam grellen und intensiven Licht, dem unnatürlich satten Blau des Himmels, der über mir strahlt. Mein Schoß zuckt deinem Mund entgegen, und ich spüre, dass ich im nächsten Augenblick kommen werde. Jäh beendest du deinen brennenden Zungenkuss auf meinen Schamlippen und stellst dich zwischen meine Knie. Immer noch recke ich dir flehend meinen Unterleib entgegen. „Spreiz deine Schamlippen“, forderst du, öffnest meine Beine und ich gehorche sofort. Dann versenkst du deine Hand ruckartig in meinem geöffneten Nass, entziehst sie mir aber im nächsten Moment wieder.

Aus dem Augenwinkel sehe ich, wie du nach deinem Schwanz greifst, und flehe dich an, „bitte, nimm mich endlich“, doch ich spüre nur einen warmen, nassen Strahl, zuerst auf meiner pochenden Klit und dann endlich in meiner gespreizten Möse. Ein warmer prickelnder Schauer erfasst meinen Schoß, setzt sich wellenförmig durch die Wirbelsäule zum Brustkorb fort, und endlich komme ich, während du dich über und in mir erleichterst. Erschöpft lasse ich meine Hüften zu Boden sinken, und sofort werden sie von einer kühlenden Welle umspült, die sich gleich darauf wieder zurückzieht. Auf der Haut spüre ich im abperlenden Wasser den Sog des Meeres und lasse endlich vollkommen los.

Ben Marcato

Barbara Piper

Du Süßer, mein Zaubermann,

dir zu schreiben ist so vergeblich wie einen Ochsen das Lesen zu lehren. Dennoch versuche ich es, weil du mich lockst, den Ochsen „katà bou strophedon“ schickst. Mich „furchenwendig“ machst, so Wikipedia. Das allein erregt mich schon. Furchenwendig? Komm und unterwirf mich. Weil du mich trotz meiner Macht in der Hand hast. Weil Macht wieder Macht erzeugt. Weil du mir Lust machst, haltlos. Und weil ich dich halten will. Wohin soll das gehen? Tränke mich, überschwemme mich. Mach mich nass.

Donnerstag, der 13. Juli, eine zauberhafte Sommernacht. In einer solchen Nacht getrennt zu sein, ist nicht Strafe, sondern sträfliche Dummheit. Ich hoffe, du widersprichst mir nicht. Du schließlich wolltest es so. Wäre dein Laken meins, bliebe es nicht trocken. Lust.

Zu lange habe ich auf diese Nacht gewartet, um sie allein zu verbringen. Jetzt Lust daran zu empfinden, gelingt nur bedingt, weil du nicht da bist.

Ich denke an dich, deine blitzenden Augen, deinen leicht gewölbten Bauch, die kleine Haarkolonie zwischen deinen Schulterblättern. Deine Füße. Deine nicht ganz rasierten Bartstoppeln, deine grauen Haare, den verzagten Blick, der hinter dem Blitzen schlummert. Alter? Wie sollte sich diese Frage stellen, du bist ewig alt und ewig jung. Wie du den Schrank öffnest, Wein einschenkst mit deinen wunderbaren Händen, lachst. Fragst, was du sonst noch tun kannst. Noch mehr entzündest du mich: Lust. Hinaus, hinaus aus der Zivilisation, die doch nur Masken im Gepäck führt. Lust: dich an mir zu spüren, deinen Schalk, wie du die Kerze anzündest und mich fragst, ob ich daheim auch Kerzen habe. Haut, alles auf deine Haut reduziert. Magnetisch, magisch. Die Haut deines sechzigjährigen Körpers wie die deines empfindlichen Stabes. Warum? Ich bin doch so viel jünger, sagen sie. Wie dir zwischendrin die Katze einfällt, die ihren leeren Magen hinausmaunzt, obwohl die Sommernacht ruft. Mich jedenfalls ruft sie. Ja, ich habe Kerzen, aber ich will deine. Dass du

Ben Marcato

Ben Marcato

sie anzündest. Dass du kommst. Zu mir. Dass du mich, die Spröde, verankerst, bodenfest machst. Festnagelst. Sie hältst, streichelst, nimmst. Ihr wehtust. Du weißt, dass x Prozent der mitteleuropäischen Frauen Vergewaltigungsfantasien haben? Halte das nicht für ein Gerücht. Wir sind stark, ihr lasst euch gerne die Entscheidung abnehmen. Ja. Aber wir möchten loslassen. Einmal – nur in diesem Ausnahmefall – über uns entscheiden lassen. Unsere Lust genießen, ohne denken zu müssen. Freiheit. Öffnung. Entspannung. Loslassen. Schwach und dadurch stark werden. Lust schenken? Also habt ihr doch auch etwas davon. Lust. Eintauchen. Sich öffnen, immer weiter. Saugen, aufnehmen. Aufgebrochen werden wie das Wild. Sich hingeben und Geborgenheit geben. Feuchtigkeit spüren. Du hast den süßen Tropfen gar nicht bemerkt? Er kam meiner Zunge entgegen und strandete zwischen meinen Beinen. Und machte die fischreiche See noch reicher.

Ich liebe dich. Holst du mich ab?

Rinaldo Hopf (Bilder) & Thomas Luthardt (Gedichte)

J + T

SO SEI UNSER HAUS:
Fenster voller Himmel,
Ein Morgen Wind
Hinterm Haus,
Ein Dach, auf dem
Sonne sich sammelt,
Ein Garten, der blüht;
Und drei Stufen zur Tür,
Die allen allzeit
Offensteht …

Vorm Aquarium

Ich sehe der Fische
Geheime Sprache
Davon können lernen
Die heimlich sich lieben:
Mit festen Lippen
Küssen und Schweigen …

ZWISCHENMAHLZEIT

Minutenlang schwillt
Lustvoll mein Schwanz
In deiner Faust
Genießt den kräftigen
Griff   spritzt endlich
Salzigen Samen dir
Über Stirn und Lippen
Liebkosend umschließen sie
Meine Eichel   dass kein einziger
Tropfen entweiche

An hellem Nachmittag
Reiten dich meine
Starken Schenkel
Unsere Orgasmen fliegen
Aus dem Fenster
In die Fliederhecke
Treiben Bienen
Ins Delirium

Kai Essler

Ping-Pong oriental

Ein Liebesspiel in drei Sätzen

Die Partnerin des Fragestellers im folgenden Dialog ist Reiseleiterin, was dazu führt, dass sich die beiden mitunter wochenlang nicht sehen. Sie überbrücken diese Zeiträume der Entbehrung durch erotische Frage- und Antwortspiele, die sie sich per E-Mail zuschicken. Um den Genuss und die Spannung zeitlich zu verlängern, haben sie verabredet, nicht mehr als drei Fragen pro Abend zu stellen und zu beantworten – der Text wird hier in fortlaufender Form kapitelweise veröffentlicht. Bei genauer Lektüre ist erkennbar, dass es sich beim Wesen dessen, der die Fragen stellt, um eine widersprüchliche Mischung aus Voyeurismus und Dominanz mit einem Schuss Cuckold handelt. In den Antworten der Frau paart sich Abenteuerlust mit devoter Haltung. Die authentischen Szenen spielen in der syrischen Hauptstadt Damaskus, als es dort noch friedlich zuging. Kai Essler, Herausgeber

1. Satz. Das Zahlenspiel

In der ersten Episode scheint es banal zuzugehen: Ein älterer örtlicher Reiseführer (im Folgenden R genannt) bittet eine jüngere deutsche Reiseleiterin nach der Rückkehr von einer Stadtrundfahrt zu sich aufs Hotelzimmer, nachdem sich die Touristen bis zum Abendessen auf ihre Unterkünfte verteilt haben. Eine alltägliche Geschichte, hätte es da nicht tagsüber einen heftigen Streit der beiden in Gegenwart der Reisegruppe gegeben.

Worum ging es in dem Streit zwischen dir und R?
Eigentlich völlig nebensächlich: R wollte den Besuch der Zitadelle aus Zeitgründen streichen, ich bestand darauf, weil dieser Punkt in der Ausschreibung der Reise erwähnt war.
Wie kam es zur Einladung auf sein Zimmer?
Da lag mehr als ein halber Tag dazwischen, R fragte mich bei der Ankunft vor dem Hotel beinahe beiläufig, ob ich ihn in zwanzig Minuten besuchen kommen wolle, und nannte mir seine Zimmernummer.
Das hat dich nach dem Streit nicht verwundert?
Nein, es war ja dabei eine Spannung zwischen uns entstanden, aus der sich seiner Meinung nach wohl eine gewisse Leidenschaft entwickeln könnte. Von mir aus betrachtet war das eindeutig ein Spiel mit dem Feuer, dazu kam die Unwiderstehlichkeit der orientalischen Umgebung. Wir waren übrigens per Sie und blieben das auch weiterhin, um bei den Gästen keine Gerüchte auszulösen. Dabei achteten wir streng darauf, sie in dem Glauben zu lassen, dass wir uns nicht besonders gut leiden konnten.
Wie hast du dich auf den Besuch in seinem Zimmer vorbereitet?
Das musste alles ziemlich schnell gehen, sprich: Ich verabschiedete mich von der Gruppe, bin auf mein Zimmer und musste quasi in den nächsten fünf Minuten wieder los. Womöglich hätte ich bei näherem Nachdenken Zweifel gekriegt. Ich habe mich also nur ein wenig frisch gemacht und nahm in meiner Alltagskleidung den Weg vom dritten in den fünften Stock.
Hatte R sein Zimmer abgeschlossen, und hast du angeklopft?
Nein, das Zimmer war nicht abgeschlossen, und ja, ich habe doppelt geklopft.
Wo und wie erwartete dich R?
Er machte die Tür auf, behielt die Klinke in der Hand und wies mir den Weg an sich

vorbei. R war nackt und hatte lediglich ein Handtuch um die Hüften geschlungen.
Was ging dir bei diesem Anblick durch den Kopf?
Wow, der traut sich aber! Dass es gleich so zur Sache gehen würde, hatte ich eigentlich nicht gedacht. Da hat er mich überrumpelt, also den Überraschungsmoment genutzt.
Was meinst du, wie R auf die Idee kam, dich nur mit einem Handtuch um die Hüften zu empfangen?
Entweder war das eine lange praktizierte Masche, oder er dachte, nach dem Streit am Vormittag hätte er sowieso nichts mehr zu verlieren und könnte hurrlispurrli aufs Ganze gehen.
Hältst du es für völlig ausgeschlossen, dass dieser vermeintlich kühne Einfall mit dem Handtuch in Wirklichkeit aus der Not geboren war? Womöglich hatte er sich gerade geduscht und irgendwie mit der Zeit verrechnet, dann klopftest du deutsch-pünktlich an die Tür, und er schlang sich in aller Eile ein Handtuch um die Hüften – du wärest wohl kaum ein zweites Mal gekommen, wenn er nicht aufgemacht hätte?
Den Gedanken kann ich nicht entkräften. Aber ich denke, dass man erkennt, ob jemand rasch ein Handtuch umschlingt oder sehr gelassen die Tür öffnet – beinahe, als hätte er dahinter gewartet. Das wäre jedenfalls perfekt verschleiert gewesen, und sein Auftritt nötigt mir jetzt noch Respekt ab – so cool war das.
Kam R auf dich zu, oder winkte er dich zu sich heran?
Ich ging an ihm vorbei – er stand links an der Tür – Richtung Fenster, er kam mir im Abstand nach. Wir haben ein paar unverbindliche Worte über die Aussicht gewechselt. Im fünften Stock waren wir schon ziemlich weit oben, hatten aber keinen traumhaften Blick auf die Stadt, weil einige hässliche Kästen davor standen, die unserem Hotelgebäude glichen.
Was war das für ein Gefühl für dich, vollkommen angezogen neben einem fast nackten Mann zu stehen?
Wie soll ich sagen: Das war eigentlich für den Anfang besser als andersherum.
Dieser Zustand hielt ja nicht allzu lange an, oder?
Nein, R schaute ganz gezielt auf meinen Busen, offensichtlich das wesentliche Objekt seiner Begierde. Dann wies mich mit einem machohaften Blick, hochgezogenen Augenbrauen und einer kurzen Kopfbewegung an, meine Bluse aufzuknöpfen – ein sehr geschicktes Vorgehen, wie ich im Nachhinein sagen muss. Denn so konnte er testen, ob ich seinen Wünschen nachkäme, ich andererseits hatte keine Hand frei für abwehrende Bewegungen. So war von Anfang an klar, dass er der Agierende und ich die Reagierende sein würde – er hatte mich auf sein Zimmer bestellt, und ich war gekommen. Damit hatte er das Heft in der Hand.
Bist du seiner Aufforderung sofort gefolgt?
Ja, nachdem er sie noch durch einen gezielten Wink mit der Hand unterstrichen hatte, begann ich meine Bluse aufzuknöpfen.
Welches Kleidungsstück fiel zuerst?
R zog mir die offene Bluse aus, wobei er sie mir nicht mit einem Ruck vom Leibe riss, wie er überhaupt sehr bedächtig und vorsichtig vorging. Mir schien, er wollte jedes Anzeichen von Zurückweisung durch mich vermeiden. Er streifte mir also erst die rechte und dann die linke Seite der Bluse von den Schultern.
Hat er dich aufgefordert, ihm deinen Busen zu zeigen?

Nein, das hat er selbst besorgt, und zwar ziemlich flott: Er griff mit beiden Armen um mich herum und öffnete den Verschluss meines BHs mit einem Griff.

Wie war das, einem Mann plötzlich oben ohne gegenüberzustehen, den du am Morgen zum ersten Mal im Leben gesehen hattest?

Ich war vor allem verwundert, wie gezielt er vorging. Es gab bis dahin keinerlei Zärtlichkeiten, nicht einmal Tuchfühlung. Wir blieben auf Distanz, wobei R immer solch ein gewisses Lächeln zeigte, mal ironisch, mal arrogant, aber immer voller Bewunderung für mich. Ich fand dieses Vorgehen sehr clever, denn so musste ich nicht ängstlich sein, konnte Schritt für Schritt mitgehen, auch wenn es auf den ersten Blick ungewöhnlich schien. Er machte mich neugierig in kleinen Häppchen.

Gé

Hattest du den Eindruck, dass er in Erregung geriet oder gar eine Erektion bekam, während Bluse und BH fielen?

Nein, er blieb ganz ruhig, und ich konnte keine entsprechenden Reaktionen feststellen. Für spürbare Beweise standen wir zu weit auseinander.

Und er sprach gar nicht?

R war ein eher stiller Mensch, aber als ich so halb nackt vor ihm stand, sagte er: „Die deutschen Frauen haben tolle Busen", wobei er diese Aussage mit einer Geste seiner Hände unterstrich. Dieser Satz war natürlich der Knaller, das hat er auch gemerkt. Da gab es keine Steigerung, weshalb er danach nichts längeres Sinnvolles mehr gesprochen hat.

Was hast du dir in diesem Augenblick gewünscht?

Dass er endlich näher kommt.

Ging dieser Wunsch in Erfüllung?

Ja, die Handgreiflichkeiten begannen am Fußende des Bettes, während wir vor dem Fenster standen. R strich mir über die Arme und dann schon mehr in Richtung Brüste. Die Brustwarzen berührte er ganz

sanft, streichelte sie eher vorsichtig und nahm sie zu keiner Zeit fester zwischen die Finger. Offenbar spürte er, dass dies völlig ausreichte, um mich in Fahrt zu bringen.
Wie hast du darauf reagiert?
Es hat mich wohlig gefröstelt – innerlich und äußerlich. Ich blieb wie angewurzelt stehen und war mucksmäuschenstill. Ich genoss, wie er meinen Busen mit seinen Händen eine ganze Weile liebkoste, ehe sie die Reise nach unten begannen.
Hätte man euch von den Fenstern der gegenüberliegenden Häuser beobachten können?
Ja, die Vorhänge waren offen, aber nach den ersten Zärtlichkeiten sind wir wie von selbst unversehens auf dem Bett gelandet, wie das halt so ist beim ersten Mal, etwas unbeholfen, leicht übereinanderpurzelnd. Ich kam unten zu liegen.
Wann und wie kam das Handtuch um seine Hüften abhanden?
Durch meiner Hände Arbeit, als wir lagen. Zu meiner Überraschung stand sein Glied in voller Pracht und mit Kondom. Das muss er sich übergezogen haben, bevor ich das Zimmer betrat. Keine Ahnung, wie das Kondom die ganze Zeit gehalten hat.
Er war also nackt, und du hattest noch Rock und Slip an?
Ja, den Rock im Liegen auszuziehen, war ein bisschen unbequem, denn er war eng und wadenlang. Das haben wir gemeinsam bewerkstelligt. Den Slip hat mir R dann allein runtergezogen.
Nachdem R dich bis dahin nur mit seinen Händen berührt hatte, wie fühlte sich der volle Körperkontakt an, als ihr in die Horizontale gerietet und er auf dir lag?
Ich habe voll danach gegiert.
Bevor R den Weg zwischen deine Schenkel fand, gab es da zuvor noch manuelle Rangierarbeiten?
Nein, seine Hände waren nicht mehr im Spiel – er ging sofort in die Vollen. Es war übrigens eine astreine Missionarsstellung ohne jegliche orientalische Besonderheiten: R stützte sich mit den Armen auf, vermutlich, um das Geschehen besser im Blick zu haben.
Schaute er dir in die Augen?
Nein, vor allem auf meine wippenden Titten. Sein Blick war voller Eroberungslust.
Und deine Blicke?
Ich erfreute mich mit den Augen an seinen Bewegungen unterhalb der Gürtellinie, als er mir überraschend ein Zahlenspiel ankündigte.
Was für ein Zahlenspiel?
Er sagte: „Ich krieg dich bei sieben."
Dann begann er von zwanzig an rückwärts zu zählen.
Hat dich das Zählen nicht unter Druck gesetzt?
Nein, ich habe es als lustvolles Spiel angesehen, und das war es ja auch. Ich hatte keine Bedenken, zumal ich spürte, dass er das Tempo nach mir taktete: Er zählte ganz ruhig und langsam, nicht im Rhythmus seiner Stöße. Bei acht bin ich gekommen.
Und er?
Einen Wimpernschlag später.

2. Satz. Auf die Knie!

Am nächsten Abend gab es keine Fortsetzung der heißen Szene im Hotelzimmer. Der einheimische Reiseführer hatte sich vielmehr eine mobile Annäherung ausgedacht, wozu er allerdings einen Komplizen brauchte. Der Willigkeit seiner Partnerin hatte er sich ja schon am Vortag vergewissert, sodass er einen Schritt weiter zu gehen wagte.

Hattest du am nächsten Tag gewisse Erwartungen, dass nach deinem Besuch im

Hotelzimmer am Vortag wieder etwas Ähnliches bevorstehen könnte?
Nein, damit hatte ich nicht gerechnet, denn schließlich war das keine private Tour, sondern wir waren beide ziemlich fest in das Reiseplan-Korsett eingeschnürt, für dessen reibungslosen Ablauf wir die Verantwortung trugen – ich mehr als er.
Wann und wo hat R dich am zweiten Tag gefragt, ob du zu einer zweiten Runde mit ihm bereit bist?
Das war erst nach der Ankunft am Hotel, denn es gab den ganzen Tag keinerlei Möglichkeiten, ein paar private Worte unter vier Augen zu wechseln. Rundreisetouristen erwarten ja Rundumbetreuung.
Was hat er dir vorgeschlagen?
Nichts Besonderes – er fragte nur, ob ich etwas Zeit hätte, und sagte dann, dass wir uns vor dem Hotel treffen. Von dort sind wir zu Fuß zum Bus. Es sah so aus, als würden wir irgendetwas besprechen wollen oder irgendwohin fahren, um etwas für den nächsten Tag vorzubereiten. Er hatte mich mit seinem Vorschlag überrascht – wenn er ihn tagsüber schon früher geäußert hätte, wäre ich schon aus Zeitgründen nicht darauf eingegangen.
Hast du dich vor der Abfahrt umgezogen?
Kein Gedanke! Es war ja wie am Tag davor wenig Zeit, da ich zum Abendessen wieder bei meiner Reisegruppe sein musste. Ich trug einen halblangen Rock, eine weiße Bluse und flache Schuhe, weil wir ja tagsüber ganz hübsche Strecken zu laufen hatten. R hatte wie immer ein helles Hemd und eine helle Leinenhose an.
Was waren deine Erwartungen?
Mir war klar, dass es wohl zu Vertraulichkeiten kommen würde, aber ich hatte keine Ahnung, welcher Art sie sein würden. Nach dem, was ich am Vortag erlebt hatte, war ich dann im Bus ziemlich gespannt und aufgeregt.
Befand sich außer dem Busfahrer noch jemand im Fahrzeug?
Ja, eine Frau mittleren Alters, offenbar eine Einheimische, die vorn neben dem Fahrer Platz nahm.
Und wo saßt ihr?
R ging zielstrebig voran – ungefähr bis zur zehnten Reihe – und setzte sich ans Fenster, ich mich neben ihn auf den Gangplatz.
Womit vergnügten sich der Fahrer und seine Begleitung?
Da habe ich nur ab und zu ein leises Kichern oder Stöhnen gehört. Was da

Gérard

vorn wirklich geschah, keine Ahnung. Das hat mich aber auch nicht interessiert.
Was dachtest du, wohin die Fahrt gehen würde?
Ich dachte eigentlich, dass wir irgendwo hinfahren und dort aussteigen würden.
Begann R noch im Bus mit irgendwelchen Annäherungsversuchen?
Ja, so nach ungefähr zehn Minuten, als wir noch mitten im Stadtgetümmel waren, fing er an, mir über die Brüste zu streichen. Sie hatten es ihm offensichtlich besonders angetan.
Löste R mit dem Streicheln deiner Brust Lustgefühle bei dir aus?
Sofort – wobei er mich allerdings auch überall anders hätte anfassen können. Dann griff er mir in den Ausschnitt.
War das nicht ein bisschen eng?
Doch, aber da die Bluse einen kleinen V-Ausschnitt hatte, musste er nur drei Knöpfe öffnen, um mir etwas bequemer mit seinen schlanken Händen unter den elastischen BH zu greifen. Ganz ohne Akrobatik ging's nicht: Erst schob er seine linke Hand an meinen linken Busen. Damit er Hand und Arm nicht so verdrehen musste, wechselte er dann die Seite und zog den rechten Busen ins Freie.
Er wollte offenbar wieder etwas zu sehen bekommen?
Das war wohl nicht die Hauptsache, denn die Dunkelheit begann inzwischen hereinzubrechen. Es ging mehr ums Gefühl als ums Anschauen und Zeigen.
Fasste er fester zu?
Nein, ganz sanft und liebkosend – ich folgte ja seinem Vorhaben: Mit dem Busen im Griff dirigierte er mich dorthin, wohin er mich haben wollte.
Wohin wollte er dich denn haben? Noch während der Fahrt?
Ja, das war während der Fahrt. Er lenkte mich vom Sitz auf den Boden. Ich sollte offensichtlich vor ihm knien, was vom Platz her zwischen den Sitzreihen im Bus gar nicht so einfach war.
Wäre es nicht bequemer gewesen, wenn R an den Gang gerückt wäre?
Ja, das sicher, aber er blieb auf seinem Platz. Ich spürte die Lehne der Sitze davor im Rücken und kniete zwischen seinen Beinen, die er fest an meine Flanken presste.
Gegen die Fahrtrichtung in einem fahrenden Bus – fühltest du dich nicht eingeengt und unwohl?
Keineswegs – obwohl ich wenig Spielraum hatte, empfand ich mich in meiner Stellung nicht eingezwängt, sondern genau passend. Der Bus war inzwischen zum Stehen gekommen, und R öffnete seine Hose.
Wo hattest du deine Arme und Hände?
Mit denen stützte ich mich auf den gespreizten Oberschenkeln ab. Er wiederum nahm meinen Kopf in seine Hände und gebot ihm, in seinen Schoß zu wandern.
Wie kam Bewegung in die Sache?
R versetzte meinen Kopf mit seinen Händen in ein rhythmisches Vor und Zurück.
Ist er dabei bis zum Anschlag gegangen?
Nein, er hatte kein allzu großes Interesse, sehr tief reinzukommen, und genoss offensichtlich mein Zungenspiel am oberen Ende. Das änderte sich natürlich ein wenig mit zunehmender Dauer.
Versuchte er, das Ganze gezielt in die Länge zu ziehen?
Eigentlich nicht, er hielt vielleicht dreimal kurz in seiner Bewegung inne, aber ohne dabei meine offenen Lippen zu verlassen.
Und du hast die ganze Zeit eine rein hinhaltende Rolle gespielt?
Ja, dem kann ich mit reinem Gewissen zustimmen. Es gab allerdings viel Blick-

kontakt zwischen uns: Er schaute voller Lust auf mich herab. Ich wiederum schaute zu ihm auf und erfreute mich an seinen Blicken, an seiner ungeteilten Aufmerksamkeit für mich.

Was geschah beim und nach dem Erguss?

Er hat meinen Kopf rechtzeitig ganz unaufgeregt und sanft zur Seite gedreht, ein Taschentuch lag bereit. Dann habe ich mich irgendwie wieder auf den Sitz gehievt, wo wir noch ein wenig ruhig nebeneinander saßen.

Hattest du Lust, dass R noch etwas zu deinen Gunsten mit dir macht?

Nein, du darfst nicht vergessen, dass für mich die ganze Situation insgesamt ungeheuer aufregend war. Jedenfalls sah ich keinen Grund, mich zu beklagen, es war stimmig so.

3. Satz. In der Moschee

Eine exotische Komponente bestimmt diesmal mit der Wahl des Ortes das lüsterne Spiel. Wieder kommt der Bus zum Einsatz, aber er ist kein Selbstzweck, denn der Fahrer steuert ein geheimnisvolles Ziel an. Rückwirkend betrachtet hätte dieser Platz höchst gefährliche Folgen haben können, wäre das Paar dort entdeckt worden.

War es am dritten Tag sozusagen schon Routine, dass ihr vor dem Abendessen noch etwas zu zweit unternehmen würdet?

Nein, überhaupt nicht. Ich hatte mich eigentlich auf ein halbes Stündchen zum Ausruhen auf meinem Zimmer gefreut. Denn mit einer dreißigköpfigen Reisegruppe in einem orientalischen Land ist man ständig unter Druck, damit alles klappt und sich niemand der Gäste beschwert. Über ein Abenteuer am Abend nachzudenken, dazu hatte ich tagsüber gar keine Zeit.

Hast du diesmal Anzeichen oder Andeutungen von R wahrgenommen, dass er noch eine Spritztour mit dir im Sinn hatte?

Nie und nimmer hätte ich gedacht, dass er noch einen Ausflug vorhatte, zumal R erneut keinen Pieps gesagt und auch sonst nichts zu erkennen gegeben hatte. Aber unser Aufenthalt dauerte ja nur drei Tage – die gedachte er offenbar voll zu nutzen.

Ab wann wusstest du Bescheid?

Das gleiche Spiel wie am Tag davor – erst nachdem wir vom Ausflug mit dem Bus zurück waren und alle auseinanderstoben.

Was hat dich denn derartig an R fasziniert, dass du deine wohlverdiente Ruhepause am dritten Tag hintereinander sausen ließest?

Eigentlich reizen mich an orientalischen Männern ihre dunklen Augen und ihre leicht braune Hautfarbe. Nun war es allerdings so, dass R helle Haut und ebensolche Augen hatte und glatt als Nachfahre von Lawrence von Arabien hätte durchgehen können.

Gab R dir gegenüber ein Fahrtziel an?

Wohin es genau gehen sollte, darüber habe ich gar nichts gewusst. Er fragte mich nur, ob ich ein wenig Zeit hätte, um mit ihm außerhalb des Hotels an einen abgeschiedenen Ort zu fahren – und dass der Busfahrer eingeweiht sei.

Was meinst du, warum R nicht den bequemeren Weg des Hotelzimmers wählte, in dem ihr eure Ruhe hattet?

Im Hotel hatte er mich ja schon gehabt, so war es einfach aufregender.

Wo saßt ihr diesmal im Bus?

Ganz vorn, unmittelbar hinter dem Fahrer.

Wie verhielt sich R dir gegenüber während der Fahrt?

Undurchschaubar, schweigend, zurückgelehnt im Sitz, ohne jeglichen Körperkontakt mit mir.

War dir klar, dass ein erotisches Abenteuer bevorstand, oder hätte der abgeschiedene Ort auch eine architektonische Besonderheit, ein Naturwunder oder ein Beduinenlager sein können?
Für den Bruchteil einer Sekunde ging mir durch den Kopf, dass er mir vielleicht sein Haus zeigen wollte, in dem er mit seinem Vater wohnte. Er hatte tagsüber der Reisegruppe erzählt, dass es in einem sehr schönen Stadtviertel stehe. Aber nach einem einzigen Blick in seine Augen zweifelte ich nicht mehr daran, dass wir zu einem Tête-à-tête fahren würden.
Wohin führte die Fahrt?
Der Busfahrer fuhr bis in die Außenbezirke der Stadt und hielt vor einem älteren Gemäuer an, das ich für eine Moschee hielt. Wir stiegen aus, und ich folgte R in Richtung auf eine Tür, die nicht verschlossen war.
Was geschah im Inneren des Gebäudes?
R ging langsam quer durch den hohen Raum – leicht schräg voran, sodass er immer wieder Blickkontakt mit mir aufnehmen konnte. Wir kamen an verschiedenen Nischen vorbei, es hätte auch eine verlassene Synagoge oder christliche Kirche sein können – ohne jede Möblierung, völlig leer. Auf dem Weg gab es keine Berührungen, vor einem Mauervorsprung blieb er stehen. Die Tür war offenbar nicht abschließbar.
Wurde die ganze Zeit geschwiegen?
Am Eingang sagte er ruhig „Wir gehen dorthin“ und zeigte auf den Vorsprung. Dort wurde gar nicht mehr gesprochen.
Hast du auch etwas gesagt?
Ich erkannte, dass es besser war, nichts zu sagen – meinen Gefühlen habe ich durch Lächeln Ausdruck verliehen.
Was geschah dann?
R betrachtete mich sehr aufmerksam von oben bis unten und öffnete dann langsam den seitlichen Reißverschluss an meinem Rock. Dann schoben wir gemeinsam den Rock hinunter – und ich habe meine Bluse aufgeknöpft. Alles ging ganz ohne Worte vor sich – ich wusste einfach, was zu tun war. Ich hatte keinen BH an, aber die Bluse zog ich nicht aus. Der Slip ist wohl von allein beim Rock gelandet, oder R zog ihn herunter, nachdem ich die Bluse geöffnet hatte. Das ging alles wie in Zeitlupe, es gab nur wenig Bewegung. Dabei kam es nicht zu sehr viel Körperkontakt, aber das war ja auch der Reiz.
Warst du tagsüber ohne BH unterwegs, oder hast du ihn erst ausgezogen, nachdem dich R zu der Tour eingeladen hatte?
Die Entscheidung fasste ich spontan in meinem Hotelzimmer, bevor ich loszog. Weil ich mir schon dachte, dass wir ein Techtelmechtel haben würden, meinte ich nach den Erfahrungen des Vortags, es könnte ohne BH unkomplizierter werden.
Was hatte es mit dem Mauervorsprung auf sich?
Als ich nur noch in offener Bluse dastand, wies R mich mit einer Hand zum Vorsprung.
Wann und wo hat er dich angefasst?
Er legte eine Hand an meine Hüfte und schob mich auf den vorstehenden Stein. Dann strich er mit seinen feingliedrigen Fingern der anderen Hand sanft vom Gesicht über den Hals über den Busen an die andere Hüfte hinunter zum Knie und danach an der Innenseite des Schenkels bis zu den Schamlippen.
Was war dein stärkstes Gefühl auf dem Weg von der Tür zum Mauervorsprung?
Da ich mir das alles gar nicht vorstellen konnte, was da vor sich ging, war ich un-

glaublich neugierig – und fühlte mich gleichzeitig total geborgen, wie ich es vorher und nachher so nie mehr erlebt habe. R strahlte völlige Sicherheit aus, als ob er in diesem Gebäude zu Hause wäre. Das war viel stärker als die sexuelle Erregung. Und: Der Stein fühlte sich angenehm an. Das hat mich verwundert, er war weder zu kalt noch zu warm, genau richtig.
Hast du beim Hinsetzen deine Schenkel instinktiv gespreizt, oder hat R das eingefordert?
Meine Schenkel gingen quasi von allein ein wenig auseinander, sobald seine Hand zwischen ihnen angelangt war.
Wie lange hat seine Hand auf ihrer Reise von deinem Gesicht zum Knie und ein Stück zurück an deinem Busen verweilt?
Von oben nach unten ging das in beständigem Tempo, das heißt, nachdem er mir ein bisschen länger über die Wange gestreichelt hatte, verweilte er sonst nirgends mehr – langsam, aber sicher ging es fließend weiter. Meinen linken Busen hat er ganz berührt, kreisförmig jede Stelle – rundherum und mitten drauf. Wenn wir einen Malstift gehabt hätten, wäre er am Ende ganz ausgemalt gewesen. Das war natürlich zum Anheizen gedacht.
Und wirkte sich das Anheizen aus?
O ja, ich spürte plötzlich, dass ich nicht mehr auf dem Trockenen saß.
In welcher Stellung hast du auf dem Mauervorsprung gesessen?
Leicht nach hinten auf die Ellenbogen gestützt. Der Vorsprung war niedrig, ich hatte mit den Füßen Bodenkontakt. Ich saß da mit erhobenem Kopf und habe zu ihm hingeschaut, um zu sehen, ob ihm unser Spiel Lust bereitet.
Wie hast du R berührt?
Gar nicht. Das war ja völlig unmöglich, da ich auf beide Ellenbogen gestützt und er somit völlig außer Reichweite meiner Hände war.
Und womit war seine zweite Hand beschäftigt?
Mit der anderen Hand hat er mich nicht berührt, ich nehme an, er balancierte damit sein Gleichgewicht.
Was machte R mit der Hand, nachdem er von der Innenseite der Schenkel kommend deine Schamlippen berührt hatte?
Er streichelte er mich ganz zart und brachte mich vor allem durch sanfte Berührungen am unteren Rand der inneren Schamlippen binnen gefühlter zwei, drei Minuten zum Höhepunkt.
Hast du zu irgendeinem Zeitpunkt eine gewisse Erregung bei ihm gespürt, oder war er die ganze Zeit völlig ruhig?
Ich nehme an, dass es ihn erregte, aber er zeigte es nicht. Aus Zeitgründen sind wir dann schnell wieder zum Bus, sobald ich gekommen war und mich eilig wieder angezogen hatte. Der Bus stand an derselben Stelle, wo wir ihn verlassen hatten.
Welche Rolle spielte der Busfahrer?
Ehrlich gesagt: Den hatte ich völlig vergessen. Vielleicht stand er Schmiere, falls sich jemand dem Gebäude genähert hätte.
Könnte es sein, dass er euch beobachtet hat?
Theoretisch ist es im Nachhinein denkbar, dass er uns durch einen Mauerspalt oder durch ein entferntes Fenster zugeschaut oder sogar fotografiert hat. Die Tatsache, dass R voll bekleidet blieb und mich auf dem Mauervorsprung in eine bestimmte Stellung brachte, könnte diesen Gedanken stützen.
Hätte dich das zusätzlich gereizt?
Eine rein hypothetische Frage – ich bin auch so voll auf meine Kosten gekommen.

Thomas Karsten, Marina Anna Eich

Thomas Karsten, Marina Anna Eich

„Thomas' Buch Women Only, *die Vielfalt und Lebendigkeit so vieler sinnlicher natürlicher Frauen, löste in mir den Wunsch aus, mich von ihm fotografieren zu lassen. Thomas blieb bei unseren Sessions ganz im Hintergrund und ließ all meinen Vorschlägen – und ich hatte viele! – freien Lauf. Dann wünschte ich mir ein Buch mit Bidern nur von mir. Thomas hat seine Verlegerin gefragt und so wurde es im Sommer 2014 zu meiner Freude Wirklichkeit (in limitierter kleiner Auflage, die es schon fast nicht mehr gibt). Die Bilder zeigen mich als Frau, auch als Mädchen, vor allem aber als Mensch mit verschiedenen Gesichtern und in verschiedenen Gefühlssituationen. Manche Fotos wirken so lebendig, als wäre man mitten drin, andere wie Gemälde. Nacktheit habe ich immer als etwas ganz Normales angesehen. Im Laufe der Zeit habe ich gemerkt, dass es mir sogar Freude macht, mich zu zeigen. Erotik ist ein Zusammenspiel aller Sinne. Für mich ist zum Beispiel Harleyfahren Erotik pur. Es werden alle Sinne angesprochen. Auch Situationen wie z.B. beim Pinkeln oder beim Masturbieren sind etwas ganz Natürliches und ich hatte keinerlei Schamgefühle. In unserem Film ‚24/7 The Passion of Life' heißt es einmal: – Scham ist nur Angst vor dir selbst."*

Hermann Schlösser

Aus dem Tagebuch eines alternden Touristen

In einem Hotel in Sofia. Fernsehen um Mitternacht. Der Sender RTV zeigt zunächst Filme von Autounfällen: Die schönsten Totalschäden, ohne Handlung, ohne Pause aneinandergehängt. Dann bieten zwei Frauen auf Bulgarisch Vibratoren und Plastikvaginas zum Kauf an, meist im Sonderangebot, von 70 auf 54 Leva heruntergesetzt. Nach circa einer halben Stunde Ausverkauf kommen dann wieder die Totalschäden an die Reihe.

Dresden. In einem speziell deprimierenden Sex-Shop – direkt neben dem Klo im Keller des „Kugelhauses" am Bahnhof gelegen – habe ich eines dieser Magazine gekauft. Sein Titel hat mich animiert: „(S)ex DDR". Da dachte ich, vielleicht gibt es da irgendwelche erogenen Zonen-Spezialitäten. Aber das Magazin war, wie solche Heftchen eben sind: Suche geile Muschi zum Abspritzen. Deshalb habe ich das Produkt nach flüchtiger Durchsicht im Hausmüll versenkt, gut umhüllt von alten Teeblättern, zerknüllten Tempo-Taschentüchern und geleerten Milchtüten.

Kiew. Am späten Abend saßen vier Frauen und fünf Männer in der Bar des Hotels „President". Journalisten am letzten Abend ihrer gemeinsamen Dienstreise. Plötzlich traten zwei sexy gekleidete Ladys auf, also „Turboslawinnen" im Sprachgebrauch des Sex-Business. Sie gingen zielstrebig auf den Journalistentisch zu, ignorierten die anwesenden Frauen komplett und gaben jedem der Männer einen Zettel in die Hand. Darauf stand zu lesen: *Cabaret. Night Club. Dear Sirs, welcome to the night club of President Hotel where you can enjoy great show, dive into the world of erotic dance and gain unforgettable impressions.* Die zwei Verführerinnen hauchten noch eine zarte Einladung in die Runde, dann stöckelten sie wieder davon.

Janos Makowsky, Wien

Berlin-Mitte, Oranienburger Straße. Zwei Passanten werden von drei jungen Frauen (hintereinander stehend, streng den Abstand zur anderen wahrend) nacheinander angesprochen. Die Erste sagt: „Na, ihr beiden, wollen wir mal miteinander reden?" Die Herren lehnen ab. Die Zweite fragt: „Wo wollt ihr denn so spät noch hin?" – „Immer nach Hause!", antwortet der eine und kommt sich dabei recht tiefsinnig vor. Die Dritte schließlich eröffnet ihre Avance mit: „Jetzt werdet ihr schon das dritte Mal genervt." Die Herren gehen wortlos weiter, da ruft die Frau ihnen nach: „Wir beißen doch nicht!", worauf einer der Herren zurückruft: „Na, immerhin ..."

München. Auf dem Weg zum Bahnhof kam ich an dem Hotel „Drei Löwen" vorbei; und da wusste ich plötzlich wieder, dass meine Mutter und ich dort gewohnt hatten, als wir einmal zusammen in München waren. Da war ich elf oder vielleicht auch zwölf Jahre alt. Die „Drei Löwen" sind ein gutbürgerliches Haus, sonst wären wir dort nicht abgestiegen, aber sie liegen in zwielichtiger Nachbarschaft: Nachtclubs, Sex-Shops etc. Das ist heute so und war auch damals nicht anders, wie ich mich genau erinnern kann. Wenn meine Mutter und ich abends in unser Hotel gingen, kamen wir an einem Striptease-Lokal vorbei, das mit entsprechenden Fotos auf sich aufmerksam machte. Halb ausgezogene Damen, die ich sehr genau bemerkte, obwohl ich sie nur schnell und verschämt im Vorübergehen anblinzeln konnte. Stehen bleiben und Schauen war für einen Buben meines Alters ganz unmöglich, und schon überhaupt im Beisein der Mutter. Ich weiß nicht, ob sie es bemerkte, aber ich wurde jedenfalls von diesem verbotenen Anblick sehr angesprochen. Als ich dann im gutbürgerlichen Hotelbett lag, dachte ich an

Janos Makowsky, Wien

die ach so flüchtig wahrgenommenen Fotos, und ich sagte mir einen Satz vor, den ich heute wie damals weiß und der mir damals nicht weniger peinlich war, als er mir heute ist: „Zeige mir deine weiblichen Reize!" So dachte ich in meinem elf- oder zwölfjährigen Kopf und wusste dabei sehr gut, dass ich einen solchen Satz gar nicht hätte denken dürfen.

Paris. Pigalle, von Bill Ramsay einst als „große Mausefalle" besungen, ist das ödeste Peepshow- und Sex-Shop-Viertel, das man sich vorstellen kann. Nichts ist geblieben von jenem feinen Parfüm, das man der *Vie Parisienne* seit eh und je nachrühmt. Aber wer weiß, mit wie viel Recht man das tut? Möglicherweise sind ja nur die Abbilder faszinierend. Es ist durchaus denkbar, dass Toulouse-Lautrec, Brassaï und all die anderen das Bordell- und Nachtclub-Leben bezaubernder dargestellt haben, als es jemals gewesen ist. Kein Wunder also, dass einem diese schönen Bilder besser gefallen als alles, was auf der Place Pigalle tatsächlich zu sehen ist. Selbst das Sex-Museum sieht unappetitlich aus, genau wie alles andere.
Im Schaufenster dieses sogenannten „Museums" steht aber immerhin ein Sessel, der mit abgewetztem, plüschigem Fell überzogen ist. Unten, zwischen den Beinen derer, die darauf Platz nehmen könnten, hat er ein Rad, das mit großen Plastikzungen bestückt ist. Diese mechanischen Zungen würden einen also schlecken, wenn man das Rad in Bewegung setzte. Die Vorstellung, dort sitzen zu müssen, ist widerlich. Aber der Anblick dieses bizarren Lustmöbels ist doch irgendwie erheiternd.

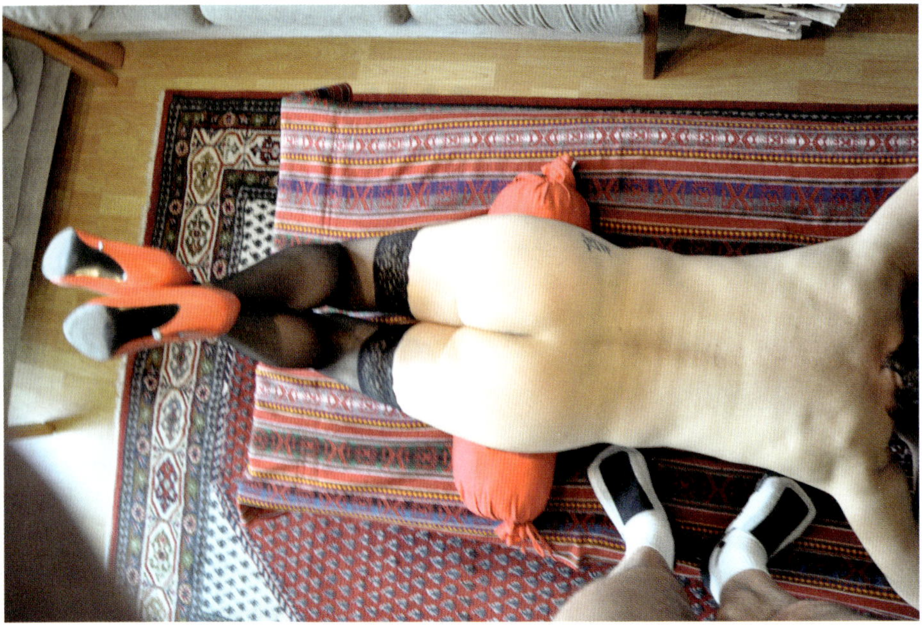

Anton G. Leitner

Stilliebelei

Keine Farben mehr
Zur Hand

Ich will Dich
Farblos

Pinseln
Auf den Bauch

Mit Dir allein
Die Beine breit

Schlagen wir uns
In die Büsche und

Diskutieren später
Ein modernes

Sittengemälde.

Elke & Andreas in B

U & A in DD

Ulf Großmann

Liegewaise

der kleine Schweißsee
im Bauchnabel krabbelt
dein Schwanz ist
ein Mitbringsel
schmunzelt obszön
gereckt zu hoch
für meine falschen Sensoren
die Mückenschwärme
ahnen meine
kalten Adern
in der Sonne

Ansichtswache

wir trinken
veralbern uns
in Ausdrucksnormen
gestehen wir Liebe
während des Steckspiels
vor dem Wegdrehen
sind wir gemeinsam
gewesen
bis übermorgen
trinken wir
auch den Rest
unserer Party

dazu später

ich beginne zu heulen
wie seine Hände
mein Geschlecht berühren
erinnere ich mich
an die Zukunft
weil mir kein Zurück vergibt
ist alles Endtäuschung
zu verspätet für immer
spreize ich mich
doch dazu
später

Sylvia Schöningh-Taylor
Paradies

Die Göttin Heba erwachte und entstieg ihrer Erdmulde, um sich der Morgensonne entgegenzustrecken, die gerade die Tautropfen von den Blättern der Apfelbäume zu lecken begann. Sie lehnte sich an einen taubeglänzten jungen Stamm und reckte ihre herrliche Vulva den warmen Sonnenstrahlen entgegen. Süße Schauer durchzitterten ihre üppigen Brüste, die rosigen Wölbungen ihres nackten Körpers und die Blütenblätter ihres Geschlechtes. Unter der wärmenden Sonne erwachten auch die Schlangen in der Krone der Göttin zu neuem Leben und reckten die gold-grünen Köpfchen dem Licht entgegen. Zärtlich umspielten sie Hebas Wangen, die sich den warmen, trockenen Körpern der Göttinnenbrut entgegenwölbten.

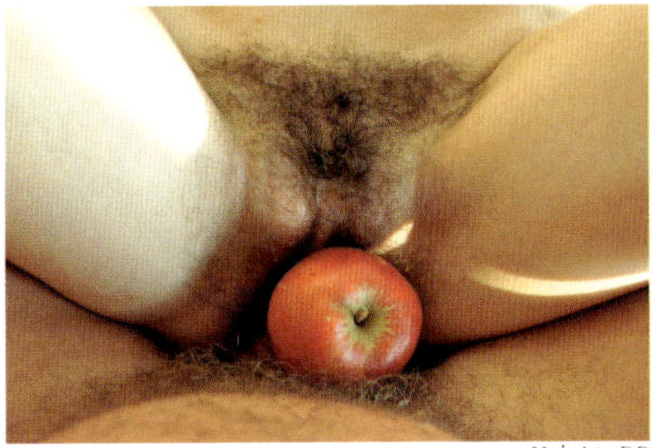

U & A in DD

Gedankenversunken ergriff die Göttin eine der Schlangen und legte sie an ihren Busen. Die Schlange wusste, wonach es die Göttin verlangte, und biss sie zärtlich in die linke Brust. Das Gift breitete sich im Nu im Körper der Göttin aus und sandte wollüstige Empfindungen in alle Gliedmaßen, streichelte jede Körperzelle mit süßem Verlangen und schleuderte Heba mit rauschhafter Macht hoch hinauf in den Apfelbaum.

Christo Viola

Der Apfelbaum hing voller reifer Früchte, und Heba pflückte sich eine davon und schob sich das tiefrote Äpfelchen genussvoll in ihre heiße Vulva. In diesem Moment gewahrte sie Abdiheba, wie er singend den Hügel des Apfelparadieses erstieg. Ach, wie herrlich war das Muskelspiel unter der olivfarbenen Haut ihres Geliebten, wie zärtlich die schwarzen Locken sein Gesicht umspielten und wie neckisch sein gewaltiger Phallus den Horizont nach seiner Herrin absuchte. Heba zog den

Christo Viola

Apfel aus ihrer Vulva. Er glänzte von ihrem göttlichen Liebessaft, und sie hätte ihn selbst genüsslich verzehren können, aber er war ja für Abdiheba bestimmt. Ein tiefes Gurren entstieg ihrer Kehle und erreichte das Ohr des Geliebten. Er beschleunigte seine Schritte und war im Nu bei Heba im Apfelbaum, dessen üppiges Blattwerk sich jetzt zu einem Liebesnest zusammengefügte. Die Göttin hielt ihm das frisch beglänzte Äpfelchen unter die Nase, dessen Duft Abdiheba begierig einsog, bevor er es zwischen seine starken Zähne schob. Die Wirkung stellte sich sofort ein. In ausgelassener Freude

Sigrun Casper

bestieg er die Göttin, spielte mit ihren bebenden Brüsten, biss sie in wachsender Erregung in ihren weißen Hals, bevor er die Erdgöttin mit seinem ganzen Gewicht bedeckte. Die Erde hielt ihre Drehung an im Moment, als Abdiheba begierig in sie eindrang. Und so schaukelten sie in bewegter Ruhe dem Augenblick entgegen, der sie beide gemeinsam zu den Sternen hinaufschleuderte, die in seinen Lenden explodierten. Dort verbrannte das Freudenfeuer der Liebe allen Hunger, alles Unvollendete, allen Schmerz, alle unerfüllte Sehnsucht, alles Begehren nach Eroberung. Es war wie ein kleiner Tod, spürte Abdiheba, und schaute Heba ungläubig an. Die rekelte sich in süßem Entzücken unter ihm, er hatte ihren Hunger gestillt, und sie genoss die Zufriedenheit ihrer Organe. Ein Blick in ihre betörenden Augen genügte ihm, um sich ihrer Führung arglos anzuvertrauen. Und so bettete er seinen Kopf wie ein Kind auf ihre weichen Brüste und schlief ein.

Da kam ein uralter Traum über Abdiheba. Die Erdgöttin hob seinen schlafenden Körper mühelos auf und trug ihn hinab ins Innerste der Erde. Dort brannte das ewige Feuer der Liebe, das die Welt zusammenhält. Im Schein dieses Feuers sah er Elefantenmänner Elefantenkühe besteigen; Wale ihre mächtigen Schäfte in ihre Geliebten versenken; Bienen ihre gelb bestäubten Unterleibe zärtlich an Blütenkelchen abstreifen. Im Feuer Hebas vibrierte die Erde mit dem Summen der Grassamen, die aufplatzten und ihre Keime mit gewaltiger Lust durch die Erdkruste stießen. In das Summen schob sich das Dröhnen der Erze,

Beckers Ausschnitt

die sich zum Feuer drängten, um geschmolzen zu werden und ihre glitzernden Leiber in die Spalten der Erde zu ergießen. Hier kochte das Wasser der Erde, um die vielfarbenen Formen wollüstiger Dämpfe anzunehmen, die ans Sonnenlicht drängten, um sanft heiße Schwefelquellen darzubieten. Abdiheba begriff, warum Heba ihn zum Feuer der Liebe getragen hatte. Alles musste hier verbrannt werden, um in neuer üppigerer Form zu erstehen und zum Licht zu drängen. Und so ergab er sich demütig den Händen der Erdgöttin, die lächelnd seinen Leib dem Feuer übergab. Ein gewaltiger Knall ließ den Erdball erbeben, als sein irdisches Herz zerbrach und von den züngelnden Liebesflammen aufgeleckt wurde.

Abdiheba erwachte und schaute sich um. Da war immer noch Heba, die ihn mit einem zärtlichen Blick umfing. Aber irgendetwas war mit ihm geschehen. Er setzte sich auf und schaute sich selbst an. Sein Körper war von goldenem Sternenstaub bedeckt, sein Brustkorb erschien ihm makelloser als zuvor, sein Atem ging kraftvoll und ruhig, so als sei er mit ihm auf eine neue, klarere Weise verbunden. Er fühlte nach innen und spürte die tiefe Zufriedenheit seines Herzens. Es war angefüllt von einer Süße, die er nie zuvor gekannt hatte. Er spürte den ewigen Lichtstrom, der von ihm ausging und sich in seinen schönen Schwanz ergoss, sodass sich an dessen Spitze eine Perle der Lust formte. Verwundert bemerkte er, dass er vollkommen war und

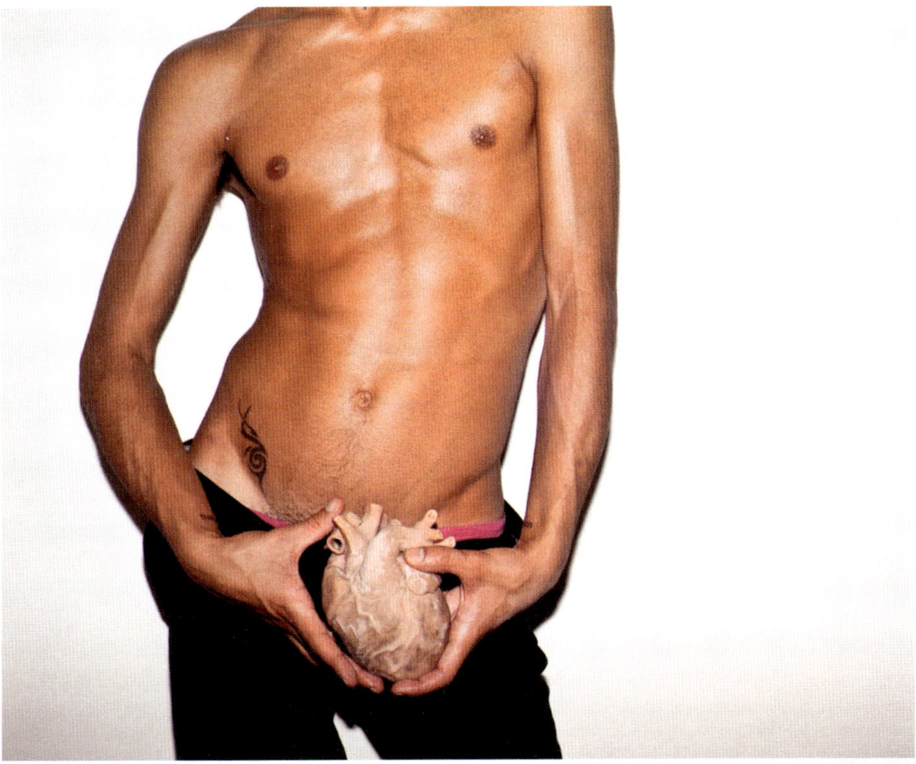

Christo Viola

„Love begins in the eyes and ends up into the ass“ Christo Viola

das Geschenk der Lust in sich trug. Sie war bereits in ihm, in jeder Körperzelle, und jede Zelle war lustvoll mit jeder anderen verbunden. Er schaute Heba an. Sie erschien ihm schöner als je zuvor, und die Lust auf sie sprang ihn an wie ein verspielter Hund. Wo früher in seinem Verlangen nach ihr ein süchtiger Hunger war, den sie sättigen sollte, war jetzt seine Lust, die mit der ihren tanzen wollte. Wo zuvor seine Leere war, die sie ausfüllen sollte, war jetzt ein göttlicher Quell männlicher Energie, mit der er sie ausfüllen wollte. Von ihrem liebevollen Blick fühlte er sich aufgehoben, ja erhoben zu seinem Platz als ihr König. Abdiheba reichte Heba die Hand und zog seine Königin über sich. Mit Wonne schaute er zu, wie sie ihre feuchte Vulva über seinen herrlichen Schaft stülpte … Der israelitische Chronist, der im Auftrag seines körperlosen strengen Gottes der alten heidnischen Erdgöttin Heba den Garaus machen sollte, erstarrte vor Entsetzen über solch frevelhaftes Treiben eines Weibes, das immer noch von den Israeliten verehrt wurde. Sein Gott duldete keine Götter neben sich und schon gar nicht Göttinnen. Frauen hatten da, wo Männer einen Phallus hatten, nichts, und das bewies, dass sie minderwertig waren. Warum sonst hätte ihnen Jehova zwischen den Beinen ein Nichts gegeben? Doch nur, um sie daran zu erinnern, dass sie dem Manne untertan zu sein hatten. Der israelitische Geschichtsschreiber machte sich sogleich an eine Jehova gefällige Umdeutung des alten palästinensischen Heba-Mythos. Heba wird zu Eva, die aus der Rippe Abdihebas, also Adams, geschaffen wird. Der Apfel entspringt der Verführungskunst des

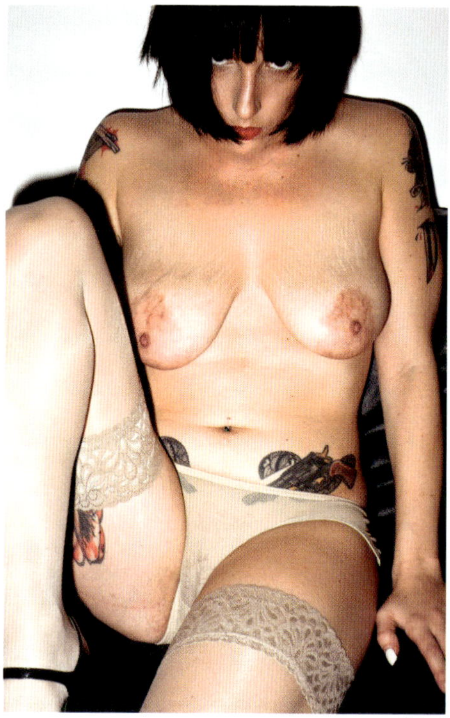

Christo Viola

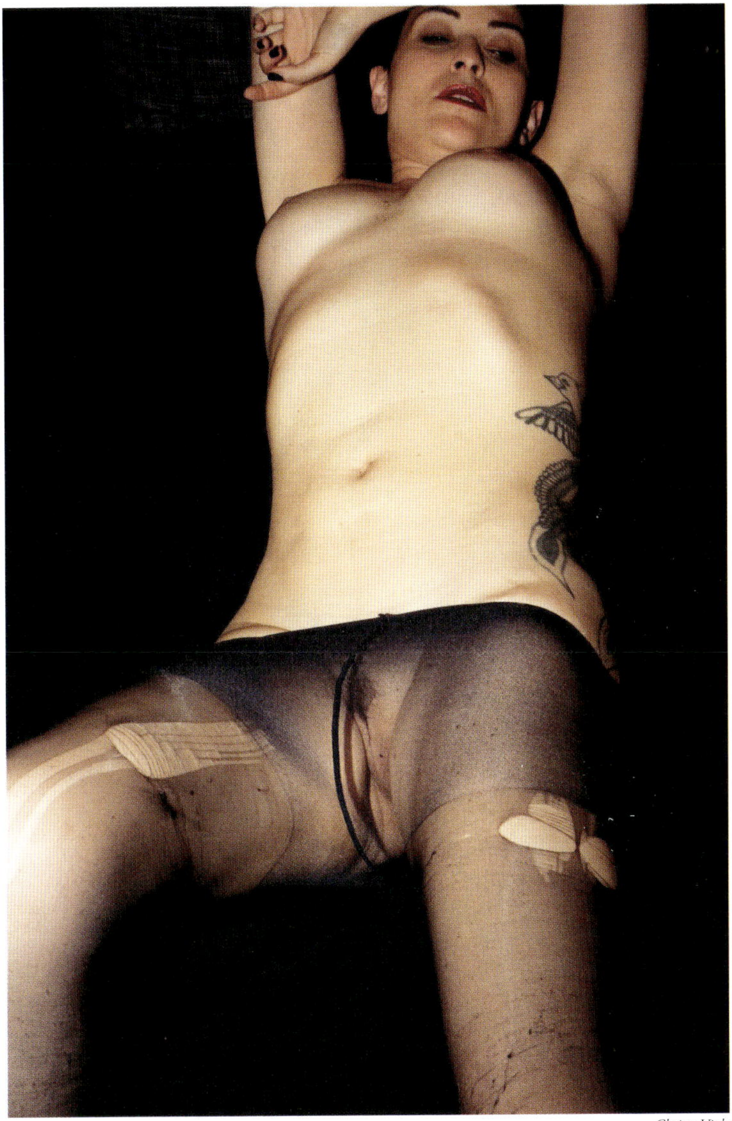

Christo Viola

Teufels in Gestalt einer bösen Schlange. Das Essen des Apfels bringt nicht mehr paradiesische Ewigkeit, sondern führt zur Vertreibung aus dem Paradies. Lust ist fortan mit Schuld verbunden.
Der Chronist betrachtete die neue Version des Schöpfungsmythos. Jehova würde zufrieden sein. Die Priester aber schickten Soldaten zum Heiligtum der Erdgöttin Heba. Die Tempelpriesterin trat ihnen mutig entgegen. Als die Soldaten ihre Lanzen auf sie richteten, hob sie ihre Röcke und zeigte ihnen spöttisch lachend ihre Vulva. Sie wurde niedergestochen und das Heiligtum der Erdgöttin dem Erdboden gleichgemacht.

Ludwig Schumann

von der lähmung

die wärme vom nest gefangener jungtauben
das leise zittern der angst in ihrer brust
wenn meine hände ihren hals berühren
ich baue dir mit meinen händen lauben
zum schutz völlig dir ergeben und deiner lust
wenn deine brüste meine hand verführen
ich spür die gleiche wärme, gleiches zittern
wenn deine hände meinen hals sich nehmen
liebe den schweiß in deinen achselhöhlen
will deinen mund mit meiner zunge füttern
will deinen körper mit dem meinen lähmen

Christo Viola,

Christo Viola

Christo Viola

osterlied

wenn auf deinen brüsten osterfeuer toben,
wenn auf bächen von schweiß die weiße lust zu tale stürzt,
feiern an den uferrändern die nie gewordenen kinder
den abschied von ihrem viel zu kurzen leben.
aber, sagen sie, war unser leben nicht groß?
wir wurden auf der haut geboren.
wir haben auf der haut gelebt.
wir sind in der lust gezeugt
und werden eingerieben
in die wärme eurer haut.
wir singen fröhlich
das lied
vom
tod

anonym

konditionalsong

wenn sie im bade läge und die härchen ihrer afrikanischen savanne auf dem venus gewidmeten hügel wie tang im wasser hin und her schwebten, als winkten sie mir einlass, begänne mir die seele auf der haut zu tanzen. wenn sich ihre beine öffneten und ich wie in einem geschützten hafen auf sie zuschwämme, ohnmächtig noch anderes denken als den moment vorauskosten zu können, mich kopfüber im geheimsten einzunisten. wenn ich diesen wundervollen augenblick erlebte, wie der puls aus mir gestalt gewänne und die furcht vor der trockenheit dem eindringling abhanden käme, was wäre?

Jürgen Ernst Otto, Badewoche

Gabriel Peifer **Dezemberkuss**

Ein trister trüber Tag
Anfang Dezember
in einer grauen Wohnung.
Die Heizung kalt – kaputt mal wieder.
Wir schmiegten uns ganz eng zusammen.
Ein Kuss von Dir ließ
Palmen rasch ergrünen
Unsichtbare Papageien flogen
Orchideen blühten vielfarbig.
Und eine bunte Schlange
züngelte uns freundlich zu.
Der kleine Biss von mir zu Dir und
Wir waren in den Tropen.
Das Paradies ist hier – greife nur zu!

Jürgen Ernst Otto

Christo Viola

Franzl (*47 Jahre*)

Eines Tages – ich war vielleicht acht oder neun – fand ich unter meinem Bett ein Büchlein: „Woher kommen die kleinen Knaben und Mädchen?“ Es schien wie vom Himmel gefallen zu sein. Hier fand ich Darstellungen davon, wie die Zeugung und die Geburt vor sich gehen, wie kleine Kinder heranwachsen. Alles etwas steril, die Freude am Sex wurde zwar erwähnt, blieb aber recht blass, ja verschämt. Ganz anders als meine Aktivitäten und Fantasien zu dieser Zeit: Mit meinen Freunden verzog ich mich in den Keller zum „Spitzle zeigen“, dabei spekulierten wir wie wild, was es wohl mit dem Loch bei den Mädchen auf sich habe. Als ich in der ersten Klasse war, schlich ich mich immer mal wieder in den Kindergarten zurück: Dort gab es ein Mädchen, zu dem es mich zog. Beim Filmeschauen, als es dunkel war, schmiegten wir uns aneinander und schlüpften mit unseren Händen unter unsere Pullis, einmal wagte ich mich auch unter ihre Strumpfhose, ganz vorsichtig, unschuldig – wie einen, den es immer weiter in eine Höhle hineinzieht. Dann gab es in meiner Klasse ein Mädchen, das ich irgendwie blöd fand, das mich aber trotzdem in seinen Bann zog. Irgendwann hing sie gefesselt an einem Baum, nackt, ganz nackt, und ich näherte mich ihr, immer wieder – in meiner Fantasie. Als ich dann schon onanierte, stellte ich mir immer ein Mädchen vor, das mit mir im Tischtennisverein war: Ich wartete auf sie in den düsteren Umkleidekabinen. Sie kam, während die anderen oben spielten, nach unten wie zu einer geheimen Verabredung. Einig, ohne ein Wort zu tauschen, gingen wir in die Duschen und trieben es dort miteinander.

Ich hatte also einen verheißungsvollen Start in mein erotisches Leben. Was dann folgte, war eher ein Trauerspiel, ja fast eine einzige Wüstenei. Doch auch dabei blieb es nicht. Heute – Ende vierzig – stehe ich mitten in einem aufregenden Prozess, in dem ich das Reich der Sexualität immer wieder neu entdecke. Es gibt Momente, da bin ich ganz Sex, nicht mehr ein Individuum mit einem Namen, sondern fast nur noch Gefäß der Lust: Meine sexuelle Energie steigert sich im Lauf des Liebesspiels mehr und mehr. Ich lasse den Drang, kommen zu wollen, los. Meine Geliebte kniet sich irgendwann auf alle viere. Ich durchdringe sie von hinten, manchmal fasse ich sie an ihren Brüsten, dann wieder fest an den Flanken ihres Hinterns und stoße mich kraftvoll in sie. Ich verwandele mich in einen wilden Hengst oder in ein großes Raubtier, alles ist animalisch kraftvoll. Irgendwann komme ich dann – mit einem unbändigen, lang gezogenen Schrei.

Auf eine solche Erfahrung musste ich in meinem Leben lange warten. Als ich so etwas erstmals erlebte – da war ich schon Ende dreißig –, hatte ich das Gefühl einer gewaltigen Befreiung: „Die Zeit der Ängste, der Selbstzweifel, der Enttäuschungen, des sexuellen Rückzugs ist vorbei. Ich bin aufgenommen in das Reich des Sexes.“ Das machte mich glücklich. Hinter mir lagen viele, viele Jahre fast ohne Sexualität und natürlich auch ohne Partnerschaft.
Wie ich das so lange aushalten konnte, kann ich mir heute kaum mehr vorstellen. Mein Leben spielte sich im Kopf ab: die Philosophie und Frauen, die sich mir entgegenreckten – während ich einsam onanierte. Die Lust war da, aber wenn es zu einer sexuellen Begegnung kam, zog sich meist alles in mir zusammen, die Frau wurde mir fremd, und ich fühlte mich isolierter, als wenn ich für mich allein war.

Ich war ein paar Monate mit einer Frau aus Norwegen zusammen – da war ich Ende zwanzig. Unsere erste Begegnung hatte etwas Magisches, denn bevor ich sie bewusst wahrnahm, verspürte ich eine unbestimmte fleischliche Anziehung. Ich stand gerade am Kopierer, als sie aus einem Vortrag über Hegel herauskam, um einen Schluck Wasser zu trinken. Ich sprach sie dabei an: Die Anziehung überwand wie selbstverständlich meine Schüchternheit, und am übernächsten Morgen lag sie in meinem Bett. Sie war eine sehr sinnliche Frau, ein paar Jahre jünger als ich, doch sexuell weit erfahrener, sagte sehr deutlich, was sie wollte. Sie war weiblich mit ihren vollen Brüsten, der Typ einer Katze. Ich fühlte mich ihr unterlegen. Als ich schon kam, bevor ich in sie eingedrungen war, fühlte ich mich elend. Doch sie nahm es gelassen, und so fasste ich Vertrauen

Resa Rot, Rike

zu ihr. Wir trafen uns in Trondheim, in Oslo. So sehr sie es sich auch wünschte, ich konnte nicht in sie eindringen. So lebten wir unsere Sexualität so, dass wir nebeneinander lagen und jeder sich selbst stimulierte. Sie wollte es so, und sie wollte, dass ich, wenn ich kam, auf ihren Bauch spritzte.

Nur einmal schliefen wir „richtig" miteinander – und das war eigentlich die einzige Oase in meiner sexuellen Wüstenei: Wie ein Wunder war ich dabei meine Angst vor dem „Weib", mein Gefühl der Bedrängnis los, ich war auch mein Malheur, gleich beim Eindringen oder noch früher zu kommen, los, und so liebte ich sie in dieser Nacht über Stunden – zumindest nach meinem Zeitgefühl. Doch die Erfahrung war kein Durchbruch, bald fiel ich wieder zurück: In unseren Umarmungen stieg wieder eine Fremdheit in mir auf, die mich ganz benommen machte. Einmal zeigte sie mir ein Foto, das sie als Zwanzigjährige zeigte. Ich war gleich ganz angezogen von diesem Bildnis: Wenn sie heute noch so wäre wie damals, könnte ich sie auch körperlich lieben, dachte ich. Was war anders? Sie war in den zwei Jahren gereift: Sie war nun nicht mehr zartgliedrig, mädchenhaft, sondern eine Frau, nicht dick, aber mit Rundungen. Das machte mir wohl Angst.

Im Nachhinein bereute ich, dass ich – aus innerer Not – diese Frau verlassen hatte. Sie war nicht nur geistreich und pfiffig, mit ihr hätte ich auch meinen Weg in die körperliche Liebe gehen können. Denn obwohl sie unser sexuelles Zusammensein nicht wirklich befriedigend finden konnte, war sie deshalb nie sauer, vielmehr erfand sie immer wieder neue Wege, wie wir – so wie es mir möglich war – intim werden konnten.

Da habe ich auch ganz andere Erfahrungen gemacht: Einmal lernte ich eine Frau auf einer Party kennen. Auch hier wirkte wieder eine fleischliche Anziehung, und so verführte ich sie zu einem Tanz, der dann fast die ganze Nacht hindurch währte. Das freie Miteinander-Tanzen konnte und kann für mich wie Sex sein – nur unbefangener, weil die Angst vor dem sexuellen Versagen außen vor bleibt. Ich kann in einen ganz innigen oder wilden Kontakt mit der Frau kommen, es wird ekstatisch, die Anziehung bordet über und alles weist in Richtung Sex, Nacktheit, wildes In-sich-Verknäulen. Als ich dann ein paar Tage später tatsächlich mit ihr im Bett landete, passierte es sogleich. Sie war sehr erwartungsfroh, ganz wild auf mich: Wenn einer so tanzt, wie ist er dann erst im Bett? Kaum berührte sie mich nach den ersten nackten Umarmungen an meinem Schwanz …

… kam ich auch schon: Ihre Freude schlug in Enttäuschung und Wut um: Was mir einfalle, gleich zu kommen, ich dächte wohl nur an mich! Was sie jetzt machen solle. Wir fanden keinen Kontakt mehr zueinander – zumindest nicht sexuell. Sie stellte mich als sexuellen Egoisten hin, dabei habe ich nichts mehr – allerdings mit dunklen Vorahnungen – gewünscht, als lange, ganz lange in ihr zu sein, sie in ihre Lust hineinzuführen und sie zu erfreuen – und natürlich auch mich. Ich fühlte mich doppelt geschlagen: einmal von meiner Peinlichkeit, meinem Anfall von Minderwertigkeit, dann von ihrer wütenden Abweisung.

Ich habe viele solcher und ähnliche Episoden in meinem sexuellen Werdegang erlebt – bittere Momente: Frauen, die ich begehrt habe, konnte ich nach solch einem Ereignis nicht mehr erreichen. Auch heute noch sucht mich immer mal wieder diese Form der sexuellen Impotenz – wissenschaftlich: Ejaculatio praecox – heim: meist bei den ersten sexuellen Begegnungen mit einer neuen Frau. Da kommt dann urplötzlich die alte Angst wieder über mich, ich könnte von ihr überwältigt, verschlungen werden, und ich bin fertig, bevor das Liebesspiel überhaupt begonnen hat. Das hindert mich mitunter, mich auf ein sexuelles Abenteuer einzulassen, ich gehe dann der drohenden Peinlichkeit, meiner Enttäuschung und noch mehr der meiner potenziellen Geliebten aus dem Weg.

Aber inzwischen habe ich auch so viele Lösungen erlebt, dass dieses Leiden für mich nicht mehr so existenziell ist. Habe über lange Zeit für mich Übungen gemacht, die sexuelle Energie aufzubauen und zu halten. Auch mache ich aus diesem Malheur schon einmal eine Kunst, indem ich, bevor ich mich von der Frau stimuliere lasse, sie erst einmal mit Fingern oder Zunge verwöhne. Doch letztlich löst sich das Problem immer nur im Kontakt mit der Frau. Wenn ich dann nämlich mit einer Frau öfter zusammenkomme, wenn wir also den kritischen Anfang gemeistert haben, dann finde ich nach und nach Vertrauen und damit auch zu meiner sexuellen Potenz. Und das Wichtigste nicht nur bei vorschnellen Orgasmen, sondern auch bei gelungenen ist es: Nach der Ejakulation sich nicht müde von der Geliebten abzuwenden, sondern bei ihr zu bleiben.

Susanna Ronge

Auch im positiv fortgeschrittenen Stadium tritt dieses Thema immer wieder hervor: Denn auch dann, wenn ich sexuell gut „bei der Sache" bin, kommt mitunter der Punkt, an dem die Frau sexuell explodiert, so in ihre Lust kommt, dass ich fast nur noch darüber staunen kann. An diesem Punkt passiert es mir dann – leider – immer noch oft, dass ich komme und damit das große Abenteuer vorzeitig beende. Wenn ich meine Erregung dagegenhalten, ja sogar noch steigern kann, dann trete ich mit meiner Geliebten in das überwältigende Schauspiel des puren Sexes ein. Das ist ein heikler, ja virulenter Punkt zwischen Mann und Frau: Wie gehe ich als Mann mit der sexuellen Potenz, ja mitunter Übermacht der Frau um? Bin ich bereit, ja, bin ich fähig mitzugehen, oder wird es mir unheimlich. Natürlich zeigt sich Letzteres oft nur ganz physisch: als Reflex, der den Samen ausstößt. Doch dahinter verbirgt sich wohl ein Knackpunkt der sexuellen Mann-Frau-Beziehung: Auch wenn ich mir sage, eigentlich will ich ja mitgehen, ich kann nur leider – physisch – nicht, so steckt dahinter immer auch eine Ablehnung der weiblichen Potenz – und das spürt die Frau, sofern sie in ihre sexuelle Lust ganz hineingehen kann, was allerdings auch nicht die Regel ist.
An diesem Punkt ereignen sich sexuelle Frustrationen, die über kurz oder lang die gemeinsame sexuelle Entwicklung stagnieren, vielleicht auch abbrechen lassen. Wie auch immer: Hier stehe ich nach wie vor vor einer Aufgabe, die Üben (allein und zu zweit), ehrliche Selbstbeschauung und nicht zuletzt Mut verlangt.

Das alles soll jetzt aber nicht den Eindruck erwecken, dass meine sexuelle Erfüllung ganz von diesen Grenzerfahrungen abhängt: Meine Hengst- oder Raubtier-Ekstasen sind großartig und auch ein Geschenk. Ich suche diese jedoch nicht bei jeder sexuellen Begegnung. Das Wichtigste für mich beim Sex ist der Kontakt zur Geliebten. Der muss erst einmal da sein, und wenn er da ist, zeigt er mir dann, in welche Richtung die sexuelle Begegnung führen will. Sex ist für mich eine Kunst, die das Gegenüber und den Moment versteht. Ein Zusammenspiel von zweien (und manchmal auch von mehreren), bei dem die Initiative hin- und hergeht – eigentlich ganz ähnlich wie bei einer freien Improvisation unter Musikern oder Schauspielern. So finde ich es genauso wunderbar, lange in einer stillen Vereinigung zu sein, bei der es nur auf das Spüren ankommt. Ich mag es fast immer, wenn ein oder mehrere Finger sich in meinem Anus vergnügen: Das erlebe ich überaus lustvoll, und meine sexuelle Energie kommt dabei erst richtig auf Trab. Überhaupt möchte ich über das zärtliche Streicheln hinaus fest und klar angefasst werden: von den Haaren bis zu den Zehenspitzen. Erst dann fange ich an, mit meinem ganzen Körper zu lieben. (Viele Frauen glauben, Männer seien feine Kristallgläser.) Manchmal will etwas Wildes entstehen: kratzen und gekratzt werden, beißen und gebissen werden – wie zwei Wildkatzen, halb spielerisch, halb ernsthaft. Dabei kommt mir auch schon einmal eine Kleist'sche Fantasie: Die ungeheuerliche Liebe zwischen Penthesilea,

der Amazone, und dem griechischen Helden Achill drückt sich zuletzt darin aus, dass sie sich im Liebesakt zerfleischen. Überhaupt mag ich immer mal wieder Rollenspiele, kleine improvisierte Theaterszenen – nur eben kein aufgesetztes Getue, sondern emotional und physisch direkt. Ich liebe also die Abwechslung und die Kontraste – kurz alles, was stimmt, sofern es nicht zur Routine wird. Aber auch das soll nicht heißen, dass jede sexuelle Begegnung etwas Außergewöhnliches sein muss: Ich mag es auch am Morgen, wenn nur wenig Zeit ist, meinen Schwanz einfach eine Weile in die Möse meiner Geliebten zu stecken und dabei die Träume der Nacht auszutauschen. Und manchmal kann das Sexuelle auch einen innigen Kontakt stören.

Wenn ich von diesem reichen Spektrum auf meine Jugend und meine „Wüstenei" zurückschaue, merke ich erst so recht, wie viel sich bei mir verändert hat: Früher war Sex – meist in Form von Onanie – Triebabfuhr. Oder aber Sex war verbunden mit dem Drama der „großen Liebe", meist so, dass die sexuelle Erfüllung ausblieb: entweder, weil der konkrete Sex sich nicht mit meinem Wunschbild deckte oder aber, weil ich vor den Frauen, die ich wirklich begehrte, sexuell zurückschreckte. Das war lange ein Thema für mich: Dass Sex zu unrein für meine Angebetete sei. Eine Zeit lang hätte ich sicher einen guten Minnesänger abgegeben: Ich wollte lieb sein zu meiner Geliebten, ihr nette Geschenkchen machen – aber doch nicht vögeln, das kann sie doch nicht wirklich wollen. Und dann wunderte ich mich, dass gerade sie, die doch so rein war, auf die handfesten Typen abfuhr. Und ich war es dann, dem sie ihr Leid klagte (ihre Lust verschwieg sie).

Dagegen schlief ich mit Frauen, die ich nicht so attraktiv fand, und verachtete sie insgeheim, weil sie sich von mir vögeln ließen. Das war ein Muster vor allem in meiner Teenager-Zeit. Dies speiste sich wohl auch aus meinem familiären Feld: Sex war – wie schon angedeutet – kein Thema in meiner Familie, untergründig galt er wohl als eine Gefahr: Meine älteste Schwester, die noch in ihrer Jugend psychisch krank wurde, war eine überaus fleischliche Frau, die wohl schon früh ein reiches Sexualleben hatte. Meiner Mutter machte wohl dieser Lebenszug ihrer ältesten Tochter Angst, und sie suchte uns Geschwister

Susanna Ronge

davor indirekt zu schützen: Einmal wollte ich abends in mein Zimmer, um mir noch einen runterzuholen. Als ob sie es ahnen würde, folgte sie mir und klopfte dann später immer wieder an meine Tür. Die Freude, als Kind meinen steifen Pimmel stolz zur Schau zu tragen, war mir leider nicht vergönnt. Es war ein langer Weg, bis ich diesen Prachtkerl so richtig angenommen habe.

So lange ich unfreiwillig keusch gelebt habe, so explosiv war dann die Wende: Eine Frau, die ich genauso stark begehrte, wie sie mir Angst machte, zeigte mir in dem Moment, als ich endlich Mut fasste, sie zu gewinnen, die kalte Schulter. Dabei hatte sie mich – so war mir zumindest – geradezu gelockt. Das war ein Schock für mich – letztlich ein heilsamer. Denn ich ließ die Denkerei fortan sein und stürzte mich ins fleischliche Leben. Ich sprach auf einmal Frauen an, in Bars, in Saunen, gab Kontaktanzeigen auf – nach Anlaufschwierigkeiten stellte sich der Erfolg bald ein. Auf einmal hatte der Sex mich, und vieles, manchmal alles drehte sich um ihn. Ich lernte eine Gemeinschaft kennen, die freie Sexualität zu einem ihrer Leitbilder hatte. Ich machte Tantra-Trainings. Auf einmal war aus dem verstaubten Intellektuellen ein veritabler Liebhaber geworden. Dauerhafte Beziehungen interessierten mich erst einmal nicht. Ich wollte mich sexuell ausprobieren. Verletzungen blieben nicht aus, doch erfreute ich auch die Frauen mit meiner gelebten Lust.

Heute bin ich mit einer wunderbaren Frau fest zusammen (im Moment, in dem ich dies schreibe, steht unsere Beziehung allerdings in Frage). Wir haben uns – beim Mantrasingen – in der oben genannten Gemeinschaft kennengelernt. Ohne lange darüber zu reden, war uns klar, dass wir keine sexuell offene Beziehung wollen. Wir haben beide das Gefühl, dass, wenn wir unsere Sexualität mit anderen teilen würden, der Fokus unserer Beziehung unscharf würde. Wir teilen innige, sinnliche Kontakte mit anderen, aber eben keine sexuellen. Natürlich lenkt der anarchische Eros mir den Blick auch auf andere feiste Brüste und Hintern, es gibt Fantasien, mit anderen Frauen Sex zu haben. Doch die sind zumindest bisher nie so stark gewesen, dass es wirklich eine Versuchung für mich gewesen wäre. Allerdings gönnen wir uns einen Freiraum im Rituellen: So genieße ich beispielsweise sinnliche, sexuelle Massagen mit Tantra-Masseurinnen. Nur ist das dann eben nicht ein persönlicher Kontakt, an den sich irgendwelche Beziehungsgeschichten hängen können, sondern ein klares Setting, das zwar liebevoll, aber eben nicht persönlich ist.

Für mich ist Sex nicht notwendig an eine Liebesbeziehung gebunden: Auch die Selbstbefriedigung ist heute für mich keine Notlösung mehr, sondern eine eigene, lustvolle Form meiner Sexualität. Darüber hinaus hat das Reich des Sexes immer auch etwas Überpersönliches: Das habe ich bisher am eindringlichsten bei einer Gruppenorgie und bei Öl-Materialaktionen erfahren: Wenn ich mit verbundenen Augen im warmen Öl zwischen anderen hindurchgleite oder in einem Raum mit anderen Sex genieße, wobei es gar nicht so wichtig ist, wer die andere ist. Noch eine andere Qualität hat Sex in der Beziehung zu meiner Partnerin: Es ist das Vertrauen und die Vertrautheit, die dem Sex eine tiefere Dimension gibt. Es ist dann so wie endlich wieder nach Hause zu kommen. Der Sex hat hier nicht – im Positiven und im Negativen – die Aufregung des Neuen, dafür das Aufregende, dass hier das Überpersönliche des Sexes sich mit dem Innig-Persönlichen der Partnerin tief verbindet.

Eine große Herausforderung liegt darin, wie man den Sex gemeinsam intensiv leben kann, wenn die Vorlieben verschieden sind. So mag meine Partnerin nicht, wenn der Sex ins Schmerzhafte geht: Sie mag beispielsweise nicht gekratzt werden und kratzt mich auch nur mir zuliebe. Dafür haben wir noch keine Lösung, und das ist einer von mehreren Punkten, warum unsere Beziehung gerade in der Luft hängt. Ich glaube nicht mehr, dass sich ein Beziehungskonflikt durch Sex lösen lässt. Vielmehr besteht die Aufgabe darin, erst die feinen Fäden des emotionalen Kontaktes wieder zu verbinden (wie das geht, gehört zum „Mysterium der Intimität" – ein anderes, weiter gespanntes Thema als der Sex) und diesen Erfolg dann mit gutem Sex zu bekräftigen.

Überhaupt scheint mir mehr und mehr, dass Sex nicht die Basis einer Liebesbeziehung, sondern mehr Ausdruck davon ist, wie die Beziehung überhaupt ist. Gewiss: Der reine Sex kann ein

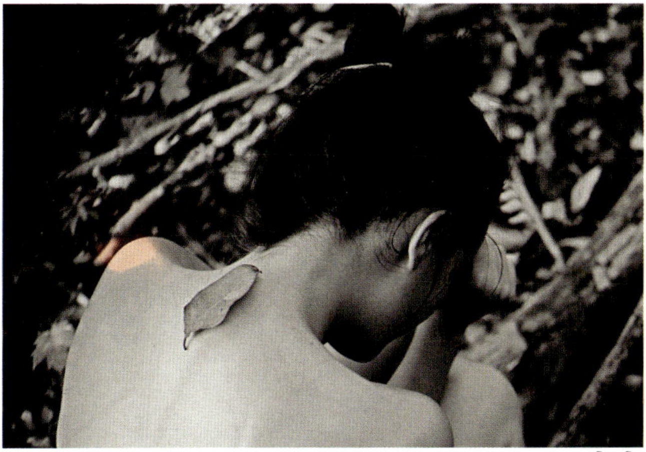

Resa Rot

in seiner Brust lebten: nämlich die tiefe, nicht zu tilgende Sehnsucht nach einer verlässlichen Liebesbeziehung zum einen, zum anderen das ebenso wenig zu verleugnende anarchische Treiben des Eros. Beides in Einklang zu bringen, sei eine mitunter kaum lösbare Herausforderung, die Tag für Tag neu gemeistert werden müsse. Darin bestehe nicht zuletzt die Kunst der Liebe. Diese zu erlernen, falle leichter, wenn man sich nicht gar zu sehr vom Eros als sexuelles Begehren mitreißen lasse, sondern auf ihm mehr wie auf einer Welle reite. Man sei dann nicht mehr völlig seiner Gewalt ausgeliefert, sondern fühle sich vielmehr souveräner. Überhaupt genieße er es, fügte Franzl mit einem leicht verschmitzten Lächeln hinzu, dass in seinem reifen Alter das gierige Begehren nicht mehr eine so übermächtige Rolle spiele, er erlebe die sexuelle Begegnung jetzt vor allem als die wortlose Form eines körperlich-seelischen Gespräches, bei dem das Gegenüber sich von einem Objekt der Begierde zu einem Du wandle. Darin lebe die konkrete Utopie eines begierdefreien Eros, bei dem es auf den stimmigen Kontakt, die Intimität, ankomme. Am Ende konnte sich Franzl nicht verkneifen, mir anzuraten, einen vorsichtigen und vor allem bewussten Umgang mit dem Eros einzuüben: Der Eros sei ein gewaltiger Irritationsfaktor in unserem Leben und damit leider auch die Quelle einer Vielzahl unserer Verirrungen. Zugleich läge in den Irritationen aber auch eine ungemeine Chance, könnten sie doch unsere fantasielose Routine und eingefahrene Muster radikal aufbrechen. Ja – und an dieser Stelle wurde Franzl ganz und gar emphatisch – „Der Eros ist beileibe nicht auf das Sexuelle beschränkt, dieses sei gewissermaßen nur das Sprungbrett für einen Prozess, durch welchen man bis in die verborgenste Zelle verwandelt werden kann." Im Anblick eines Ahornblattes, auf das ein Sonnenstrahl falle, mische sich dann die Ahnung von etwas, über das er hier lieber nicht sprechen wolle.

R. Eos

gewaltiger Antrieb sein, in manchen Lebenssituationen sprengt er einfach und direkt Blockaden, die den Lebensfluss hindern. Er kann auf eine erstaunlich einfache Weise beglücken und erfüllen. Doch sein Wirkungsradius ist letztlich beschränkt: Sex, der nicht mit der Liebe und mit einer größeren Perspektive verbunden ist, läuft früher oder später leer oder braucht immer neue Kicks, wird also zur Sucht.

Die Liebe will gebären, will etwas in die Welt bringen. Wenn man – wie ich – keine Familie mehr gründen möchte, dann ist es ein geistiges oder künstlerisches „Kind". Dieses Schöpferische (und zu diesem gehört als ein Aspekt auch das Sexuelle) ist neben der emotionalen Verbindung für mich der Kern einer Liebesbeziehung. Wenn dann auch der Sex wirklich gut ist, bin ich ganz erfüllt.

Nachtrag

Obigen Bericht hat mir mein Freund Franzl schon vor gut sechs Jahren zukommen lassen. Als er jetzt für diese Ausgabe des Jahrbuchs angenommen wurde, fragte ich Franzl, ob er etwas ändern wolle. Ändern nicht, meinte er, denn wie uns der Eros Tag für Tag wandle, so wäre auch die überarbeitete Fassung nichts anderes als eine weitere Momentaufnahme. Ein paar Sätze wolle er aber sehr gern noch ergänzen, sagte er nach einer Zeit des Überlegens. Ihm sei nämlich in den vergangenen Jahren noch klarer geworden, dass zwei Seelen

Sabrina *(48 Jahre)*

Gespräch geführt von Babett Taenzer
Die Namen sind Pseudonyme

Du lebst ja seit Langem in einer festen Beziehung. Kannst du dich noch daran erinnern, wie eure erste Begegnung war?

Es gibt zwei Ebenen, eine ist, dass wir uns schon länger über die Uni kannten, an der Julia unterrichtet hat. Ich habe spät über den zweiten Bildungsweg studiert. Das erste Mal sind wir uns in einem offiziellen Kontext begegnet. Da fand ich sie schon gut, war aber in festen sicheren Händen und sie auch, beide waren wir schon 10 Jahre mit diesen Frauen zusammen. Später, als wir beide etwa zur gleichen Zeit „frei" wurden, sind wir uns in der Szene über den Weg gelaufen, bei Fußballturnieren, Frauenpartys, Kulturveranstaltungen. Da kam dieser Moment: „Hallo, wir kennen uns doch von der Uni." Das war die Brücke. Ich habe sie auf dem Schirm gehabt.

Und angesprochen?

Das hat ziemlich lange gedauert und die Nerven meiner Freunde und Freundinnen gekostet, weil ich nicht der mutigste Mensch bin. Ich bin ziemlich lange um sie herumgeschlichen, und es begann erst mal so was wie eine Bekanntschaft, dann eine Freundschaft.

Und wann war dir klar, dass du in sie verliebt bist?

Ich war schon richtig angeknallt in dem Moment, in dem auch diese Freundschaft begann, mit zunehmendem Verknalltsein-Gefühl.
Irgendwann hatte ich es geschafft, sie darauf anzusprechen – weil meine Freunde mir damit gedroht haben, mir die Freundschaft zu kündigen, wenn ich jetzt nicht endlich mal zu Potte komme.

Das fand sie gut?

Das fand sie gut! Ich war wirklich saumutig und bin einfach an ihrem Geburtstag abends hingefahren. Hab am Bahnhof Blumen gekauft, die am nächsten Tag verwelkt waren, hab mir das Auto einer Freundin geliehen, die froh war, dass ich das jetzt endlich mache, und hab mir gesagt, jetzt oder nie. Ich wusste, sie ist allein zu Hause. Dann stand ich nervös vor der Klingel. Und dann war's aber ein Heimspiel.

Sie war da auch schon in dich verliebt?

Ja, das sagte sie, sie war auch schon angeknallt.

Kannst du dich noch an euer erstes Mal erinnern?

Ja! Das war bei der Geburtstagsfeier. Es war toll, aber es ist nicht viel gelaufen. Wir waren sehr aufgeregt und sehr betrunken. So ein Klassiker, so total blöd. Morgens ging dann viel mehr ab. Aber der Abend vor dem ersten Mal! Das war sehr süß und sehr sinnlich und extrem erotisch. Wir waren froh, als alle Gäste weg waren, haben dann weitergetrunken und die Bude aufgeräumt. Irgendwann legst du dich hin, und irgendwann passiert das und das – aber wenn man es verfilmen würde, wäre es alles andere als Pornorichtung. Es war dem Alkohol und der späten Zeit geschuldet, dass wir dabei einfach eingeschlafen sind, es war dann auch schon fünf oder halb sechs. Eine total schöne Nacht. Am nächsten Morgen gings dann ab. Und danach passierte, glaub ich, das, was bei vielen Verliebten passiert, dass man ganz wild verknallt ist und Arbeit schwänzt und Schule schwänzt und …

Ortie

Und über die Jahre betrachtet? Wie hat sich euer Sex entwickelt? Wurde es schöner? Intensiver? Wann war dir klar, das ist jetzt richtige Liebe?

Es ist schwierig, den Übergang festzulegen. Es wurde einfach ein ganz starkes Gefühl, wurde schöner, vielfältiger. Aufregender, weil man sich weiter kennengelernt hat, auch neu und anders. Es gibt ja bei Lesben immer diese bekloppten Klischees von Blümchensex, aber unser Sex war sehr oft nicht jugendfrei und überraschend. Und wir haben ja beide immer wieder einmal Beziehungen mit Männern und mit anderen Frauen gehabt und so, und das hat sich schon cool entwikkelt, es war erwachsenenreif.

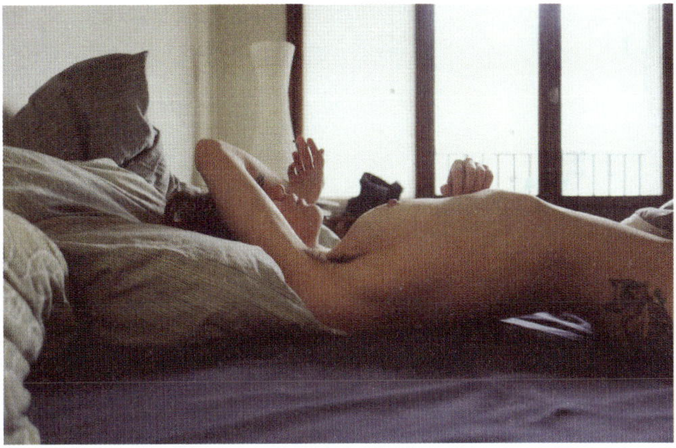

Ortie

Wie haben sich mit der Zeit eure Gefühle verändert?

Wir kannten uns schon länger, hatten ein Bild voneinander. Es fing nicht bei null an. Wir mussten uns nicht in der ersten Nacht erzählen, was wir machten. Wir haben, als unsere Beziehung losging, schon viel übereinander gewusst: über meine Family, meine Beziehung mit Jana und ihre früheren Beziehungen und ihre Tochter – ich bin ein totaler Familienmensch und habe mir immer eine Familie gewünscht! Deshalb fand ich es auch cool, dass sie eine Tochter, Sophie, hat, die war damals 11. Wie die Gefühle veränderte sich auch unser Sex oder Sexualität oder Erotik. Das sind jetzt so Allgemeinplätze, aber es war alles geprägt von einem tieferen Kennenlernen. Dass man mehr von sich zeigt – nicht „zeigen" im Sinne von „du, ich hab und kann das und das" – es war eher das gemeinsame Entdecken.

Wie schnell habt ihr euren Alltag geteilt? Seid ihr zusammengezogen?

Wir sind nach anderthalb, zwei Jahren zusammengezogen. Ich weiß jetzt nicht, ob das schnell ist.

Und hat das was verändert?

Es war einfach schön. Ich weiß noch, es war total toll, das erste Mal miteinander einen Großeinkauf

Ortie

Giovanna Marini aka Sanibel Page

zu machen. Ich mag es total, Alltag zu teilen. Auch wenn Julia eine superkluge Frau ist und intellektuell, ist sie auch bodenständig und geht gern einkaufen. Wir gucken uns auch bekloppte Prospekte an und unterhalten uns über die Werbung. Also, geändert hat sich, dass wir mit Tochter zusammenleben, dass wir einen Haushalt, eine Familie und ein Zuhause zusammen haben. Ich liebe es zu kochen. Wir haben ganz viel zusammen gekocht. Davor haben wir uns drei bis vier Mal die Woche gesehen. Wir hatten in unseren Wohnungen immer getrennte Zimmer. Auch in der ersten, als ich zu Sophie und Julia gezogen bin, bevor wir den Kredit aufgenommen haben, um ein Haus zu kaufen. Uns war klar, die Wohnung muss groß genug sein, dass wir immer getrennte Zimmer haben können, wegen Arbeiten und weil wir es beide mögen und es auch erotisch gut finden, nicht immer im Bett zusammenzukleben und so. Insofern hat sich geändert, dass wir uns öfter gesehen haben, also täglich, aber nicht geändert hat sich, dass wir mit eigenen Arbeits- und Schlafräumen lebten, wobei klar war: drei Mal die Woche sind wir bei ihr, zwei Mal bei mir in meinem Zimmer und zwei Mal jede bei sich. Nicht im Sinne einer Programmschrift von SPD oder Linken, sondern das wurde unser Rhythmus.

Hat das alltägliche Zusammenleben euer Sexleben verändert? Von den Gelegenheiten, spontaner, öfter oder ist es weniger geworden?

Also am Anfang hatten wir auf jeden Fall mehr und unterschiedlicheren Sex. Weil wir spontan sagen konnten: jetzt zwischen hier und da geht es. Es ist ja auch so, wenn du ein Kind hast, das zu Hause ist, bist du froh, wenn sturmfrei ist. Also gab es mit dem Zusammenleben andere Momente, die für Sex fokussiert wurden: sturmfreie Bude. So wie umgekehrt Kids von ihren Eltern sturmfrei haben, hatten wir es von Sophie und anderen. Wir waren und sind ein offenes Haus. Die Bude war oft voll, Sophie mit ihren Freundinnen und Freunden, Haustieren und so weiter.

Auf jeden Fall hatten wir am Anfang mehr Sex. Wie es vermutlich viele kennen: Wenn man den Alltag teilt, muss man darauf achten, dass es nicht zu selbstverständlich wird.

Später, so im Älterwerden, das fällt mir gerade auf, macht man eigentlich das wieder, was man als Verknallte macht: dass wir wieder so Dates miteinander haben – das hört sich jetzt an wie in so einem bekloppten Sexratgeber bzw. Sinnlichkeits- oder Romantikratgeber. Also, dass wir uns, einfach weil es Spaß macht, verabreden. Das Spontane ist noch da, aber am Anfang war es stärker da …

Findet ihr sowas wie Rituale dafür?

Rituale vielleicht nicht, aber mal bekloppte Sachen machen. Eine von uns sagt zum Beispiel: Wir machen jetzt blau. Das ist ja kein Ritual, denn wenn man das „ritualisiert", also regelmäßig blau macht, fliegen beide raus …

Aber ihr habt nicht den Plan, wir machen das jetzt z.B. an einem festen Tag die Woche?

Das kann zwar total hinhauen, würde aber bei mir zu viel Druck aufbauen. Und der Druck würde bedeuten, dass ich an einem solchen Tag alles haben könnte, nur keinen Sex und keinen Spaß. Wir sind beide sehr soziale Menschen und lieben Gesellschaft. Wir achten darauf, auch Dinge alleine und mit anderen zu machen, so als würden wir nicht zusammenwohnen. Und uns danach irgendwo treffen. Zum Beispiel abends

Giovanna Marini aka Sanibel Page

ins Hotel gehen oder zelten. Wir bewegen uns auf einen Campingplatz in der Nähe und bauen ein Zelt auf.

Es gibt aber auch noch spontane Elemente?

Ja. Wir sind beide ziemlich verspielt und spontan.

Wie oft habt ihr heute noch Sex?

Wir haben schönen Sex, aber definitiv weniger als in den ersten zwei Jahren. Wir haben Phasen, ob Urlaub oder durch diese Ausflippnummern, wo wir irgendeinen Scheiß machen, das ist dann „Quotenerhöhung" oder so. Das sind besondere Momente, die man nicht plant, Eintrittskarten, erotische Glückseintrittskarten.

Als welchen Momenten heraus entsteht Sex bei euch?

Wir haben auf jeden Fall im Sommer mehr Sex als im Winter. Dieses Draußen-Rummachen, da gibt es diese Momente, aus denen sich Sex entwickelt. Und beim Kochen. Kochen ist nicht der „Sex des Alters" oder was so doofe Sprüche behaupten. Wir lieben es sinnlich. Wir sind gern draußen, wir essen gerne – und manchmal gibt es Situationen, da hat sich Besuch angekündigt, wir haben alles vorbereitet und wissen, die kommen in einer Stunde. Da können wir doch schnell noch mal Sex vorher haben! Das ist ein bisschen ein Klassiker zwischen uns geworden und mit Kochen verbunden. Julia würde es jetzt vielleicht anders beantworten.

Wann hattet ihr das letzte Mal Sex?

Vor vier Wochen etwa. Wir hatten uns heute früh gefragt, ob wir Sex haben sollten. Dann haben wir aber beide festgestellt, dass wir voll Hunger haben, und sind runtergegangen. Ja, wir haben noch Sex, aber in keiner speziellen Regelmäßigkeit. Gestern, vorgestern war es so, wir haben herumgelegen, es war fast so weit, und dann kommt der Hund an. Und dann: „Jetzt müssen wir den Hund wegsperren." Das sind sehr witzige Momente. Und wenn wir bemerken, es war jetzt vier, sechs Wochen nicht, dann reflektieren wir das sehr humorvoll. Aber nie in so einem Problematik-Ding.

Giovanna Marini aka Sanibel Page

Bei Jana, meiner vorigen Beziehung, habe ich oft darunter gelitten, keinen Sex zu haben. Ich wusste, sie hat Sex mit anderen, das hatte ich irgendwie rausbekommen. Das ist voll bescheuert, wenn du jemand liebst. Wir waren beide relativ jung und hätten nicht so lange zusammenbleiben sollen. Weniger Sex bedeutet nicht per se, dass es nicht gut läuft. Schlecht wäre, wenn Sexualität oder Erotik ganz weg wären. Trotzdem, Sex praktizieren wollen wir auf jeden Fall mehr! Es überfällt einen. Wenn man einen Stundenplan der Beziehung macht, da Arbeit, da Freunde treffen, da Sex, dann wurde Sex schon etwas vernachlässigt in der letzten Zeit. Wir denken aktuell oft darüber nach, nicht programmatisch, auch nicht mit Ritualen, sondern mit diesem „Ach komm, lass uns mal den Hund wegsperren!" oder Ähnlichem, das uns den Freiraum gibt, aber nicht im Sinne von: Weißt du noch, früher … Im Moment freuen wir auf unseren nächsten Italienurlaub.

Und diese Aktionen, von denen du erzählt hast, läuft das dann echt immer auf Sex hinaus? Und wenn nicht, seid ihr enttäuscht?

Oft machen wir da wirklich Sex. Auf jeden Fall haben wir einen total netten Abend, im Hotel X und … ich glaube, auch da hatten wir Sex. Aber es war auch einfach geil auf der Dachterrasse, der Abend und das Essen. Erotik beginnt nicht erst mit Beischlaf oder wie auch immer man es nennen will. Sondern im Davor sind ganz besondere Momente. Wir haben nicht so viel Geld, dass wir ständig ins Hotel gehen können, aber es ist einfach cool, weil du nicht zu Hause bist und dann einfach in ein Hotel gehst in der eigenen Stadt. Das haben wir schon öfter gemacht. Mal ganz normal mit Essengehen, auf die Dachterrasse oder durch die Stadt stromern, sich im Museum schöne Bilder angucken. Oder Garnixmachen und in einem kleinen, etwas runtergekommenen, aber sehr netten guten Inder im Stehen was essen. Billard spielen. Einmal haben wir es auch rollenspielmäßig gemacht, als würde man sich dort das erste Mal treffen. Aber meistens stinknormal.

Wir machen noch was anderes, mit Zetteln. Jede nimmt einen Zettel und schreibt fünf oder zehn Sachen auf, die wir demnächst zusammen machen wollen. Da stehen dann so Sachen drauf: auf Koffermatratzen zusammen im Wohnzimmer schlafen. Das machen wir dann. Und wenn du jetzt nach Erotik fragst: so etwas finde ich schön. Blöd und witzig, aber erotisch. Dieser Mix aus Zeltlager und woanders schlafen. Auf dem Zettel stand einmal auch: wir nehmen uns einen Mietwagen – als Carsharing, da kommt

Ortie

das Umweltbewusstsein durch – und fahren los, und an jeder Kreuzung sagt je die andere, wo es weitergeht. Das sind so Sachen, die finde ich sexy, die finden wir beide schön. Das ist ein Mix, ist nicht nur erotisch. Ein Mix aus Abenteuer und Lust. Wir sind dabei ein bisschen wie – ich bin auf dem Land groß geworden und nehme deshalb das als Bild – Gassenkinder. Wenn wir draußen gespielt haben und nicht mehr reinwollten und die Eltern mussten uns von irgendwo her zurückziehen. Vom Spielplatz oder aus dem Gebüsch oder aus den Feldern. Etwas davon hat das dann, diese Tage ohne Ende, nicht mehr reinwollen, auch wenn wir dann irgendwann drin sind. Und was mir noch einfällt, Sauna, aber da sind wir sicher nicht die Einzigen, denen es so geht, dass man darin Lust aufeinander bekommt. Also Sauna mögen wir beide, Hamam vor allem, diese Dampfbäder und so.

Kannst du dich an einen besonders intensiven Orgasmus erinnern?

An einige! Aber spontan fällt mir die Hochzeitsreise ein. Da waren wir fünf, sechs Wochen nur in Italien. Essen und Sex, die Reihenfolge ist egal, waren toll. Das waren unsere Momente, wie eben erzählt, komprimiert: Essen, Unterwegssein, tolle Landschaften sehen. Nicht so Chichi, einfach beim Unterwegsein. Sex bei uns ist meist auch einfach, ohne Chichi. Immer wenn wir gemeinsam reisen, gibt es besonders intensiv empfundenen Sex. Es ist aber nicht so schubladenmäßig. Es ist manchmal einfach auch zu Hause cool.

Intensive Momente, in denen intensive Gefühlswelten entstehen? Passieren die auch auf Reisen?

Ja. Und bei anderen gemeinsamen Erlebnissen. Tomaten, die wir gemeinsam gepflanzt haben und die jetzt im Moment reif werden. Kräuter, die wir zusammen gesetzt haben, und das dann gemeinsam zu essen! Abends ein Feuer anmachen. Wir haben beim Spazierengehen das Holz selbst im Wald gesammelt. Diese Momente sind total schön und intensiv und stehen – nicht für Sex, aber für Liebe und Nähe. Ganz stark. So ein Zeug machen wir halt. Nicht Golf oder Tennis spielen. Wir sind noch verknallt. Am Wochenende sind wir viel zusammen, aber unter der Woche arbeiten wir, machen fast alles getrennt. Dann erzählen wir uns ganz viel. Dieses Erzählen finde ich unheimlich beglückend, auch erotisch oder sinnlich. Dabei sehen wir uns oft mit ganz jungen, wachen Augen, werden so wie junge Welpen, verspielt.

Gibt es Situationen, die dir im Blick auf eure Beziehung als besonders großartige Momente vor Augen stehen?

Viele. Zusammen Schifffahren auf'm Meer, bei der Italienreise. Oder mit dem Paddelboot auf dem Bodensee. Wir machen manchmal hier mit dem Boot auf dem regionalen Fluss eine Morgentour und gucken einfach die Stadt, uns selber oder das Bier oder den Kaffee, den wir dabei trinken, an. Das sind alles dem Alltag geklaute Glücksmomente. Das fällt mir als Erstes ein: auf dem Wasser zusammen zu sein. Oder auf Stromboli, auf den kleinen Inseln in Italien.

Wie ist das Streiten zwischen euch? Womit fangen Streite an, wie beendet ihr sie?

Wir haben nur über Nichtigkeiten Streite. Ich behaupte, Julia ist besserwisserisch, und sie behauptet, ich. Total banale Sachen. Es geht nicht darum: du bist fremdgegangen oder du hast da geflirtet oder du hast mir da total wehgetan.Wir geraten zum Beispiel mit der Gartenarbeit aneinander. So ein Mix aus Missverständnissen und Besserwissereien würde ich das nennen. Wenn sich eine so lehrerinnenhaft verhält. Julia empfindet mich dann als stur und bockig. Kleinigkeiten im Vergleich zu dem, was ich mir manchmal von meinen Freunden anhöre. Blöde Streite, aber danach sind sie zum Kaputtlachen, weil sie um nichts gingen. Es ist nie so, dass sie sich über Tage ziehen. Wir haben beide das Bedürfnis, uns schnell auszusöhnen, sind beide sehr harmoniebedürftig. Wir sind dann auch zwar mal separiert, eine Stunde oder drei, das Längste war mal ein halber Tag. Eine macht immer den ersten Schritt. Vielleicht war es Julia am Anfang der Beziehung öfter, aber jetzt sind wir beide super gewachsen in dieser Beziehung und gehen beide gleichermaßen aufeinander zu. Wir reden noch mal kurz darüber, und dann ist es vorbei.

Gibt es für dich auch negative Gefühle in dieser Beziehung?

Gar nicht. Wir sind ja schon elf Jahre zusammen. Ich bin sehr glücklich, es gibt nichts, das mich piekst oder was ich anders haben will. Manchmal nervt diese Besserwisserei. Mit manchmal ist ein bis zwei Mal im Monat gemeint. Wir teilen nicht alles als Paar. Oder, was auch so ein Klassiker ist, dass wir nur noch diese Pärchentreffen machen. Wir machen sehr viel alleine und sehr Unterschiedliches. In Momenten, in denen wir viel teilen, müssen wir ein bisschen danach gucken, wer dominiert. Aber um auf die Frage zurückzukommen: Nee, keine negativen Gefühle! Ich vermisse sie, wenn sie weg ist. Ich freu mich jeden Morgen wie blöd, wenn wir zusammen aufwachen oder wenn ich sie im Nachbarzimmer rascheln höre, weil sie meist vor mir wach ist und liest. Verliebt-sein, Verknalltsein und Liebe, alles ist ungemindert da. Man realisiert es natürlich nicht dauernd, aber es gibt immer wieder Momente, in denen ich denke: „Wow, cool, was für 'ne klasse Frau!" Oder in denen ich beeindruckt bin und irgendwas Neues mit ihr und an ihr entdecke. Dieses andere, tiefe Gefühl: das hast du ja nicht im ersten halben Jahr, das ist etwas, was mit den Jahren wächst. Dass man einfach so total spürt, man gehört zusammen. Dieses Grundgefühl von „zu Hause". Der Mix aus Sicherheit und Freiheit. Der eine braucht das eine mehr oder weniger, und ich brauche beides, beides ist da.

Wie geht Ihr mit Eifersucht um?

Wir sind beide nicht brechermäßig eifersüchtig. Vielleicht bin ich es einen Tick mehr als sie. Es ist kein großes Thema bei uns, aber existiert schon. Es gab die eine oder andere Situation, wenn ich oder Julia jemand Neues kennengelernt hat im Arbeitskontext, dass es dann mal hieß: Oh, der Name fällt jetzt aber öfter! Wer ist denn das? Es gibt ja so offene Beziehungen. Wir haben keine offene Beziehung, soweit ich weiß, sind weder Julia noch ich fremdgegangen, also wir sind Langweiler-Lesben.

Wenn du oder deine Frau von anderen angeflirtet werden, was passiert dann? Man ist ja nicht ganz frei davon, wenn jemand auf einen zukommt und signalisiert „Du gefällst mir", dass einem das schmeichelt.

Das sind für uns keine Fremdwörter. Bei ihr kam das im Arbeitskontext zwei, drei Mal vor, dass irgendwelche Kollegen dachten, Mutter, alleinerziehend, und sich in sie verknallten. Das erzählt sie mir dann, und mehr ist nicht. Es ist jetzt nicht so, dass wir gar nicht mehr angeflirtet werden, weil wir nur noch als Paar da sind. Flirten ist ja auch schön. Da sind wir beide einer Meinung, dass man das auch darf. Was heißt darf … jede Beziehung soll das für sich selber definieren. Es gab vielleicht drei, vier Momente bei uns, wo andeutungsweise mehr im Raum stand. Einmal gab es eine Silvesterparty. Da wurde Julia aber auch dermaßen von einer Ex-Verehrerin angegraben, dass ich doch mal rumgemotzt habe. Anders ist, wenn da jemand so richtig reinprescht. Die Situation hatten wir noch nie. Vielleicht, weil wir glücklich und verknallt sind. Bei dem Großteil der Leute, die ich nah kenne, wo das passiert war, hing es auch immer mit irgendetwas aus ihrer Beziehung zusammen. Wo ein krasses Defizit oder ein Problem da war oder vielleicht schon innerliche Trennungen stattfanden.

Umgedreht ist es euch noch nicht passiert, dass ihr jemand anderen so attraktiv gefunden habt, dass ihr nicht wusstet, wie ihr das wegstecken solltet?

Nö, ich bis jetzt nicht. Ich glaube, wir finden beide mal andere Frauen oder auch mal Männer attraktiv, aber nicht im Sinne von: Oh, jetzt bin ich aus dem Ruder. Nö. Vielleicht ist das auch Glück und Zufall.

Das hört sich so harmonisch an, dass ihr euch miteinander so wohlfühlt.

Wir sind jetzt nicht nur harmonisch. Sehen auch, dass andere Mütter auch nette Töchter haben.

Dass ihr dieses Verliebtsein-Gefühl in der Beziehung wachhaltet, scheint euer „Geheimnis" zu sein.

Ja,Verliebtsein ist wichtig. Ich habe gerade einen nahen Freund, dem es fehlt. Er sagt: Liebe, das Zuhausegefühl sei noch da, aber wenn er ehrlich in sich reinhöre, sei alles andere verschwunden.

Das passiert ja oft, dass in diesem Alltäglichen die Trennung von Liebe und Freundschaft verschwimmt. Fühlst du einen Unterschied zwischen sehr enger Freundschaft zu ihr und Liebe? Und kannst du den beschreiben?

Ich würde es eher so sehen, dass beides ineinander aufgeht. Das ist es, was es besonders macht. Dass Liebe durch Freundschaft erweitert wird und umgekehrt. Auch wenn ich schon vorher verknallt war, haben wir uns über eine Freundschaft kennengelernt. Diese Freundschaft bedeutete eine sehr hohe Achtung, die wir voreinander hatten, im Sinne von jemanden total schätzen und wertschätzen, mögen, toll finden – aber ohne sie anzuknien. Ich würde es nicht trennen. Unsere Liebe ist auch Freundschaft, es ist dennoch mehr. Wir haben jede auch beste Freundinnen oder Freunde, und ich empfinde es als etwas Besonderes, dass wir als Liebende auch so stark freundschaftlich miteinander verbunden sind. Dass es sich nicht gegenseitig in den Schatten stellt, sondern sich gegenseitig bereichert.

Ist das nicht nur Freundschaft mit Sex?

Nee, es ist Liebe, ganz altmodisch: dass man für jemanden immer da ist. Wir lieben uns total, und wir sind ganz dicke Freundinnen. Wir können uns hundertprozentig aufeinander verlassen.

Bemerkt ihr Strukturen, die ihr aus euren Familien kennt und die wiederkehren?

Wir sind beide totale Familienmenschen, wir können mit unseren jeweiligen Herkunftsfamilien zusammen vier Fußballgroßfelder bespielen. Wir sind auch in Communitys unterwegs, aber mögen das Familiäre der Herkunftsfamilien genauso. Ich habe ja sehr viele Geschwister, was ich auch total schön finde, gerade wenn die Eltern nicht mehr leben. Fünf, Julia hat zwei. Es ergibt so ein Gemisch von 3-88 Jahren, wenn wir uns treffen. Und nicht nur auf großen Familienfeiern, auch so. Zum Spazierengehen.

Im Vergleich zu deinen früheren Beziehungen, was ist anders? War es das „Mütterliche", was dir gefehlt hat? Es ging mit Jana ja auch schon zehn Jahre?

Als ich Jana kennengelernt habe, war ich zweiundzwanzig, und als wir uns getrennt haben, Anfang dreißig. Das war eine romantisch verklärte Liebe. Und es ist schon was dran an deiner Formulierung: Julia hat das, nenn es mütterlich, ich nenne es auch „zu Hause" oder „reife Erwachsene", sie ist verlässlicher. Und da drauf stehe ich. Ein schöner guter Mikrokosmos, nicht abgeriegelt gegen die Welt. Wir engagieren uns in der Welt, politisch, sozial, von Ehrenamt bis bla. Und dann mag ich auch das spannende Abenteuer, dass wir verspielt bleiben. Das Sichere, es gibt ja eh keine absoluten Sicherheiten, aber dieses angedachte Versprechen ist es. Jana ist viel fremdgegangen oder hatte andere Beziehungs-Baustellen, sie war mit sich noch nicht so im Klaren. Und mit Julia ist das jetzt einfach eine erwachsenere Nummer. Julia ist ja auch nicht nur „ein Typ", das mag ich in der Beziehung, auch beim Sex, dass wir unterschiedliche Positionen, Rollen haben. Eine ihrer Rollen ist die einer tollen Mutter.

Hast du noch regelmäßig Kontakt zu Jana und anderen Ex-Beziehungen?

Nö. Mehr als Hallo sagen, wenn wir uns zufällig über den Weg laufen, ist nicht. Mit Jana hätte ich schon gerne mal reden wollen. Ging aber nicht. Wenn ich die Frau sehe, mit der ich kurz zusammen war, vor Juila, freu ich mich, sie ist bi, hat jetzt ein Kind, wir reden dann etwas. Julia hat mit ihrer langen Beziehung vor mir gar keinen Kontakt, will sie auch nicht. Zwei Hochzeiten im Bekanntenkreis, bei beiden waren die vier Exen die Trauzeuginnen, das finde ich ungewollt komisch. Aber mit Julias Ex-Mann, dem Vater von Sophie, und dessen neuer Freundin sind wir befreundet. Das ist dann quasi die Patchworkfamilie.

Hast du einen Wunsch an eure gemeinsame Zukunft?

Ich wünsche mir, ich wünsch mir echt, dass wir blöd alt werden. Ich wünsche mir natürlich Weltfrieden wie alle. Das ist so ein dankbares Glück, was wir haben. Ich höre mich unglaublich paffig an, merke ich gerade. Aber bin echt zufrieden und glücklich und wünsche mir, dass das so weitergeht und dass wir gesund bleiben. Gemeinsam alt werden und ganz viel erleben, ganz viele Abenteuer, ganz viele Alltagsabenteuer.

Giovanna Marini aka Sanibel Page

Natasja Pattipeilohy

Sven & Steffen *(32 / 30 Jahre)*

Interview geführt von Axel Schock.
Die Namen sind Pseudonyme

Sven und Steffen sind seit acht Jahren ein Paar, vor zwei Jahren haben sie sich in einem Berliner Standesamt auch ganz offiziell das Ja-Wort gegeben. Als Sven seinen Partner kennenlernte, wusste er bereits von dessen Positivsein. In ihrer Beziehung hatte das HI-Virus nur eine geringe Rolle gespielt. Für Sven war es selbstverständlich, beim Sex ein Kondom zu benutzen, und für Steffen wurde die Infektion zunehmend zu einer gut zu bewältigenden Krankheit. Die Viruslast sank bald auch schon unter die Nachweisgrenze. Und eines Tages stellte sich die Frage, ob deshalb nicht beim Sex aufs Kondom verzichtet werden könnte.

Wie habt ihr davon erfahren, dass unter bestimmten Umständen ein HIV-Positiver, der erfolgreich therapiert ist, beim Sex mit einem HIV-Negativen nicht mehr zwingend ein Kondom benutzen muss?

Steffen: Ich kann das gar nicht mehr so genau sagen. Das war schon sehr früh, gleich als die Schweizer das Papier dazu veröffentlicht hatten.

Das Statement der Eidgenössischen Kommission für Aids-Fragen (EKAF) von 2008.

Steffen: Genau. Ein Freund von uns, der beruflich mit HIV-Medizin zu tun hat, hatte uns darauf hingewiesen und einen Link geschickt. Ich habe dem damals aber überraschenderweise wenig Bedeutung geschenkt.

Warum?

Steffen: Vielleicht, weil man schon so viele seltsame Dinge und vermeintlich sensationelle Meldungen über HIV und Aids gelesen hat, die dann doch wieder verpufften. Vielleicht war mir das auch alles noch zu suspekt. Wär's wirklich eine glaubwürdige Sensation, hätte man davon doch in den Zeitungen gelesen. So dachte ich damals zumindest. Die Diskussion darüber entfachte bei uns ja erst vor ein, zwei Jahren, und da fing's dann auch bei mir an zu arbeiten.

War die Erkenntnis, dass Safer Sex auch ohne Gummi möglich ist, für dich eine Erleichterung?

Steffen: Sie hat mich zunächst einmal ordentlich durcheinandergebracht.

Sven: Es wurden dadurch feste Gewissheiten auf den Kopf gestellt. Uns wurde mehr als das halbe Leben lang der Slogan „Kondome schützen" eingehämmert, die Safer-Sex-Regeln konnte man selbst im Halbschlaf herunterbeten wie das ABC. Und dann das!

Habt ihr es als eine Art Befreiung erlebt?

Sven: Es mag sich vielleicht etwas seltsam anhören, aber mir wurde dadurch erst bewusst, wie selbstverständlich für mich die Verbindung von Sex und Kondom war. Safer-Sex-Präventionisten werden sich sicherlich freuen, das zu hören. Bei mir hatte diese Konditionierung perfekt funktioniert. Ich habe das Gummi nie als Einschränkung erlebt und es daher auch nie in Frage gestellt.

Steffen: Bei mir war das schon ein wenig anders. Ich bin ja zu meinen Virus nicht gekommen wie die Jungfrau zum Kind, sondern weil ich mich eben mindestens einmal nicht an die Safer-Sex-Regeln gehalten habe. Danach war das Kondom für mich eine Grundvoraussetzung, auch beim Sex mit anderen Positiven. Es erinnerte mich aber auch immer daran, *dass* ich positiv und damit für andere Sexpartner potenziell gefährlich war. Und eben auch für meinen Liebsten. Dieser Gedanke hat mich nicht völlig aus der Bahn geworfen, aber er war doch latent immer vorhanden. Das wurde mir dann noch einmal so richtig klar, als ich las, dass ich mit meinen guten Viruslast-Werten zu jenem Kreis der Auserwählten gehören müsste, die guten Gewissens auf das Gummi verzichten können.

Was löste dies bei dir aus?

Steffen: Einerseits fiel eine große Last von mir ab, andererseits war ich wütend und traurig darüber, was mir durch das Virus in den ganzen Jahren meiner Infektion womöglich entgangen

Jaap de Jonge

ist. Nicht, dass ich mit Kondom unbedingt schlechteren Sex gehabt hätte, aber vielleicht wäre er um einiges unbeschwerter und mit Sven auch intimer gewesen. Man hat nun mal die Fantasie, mit seinem Partner, den man liebt, in jeder Hinsicht zu verschmelzen – auch wenn das jetzt ein wenig abgegriffen klingt. Das Gummi, so dünn es auch sein mag, bleibt da ein zumindest sichtbares, lästiges Hindernis.

Sven: Ich konnte das anfangs nur schwer nachvollziehen, weil ich in all den Jahren das Kondom nie als Einschränkung oder Belastung beim Sex miteinander erlebt hatte. Daher erlebte ich Steffens Stimmungswandel als einen sehr überraschenden emotionalen Ausbruch, bei dem noch einmal ganz viel hochgespült wurde.

Steffen: Es war selbstverständlich vor allem eine große Befreiung und Erleichterung, vielleicht noch mehr als damals, als meine Viruslast erstmals unter die Nachweisgrenze gesunken war.

Was machte den Unterschied aus?

Steffen: Nun war das Restrisiko, gewissermaßen auch amtlich bestätigt, schlimmstenfalls so hoch wie Sex mit Kondom. Bis das in meinem Kopf richtig ankam, hatte es eine Weile gebraucht, und nach und nach wuchs dann auch der Wunsch, auf das Gummi in unserer Beziehung zu verzichten.

Wie lange hat es gedauert, bis ihr diesen Wunsch auch in die Tat umgesetzt habt?

Sven: Wir haben über mehrere Monate immer wieder mal darüber geredet; mal intensiver, mal nur beiläufig. Für mich war dies kein wirklich drängender Wunsch. Ich fand das Gummi ja immer ganz okay und zudem eine saubere Sache. Ich konnte mich mit der Zeit aber auch ganz gut in Steffen hineindenken und wusste daher, warum ihm das so wichtig war.

Wie seid ihr dann vorgegangen?

Steffen: Wir haben uns zunächst zusammen von seinem HIV-Schwerpunktarzt beraten lassen. Der hat im Grunde nur die bereits bekannten Fakten bestätigt, aber es war gut, es auch noch einmal aus seinem Munde zu hören. Wir hofften dann, vielleicht Erfahrungsberichte von Paaren zu finden, die das Prinzip „Schutz durch Therapie“ bereits praktizieren, aber wir sind da nicht unbedingt fündig geworden.

Sven: Ich fand das schon sehr überraschend, und ich kam mir vor, als würden wir als Erste in völlig unbekanntes, neues Terrain vorstoßen. Ich fühlte mich dadurch schon ein bisschen allein mit den Überlegungen und der anstehenden Entscheidung. Aber wir haben sie dann doch getroffen.

Sven: Und ich bin dir dafür heute noch von ganzem Herzen dankbar! Blutwerte hin und Studienergebnisse her: Das war trotz allem ein großer Vertrauensbeweis. Gerade auch, weil ich wusste, dass für dich die Sache mit dem Gummi nicht so belastend und belastet war wie für mich. Ich muss allerdings zugeben, dass ich beim ersten Mal mindestens so aufgeregt war wie bei meinem allerersten Sex überhaupt.

Steffen: Das ging mir nicht anders. Wobei das wahrscheinlich vor allem ein Kopfding war, warum es nun für immer dieses ganz besondere „erste Mal“ für mich, für uns bleiben wird. Ich kam mir hinterher vor, als hätte ich meinen ersten Marathon oder die Abi-Klausur geschafft.

Hattet ihr bestimmte Absprachen getroffen, wie ihr den Kondomverzicht handhaben wollt?

Sven: Es galt, was auch vorher schon gegolten hatte: Sollten wir außerhalb der Beziehung Sex haben, dann nur mit Gummi. Und wir hatten uns vorgenommen, dass wir auch innerhalb der Beziehung wieder Kondome verwenden würden, wenn sich einer von uns ohne unwohl fühlen sollte.

Steffen: Diese Rückversicherung war mir sehr wichtig, und zwar für uns beide. Ich wollte vermeiden, dass sich Sven unter Druck gesetzt fühlt oder enttäuscht ist, falls ich eines Tages Muffensausen bekommen sollte. Denn, wie Sven schon sagte, wir fühlten uns bei der Entscheidung recht allein. Natürlich hätte die uns niemand abnehmen können, aber wir konnten auch mit niemandem so recht darüber reden.

Sven: Wir hatten bei Freunden ein paar Mal das Gespräch auf das EKAF-Statement gebracht,

nachdem dann auch die DAH und einige schwule Medien das Thema endlich aufgegriffen hatten. Die Reaktionen allerdings waren eher niederschmetternd. Einige fanden es verantwortungslos, den Weg zum „Sex ohne Kondom" einfach so freizugeben. Sie waren der Ansicht, dass dies von vielen sicher völlig missverstanden werde, weil die das Kleingedruckte, also die genauen Rahmenbedingungen für den „Schutz durch Therapie", überlesen würden.
Steffen: Wir haben schnell festgestellt, dass uns da unsere Freunde nicht weiterhelfen können. Wir haben uns dann aber auch nicht getraut, uns ihnen gegenüber zu outen. Spätestens dann, als einer von ihnen sagte, dass das Ganze nichts anderes als russisches Roulette sei, weil man wegen des Restrisikos eine Infektion nie ausschließen könne.

Hat das eure Entscheidung beeinflusst?

Sven: Wir hatten uns da eigentlich längst schon entschieden, aber ich habe mich in vielen dieser Äußerungen natürlich auch selbst gespiegelt gesehen. Es gibt eben immer noch diesen Unterschied zwischen Kopf- und Bauchgefühl. Mein Kopf sagte: „Es ist alles sicher. Da kann nichts schiefgehen." Mein Bauch aber war manchmal doch etwas unsicher. Unterschwellig arbeitete etwas in mir. Da konnte ich mir noch so viele Fakten um die Ohren hauen.

Du hattest eure Entscheidung bereut?

Sven: Nein, so kann ich das nicht sagen. Das wäre wirklich hart. Es war subtiler.
Steffen: Mir war irgendwann aufgefallen, dass Sven beim Sex eigentlich nur noch der aktivere Part sein wollte. Zuvor war das immer recht ausgewogen gewesen. Ich hatte ihn dann mal darauf angesprochen, ahnte aber schon den Grund dafür.
Sven: Wir hatten dann darüber geredet. Zum Glück haben wir in unserer Beziehung eine sehr offene Gesprächskultur eingeübt, sodass ich auch ganz frei über mein schwelendes Unbehagen sprechen konnte, ohne Angst zu haben, Steffen zu verletzen. Enttäuscht warst du sicherlich, oder?
Steffen: Nicht enttäuscht, sondern eher etwas überfordert. Weil für diesen Moment war klar: Hier geht's nicht um Vorurteile, mangelnde oder falsche Informationen, sondern um ein Bauchding. Aber wir waren uns sofort einig, dass wir ab sofort wieder Kondome verwenden werden.

Ist das Experiment also gescheitert?

Sven: Nein, so würde ich das keineswegs formulieren. Zum einen: Das war kein Experiment, sondern ein erster Versuch, und ich habe gemerkt, dass ich dafür wohl doch nicht richtig bereit war. Wir haben die Sache damit nicht beendet, sondern allenfalls ausgesetzt. Es ist ja keineswegs so, dass ich Steffen nicht grundsätzlich vertrauen würde oder ich den wissenschaftlichen Studien und Statements und Empfehlungen der Ärzte skeptisch gegenüberstünde. Diese Sache ist aber weitaus komplexer für Herz, Hirn und Hormone, als dass man das zu schnell, vielleicht auch zu leichtsinnig übers Knie brechen sollte. Zumindest ist es nicht ganz so einfach wie die klassischen Safer-Sex-Regeln „Ficken nur mit Kondom" und „Raus, bevor's kommt".

Hat sich euer Sexleben dadurch verändert?

Steffen: Nein. Ich empfinde nun nicht einen großen Verlust, so nach dem Motto „Wie gewonnen, so zerronnen". Natürlich ist es schade, aber ich respektiere Svens Gefühle und weiß auch, dass dies ein langsamer, aber fortschreitender Prozess sein wird.
Sven: Ich kann mir sehr gut vorstellen, das heißt ich bin mir sogar sehr sicher, dass sich in naher Zukunft Kopf und Bauch aufeinander einpendeln werden. Bis dahin habe ich nun doppelt sicheren Sex: Auch wenn das Gummi platzen oder abrutschen sollte, wird mir nichts passieren.

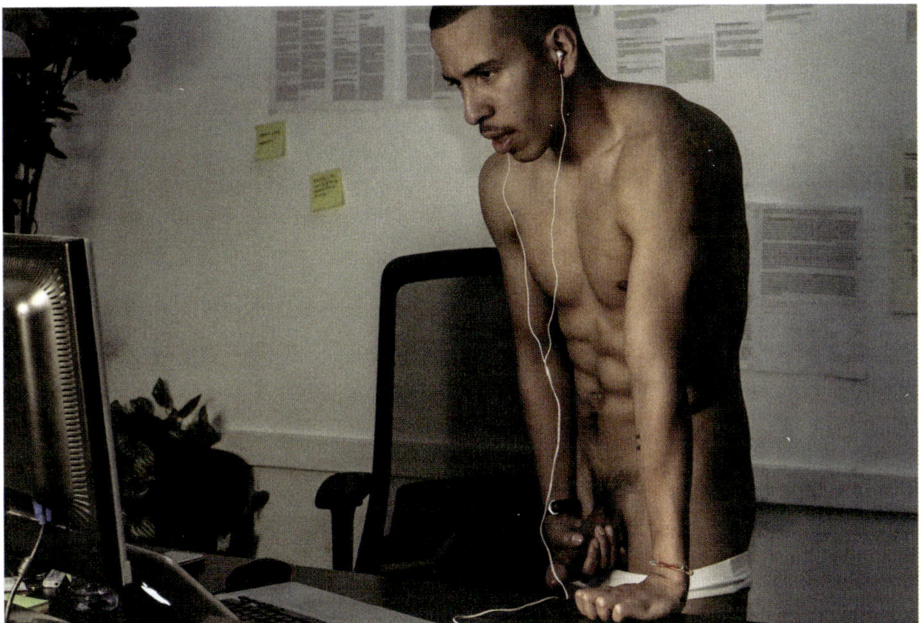

Natasja Pattipeilohy

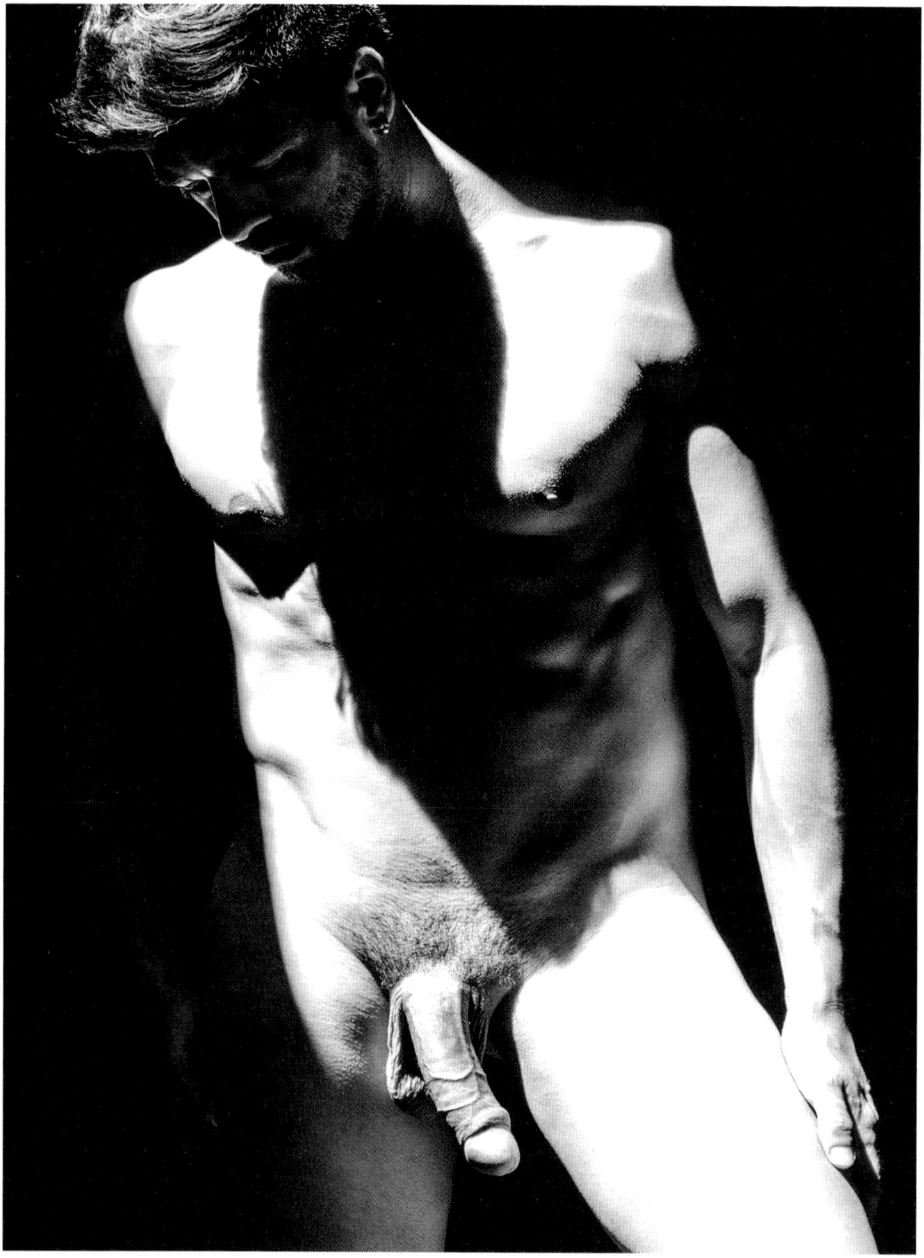

Katlen *(35 Jahre)*

Gespräch geführt von Babett Taenzer
Die Namen sind Pseudonyme

Du lebst eine langjährige Beziehung etwas anders als die gängigen Vorstellungen. Kannst du dich noch an eure erste Begegnung erinnern?
Als ich Manfred kennengelernt habe, saß ich im Fitnessstudio bei meiner Trainerin. Er war auch Trainer und kam mit seinem besten Freund, und dann hörte ich sie über dicke Frauen lästern. Mir haben einfach seine Augen zugesagt und dass er, obwohl arrogant, eine drollige Art an sich hatte.
Dann hast du ihn angesprochen oder er dich?
Nee, ich war einundzwanzig. Ich hatte damals nicht so das Selbstbewusstsein. Es sah … sieht jetzt immer noch gut aus mit seinen Muskeln und allem. Er hatte damals oft über seine Ex-Freundin erzählt, die Model war. Und „Model" reichte mir schon, um mich selbst innerlich aus dem Feld zu werfen. Ich habe aber immer trainiert, wenn er da war. Und oft haben wir danach ganz lange gequatscht.
Wann wurde dir klar, dass du in ihn verliebt bist?
Verschossen war ich gleich. Nach dem zweiten Mal sehen.
Und wie habt ihr euch näher kennengelernt?
Ich weiß noch, dass er mich einmal, als ich richtig fette Kopfschmerzen hatte, nach Hause gefahren hat. Da habe ich es nicht gewagt, nach der Nummer zu fragen, und meine Freundin meinte hinterher: „Bist du bekloppt? Bei der Gelegenheit hättest du doch endlich mal fragen können!" Irgendwann haben wir die Nummern ausgetauscht. Er hat mir dann erst mal eine Beziehung mit einem Kumpel verschafft, weil der aussah wie mein Traumschwarm Jean Claude van Damme. Und ich war ein Jahr lang mit dem zusammen. So eine affärenmäßige Pseudo-Beziehung. Der hat gedacht, es ist eine Beziehung, für mich war es eine Affäre.
Du warst weiter verliebt in Manfred?
Ja. Wir standen beide auf SM-Zeug. Bei einem Dreh auf einem SM-Kurzfilmfestival hatte ich Domina-Klamotten an und war echt übel aufgebrezelt. Er fand mich schon vorher irgendwie hübsch, was ich nicht gedacht hätte, aber an dem Abend konnte er nicht widerstehen. Und so kamen wir sexuell die ersten Male zusammen. Ich war schnell nur noch in seiner kleinen Studentenbude, die er mit damals fast vierzig noch hatte. Der andere war irgendwie im Urlaub. Wir spielten viel, haben auch das Spiel „auf den Rükken schreiben" gemacht. Und dabei schrieb ich einmal: Ich liebe dich. Und dachte, o Gott, wie wird er reagieren? Und dann hat er auf meinen Rücken zurückgeschrieben: Ich dich auch. Von da an waren Manfred und ich zusammen. Dem anderen habe ich irgendwie klarmachen müssen, dass zwischen uns nichts mehr ist.
Kannst du dich an das erste Mal mit ihm erinnern?
Es war außergewöhnlich. Es hatte ein bisschen was von dieser Szene aus „Bodyguard". Wir haben an diesem Filmset miteinander rumgemacht. Es gab eine asiatische Kampfszene, in der ich fightete. In der Szene spielte ein großes Samuraischwert mit. Ich stand früher ganz extrem auf Messer und Schwerter. Nicht weil ich Vergewaltigungsfantasien hatte, sondern weil ich auf „scharfe Dinge" stand. Und mit dem Schwert ist er an mir entlanggefahren. Da war ich hinüber, in dem Moment. Und danach sind wir miteinander ins Bett gegangen. Ich war mit einundzwanzig nicht für One-Night-Stands zu haben, aber wenn ich annahm, es könnte eine Affäre daraus entstehen, habe ich auch nicht lange gezaudert.
Wie hat es sich entwickelt?
Schon nach etwa zweieinhalb Jahren hatte sich das mit dem Sex ziemlich erledigt. Weil er auf spezielle Sachen steht. Sex mit ihm ist mit Stiefeln und bestimmten Looks verbunden, und ich entwickelte mich mehr zum natürlichen Typ, der eigentlich auf nackig steht und nicht so viel Gedöns braucht. Oder das nur am Anfang braucht, um sich den optischen Reiz zu holen. Ich hatte darauf keinen Bock mehr. So gelenkig ich bin, bin ich manchmal auch ein kleiner Grobmotoriker: nicht dass ich ihm dann einmal die High Heels ins Auge gekloppt hätte im Gerangel. Am Anfang fand ich alles spannend und schick, war aber bald gelangweilt, fand es doof, immer in die gleiche Richtung zu gehen. Wir haben sehr bald zusammen in meiner Ein-Zimmer-Wohnung gelebt. Dort gab es keine Ecken, in die man hätte ausweichen und etwas anders machen können. Mein Küchentisch war nicht groß genug. Waschmaschine gab es nicht. Da war nichts groß mit Experimenten. Ich habe dann irgendwelche SM-Sachen versucht. Mich in der devoten Richtung ausprobiert. Aber das Problem zeigte sich bald: wir sind einfach beide dominant. Wir

haben nicht so miteinander sado-masochistisch spielen können, wie ich es mir gewünscht hätte. Er hatte mich zu lieb, als dass er mich … ich glaub, er braucht eine Hure. Wenn man es spießig betrachtet, bin ich das, was Männer vielleicht als Hure im Bett bezeichnen würden. Aber Manfred braucht Distanz. Für ihn ist leidenschaftliches Gefühl und Sex nicht gekoppelt. Er hat oft gesagt: Du bist so leidenschaftlich, und das passt nicht. Weil wir beide polygam sind, haben wir unseren Sex ausgeweitet. Also nicht swingermäßig, sondern jeder ist alleine jagen gegangen und hat sich was mitgenommen. Und ich bin in eine Affäre geraten, während der wir uns viel gestritten haben in unserer kleinen Bude. Gestritten darüber, dass ich mich in den anderen auch ein bisschen verguckt hatte. Ich war in zwei Jungs gleichzeitig verliebt. Für mich war die Priorität klar. Beide! Doch dann wollten beide Männer, dass ich mich entscheide. Also kam es kurzfristig zu einem Break mit Manfred.

Das beiderseitige Dominantsein stand euch auch im Weg?

Ja, aber auch die Liebe stand uns im Weg. Für mich kann man miteinander schlafen und ein ganz tiefes Erlebnis haben. Ich kann mich aber von demjenigen, den ich liebe, auch einfach durchrödeln lassen und plötzlich eine innere Distanz empfinden.

Wie war das mit der Liebe zwischen euch?

Wir haben bald angefangen, uns wie Kinder zu behandeln. Wir redeten in Babysprache, entwickelten eine eigene Sprache, die kein Mensch verstand. Manchmal geht er auch in die Vaterposition, weil er mich immer noch als Einundzwanzigjährige sieht, und ich gehe automatisch in die Kindchenposition.

Du siehst aber auch sehr jung, mädchenhaft aus.

Darum geht es nicht. Er ist irgendwo stehen geblieben. Weil ich das Kindfrauenmäßige total auslebe an seiner Seite, kommt keine erwachsene Erotik mehr zwischen uns auf. Auch Streiten ist deswegen total übel. Du kannst nicht erwachsen streiten, wenn du vorher diese „Vater-Tochter"-Geschichte laufen hattest. Dieses komische Familienliebeskonstrukt – und dann versuchten wir als erwachsene Menschen miteinander zu streiten, das funktionierte nicht. Dann geht umgekehrt er plötzlich in die Kindchenposition, zieht sich zurück, ist beleidigt oder setzt mich vor die Tür. Also Streiten geht gar nicht. Daher wohnen wir auch nicht mehr zusammen.

Aber auch heute noch streiten wir uns haufenweise. Es hängt sich an Kleinigkeiten auf und steigert sich, und es endet damit, dass ich, bevor ich zynisch werde, die Flucht ergreife. Er will dann eigentlich gar nicht mehr mit mir reden, aber ruft permanent auf meinem Handy an, um sich erst zu entschuldigen, dann nach vier

Helmut Schol

Minuten wieder auf das Thema zu kommen und weiterzustreiten. Wenn ich was sage, in erwachsenem oder zickigem Tonfall und nicht im Kinderton, knallt er auf. Wenn ich zurückrufe und frage: Was soll die Scheiße?, auch kein besserer Ton meinerseits, wird weggedrückt. Wir streiten nicht erwachsen. Wir streiten so, wie ich früher mit meiner Mutter als Kind gestritten habe.

Wie beendet ihr die Streite?

Irgendwie renkt es sich wieder ein. Manchmal rufe ich dann seinen besten Freund an, inzwischen auch ein guter Freund von mir, er wohnt auch hier im Haus. Lasse den daran teilhaben, indem ich mich auskotze. Oder meine beste Freundin oder drei Freundinnen, damit ich mich abreagieren kann, mir wird von ihm ja keine Chance gegeben, ihn anzubrüllen.

Wir hatten einen heiße sexuelle Zeit in den ersten etwa sechs Monaten bis zu einem Jahr, es ging auch noch einigermaßen bis zu bis zu etwa drei Jahren.

Und habt ihr beschlossen, mit Sex aufzuhören? Wieso habt ihr euch nicht getrennt?

Ich hatte diese Affäre, die sich in eine Beziehung entwickelte. In der Zeit war Manfred so „on and off" mit mir zusammen. Aber kurz darauf bin ich wieder bei ihm eingezogen. Weil ich alleine in meiner Wohnung Schlaf-Panik-Attacken bekommen hatte. Das mit dem anderen ging auseinander. Wir schliefen wieder in einem Bett, mit Aneinanderkuscheln, sexuell passierte nichts. Es regte sich auch bei mir kein Begehren mehr. Obwohl er ja schon mein Typ ist.

Wie haben sich eure Gefühle entwickelt?

Ich bin kein romantischer Mensch. Doch habe ich gemerkt, Manfred ist für mich Familie. Manfred hat neben allen zweiten Beziehungen immer an meiner Seite bestanden. Am Anfang waren es die typischen Schmetterlinge, und jetzt ist es einfach tiefe zwischenmenschliche Liebe. Meine Mutter sagt: „Das ist vielleicht die Liebe, die Gott meint." Das hat sie tatsächlich so gesagt. Es ist die reinste Form von Liebe. Manfred selber sagt, es ist die Liebe, die man für sein eigen Fleisch und Blut empfindet. Oder für seine Eltern.

Kannst du einen Zeitpunkt benennen, seitdem du so empfindest?

Seit etwa sieben Jahren.

Also erst nach der sexuellen Phase?

Ja, da fing dieses „Geschwisterliche" an – eigentlich finde ich es eine Beleidigung, wenn ich sagen würde, platonische Liebe zwischen Freunden. Das passt nicht für einen Menschen, der so viel in meinem Leben für mich getan hat.

Wie hat sich das mit den Schmetterlingen mit dem Ende eurer sexuellen Phase verändert?

Da kam so ein Gefühl von loyaler Tiefe. Ich baue eher auf Freundschaft in einer Beziehung als auf große Romantik. Ich will einen guten Kameraden haben und niemanden, der nur so lange funktioniert, wie die Schmetterlinge da sind oder die Freude, über mich drüberzusteigen. Denn so waren eigentlich die meisten meiner anderen längeren Geschichten.

War das Gefühl von Kameradschaft schon während eurer sexuellen Phase da?

Ja. Das ist dann immer tiefer geworden. Kameradschaft, Familiengefühl und Geborgenheit. Es ist der Mensch, den ich anrufe, wenn es mir superdreckig geht, neben meiner besten Freundin. Obwohl Manfred das schlecht ertragen kann, weil er nicht der Typ Mann ist, der sich gerne heulende Frauen und Depressivsein reinzieht. Diese ganz tiefe Tiefe zeigt sich daran, dass es uns beiden sehr schwerfällt, nicht beieinander zu schlafen, nicht miteinander. Das Miteinander-Einschlafen ist vielleicht das Schönste, das Verbindendste zwischen uns, das, was uns zusammenhält. Er hat natürlich auch andere Beziehungen zu anderen Frauen, auch intensive Beziehungen. Trotzdem, wenn diejenige dann bei ihm einschläft, denkt er an mich und vermisst mich. Bei mir ist es nicht ganz so extrem. Er würde die anderen am liebsten rauswerfen, weil er mich vermisst. Ich konzentriere mich auf den Menschen, der jeweils bei mir ist. Ich kann auch zwei Menschen gleich stark vermissen. Vielleicht kommt das aus meiner Kindheit, weil meine Eltern geschieden waren und ich mich immer teilen musste.

Wie teilt ihr euren Alltag?

Zusammenleben war definitiv problematisch, weil Manfred ein kleiner Preuße ist. Obwohl er woanders herkommt. Er zieht akkurat sein Ding durch. Als er damals in meine Wohnung zog, musste alles verschwinden, Plakate, Deko. Es sah dann karg aus wie eine Männerbude. Ich habe mich in meiner eigenen Wohnung nicht mehr wohlgefühlt. Jeder ist dann auswärts zu seinen anderen Beziehungen gegangen. Zusammenwohnen hat nicht funktioniert, weil wir zu gegensätzlich sind, er väterlich, sehr bevormundend, und er hat einen cholerischen Hang. Ich selbst bin ein kleiner Aggressor, ein Provokateur, wenn jemand cholerisch ist. Meine Mutter war so, sie pikst nach. Ich bin vielleicht auch noch wie mein Vater, dass ich keinen Bock habe zu streiten und mit lauter Bühnenstimme ganz trocken und fies Dinge sage, die einen Choleriker noch mehr auf die Palme bringen. Weil der ja richtig streiten will. Als ich jünger war, hab ich auch mal geheult und bin zu Freunden geflohen.

Ihr habt jetzt eine andere Form des Zusammenlebens gefunden?

Genau. Wir wohnen in zwei Wohnungen, fünfzig Meter voneinander entfernt. Momentan hat er eine schwierige Phase und ich noch jemand anderen. Aber oft ist es so, dass ich spätestens um dreiundzwanzig Uhr bei ihm drüben bin und wir noch ein bisschen den Tag durchsprechen, wie das auch Eheleute tun. Wenn er seine Ruhe will, dann halte ich den Schnabel. Dann haben wir ein Einschlafritual. Wir beten tatsächlich zusammen und verlangen vom lieben Gott, wer alles beschützt werden soll. Dann das Klassische: Wo bist du gerade, bringst du mir das mit … Er bringt mir Brot mit, wir teilen Kartoffeln und so. Wir sehen uns eigentlich täglich. Ja.

Du übernachtest meistens bei ihm?

Ja, außer er hat eine komische Phase oder eine Freundin da. So ein bisschen wie Frida Kahlo und Diego Rivera, die sind ihr ganzes Leben nicht voneinander losgekommen. Wir witzeln auch darüber. Seit mehr als acht Jahren haben wir keinen Sex mehr miteinander gehabt. In der Zweitbeziehung, die ich direkt nach Manfred hatte, konnte ich mein dominantes Ich zwei, drei Jahre lang austoben. Es rutschte dann immer mehr in ein 24/7-Verhältnis ab, das habe ich beendet. Manfred war mir gegenüber blockiert. Zwei Dominante gingen nicht. Wir haben es einmal probiert, ich mit einem Umschnaller bei ihm anal, das war so das Höchste. Ich habe dabei übrigens gemerkt, dass es mir Spaß macht, anal einen Mann zu befriedigen.

Wie gehts los mit dem Sex bei den Affären und Zweitbeziehungen? Ist das spontan? Verabredest ihr euch zum Sex? Gibt es bestimmte Rituale?

Eher spontan. Feste Verabredungen zu bestimmten Tagen/Zeiten wären mir zu standardisiert, das läuft nicht mit meinem Leben konform, als Mensch, der sich immer wieder ausprobiert. Auch zu dem, was ich über meinen Körper als Tänzerin gelernt habe, passt das nicht. Klar geht's auch mal Zack auf Bestellung, derjenige muss sich halt nur gut genug anstellen. Natürlich hab ich mich schon mit irgendwelchen Jungs zum Sex verabredet. Aber meistens ergab es sich relativ spontan. Wenn ich im Kopf hatte, ich möchte mit demjenigen Sex haben, habe ich mich entsprechend in Schale geworfen, dass es beim anderen kaum hätte vermieden werden können. Ich habe es provoziert.

Ich hatte einmal eine Phase, in der ich durch die Drei-Monatsspritze permanent Schmerzen hatte. Da hatte ich kaum Bock auf Sex, was für mich eigentlich völlig ungewöhnlich ist, habe auch ein bisschen an mir selber gezweifelt. Erst, als ich wieder auf die Pille umgestiegen bin, bemerkte ich: Das alte Empfinden kommt wieder.

Kennt ihr die PartnerInnen des anderen? Gibt es Momente von Eifersucht?

Er stellt mir seine Partnerinnen immer gerne vor. Ich habe ihm keinen wirklich vorgestellt, einem hat er mal die Hand geschüttelt. Meiner längsten Affäre ist er mal im Insomnia begegnet. Er findet den auch sehr nett. Ich zeig ihm manchmal ein Bild. Dass er weiß, wer das ist, dass er beruhigt ist. Erzähl ein paar notwendige Fakten. Wenn ich zu anderen hinfahre, besonders nachts, sag ich ihm: bin angekommen, sobald ich bei dem anderen durch die Tür bin. Denn er macht sich sonst echt Sorgen. Ich will außerdem, dass Manfred weiß, dass mein jeweiliger Freund nicht nur einer ist, der mal über mich drübersteigen darf und über den er vor mir schlechte Sätze verlieren, den er durch den Dreck ziehen darf. Also dass er kein Schwanz ist, an dem ein Mann dranhängt, den ich einfach nur für Sex benutze. Sondern dass es Personen sind, zu denen ich eine zwischenmenschliche Beziehung aufbaue.

Mein Jetziger hat mal gesagt, als er Manfred am Telefon hörte: „Ach, dein Vater macht jetzt deinen Balkon sauber." – Ich: „Nein, aber wie mein Vater." – „Na dann dein Großvater" – Ich: „Nee, die wohnen beide nicht da …" – „Hm."

Die Erste, die Manfred nach mir hatte, war wie eine Mutti für mich. Sie war viel älter als ich. In seinem Alter. Er ist ja sechzehn Jahre älter. Danach hat er die Virenschleuder gehabt, die hieß bei mir nur noch so. Die ging mir auf den Zünder. Er hatte ihr erklärt, welche enge Beziehung wir haben. Die war Domina, hat aber vor ihm versteckt gehalten, dass sie auch erotische Massagen macht und poppt. Jedenfalls hat mir das eine Bekannte erzählt, die im selben Studio gearbeitet hat, dass dort auch gevögelt werden muss. Manfred wollte mir das nicht glauben. Erst, als er dann die Chlamydien hatte, hatte er mir eingestanden, dass er ohne Kondom mit ihr schläft. Ich dachte davor immer, dass er bei Affären am Anfang klug genug ist, das nicht zu tun, bis sie sich getestet haben. Seitdem war seine damalige Zweitbeziehung für mich nur noch die Virenschleuder. Er hatte mit ihr danach noch öfter was. Die musste irgendeinen seelischen Schaden haben. Sie war über vierzig und musste sich permanent, auch für banale Alltagssachen wie Wohnung besichtigen, mit hohen Stiefeln und dem ganzen Dominakrempel auftakeln. Einmal war sie bei einem Auftritt von mir und schlich die ganze Zeit um mich rum und wollte mich aushorchen, ob sich Manfred in sie verliebt habe. Da hab ich nur mit den Schultern gezuckt und gesagt: „Das weiß ich doch nicht. Ich kann meinen Lebenspartner jetzt nicht fragen, ob er sich verliebt hat."

Gab es Eifersucht zwischen euch?

Ich war letztes Jahr einen Tick eifersüchtig, aber eher so, wie man auf ein Geschwisterkind eifersüchtig ist. Da hat er eine gehabt, von der er mir erzählte, sie habe alle Attribute, wegen derer er unseren Sex eingestampft hatte. Also sie war sehr kindlich, hat ihm kitschige Nachrichten geschrieben. Ich bin bisexuell, die meisten seiner Frauen waren auch mein Typ. Ich konnte nachvollziehen, warum er Sex mit ihnen wollte, und es immer innerlich absegnen für mich. Aber bei der einen vom letzten Jahr nicht. Ein Klappergerüst. Hatte zwar ein ganz drolliges Gesicht, aber so einen breiten Mund! Ich steh gar nicht auf Frauen mit riesig breitem Mund. Und sie hat vom Kleidungsstil all das erfüllt, was ich damals in der Anfangszeit unserer Liebe erfüllen sollte. Da war ich einfach sauer. Ich durfte in der Zeit meine Sorgen nicht bei ihm lassen. Die hatte die Angewohnheit, weil sie mit fünfzehn Waise geworden ist, sich bei ihren Affären auszuheulen. Und dann sollte ich mir auch noch ihr Geheule anhören! Hab mir also die Depri-Geschichten seiner Affäre reingezogen das war mir zu intim. Manfred muss auch nicht das Intimste von denen wissen, mit denen ich was habe, das wäre für mich ein Verrat an der anderen Person.

War Manfred mal bei dir eifersüchtig?

Er ist kontrollsüchtig. Weiß nicht, ob er je eifersüchtig war. Er will halt, dass es mir gut geht.

Erzählst du deinen anderen Partnern immer von Manfred?

Ja! Den ersten hat es genervt. Da schwang die Beziehung zu Manfred noch voll mit rein. Der hat gesagt, dass er sich vom „Ex"-Freund voll bedrängt fühle. Der nächste fand es ab einem gewissen Punkt auch nicht lustig. Aber der hat sich keinen Kopp gemacht, um nichts, auch um mich nicht. Darum war es ihm eher wurscht. Meine längste Affäre, Michael, der war einfach eine enge Affäre. Mit ihm habe ich ganz offen geredet. Er hatte fünf, sechs Frauen gleichzeitig und ein Primär-Spatzerl, wie er das damals nannte. Er hat immer gesagt: „Irgendwann heiratest du Manfred." Das glaube ich nicht, das wär mir zu anstrengend. Bei dem, den ich jetzt habe, das geht erst seit drei Monaten, da muss ich noch rausfinden, wie er reagiert, wie ich es ihm verkaufe. Ich weiß auch noch nicht, bleibt es eine Affäre oder wird es mehr, mal sehen. Ich will nicht, dass meine Freunde Manfred kennenlernen, die würden den auch nicht mögen, so dominant, wie er ist. Auch meine beste Freundin kennt ihn so gut wie nicht. Ich will das gar nicht miteinander verbinden.

Hast du deinem Neuen noch nicht erzählt, dass es einen Manfred in deinem Leben gibt?

Doch! Er weiß, wer Manfred ist. Er weiß, dass Manfred eine enge zwischenmenschliche Beziehung von mir ist. Ich sage, dass es Familie ist, ich sage nicht unbedingt Beziehung. Ich weiß selbst auch immer noch nicht, wie ich das mit Manfred nennen soll. Manchmal sage ich Lebenspartner, manchmal nicht. Ich will mir mein Glück ja auch nicht verbauen. Es kann ja immer auch bei Manfred passieren, dass er sich von Knall auf Fall so in eine verschießt. Wir setzen uns oft mit diesem Thema auseinander, dass irgendwann mal jemand neben uns sein könnte, der dann sagt: Ist ja schön und gut, aber ich hätte es gern klassisch ohne deinen Manfred bzw. ohne deine Katlen im Hintergrund. Diese Gefahr ist immer da. Darüber reden wir oft.

Kannst du dir vorstellen, dass es immer so weitergeht, mit Manfred plus Zweitbeziehungen?
Wenn Manfred und ich das sein lassen, dann eher deswegen, weil ein anderer Partner, den einer von uns hat und mit dem auch eine tiefe Beziehung entsteht, nicht begreift, was das mit Manfred und mir soll. Und einer von uns dann vielleicht denkt, vielleicht sollten wir es auch mal wieder auf einer „normalen“ Ebene versuchen, mit jemandem, den man lieb hat und mit dem man Sex hat.
Aber ich kann mir nicht vorstellen, diese Tiefe zu Manfred wegzuschmeißen.
Ganz anderer Punkt, kannst du dich an einen besonders intensiven Orgasmus erinnern? Wenn ja, war der mit Manfred oder mit einem anderen?
Ja, o Gott, nee, der war nicht mit Manfred. Es war nah dran mit ihm, weil Manfred relativ elefantös, sag ich mal … aber ich bin ein großer Kontrollfreak, was meinen Körper angeht. Ich lasse mich sehr, sehr schwer fallen. Das war in einer Bondage-Situation, wo meine längste und intensivste Affäre, also Michael, mich relativ stark durchgerödelt hat und mir einfach keine Chance gelassen hat. Dabei hatte ich sogar, glaube ich, meinen ersten Orgasmus überhaupt und hab geheult wie ein kleines Kind. Es war so zwischen Lachen und Heulen, zwischen sich super fühlen und trotzdem in einem Schwall von Tränen sitzen. Und er hat mich einfach nur in den Arm genommen und gemeint: Du bist nicht die Erste, die das bei mir macht. Seitdem haben wir das dann „therapeutisches Ficken“ genannt. „So Spatzl, wir treffen uns zum therapeutischen Ficken.“
Kam das mit dem Orgasmus mit Michael danach öfter vor?
Ja, sogar relativ regelmäßig. Nicht, weil Michael so brutal war, sondern einfach, weil das mit ihm wirklich einen therapeutischen Wert hatte.
Kamst du nur mit ihm?
Solche körperlichen Orgasmen gab es nur mit Michael. Mit der Affäre davor hatte ich andere … Ich bin so ein Kopf-Orgasmus-Mensch. Ich bin kein Vaginal-Orgasmus-Mensch, ich bin körperlich gesehen ein Klitoral-Orgasmus-Mensch, d.h. eigentlich müsste einer auch noch die ganze Zeit an mir rumrubbeln. Das ist voll anstrengend für den Mann. Er muss sich ja eigentlich abstützen,

Mik Hartmann

egal in welcher Position, und auch bei Doggystyle geht das nicht. Am ehesten bei Löffelchen. Es gibt ja so einige Positionen, die günstig sind für klitorale Stimulation, die ich mir dabei selbst besorgen könnte. Aber ich kann mich noch weniger fallen lassen, wenn ich das mit der klitoralen Stimulation selber mache. Und ich brauche, dass der Kerl kommt. Meistens kriege ich dann meinen letzten Schub, wenn der Typ gekommen ist, weil ich das so geil finde. Das ist eher so meins. Ich bin kein multipler Orgasmus-Typ und keine Frau, die rumspritzt. Ich bin zu sehr kopfgesteuert.

Mit Michael war es das Nonplusultra?

Ja, das war das Nonplusultra, eine Grenzerfahrung!

Gab es mit Manfred am Anfang annähernd Ähnliches?

Nö! Es war geil, weil er auch irgendwelche Dinge erreicht hat. Aber es war eben immer auch – wenn jemand zu groß gebaut ist – zwischen Schmerz und … Ich weiß inzwischen für mich, damals wusste ich das noch nicht, normal bitte ja, aber elefantös bitte nicht. Das Geschrei nach einem großen Schwanz ist nicht meins.

Hast du andere Gefühle, die dich besonders flashen? Mit Manfred oder unabhängig?

Wenn ich auf der Bühne stehe, beim Tanzen, dann bin ich eins mit der Geschichte. Wenn ich merke, dass das Publikum das annimmt und darunter irgendeiner ist, der mich auch nur ein Viertel anmacht, dann hab ich das Flashgefühl. Glücksgefühle ziehe ich aus ziemlich simplen Dingen. Ich kann am See sitzen und die gleichen Gefühle haben wie beim Orgasmus, weil ich das Wasser so geil finde.

Hast du auch solche Gefühle mit Manfred?

Wir haben ein Ritual: dass er mir so einen dikken Schmatzer aufdrückt, wie bei einem Kind, und dann mach ich manchmal so ein Geräusch wie Ernie (aus der Sesamstraße, so pfff). Dann sag ich, jetzt hab ich ganz viel Liebe gespürt. Weil das wirklich ganz tief geht, nicht bis in die Vagina, dass es mich erregt, sondern es prickelt im Herzen. So ein Glücksgefühl, das durch einen durchströmt, gibt es immer bei unseren Zusammen-Einschlafsituationen.

Erinnerst du dich an andere besonders tolle, schöne Situationen mit ihm?

Vor unserer Beziehung, als wir noch „nur" Freunde waren, sind wir viel in die brandenburgische Pampa gefahren, an alle möglichen Seen. Als wir zusammen waren, hat er eine Fortbildung gemacht, und ich war dauernd arbeiten. Wir haben in der Zeit nicht mehr so viel miteinander gemacht, sind danach vor allem mit seinen Freunden weggegangen, also in größeren Gruppen. Es ist jetzt etwa fünf Jahre her gewesen, dass wir mal alleine was essen waren. Erst dieses Jahr Ostern waren wir wieder einmal alleine miteinander aus. Es ist alles kindlich zwischen uns. Zu Hause. Wir freuen uns gemeinsam über absurde Sachen, starren zusammen unsere Teddybärensammlung an, teilen viel, worüber sich sonst nur Kinder freuen, wir stehen auch auf die gleichen Fernsehsendungen und Filme.

Hast du ihm gegenüber negative Gefühle wie Abhängigkeit z.B.?

Nein. Bei Streiten denke ich natürlich, dass er ein paranoider blöder Idiot ist. Aber Abhängigkeit fühle ich nicht. Früher, als ich jünger war, vielleicht. Da hatte ich Angst, ihn zu verlieren. Das hat sich aber völlig erledigt. Ich weiß inzwischen, er kommt immer wieder. Ich hatte das auch mal mit einer Affäre, die immer eingeschnappt war. Der kam auch immer wieder. Meine Theorie: Männer kommen immer wieder. Ich weiß nicht, wer von uns von wem abhängig ist. Ich glaube manchmal, er ist abhängiger von mir als ich von ihm. Er würde wahrscheinlich auch sagen, ich habe kein Abhängigkeitsgefühl. Ich weiß nicht, ob als Abhängigkeit definiert wird, wenn beide behaupten der andere wäre von einem abhängig. Abhängigkeit ist nichts, worauf man eine Beziehung gründen sollte.

Wie unterscheidet sich für dich Liebe von Freundschaft?

Eigentlich kann ich das gar nicht differenzieren. Ich liebe auch meine besten Freunde. Ich habe irgendwann aufgehört, das Wort oder das Gefühl Liebe so runterzudifferenzieren, also zwischen zweien die eine Beziehung haben, zu einem Kind, zu meinen Eltern, Großeltern, Geschwistern, zu meiner besten Freundin, zu anderen guten Freunden und Freundinnen. Ich finde dieses Einteilen des Gefühls Liebe, größer, weniger groß, klein, mittel, stark derbe, eigentlich falsch, weil es gegen das Grundprinzip der Liebe verstößt.

Es gibt ja lieben und Gernhaben.

Vielleicht kann ich das nicht so differenzieren.

Freddy Tornberg

eine moderne Frau *beschrieben von ej*

Sie reckt und streckt sich,
sagt leise: „Ja, Liebster, leck mich!"
Doch will es ihm so nicht gelingen,
sie auf den Höhepunkt zu bringen.
„Reiß mir den Arsch auf mit dem Finger!",
aber der Erfolg ist noch geringer.
Jetzt rät sie ihm, sie zu bespringen,
so soll er das ersehnte Glück erzwingen.
Er machts ihr soft und nimmt sie hart,
derweil sie still verharrt.
Trotz all dem Tun, oh, welch Verdruss,
bleibt's wieder ohne den Orgasmus!
„So schieb mir jetzt den Dildo rein,
dann hat's ein End mit dieser Pein!"
Er geht wie ihm befohlen
das verlangte Kunstteil holen,
stößt es ihr von hinten drein
und schaltet das Motörchen ein.

Wie als wollt sie ihn verhöhnen,
beginnt sie alsbald aufzustöhnen.
Ein Ruck, ein Zuck erhebt den Leib
und schon kommt dieses Satansweib.

Thierry Waltzing

Die Moral von der Geschicht sei in die Welt geschrien:
Die moderne Frau braucht keinen Mann, nur viele Batterien!

Ost & West
25 Jahre Mauerfall
Das Liebesleben
Bilder aus den 70ern im Westen
Michael Hartmann
Leipzig: ein Paar & viele Fotos
Anonymes aus der DEFA

1970er/80er, BRD:
Jeremias (er schaut gerne zu) hat viele Jahre seine Frau mit langjährigen „Hausfreunden" fotografiert, gefilmt und Szenen nacherzählt (mit Titeln wie „Im Parkdeck", „Beim Moosgott" etc.)

1970er/80er, DDR:
Jörg und Regina fotografierten sich über Jahrzehnte gegenseitig und mit Freunden. „Die Verhältnisse waren kompliziert. Entwickelt haben wir die Bilder im winzigen Neubaubad. Trauen konnte man niemandem außer sich selbst. Es gab ja den sogenannten „Porno-Paragrafen“, die offiziellen Fotografen hatten damit Probleme, Kripo o.ä. drehten vielen bekannten Fotostudios Stricke. Seit 7.7.72

sind wir verheiratet, Regina akzeptiert und genießt Jörgs Veranlagung, sich als Frau zu kleiden … Noch immer erstellen wir gerne Bilder und genießen das Leben. Früher hat Regina unsere Sex-Wäsche selbst geschneidert, das ist ist heute auf „Schönheitsreparaturen“ beschränkt, aber Spaß macht es immer noch!“

Regina & Jörg Holz

„Ledigenwohnheim 1-Raum-Wohnung,
Böhlen, auf Montage 1970-75.
Erste Anfänge mit Sex-Fotografie."
„Schwanger"

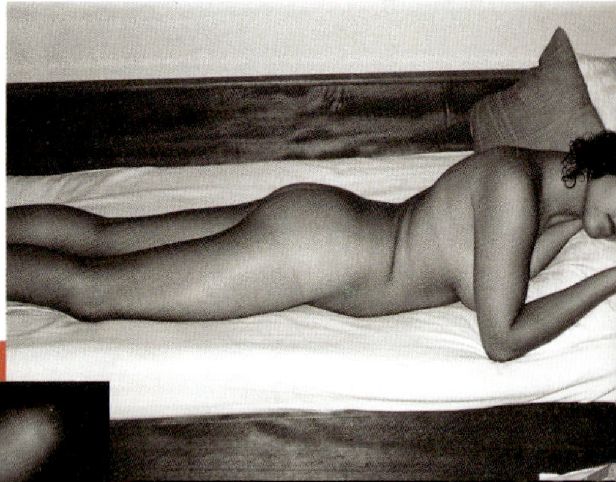

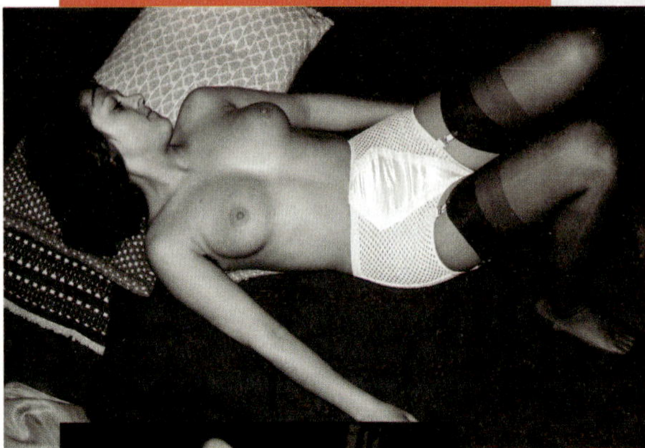

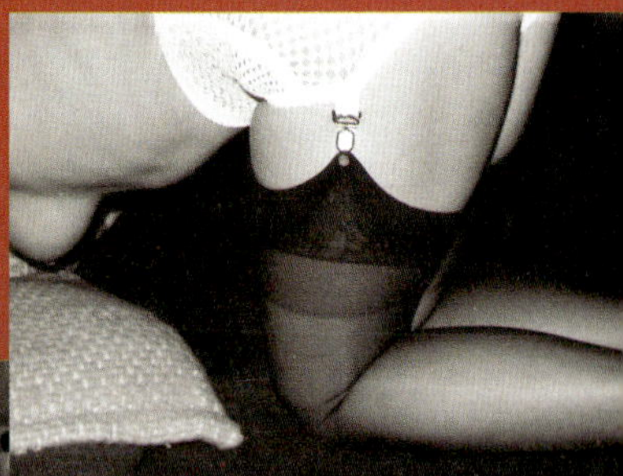

Ost

Regina mit selbstgenähter
ex-Wäsche, 80er Jahre in
eipzig"; „TV Jörg 80er Jahre"

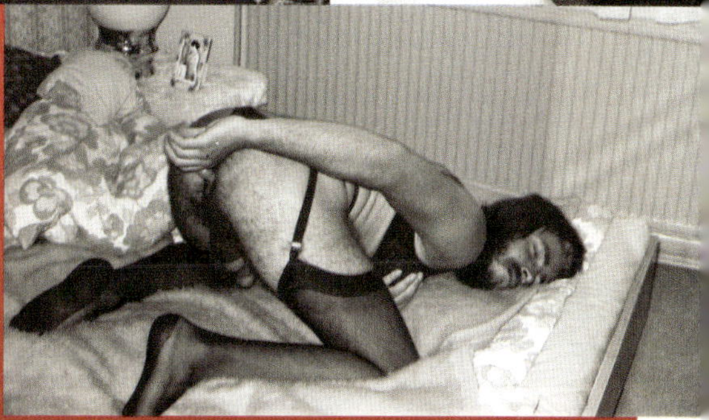

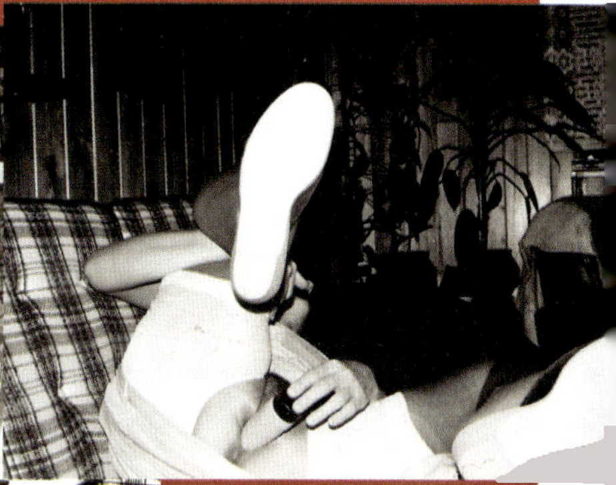

„Regina, 80er Jahre. Es gab mal Gurken in Leipzig!“
Partys: „76 / 77 in Leipzig“; „Versuch einer Bildershow in den 80ern“; „Party mit Chr. & Co 86/87“

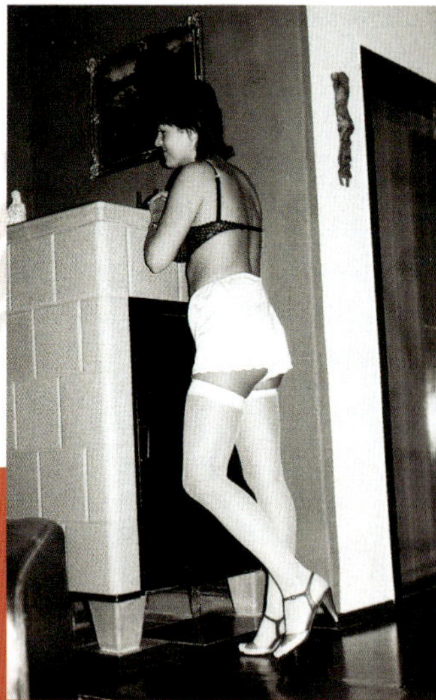

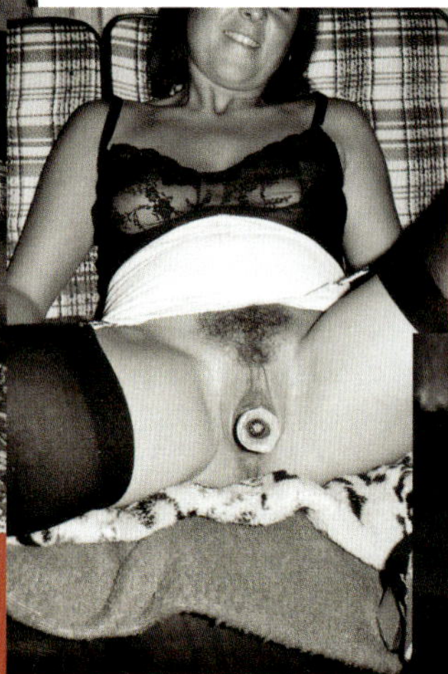

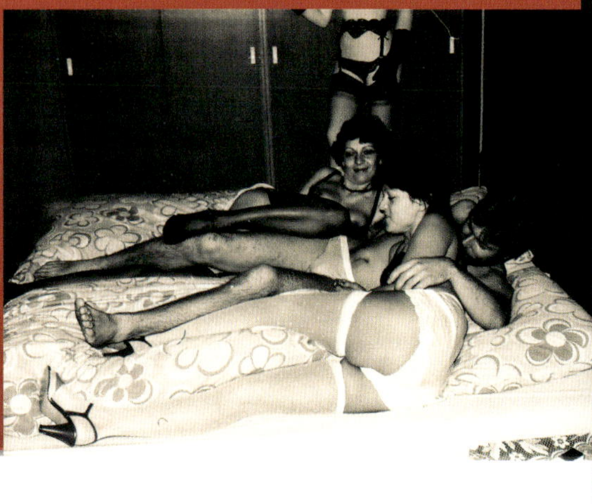

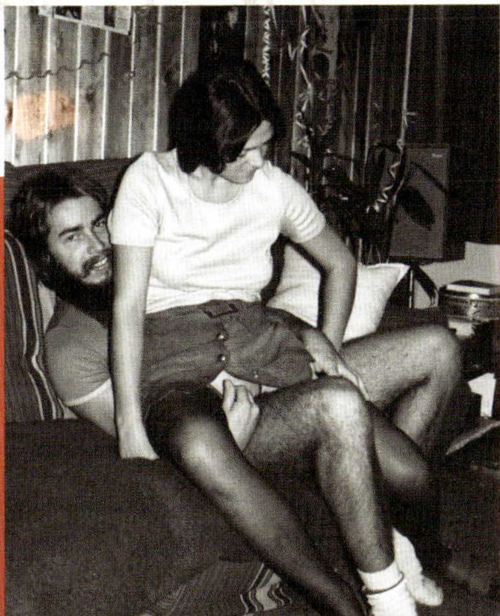

Farbnegative seit 1989:
„1990. Eigenkonstruktion von Regina."
„1999. Vati Jörg als Frau"
„Regina 2008"

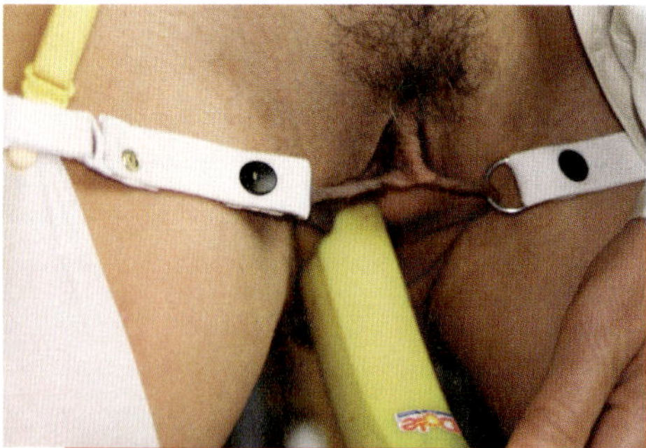

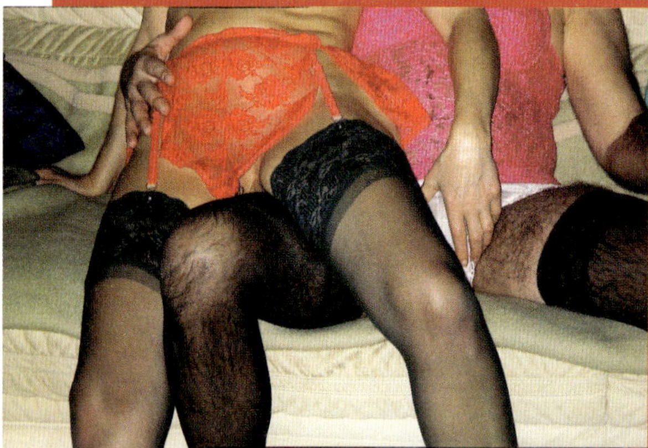

Privatfotos 1970/80er BRD.
Sammlung W. Göbel

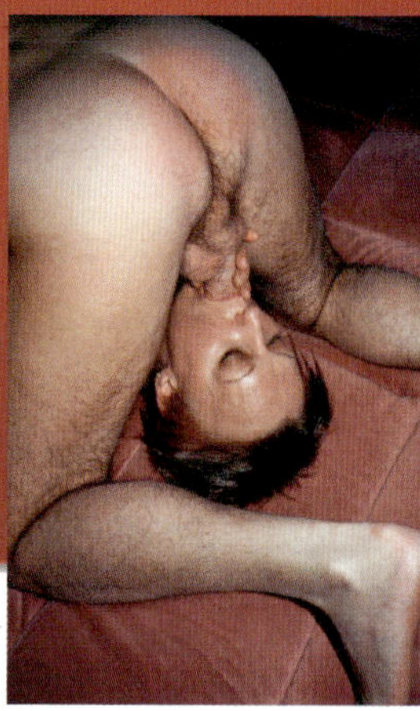

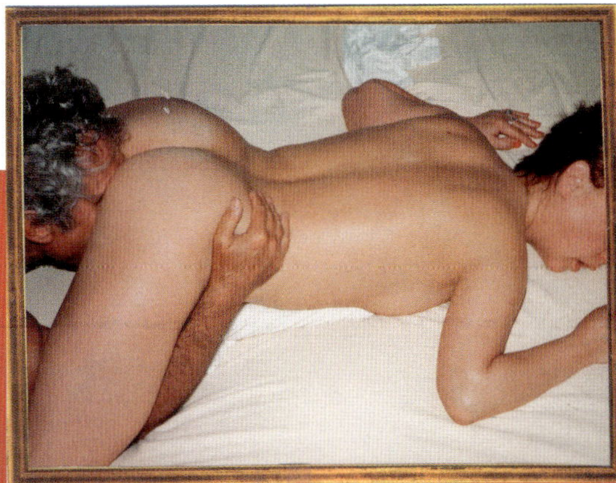
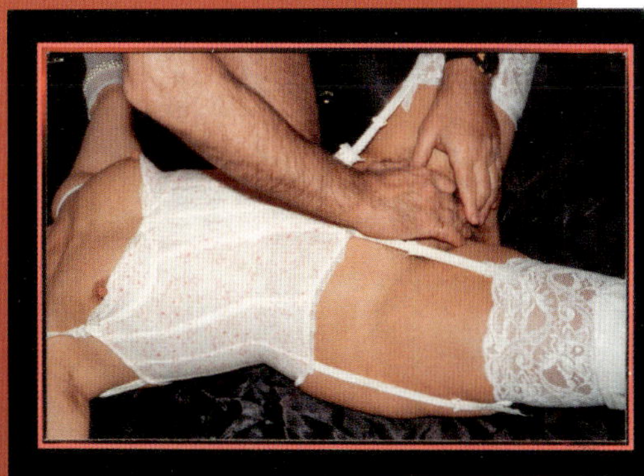
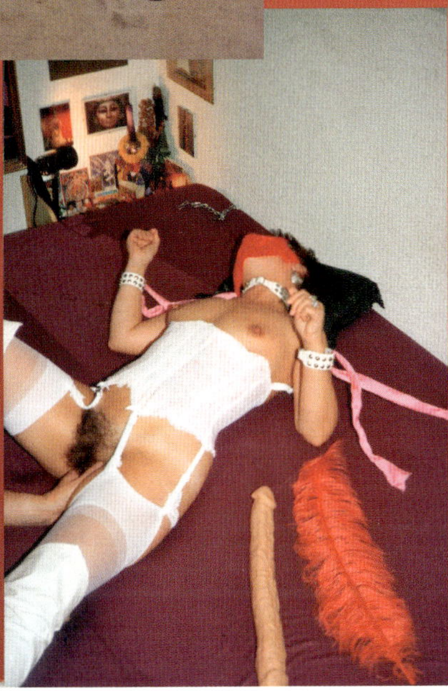

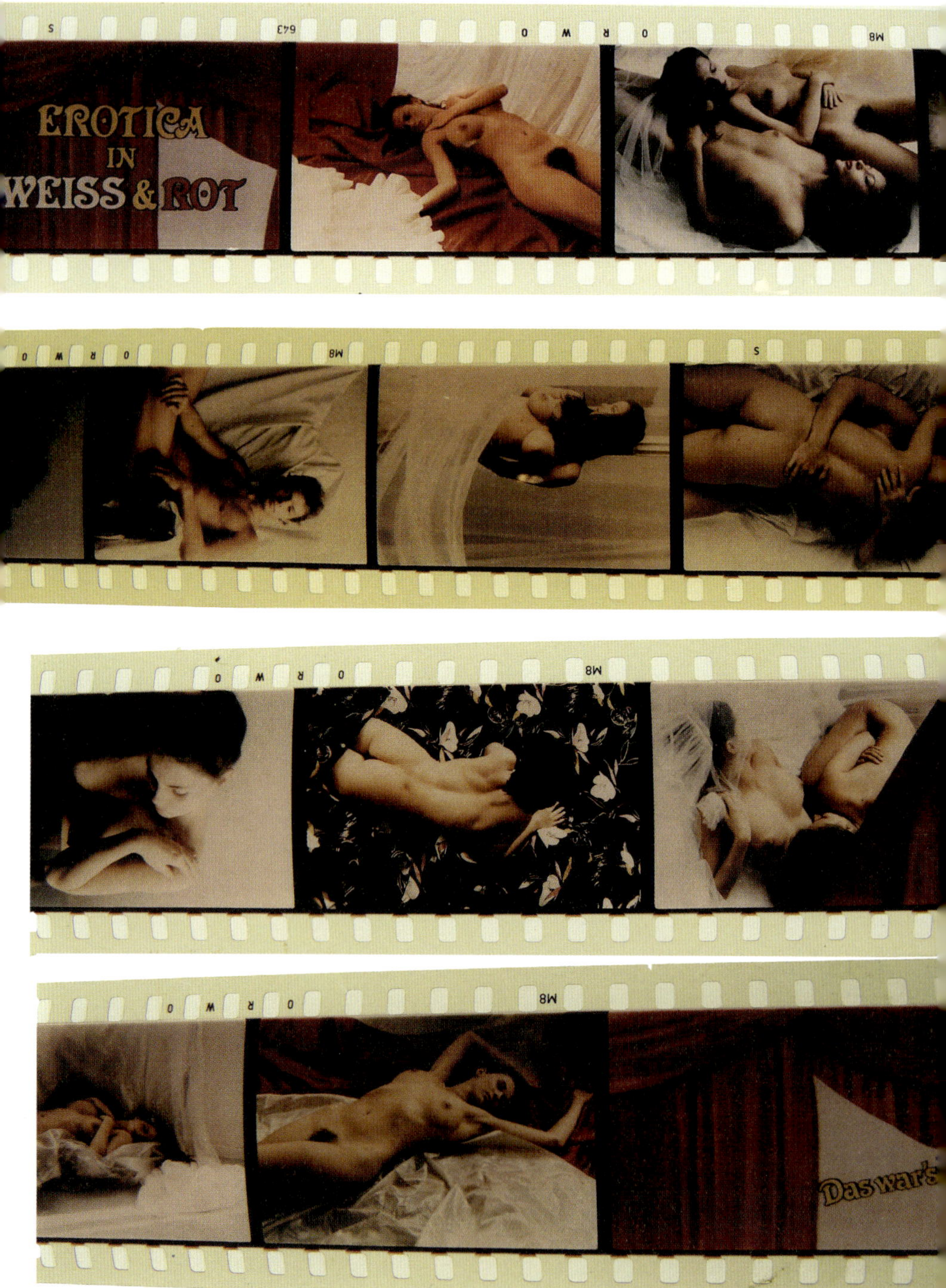

DEFA Bildrolle, anonyme Urheber. Sammlung V. Rothmaler

Ina Paul
Die Anzeige

Kontaktanzeigen hatten früher im Kollegenkreis gelegentlich als Quelle erheiternder Gespräche gedient, die zumeist ins Alberne abgeglitten waren. Ein ernster Gegenstand für ernste Gedanken waren sie ihr nie gewesen. Allenfalls hatte sie die armen Geschöpfe, die darauf angewiesen waren, über Annoncen Bekanntschaften zu machen, bedauert. Als glücklich verheiratete und im Beruf erfolgreiche Frau hatte es ihr an Bekanntschaften und Bewerbern nicht gefehlt, nur war sie weder an den einen, noch an den anderen interessiert gewesen. Doch mit dem Mauerfall war auch ihre Ehe nach mehr als drei Jahrzehnten in sich zusammengefallen.

„*Gut erhaltene Sechsundfünfzigjährige.*" Gut erhalten? Inwiefern? Äußerlich, innerlich? Ehrlicher wäre: „*Schlecht erhalten, sechsundfünfzig Jahre alt und unglücklich, mit äußerlich sichtbaren Spuren.*" – Spuren? Elend sah sie aus! Vielleicht hatte sie, ehe das Unglück über sie hereinbrach, noch gut oder zumindest gut erhalten ausgesehen.
Also: „*Sechsundfünfzigjährige, altersentsprechend aussehend.*" Sicher sahen viele Leute viel schlechter aus als sie. Solche in vergleichbarer Lage, die sich gehen ließen, aber auch solche, die sich schon immer hatten gehen lassen, schließlich auch solche, die von Natur aus schlecht aussahen. So schlecht sah sie nun doch nicht aus! War Aussehen überhaupt ein Kriterium, an dem man spätere Neigungen festmachen konnte?
„*Unglückliche Sechsundfünfzigjährige, nicht allzu schlecht aussehend*", war das deutlich genug oder durchschaubar als Tiefs lei? Eitel sollte ja das Angebot auf kei Fall wirken. Vielleicht würde aber gerad Tiefstapelei auf vertrackte Weise besonders eitel wirken. Also, nein! Sie war ja vielleicht äußerlich noch ganz ansehnlich, dafür innerlich aber durch und durch kaputt, elend, heruntergekommen, wie ein altes Haus, dessen Fassade zur Straße hin noch ganz passabel wirkt, während sich im Innern bereits der Schwamm eingenistet hat, so, dass es nicht mehr lange dauern kann, bis die Krankheit auch nach außen hin sichtbar wird.
Andererseits fand sie sich äußerlich zwar äußerst schäbig, aber innerlich begann sie gerade wieder, erwartungsvoll zu werden, neugierig, was das Leben ihr noch zu bieten haben würde. Also glich sie eher einem Haus, das von seinen Mietern im Innern gehegt und gepflegt worden ist, so, wie viele Häuser ihres dahingegangenen Landes, die lediglich eine Renovierung der Fassade nötig hatten, um wieder bewohnbar auszusehen.
Mit der Beschreibung von Äußerlichkeiten kam sie also nicht weiter. Blieben als einzige feste Punkte Alter, Größe, Gestalt. Dann also die inneren Werte: zuerst die Profession, falls die den inneren Wert eines Menschen bestimmt. Hier hielt sie inne. Gerade das war ja ihr Problem: Sie konnte keine Profession mehr aufweisen, seit sie ihre Arbeit verloren hatte. „Gewesene", würde sich nicht gut machen. „Einstmals bin ich etwas gewesen, so wie andere Leute sagen können, ich bin Ingenieur oder Lehrerin, Friseur oder Verkäuferin, Kraftfahrer oder Kellnerin." Selbst Hausfrau, obschon als Profession gesellschaftlich nicht anerkannt, beschreibt immerhin einen existenziellen Zustand! Aber sie war

ja nicht mal Hausfrau, nie Hausfrau gewesen, war auch jetzt keine Hausfrau! Wäre selbst dann keine Hausfrau, wenn sie sich jetzt ausgiebig um den Haushalt kümmern würde, konnte man bei einem von Tisch und Bett getrennten Paar doch keinesfalls mehr von Haushalt sprechen. Also war sie ein Nichts, etwas Gewesenes, das nichts mehr war! Kein Stand, mit dem man aufwarten konnte! Kein gutes Angebot! Dann schon eher einfach nur: „Frau", denn zweifellos war sie eine Frau. Also: *„Ganz und gar zerrissene Frau sucht Trost und neue Lebenshoffnung."* Würde sich irgendein Mann finden, der so selbstlos sein könnte, sich dafür herzugeben? Vielleicht lieber die Seele, sofern die als innerer Wert durchgehen könnte: *„Schöne Seele, leider durch Leid etwas gebeutelt."* Etwas? – Nein! „Bis an die Grenzen des Ertragbaren! So gebeutelt, dass die Schönheit der Seele Schaden genommen hat!"
„Arme Seele, mit der seit einem Jahr kein Mensch mehr Mitleid gehabt hat, ganz und gar verkrampft. Mit der niemand mehr zärtlich war. Die von niemandem mehr geliebt wurde. Die es ertragen muss, mit einem Mann in Trennung immer noch in derselben Wohnung zu hausen, ohne dass ein Ende abzusehen wäre."
Halt, nichts von einem Mann, von einem schwebenden Verfahren, von Problemen! Du willst einen Menschen finden, arme Seele, der dir das ersetzt, was du verloren hast. Also keine Vorbelastung einer Beziehung, die erst zustande kommen soll! Dann schon lieber der beliebteste Standardtext, hinübergerettet aus der alten Zeit: *„Empfänglich für alles Schöne."* Wie jeder Mensch war auch sie einmal empfänglich gewesen für alles Schöne! Hatte auch allerlei Schönes erlebt, nicht zuletzt mit ihrem und durch ihren Mann. Was aber sollte ihr jetzt alles Schöne, wo sie alles Schöne, das sie einmal besessen hatte, als überflüssig eingestuft hatte? War sie überhaupt noch empfänglich? Die Schönheiten des Lebens, die es vielleicht außerhalb ihrer Existenz noch gab, ja selbst die Hässlichkeiten des Lebens, hatten sie schon lange nicht mehr erreicht, denn sie hatte mit der nachtschwarzen Finsternis ihres Eingeschlossenseins genug zu tun. Eher müsste es wohl heißen: „Nicht empfänglich für alles Schöne, hoffnungsvoll allenfalls, irgendwann noch einmal irgendetwas Schönes zu empfangen."
Also: *„Ich möchte wieder empfänglich werden für alles Schöne und deshalb suche ich einen Menschen, der das bei mir bewirken kann. Ansonsten bin oder war ich gar nicht so übel. Gar nicht so übel aussehend und gar nicht so übel im Umgang. Erwartungsvoll, immerhin ein Wert, verglichen mit dem Zustand von Menschen, die keinerlei Erwartung mehr haben. Beweglich oder sogar gelenkig im Kopf. Ein Mensch, der mit dem Kopf lebt. Verletzlich, wenn man ihm böse Worte sagt. Vorsicht vor bösen Worten, einmal ausgesprochen, nehmen sie ein Eigenleben an und sind dann nicht mehr totzukriegen!"*
Oder richtiger: *„Ich bin ein Mensch, der sich vor bösen Worten fürchtet. Verletzlich. Mann soll mich lieben, aber nicht verletzen! Ich bin nicht schwer zu lieben. Ich bin tolerant und geduldig. Nur dann nicht mehr, wenn es gar zu schlimm kommt! Ich bin pflegeleicht, liebenswert, liebesbereit und den Belastungen des Alltags gewachsen. Keine Person, die in einer Fantasiewelt lebt oder über den Wassern schwebt. Berechenbar!"*
Vielleicht ist das ein positives Kriterium. Oder besser: „*Wenn man mich kennt, bin ich berechenbar. Man kann gut mit mir*

zurechtkommen, wenn man mich erkennt. Wenn man sich die Mühe macht, mich erkennen zu wollen. Etwas Mühe macht es schon. Es ist nämlich nicht so, dass ich wie ein offenes Buch wäre. Dafür bin ich aber auch nicht wie ein Buch mit sieben Siegeln. Zwei bis drei Siegel sollte Mann allerdings lösen können, dann wird Mann schon sehen! Andererseits bin ich krank vor Kummer. Krank vor Liebesentzug. Krank vom Alleinsein. Verschlossen. Mann muss einen Schlüssel finden, um meine Verschlossenheit aufzubrechen. Wie der Schlüssel beschaffen sein müsste, kann ich nicht sagen. Ich weiß es nicht. Wenn ich es wüsste, würde ich es sagen. Natürlich nicht jedem. Aber einem Mann, der mir gefällt, würde ich es sagen. Wenn sich einer finden würde, der mir zuhören kann, würde ich wissen, wie man zu mir wieder einen Zugang finden kann.“

Oder einfacher: *„Ich will, dass man mir zuhört! Und ich bin bereit, zuzuhören. Eigentlich sehne ich mich nach nichts mehr als danach, jemandem zuzuhören. Und dann möchte ich auch gerne mal wieder lachen. Ich habe seit einem Jahr nicht mehr gelacht. Vielleicht sind Männer nicht so empfindlich. Vielleicht können Männer auch dann noch über irgendwelche Sachen lachen, wenn sie die Liebe verloren haben. Meinen eigenen Mann höre ich manchmal lachen, durch die Wand zu seinem Zimmer. Vielleicht über einen Witz im Fernsehen. Ich aber kann schon lange über nichts mehr lachen. Jeder kennt den Zusammenhang zwischen Lachen und gesund sein und zwischen nicht lachen können und krank sein. Wenn man etwas darüber liest, versteht man es sehr gut. Dann weiß man, dass es ungesund ist, nicht zu lachen. Man liest aber solche Sachen immer nur dann, wenn man gesund ist. Und dann kann man sowieso lachen, also lacht man darüber. Immer lacht man im Leben einfach nur so! Ohne sich Gedanken zu machen, dass man damit etwas für seine Gesundheit tut. Wenn man aber nicht mehr lachen kann, ist es schon zu spät. Dann ist man schon zu schwach zum Lachen, eben krank!“*

Oder einfacher: *„Wer ist bereit, mich da rauszureißen? Wer ist fähig, mich zu durchschauen und mir auf den Kopf zuzusagen, dass ich krank und verrückt bin, dass ich mich am Riemen reißen muss, dass es lachhaft ist, nicht mehr lachen zu können, und dass ich nur gesund werden kann, wenn ich wieder anfange, über irgendetwas zu lachen. Ansonsten bin ich nicht etwa krank! Nach außen hin funktioniere ich noch ganz gut. Ich kann alles tun, was ein Mensch im täglichen Leben tun muss, um zu überleben. Und ich tue es auch, aber nur mechanisch, denn es bedeutet mir nichts mehr!“*

Oder noch einfacher und kürzer: *„Ich suche einen Mann, der mir die Illusion wiedergibt, dass die einfachen Dinge des Lebens einen Sinn haben, dass es einen Sinn macht, zu leben!“*

Was hatte sie da geschrieben? Ein ganzer Tag Arbeit lag hinter ihr. Aber das war keine Annonce, außer, wenn sie es sich würde leisten können, eine komplette Druckseite einer Zeitung zu bezahlen!

Sie verordnete sich Schlaf, Erholung von lächerlichem Exhibitionismus, in den sie sich hineingesteigert hatte.

Am folgenden Tag verordnete sie sich eine Schreibpause. Sie verließ die Wohnung am Vormittag. Es war ein für die Jahreszeit erstaunlich angenehmer Tag. Längere Zeit schlenderte sie durch einen der unzähligen Parks von Berlin. Am frühen Nachmittag, während die Großstadt in diffuses Licht getaucht war, an welchem sich die Tageszeit nicht ablesen ließ, betrat sie ein Lokal und aß etwas. Saß danach lange einfach so da. Vielleicht hatte sie ja ihrer armen Seele etwas gar nicht so Schlechtes angetan, als sie sich hatte gehen lassen, um irgendwelchen fremden Menschen respektive Männern ihren Zustand zu schildern … Natürlich musste es nicht Realität werden, dass sie fremden Menschen respektive Männern ihr Inneres entblößte. Sie könnte das Geschriebene für sich behalten oder vernichten. So, als hätte sie es niemals zu Papier gebracht, als hätte sie es niemals gedacht!

Entspannt wie seit Langem nicht mehr, kam sie spät am Abend in ihre Ehewohnung zurück. Mied die Küche, in der gerade ihr Mann zugange war. Verordnete sich ein langes genussvolles Bad mit einer jener herrlich duftenden und erfrischenden Essenzen, die sie aus dem unübersehbaren Angebot der neuen Zeit für sich ausgewählt hatte. Der Duft und die Wärme gaben ihr die Illusion, sie lebe. Danach ging sie zu Bett und schlief, wie sie seit Ewigkeiten nicht mehr geschlafen hatte: tief, traumlos und lange.

Am Morgen kreiste sie einige Zeit um ihren Schreibtisch, ließ sich aber bereitwillig von ein paar unwichtigen häuslichen Verrichtungen ablenken, die sie bis zum Mittag beschäftigten. Erst am Nachmittag nahm sie das bisher Geschriebene zur Hand, legte es aber ungelesen zur Seite. Jetzt wollte sie nicht mehr von sich oder davon reden, was sie zu bieten oder nicht zu bieten hatte, sondern nur noch davon, was sie suchte.

Also: *„Ich suche oder wünsche mir einen Mann, der mich aus meinem Dämmerzustand herausreißen kann. Einen Mann, der mich lieben kann, der ein Nichts oder ein gewesenes Etwas lieben kann, weil er in der*

Rainer Fischer, Sexist & Sexistin 2014

Lage ist, in diesem Etwas das zu entdecken, was es einmal gewesen ist. Vielleicht gibt es einen Mann, der aus einem weiblichen Wesen, das einmal ein vollgültiger lebensfähiger Mensch war, wieder etwas machen kann, allein dadurch, dass er dieses Wesen liebt. Die Liebe könnte diesem heruntergekommenen Wesen vielleicht neuen Lebenshauch einflößen, sodass es anfängt, sich wieder aufzurichten, so wie eine Pflanze, die eben noch die Blätter hängen ließ, sich wieder aufrichtet, sobald man ihr Wasser gibt. Es ist eigentlich nicht viel, was ich verlange. Mann muss nur da sein! Vielleicht wäre allein seine Existenz ausreichend, um bei mir eine Metamorphose zu bewirken!

Ansonsten würde es natürlich nicht schaden, wenn er eine Ader für sprachlichen Ausdruck hätte, so, dass wir miteinander reden könnten, wovon wir dann ja beide etwas hätten, ich durch ihn und er durch mich. Vielleicht würde er sogar dieselben Bücher lieben wie ich. In dem Fall könnten wir uns sogar ohne Worte verstehen, allein durch die Worte von Dichtern.

Er könnte über seinen Kummer und seine Probleme reden. Über sein ganzes Unglück. Ich würde zuhören. Nur eines müsste er vermeiden: mir böse Worte zu sagen, denn die vertrage ich nicht! Das ist die einzige Bedingung, die ich habe. Die einzige Bedingung, die seine inneren Werte betrifft, innere Werte immer vorausgesetzt.

Äußerlich ist ihm alles erlaubt: Er darf schön sein, denn wer wünschte sich nicht einen schönen Menschen an seiner Seite. Er darf so groß sein, dass er zu mir passt, denn es sieht allemal besser aus, wenn ein Mann größer ist als die Frau. Er darf jedes Alter haben, das ihm passt, wobei er sich prüfen müsste, ob ein Altersunterschied gegenüber meinen sechsundfünfzig Jahren, vor allem ein Unterschied nach unten, ihn nicht stört und ob er die seelische Stärke hat, das Gerede der Mitmenschen zu ertragen.

Außerdem darf er natürlich auch gebildet sein. Am liebsten in der Literatur. Aber auch weiterreichende Bildung stört mich nicht, ich lerne gerne noch etwas dazu. Er darf feinfühlig sein, was schon deshalb sehr wichtig wäre, weil ich empfindlich bin. Er darf zärtlich sein, was sich aber von allein ergeben dürfte, sofern er mich liebt!"

Sparen wir uns den Hinweis, dass er auch sportlich sein darf, falls es ihm so beliebt. Dass er unternehmungslustig sein darf, weil das Leben mit ihm dann fröhlicher sein dürfte. Dass er kunstliebend sein darf, weil die Neigung zu weiteren Künsten neben der Literatur in jedem Fall unsere Beziehung bereichern würde. Dass er aufgeschlossen und weltbefahren sein darf, weil das Gegenteil unsere Beziehung in jedem Fall belasten würde.

Alles in allem darf der Mann ein Wunder sein. Ein Idealbild, mit allen denkbaren Vorzügen versehen, von allen denkbaren Nachteilen frei. Sparen wir uns im Weiteren die Aufzählung aller denkbaren Nachteile, denn dazu dürften selbst zehn Druckseiten einer großformatigen Tageszeitung nicht ausreichen. Vom Problem der Finanzierung einer zehnseitigen Anzeige einmal abgesehen!

Adieu, liebe geplante, mir aufgegebene, gedachte Anzeige! Es wird dich niemals geben, denn ich kann mein Herz nicht aufreißen. Weder ganz, noch ein kleines bisschen. Ich kann nicht sagen, wie der sein soll oder muss oder darf, den ich will. Vor allem aber kann ich nicht sagen, wer oder was oder wie ich bin, damit der, den ich will, auch mich will!

Michael Schwarzmaier
Café

Er lehnt sein Rad an einen Baum und schnauft tief durch. Was für ein gottverdammter Mist!, denkt er und nimmt den Helm ab. Gut, dass er wegen der Kälte die dicke Lederjacke angezogen hat; im Sommer hätte er sich vermutlich von oben bis unten aufgeschürft.
Nur weil die Alte geträumt hat; einfach über den Radweg gestolpert ist sie, blindlings, und blöd geschaut hat sie auch noch, als er mit Vollbremsung über den Lenker fliegt und die beste Rolle seines Leben dreht.
Er streckt sich. Alles okay, aber entschuldigen hätte die sich schon können, statt mit dämlichem Kopfschütteln weiterzudackeln und dann fast in ein Auto zu schlurfen – also, lange gibt er der Alten nicht mehr …
Es ist schneidend kalt. Er blickt auf und sieht, dass er vor einem Coffee-Shop steht, ja, ein Kaffee wäre jetzt genau richtig, also schließt er sein Rad ab und geht hinein.
Viel scheint nicht los zu sein, rechts und links sitzen ein paar Pärchen, Geschäftsleute auch, er will sich an der Theke selbst bedienen, aber ein Mädchen mit brauner Bluse und Schürzchen meint, er solle sich schon mal einen Platz suchen, sie komme gleich zu ihm.
Er setzt sich in einen bequemen gepolsterten Stuhl in der Nähe des Fensters und legt seinen Helm neben sich auf den Boden, darauf die dicken Handschuhe, die ziemlich mitgenommen aussehen. Er reibt sich die Hände. Die dicke Jacke, die ihm fast bis zur Nase reicht, mag er noch nicht ausziehen.
Die Tür geht auf, und das schönste Mädchen, das er seit Langem gesehen hat, schwebt herein. Lange schwarze Haare,

Yvette Costeau, photoart54.ch

Lippen wie rote Mon-Chérie-Kirschen, in einem dieser glänzenden Steppmäntel in Oliv und mit gleichfarbigen Overknees, er rutscht unruhig auf dem Polster herum, als sie sich kurz umsieht und dann auf seinen Tisch zusteuert. „Ist hier noch frei?"
Er nickt. Das träumt er. Da sind mindestens acht Tische frei, und sie setzt sich zu ihm. Als sie ihren Mantel auszieht und achtlos auf den dritten Stuhl wirft, muss er echt schlucken. Sie trägt ein dünnes rotes Baumwollkleid darunter, kurz und ausgeschnitten, und setzt sich direkt neben ihn. „Ich mag nicht so allein an einem Tisch sitzen", sagt sie und lächelt mit vielen weißen Zähnen. „Ich hoffe, ich störe Sie nicht?"
Er schüttelt den Kopf.
„Was darf ich bringen?" Er hat gar nicht gemerkt, dass die Frau in brauner Bluse mit Schürzchen aufgetaucht ist.

„Einen Latte", sagt das Mädchen mit ihrer klaren Stimme.
„Für mich auch!", brummt er in seine Jacke hinein.
Einen Moment Stille. Alle Menschen im Café scheinen sich gedämpft zu unterhalten, es schaut auch niemand zu ihnen her. Komisch, denkt er. Und jetzt würde ich meine Jacke gern ausziehen, aber mit dem alten Jeanshemd drunter …
Das Mädchen hat eine ziemlich große Lackledertasche dabei, aus der sie jetzt einen Block zieht und vor sich auf den Tisch legt. Sie lächelt wieder und wirft ihm einen Blick zu. „Okay, so ganz ohne Hintergedanken bin ich ehrlich gesagt nicht an Ihren Tisch gekommen …"
Okay, blöde Kuh, denkt er und wird von Null auf Hundert unglaublich wütend, das wird ein Zeitungsabo oder so 'ne Scheiße, was auch sonst! Aber er nickt nur und sagt kein Wort.
„Nur ein paar Fragen, bitte …" Sie scheint etwas in seinen Augen entdeckt zu haben, denn sie fährt rasch fort: „Darf ich wissen, wie alt Sie sind?"
„Dreißig. Und Sie?"
Sie wird tatsächlich rot. „Auch dreißig. Aber das …" Sie bricht ab. „Und würden Sie mir netterweise auch Ihren Namen sagen?"
„Philipp. Ihrer?" Seine Stimme klingt unhöflich.
„Das ist zwar kein Quiz, aber gut – Claudia." Sie atmet tief ein, was sich günstig auf ihren Ausschnitt und ungünstig auf Philipps Herzschlag auswirkt. „Also dann – wie oft haben Sie Sex in der Woche?"
„Bitte?"
„Philipp, das ist doch eine ganz einfache Frage, oder sind Sie empfindlich?" Sie klingt jetzt strenger und routiniert.
„Gut. Gar nicht", sagt Philipp. „Ich habe keinen Sex, weil ich keine Frau habe … Freundin auch nicht."
„Und wenn Sie eine hätten?"
Er tut, als überlegte er. „Dreimal? Das sagt Luther doch … Haben Sie einen Freund?"
„Im Moment …" Sie wirkt überrascht, fängt sich aber und schmunzelt. „Bei Ihnen muss man ganz schön aufpassen!"
Dann schaut sie angestrengt auf ihren Block. „Verzeihung, Philipp, das ist jetzt sehr intim, aber … was halten Sie von Cunnilingus?"
Philipp atmet scharf ein. „Lecken? Sie meinen Lecken?" Er würde ihr am liebsten eine reinhauen. „Viel. Auch von Fellatio. Sie auch?"
Das Mädchen, das Claudia heißt, wirkt ein bisschen unglücklich. „Ja. Sicher. Wir haben's bald. Also, wenn Sie … also Cunnilingus machen, äh, würden – bevorzugen die Variante … eh … natürlicher Geruch,

Yvette Costeau, photoart54.ch

frisch gewaschen oder mit Intimspray?“ Philipp ist jetzt weißglühend wütend. „Ich bevorzuge meinen Latte! Und damit meine ich Kaffee!“ Das letzte Wort schreit er fast, ihm ist heiß, mit einem Ruck reißt er den Reißverschluss seiner Jacke auf. Claudia starrt ihm ins Gesicht. „Schön, nicht?“, zischt er und fletscht die Zähne. Er deutet auf das Blutmal, das sein Kinn und die linke Wange halb bedeckt. „Ich heiße eigentlich Adonis und bin ein phönizischer Gott, ich kann mich vor Angeboten gar nicht retten, ich kann auf meinem Fahrrad gar nicht schnell genug fahren, wie die Frauen hinter mir herrennen, um mir einen zu blasen! Was ist?“ Claudia ist aufgesprungen, er sieht, dass sie Tränen in den Augen hat. „Ich kann das nicht mehr!“, schreit sie schluchzend und reißt ihren Mantel an sich. „Das ist doch zum Kotzen!“

Und damit läuft sie los. Auf einmal öffnen sich mehrere Türen, alle bisher so teilnahmslosen Menschen in dem Shop haben sich plötzlich erhoben, Stimmengewirr. „Stopp! Kameras aus, Pause!“

Philipp sitzt wie erstarrt auf dem Sessel, er sieht, wie Claudia von einer älteren Dame, einer typischen Garderobiere, in den Arm genommen wird, und er merkt kaum, wie er angesprochen wird. „Tut mir leid, Berger mein Name, ich bin der Regisseur, das sollte lustig sein, ja, versteckte Kamera, kennen Sie sicher, Claudia ist der Lockvogel, aber … kann ich was für Sie tun?“

Philipp blickt ihn an. „Sie können dafür sorgen, dass ich meinen Kaffee kriege!“

Der Regisseur nickt bloß, wendet sich ab und murmelt so was wie *Geht aufs Haus*.

Philipp schüttelt den Kopf und erhebt sich. Er fragt sich, warum er dem Mann nicht in die Eier getreten hat. Dann geht er zu Claudia, die immer noch in den Armen der Garderobiere schluchzt. Er berührt sie an der Schulter. „Claudia …“ Sie bewegt den Kopf leicht zur Seite, sieht ihn aber nicht an. „Ich bin Buchhändler und habe eine schöne Seele“, sagt Philipp, „und mein Mal wird im Februar operiert. In zwei Wochen. Ich würde dich gern zu einem Kaffee einladen – aber nicht in diesem Schuppen. Hier. Meine Karte. Ruf mich an, wenn du Zeit hast, bis auf deine Fragen finde ich dich nämlich sehr nett.“ Er überlegt kurz, dann sagt er zu der Älteren: „Passen Sie ein bisschen auf sie auf!“ Als er seine Jacke und seinen Fahrradhelm holt, geht es um ihn herum zu wie in einem Bienenstock.

Draußen schließt er sein Fahrrad auf, zieht den Reißverschluss hoch und atmet die kalte Luft tief ein. Den Helm klemmt er an den Oberarm, er wird jetzt erst einmal ganz langsam fahren. Er rollt die ersten Meter.

„Philipp!“ Er setzt einen Fuß auf den Boden und dreht sich um. In der Tür des Coffee-Shops steht Claudia in ihrem Baumwollkleidchen und winkt ihm zu. „Ich ruf dich an! Geschworen!“

Philipp winkt zurück und nickt demonstrativ. Dass er lacht, kann sie ja nicht sehen.

Als er weiterfährt, fällt ihm ein, dass er seinen Kaffee gar nicht getrunken hat.

Ulrich Holbein

Make Love – zwischen Erotomania, Porntube und Bastelanleitung

Meilensteine sexueller Aufklärung damals und heute

1961, die 20ste Auflage erschien 1996.

erschienen 1946

1919 , Nachauflagen erschienen bis in de 50er Jahre.

In Steinzeit, Bronzezeit, Eisenzeit fuhr die Fortpflanzungsrate der damaligen Menschheit keine Rekorde ein. Wenig kam vorwärts. Fruchtbar sein und sich vermehren blieb Wunschtraum und biblische Forderung. Das lag weniger an mangelnder sexueller Aufklärung als an der bescheidenen Kopfzahl verstreuter Fortpflanzungsmeuten. Man bestieg und nahm sich zwar instinktiv so oft wie möglich, aber bei aller Wachheit dachte man Kopula und Babysegen überhaupt nicht kausal zusammen. Man konnte lange nicht bis neun zählen. Aufklärungsbedarf bei unmündigen Hominiden stieg erektil an. Die Dussels hätten doch endlich mal checken können, dass man den Biss ruhig mal zum Kuss verfeinern könnte, dass etwas Erotik beim Sex nicht schaden könnte und wo all die Buben und Mädels herkommen.
Das als deftig bekannte Mittelalter verkündete recht unverblümt: „Din muendlin rot hat mir mein gir erwecket fil!"
Sexuelle Aufklärung kam trotzdem nicht in Gang, denn die Bälger, Wänste und Wechselbälger konnten ja direkt bei allem zuschauen, bei Vieh und Mensch, zumal sowieso alle in einem Raum schliefen und in kleiner Eiszeit aneinanderdrängten.
Dann kam das gemüthafte Biedermeier: Tobias Knoop heiratete die fromme Helene zwischen Waschtrog und Bettflasche. Gezeugt ward nun mit des deutschen Michels Zipfelmütze. Da kam der Seerosenteich gerade recht, wo der Klapperstorch die Babys abholt; nichts gegen Kitsch, zumal er auf uralten sinnvollen Mythen ruht: Geier, die sich auf Leichen stürzen, tragen die Seele ins Totenreich, von wo aus der Storch sie wieder zurückträgt, und gut is'. Es knoperte am Laden, es winselte der Hund; vor der Schäferhütte erschienen zwei Störche, im opus 48 von Hugo Wolf, der Eduard Mörikes „Storchenbotschaft" vertonte – der Schäfer bekam Zwillinge; so also liefen

Gerüchte über FKK, Reeperbahn, Lolita und Lulu, ein Weib wie der Satan, all diese Mythen aus Tüten nett überwölbt von einem Überbau aus Bienchen, Blümchen und Bikinis.

1960 bis 1969 brach gestaute Geilheit sich plötzlich Bahn: Mädchen von Piräus sahen den weißen

Liebe und Ehe im 19. Jahrhundert.

1941 kam immer noch der Storch, nämlich in Walt Disneys „Dumbo", und teilte Tierbabys von oben unter den Tiermüttern im Zoo aus, ehe dann der Begriff „Klapperstorch" in Umstandskleidermode und Hebammenkurse abwanderte und der Biedermann, der des Nachts mit Talglicht auf den Abtritt schlich, zum Darmolmännchen von 1957 mutierte. Dabei hatte S. Freud längst die Klitoris entdeckt, oder sagen wir mal: wiederentdeckt; denn Jahrtausende vor Columbus hatten ja bereits die Wikinger Kolumbien erobert, wenn nicht gar die USA, was Nostradamus vorausgesehen hatte, falls den jetzt keiner mit Nosferatu verwechselt.

1950 bis 1959 geisterten dann wilde Theorien, dass das Schwesterchen aus dem Sack des Vaters käme und die Befruchtung durch Bazillen zustandekomme. Kein Schwein wusste Genaueres, trotz vager

Wolken nach und fingen an zu träumen – fragte sich nur: wovon? Das HB-Männchen griff plötzlich zum BH, bevorzugt am Busen- und Bett-Tag. Schimbansie hing bis zum Knie; da kam an nackter Mann, wollte gleich unten dran; schön war der Sommer mit Marie. Miniröcke häuften sich im Straßenbild. Goldfinger gab letzte verruchte Geheimnisse preis, was Männer so mit Frauen machen. Zugleich erfolgten Paukenschläge: Die selbstverschuldete Unmündigkeit der lustgepeitschten, aber unaufgeklärten Menschheit bekam Knacks um Knacks, nur hieß der neue postkopernikanische Kant Kolle und redete verständlicher Klartext als vormals Voltaire und Diderot. Kurt Seelmann packte als ein damaliger Whistleblower eine schockierende Wahrheit aus. Nur zog er hierbei den Arztkittel nicht aus, vergaß Kuss und Vorspiel zu erwähnen und konzentrierte sich – seltsam fixiert

Sie hat langes weiches Haar, und Augen,die so wunderbar,
und ihre zarten Küsse,
die vergeß ich nie!
Ja, ich kann ihr
alles sagen, und sie
darf mich alles fragen,
doch sie lebt ja nur
in meiner fantasy. She
is my Traumgirl,
Traumgirl,
wo find ich sie?
She is my Traumgirl,
Traumgirl,
doch wenn
ich mich umschau,
bin ich so
allein

Traumgirl 1969

und aseptisch – ganz auf „den Hodensack des Jungen“. Google geizt bis heute mit aussagefähigen Passfotos von K. Seelmann, doch hatte der Vorkämpfer gewiss eine Kassenbrille auf. Onanie guckte weiterhin aus ihrem Tabu nicht hervor. Falls junge Menschen mal was über den Kuss erfahren wollten, musste Zahnpastareklame loslegen: „Ein junges Liebespaar, doch wie leicht könnten sie getrennt werden – durch Mundgeruch!“ Erste zarte Liebe zu einer holden Maid namens Gaby oder Karin Bock zog vor Schreck die Knospen und Fühler ein, um ohne Blessuren durchzukommen zwischen Monstern und Gummiknüppel-Termini à la Mundhygiene und Vorhaut. Trotz Schulmädchen-Report 1-12, afri-cola, Sommer of Love und antiautoritärer Erziehung starb das CVJM-Milchgesicht mit Segelohren lange nicht aus und ward beim Wort „Pollen“ von einer tiefen Schamröte überzogen. Die holde Berührung zwischen Pornobrüsten und Adornoglatze verlief viel zu dezent. Zwischen 1970 und 1979 ließen die aufklärenden Instanzen Zeigestab und Gummihandschuhe beim lustlosen Aufklären nicht los. Komplette Generationen zehrten von den Tipps von Dr. Sommer aus der BRAVO und „Fragen Sie Frau Barbara“. Pionierhafte Aufklärungsatlanten meldeten wenig appetitmachend: „Jeden Tag wäscht der Junge sein Glied. Sonst riecht es.“ Im Mädchenkapitel hingegen stand: „Jeden Tag wäscht das Mädchen ihre Scheide. Sonst riecht sie.“ Da erfuhr man's zwar, trottete aber mit hängenden Ohren heimwärts und kuschte sich. Dann aber verjüngte Oswalt Kolle sich in einer Neuauflage namens Günther Amendt „SEXFRONT“. Da sahen wir nun auch endlich mal im Schwarzweißfoto eine Muschi, und coole Sprüche lockerten den Bierernst gesundheitsbehördlicher Aufklärung auf: „Die Gretchentragödie hätte vermieden werden können, wenn der geile Faust statt mit Verjüngungsmitteln mit Verhütungsmitteln experimentiert hätte.“ Päpste wie Gegenpäpstin Beate Uhse kreisten zum Ausgleich so exzessiv wie möglich immer nur um das Eine: um Kondome. Der Kinsey-Report, der praecox bereits 1954 vorausgeeilt war

(36)

ARTICLE III.

Des parties naturelles et externes de la femme.

Après avoir diligemment examiné les parties de l'homme qui servent à la génération, il me semble qu'il est à propos de considérer celles de la femme, et d'admirer en même temps l'artifice dont la nature s'est servie à les former, et le merveilleux arrangement avec lequel elle les a disposées.

Si les parties naturelles des femmes étaient toutes semblables à celle des hommes, et qu'il n'y eût seulement de différence que dans le renversement de ces mêmes parties, on aurait raison de dire que la femme est un homme imparfait, et que la froideur de son sexe est cause que ses parties sont demeurées au-dedans, au lieu de sortir au-dehors, comme celles des hommes.

Gallien, et Fallope après lui, quelque savans anatomistes qu'ils soient, auraient de la peine à soutenir cette opinion. Car, si l'on observe la différente structure des parties des deux sexes; si l'on en examine le nombre et la figure, et si l'on en considère les cavités et la figure; enfin si l'on en compare l'action et l'usage, on verra bientôt qu'elles sont tout-à-fait différentes les unes des autres: car, quelle proportion y a-t-i

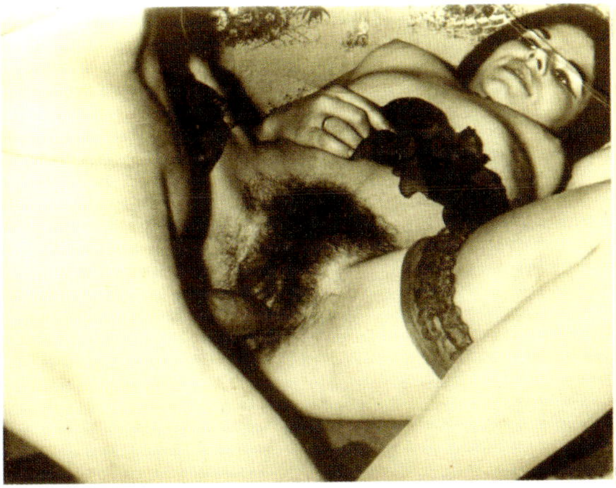

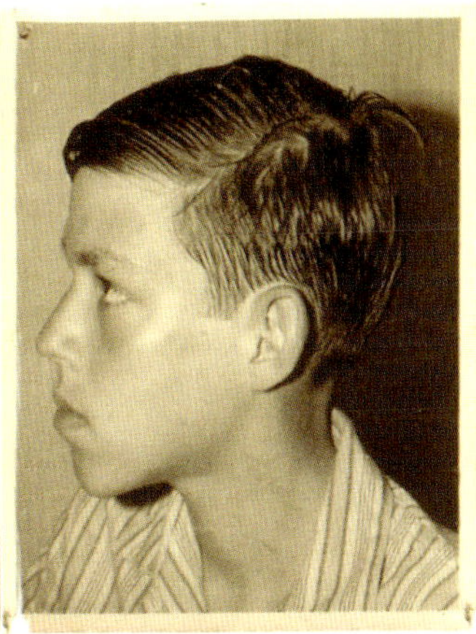

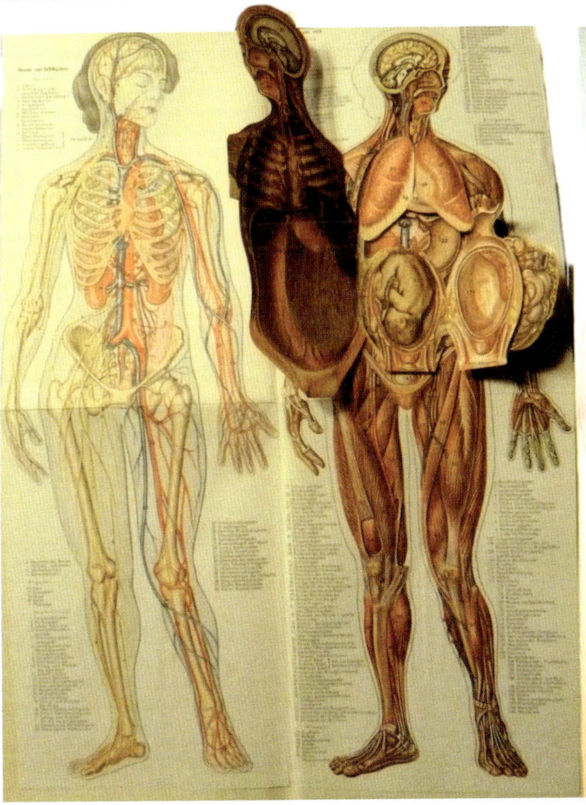

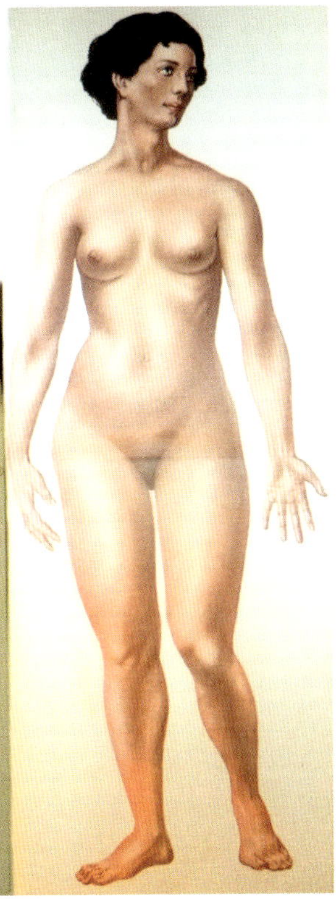

Mein erstes Pornobild traf mich völlig unvorbereitet, im Tausch gegen ein keusches Tibor-Heft.
Sonstige Anregungsmittel hatten nichts Herzerhebendes an sich, so informativ wie aseptisch.

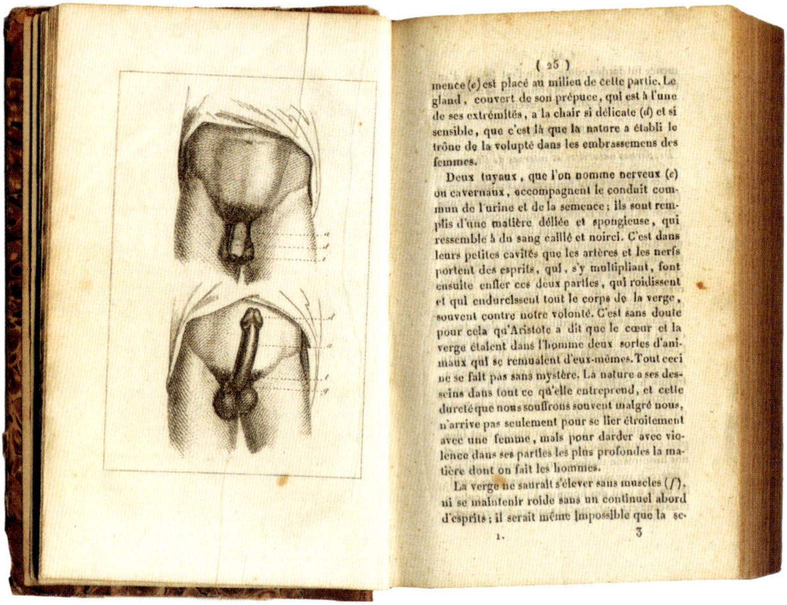
(25)

mence (c) est placé au milieu de cette partie. Le gland, couvert de son prépuce, qui est à l'une de ses extrémités, a la chair si délicate (d) et si sensible, que c'est là que la nature a établi le trône de la volupté dans les embrassemens des femmes.

Deux tuyaux, que l'on nomme nerveux (e) ou caverneux, accompagnent le conduit commun de l'urine et de la semence; ils sont remplis d'une matière déliée et spongieuse, qui ressemble à du sang caillé et noirci. C'est dans leurs petites cavités que les artères et les nerfs portent des esprits, qui, s'y multipliant, font ensuite enfler ces deux parties, qui roidissent et qui endurcissent tout le corps de la verge, souvent contre notre volonté. C'est sans doute pour cela qu'Aristote a dit que le cœur et la verge étaient dans l'homme deux sortes d'animaux qui se remuaient d'eux-mêmes. Tout ceci ne se fait pas sans mystère. La nature a ses desseins dans tout ce qu'elle entreprend, et cette dureté que nous souffrons souvent malgré nous, n'arrive pas seulement pour se lier étroitement avec une femme, mais pour darder avec violence dans ses parties les plus profondes la matière dont on fait les hommes.

La verge ne saurait s'élever sans muscles (f), ni se maintenir roide sans un continuel abord d'esprits; il serait même impossible que la se-

1. 3

und der Menschheit epochal mitgeteilt hatte, dass sie pausenlos masturbiere, fand jetzt, 1977, seine postcox hinterherhumpelnde Pendant-Ergänzung durch den Hite-Report. Pillenknick-Babys wurden von fortan getauft auf Namen wie Pillulla und Ogino.

Zwischen 1980 und 1999 gab es diverse Neufassungen, Verbesserungsversuche und Freizügigkeiten, dann aber wurden harmlose Peepshows unspendabel verboten. US-Puritanismus drohte rüberzuschwappen. Auch die Samenfäden spielten nicht mehr richtig mit. China mokierte sich über die Deutschen, die ihr demoskopisches Aussterben beklagten, trotz millionenfach beneidenswerter Sexorgien im Einzelfall und Privatbereich. 460 Millionen Kriegstote seit 1945 konnten es nicht aufhalten, dass alle fünf Tage eine neue Million Erdenbürger dazukam, um baldmöglichst Auto zu fahren und pro Nanosekunde 8999 Oktillionen meist dann doch recht funktionstüchtige Spermien zu zeugen. Schwullesbische und asexuelle Minderheiten konnten an der Chose kaum rütteln. Playboy und Penthouse konzentrierten sich ganz auf die Hochglanz-Ausblendung von Akne und Problemzonen, redeten brav drum herum um heißen, pitschenackten Brei – mitten im Pornozeitalter. Magersucht und Fettabsaugung überrollten Sättigungsschwellen. Wozu der Lärm? Es ging doch nur drum, dass jede Pussy ihren Pimmel findet, mit jeweils dranhängender Chantal Schmidt und Kevin Müller, alias: Hans und Gretel. Beim „Handbuch für Onanie“ wirkte als Abtörner das Passfoto vom dikken Gesicht des Autors. Ausnahmsweise Lust und Laune machten bloß „Sextips für Boys & Girls“, worin es total relaxed und peppig um so leckere Kolle-Tabus wie Afterverkehr und Impotenz ging. Ab 1998 bekam dann die omnipotente Pornoindustrie sowie auch die Bevölkerungsexplosion via Doby-Vermehrung (Daddy old, Baby young) einen ungeheuren Auftrieb durch Viagra; ab sofort hing an jedem strotzenden Schwellkörper ein Tattergreis und also überhaupt nichts mehr durch.

2005 wurden Hans Eichel und Rezzo Schlauch pensioniert.

Ab 2006 bekam dann die omnipotente Pornoindustrie einen ungeheuren Tiefschlag unter jede Gürtellinie – Millionenverluste; denn pro Sekunde spritzten Milliarden von Gratis-Pornos aus dem Internet, um 60 Prozent aller Elfjährigen zu erreichen und sich in toto – kurz vor dem bevorstehenden Aschermittwoch, der Gottesstaaten auch außerhalb von Absurdistan und Talibanesien, kommenden Öko-Diktaturen und Puritanismuswellen – noch mal so richtig auszutoben und Millionen von Säuen raushängen zu lassen. Endlich konnten auch Ethnologen und Gynäkologen ihre Bildungslücken schließen und die Sexualpraktiken ihrer depperten Mitbürger hautnah auskosten, mit Sicherheitsabstand. Endlich erfuhr man, wie Transis funktionieren: Fünf füllige Amazonen bestiegen blendaxlachend eine Kleinkunstbühne und schwenkten rubbelnd ihre echten Elefantenpenisse ins johlende Publikum; oder in Japan füllte man eine Turnhalle mit 260 weißen Matratzen und 260 Pärchen, alle gleich jung, gleich schlank, die nun in präzisen Teilabschnitt-Abläufen total synchron das Übliche ablaufen ließen, Ausziehen, Bruststimulieren, Petting, Fellatio, Cunnilingus, Missionarsstellung. Nur wurden nicht alle exakt gleichzeitig fertig. Hubschrauber fuhren über die Orgie hinweg, deren Kollektivgejuchze einen nie gehörten, schier sphärenharmonischen Chorgesang schuf. Keusche Geschöpfe wie U. Holbein (um nur mal ein Beispiel von 260 Millionen herauszugreifen) zuckten instinktiv zurück. Zärtlichkeit und Liebe verwechselte sich mit fabrikaler Hardcore-Stoßtechnik. Menschen, die man zu zweit allein ließ, fielen sofort übereinander her. Menschen, die man allein ließ, huben prompt zu onanieren an. Sachkundelehrer, die ihrer Klasse kurz den Rücken kehrten, stießen auf reihenweise runtergelassene Jeans und lutschende Schulmädels oder wurden suspendiert und vorher selber übergriffig. Priester, Kleriker, womöglich sogar Päpste, fummelten und zeugten sich so stockschwul wie möglich dusselig, als Glieder und Mitglieder der sexuell durchimprägnierten Fungesellschaft. Man wunderte sich fast, dass im Stadtbild überhaupt noch angezogene Leute herumliefen. Maschinelle Unterleiber nötigten austauschbar draufsitzende Alibi-Faces zu Exclamatio à la „O my God!" oder auch: „Fuck!" Da im Leben schöne Frauen und heiße Mädels viel seltener vorkamen als auf Youporn, KindGirls, Porntube, konnte man sich schlauchende Partnersuche sparen, Essenspendieren, Mitgift, Ehekrach, Schuhchenkauf, Scheidungskosten. Millionen von Ein-Euro-Jobbern, Cacooning-Autisten, Hartz-IV-Wichsern, Nerds, Singles katapultierten sich raus aus dem Stress der

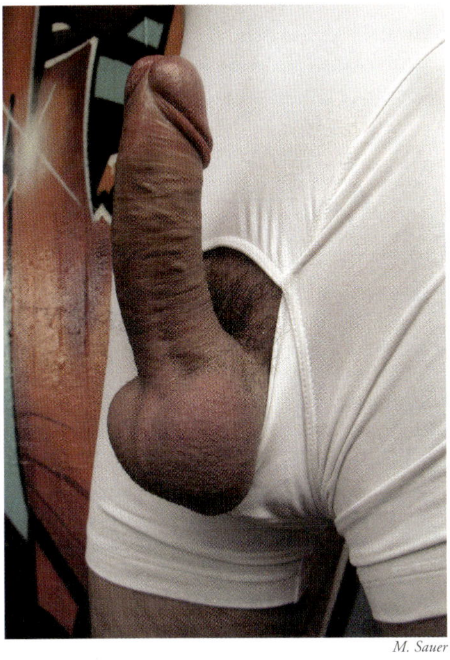

M. Sauer

Fortpflanzungsmeuten. Trotzdem gingen Bauwut und Wirtschaftswachstum weiter. Ständig starben die hässlichen Deutschen einfach doch noch lange nicht aus.
Alice Schwarzer als Frau Barbara kam bisweilen ziemlich wenig up to date raus, wenn sie einer hilflos Anfragenden „Was soll ich tun? Hab meinen Mann beim Pornogucken erwischt?" empfiehlt, dessen verdächtigen Freundeskreis zu inspizieren und mehr oder weniger Schluss zu machen – die Pornos oder ich.
Dann kam das Youtube-Aufklärungsformat „61 Minuten Sex" von Jan Winter, 33, und Gianna Chanel, 26, das pro Monat 7 Millionen Klicks einfährt, neben denen BRAVO und Dr. Sommer arg alt aussehen, und Bestseller wie „Die perfekte Liebhaberin" und „Make Love", erst als Buch in sechs Auflagen zwischen Mai und Juli 2012, dann, 2013, als MDR-Serie. Leider übernahm nicht Seitensprung-Expertin Desiree Nick den schweren Job weiterer Volksaufklärung und auch nicht Eckhard Henscheid mit seinem Ratgeber: „Wie man eine Dame verräumt", die praecox vorauseilende Verarschung jeglicher Bastelanleitung, die sich sogar der Frage des musikalischen Ambientes widmet – Brahms statt Bolero! Sondern eine absichtlich gutaussehende, sagenhaft nette Therapeutin hatte halt entdeckt, „aus eigener Erfahrung", dass man Erregung spüren und steigern kann, und wollte dies nun, von Mensch zu Mensch, jungen, ebenso netten Menschen mitteilen und sie davon erlösen, dass die unberedten Leutchen trotz Porntube viel zu wenig über ihre „Bedürfnisse" redeten, ausgerechnet diese. Und siehe, es war sehr gut gemeint. Ann-Marlene Henning und Tina Bremer-Olszewski traten an, wie die Donna Quixotina Julia Butterfly Hill gegen Abholzkonzerne, nun gegen den King Kong und Porno-Tycoon, um was dagegenzusetzen, Verständnis und Knowhow. Das alles lief sehr hilfreich und erfolgreich, duzfreudig und kumpelhaft. Aber statt dass die jungen Seelchen sich erst mal in die Augen schauen, ging's gleich auf Seite eins um Genitalienentdeckung und Lustmaximierung, so, als säßen auch hier auf den erregbaren

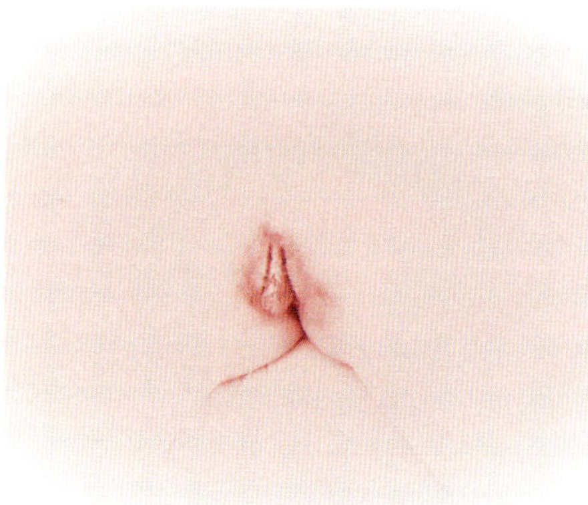

Yasmin Shah, Vulvart

Schößen und trainierbaren, gut durchbluteten Beckenböden kaum Köpfe drauf, genau wie bei Porntube oder beim Frauenarzt, nirgendwo ein Schauder, ein Rieseln, null Romantik oder Gefühlsüberschwang. Nichts gegen Erotomania, aber auch hier roch alles nach Nasszelle, Funktionsablauf und Leistungsdruck. Hypersensible Geschöpfe (wie der erwähnte U. Holbein) hätten sich ein transzendentales Numinosum versprochen, wenn plötzlich mitten in der „Lindenstraße" ohne Vorwarnung eine Vulva sich auftäte; hier aber saß nun eine Sexologin mit einer Plüsch-Vagina und demonstrierte – bei strammer Popmusik statt Brahms – gutwillig staunenden Dummerchen, wo da welche Nervenbahnen verlaufen, was man ja fast bereits geahnt hätte.

Anja Müller, Liebespaare

Wie war dein erster Zungenkuss? Ich saß einem pickligen Sechzehnjährigem gegenüber. Schon das Wort „Zungenkuss" beunruhigte mich. Ich konnte mir nichts darunter vorstellen, fand das Wort einerseits erregend, andererseits beängstigend – und er kam dann mit schleimiger Zunge. Der Geschmack: zwischen Leberwurst und Bier und Speichel.
Wie hast du deinen ersten „guten" Kuss erlebt? Weder wabbelig noch zu nass. Ich war entspannt, doll verliebt und die Küsserin hat ihre Zunge, ihre Lippen kräftig und ruhig eingesetzt. Und sie schmeckte zartsüß, wie Kastanienblütenduft. So konnte ich versinken. Es kann ein Mann sein oder eine Frau. Es ist etwas sehr Intimes; ich wurde von Küssen schon durch und durch erregt, eine fantastische Wärme kann im Kuss entstehen, Aufgehobenheit, am schönsten, wenn man liebt – aber genau beschreiben, wie diese Küsse gingen, das ist schwer! Mir fallen Gedichtausschnitte ein, darf ich sie zitieren?
Ja, gerne!

Der Kuß ist ein Lied,
ein wortloses Lied;
ein Kuß – der geschieht!
Es löst das Solo zweier Seelen
in vollen Mollakkorden sich:
Küsse mich … …
Küsse mich – wie das süß –
Küsse mich, Kind, auf den Mund …
Ja so ein Kuß verrät das und dies …
Küsse die Lippen mir wund …

Rainer Maria Rilke, Ausschnitt aus einem langen Liebesgedicht

Küsse
Dich bedecken
nicht mit Küssen
nur einfach
mit deiner Decke
(die dir
von der Schulter
geglitten ist)
daß du
im Schlaf nicht frierst

Später
wenn du
erwacht bist
das Fenster zumachen
und dich umarmen
und dich bedecken
mit Küssen
und dich
entdecken

aus: Erich Fried, Liebesgedichte, Wagenbach 1995

Calvin Klein

Jan-Eike Hornauer
Romantisches Lied

Trost liegt zwischen Deinen Beinen,
Frieden ist an diesem Ort.
Wirst Du feucht, ist das ein Weinen,
wirksam wie ein Zauberwort.

Deine Spalte ist zum Fliehen
vor der Welt an sich gemacht,
von Utopia entliehen
und als Teil von dort gedacht,

ist ein Schutzraum für uns beide,
der nur tränend offensteht,
temporäre Weltenscheide,
die nie wirklich ganz vergeht.

Immer weiter lässt sie leben,
spendet Hoffnung, Wärme, Kraft.
Schon ihr Anblick kann dies geben,
weiß man erst, dass sie das schafft.

Dagmar Schumann
Madonna

Kleine Mutter Hoffnung
meine
Trösterin aus Güte
Blenderin aus Liebe
Seherin in der Not

Kleine Mutter Hoffnung
meine
Gebärende bis in den Tod

Sigrun Casper
Schönster? Sex?

Der schönste Sex gleicht wilden Segelflügen
mit langer Anlaufbahn und sanfter Landestrecke
und nach der Ankunft wartet das Vergnügen
der Motorkühlung unter unsrer Decke.

Mal war es schön, mal war es toll
und manchmal war'n wir uns ganz nah.
Da fragten wir uns, was das soll,
das Lieben mit so viel Trara.

Dora Schönefeld

my bittersweet love

my bittersweet love

Dora Schönefeld
Schlangentanz

meine zeichen schreibe ich in den sand
du kannst sie nicht lesen der wüste
suche ich zu entkommen passe mich deinen
bewegungen an versuche den flötentönen
zu entfliehen springe speie verschlinge
nur mein biss ist gefürchtet häute mich
tanze einen neuen tanz im sand bleibt
die rätselschrift

Susanne Schmidt
Rafael und Lucía

Rafael und Lucía lernte ich im Ferienhäuschen einer Freundin kennen. Seit einigen Jahren verbrachte ich dort immer wieder längere Zeiten, um in Ruhe zu arbeiten. Ich übersetze, aus dem Englischen, vor allem Sachbücher. Meine Freundin ist froh, wenn das Haus genutzt wird, da sie selbst beruflich eingespannt ist und in den letzten Jahren kaum Zeit hatte zu reisen und sich um das Haus zu kümmern.
Als ich damals ankam und den Schlüssel bei den Nachbarn abholte, feierten sie einen Geburtstag. Ich war müde von der Anreise, aber „Nein-Sagen" macht sich schlecht unter Nachbarn, und so ließ ich mich überreden auf „solo una copita", auf nur ein einziges kleines Gläschen. Sechs kleine Gläschen später, es war inzwischen dunkel, kam Rafael dazu.
Er setzte sich neben mich auf eine Steinbank an der Hauswand. Mir schoss durch den Kopf, dass ich schrecklich aussah. Übernächtigt. Ich straffte mich. Das Gefühl, ich müsste sofort gehen, fiel von mir ab. Die ganze Zeit über war ich nur deshalb nicht aufgestanden und gegangen, weil ich selbst zum Gehen zu schlapp war und auch dazu, Nein zum Gastgeber zu sagen, der unaufhörlich Wein nachschenkte. Vor der Reise hatte ich wie vor jeder Reise in der Nacht Liegengebliebenes erledigt. Ich war so knapp vor der Abfahrt fertig geworden, dass es nicht einmal zum Duschen gereicht hatte.
Rafael saß neben mir und dampfte Machokraft aus. Muskulöse Oberarme, zugleich weich. Er berührte mich, als er sich zu den anderen umdrehte. Etwa mein Alter, um die dreißig, blitzende Augen, sympathische Falten. Der Duft. Ich weiß nicht, es muss an der Übermüdung gelegen haben, Erregung überfiel mich.
Lucía, Tochter der Nachbarn, setzte sich uns gegenüber auf einen der Plastikstühle und redete auf Rafael und mich ein. Soweit mein Spanisch es zuließ, versuchte ich jetzt mitzureden, bisher hatte ich nur getrunken und vielleicht genickt, wenn jemand mich direkt ansprach. Das letzte Mal, als ich Lucía auf einem ähnlichen Fest begegnet war, war sie noch ein Kind gewesen. Jetzt saß uns eine starke Frau gegenüber. Lucía faszinierte mich, herb und schön, sie wirkte, als könnte sie niemand aus dem Konzept bringen. Wäre ich lesbisch, würde ich mich in sie verlieben, das dachte ich, während ich realisierte, dass ich sie anstarrte. Dann dachte ich weiter, dass es eigentlich egal ist, ob ich mich als lesbisch oder straight definierte, Verliebtsein hat mit der Person zu tun und nicht mit einer Schublade. Sie machte mir etwas Angst, und zugleich drängte es mich, von ihr berührt zu werden. Hart berührt. Diese Gedanken waren nicht expressiv da, aber in meiner Übermüdung drangen sie als Empfindung von irgendwoher an die Oberfläche meines Bewusstseins. Als würde es mich durchlässiger machen, dass ich seit dreißig Stunden oder mehr nicht geschlafen hatte. Abgesehen vom kurzen Eindösen im Flugzeug. In ausgeschlafenem Zustand hätte ich weder Rafael noch Lucía so empfunden, die wache Vernunft hätte meine Körpergrenzen abgedichtet. Jetzt also saß ich in jeder Hinsicht fluid an der Hauswand. Auch das Spanische floss mir von den Lippen wie in wachem Zustand nie. Es gab keine Angst vor Fehlern, vor der Verzögerung, die entsteht, wenn ich auf Deutsch denke und formu-

liere und danach übersetze oder mir nur die englischen Formulierungen einfallen, was zur Folge hat, dass ich, wenn ich überhaupt etwas äußerte, nie im Gesprächsfluss war, sondern immer zu spät kam mit meinem Beitrag.
Jetzt dachte ich nicht, übersetzte nicht, sondern redete.
Lucía erzählte von ihren Wochenenden. Sie jagte. Es gab kaum Frauen hier, die sich an der Jagd beteiligten. Vor Kurzem war sie prämiert worden, die beste Schützin der Region. Meine kritische Touristinnenbemerkung hatte ich nicht unterdrükken können und gefragt, was sie empfinde, wenn sie Tiere töte, ob das wirklich nötig sei. Sie erklärte mir ernst, dass es hier viel zu viele Hasen gebe und auch viel zu viele Mufflons, und dass Jagd erwünscht und notwendig sei, damit diese Tiere die endemische Flora nicht vernichteten. Es gebe nur bestimmte Zeiten für die Jagd und Einschränkungen, wo und wie viele Tiere geschossen werden dürften, daran würde sie sich halten und auch nur dann schießen, wenn sie sicher sei zu treffen. Ich dachte an die Kaninchen, die es hier in fast jedem Restaurant gab und die ich schon oft gegessen hatte. Und daran, dass Lucía schon als Kind Hunde gerettet hatte, die gequält wurden. Sie hatte auch an diesem Abend von einem neuen Hund erzählt, einem scheuen schwarzen Podenco, den sie aus seinem Gefängnis, in dem er angekettet dahinstarb, befreit hatte. Sie liebte Tiere. Mir war meine typische Touri-Bemerkung sogleich peinlich.
Dann begannen sie zu singen, wie üblich zu später Stunde auf den Festen. Rafael war der Erste, seine wohltönende Stimme schallte über die Landschaft. Ein anderer Sänger antwortete ihm, ein schmerzhaft leidenschaftlicher Dialog begann, der mir Gänsehaut machte. Einer holte eine Gitarre hinzu und gab sie Rafael, er spielte hinreißend, ich beobachtete seine kräftigen Finger, die sich in der Bewegung in virtuos wirbelnde Schlangen verwandelten; einer nahm ein kleines Schlaginstrument zur Hand, das mir Rafael später als Kastagnetten erklärte. Auch Lucía begann mitzusingen, ihre warme Altstimme klang in mich hinein, mischte sich mit den Stimmen von Rafael und den anderen, ich vibrierte, und mein Körper wurde immer durchlässiger, vermischte sich mit der Nacht, dem Mondlicht, dem schimmernden Meer und den flackernden Lichtern auf der Terrasse und des Ortes am Meer unterhalb der Häusergruppe, mit den singenden und tanzenden Menschen. Rafael riss mich mit sich, seine Mundwinkel verschmitzt einer nach unten, der andere nach oben gezogen, warmherziger Blick, das kurze Haar leuchtete blau im Nachtlicht, er packte mich fest um die Taille und wirbelte mich herum, dann gab er mich an Lucía weiter, sie drehte mich eine Weile, bevor ich bei Gastgeber Juan und den anderen landete, und ich wurde ein Körper mit allen. Als sie begannen, sich zu verabschieden, wetteiferten sie darum, wer früher aufstehen müsse. „Ich bin Landarbeiter“, sagte Rafael strahlend, als wäre Landarbeit etwas Besonderes, er musste von allen am frühesten raus, arbeitete in einer Käserei nicht weit von hier. Ziegenkäse wurde dort hergestellt, und bereits vor sechs begann die Arbeit. Die riesige Herde Ziegen musste gemolken werden. Lucía arbeitete mit ihm, konnte aber später anfangen. Ich fragte mich, ob sie ein Paar waren. Der Gastgeber war bei einer Installationsfirma, er begann um

acht, was Rafael zu ironischen Bemerkungen über den Unterschied von Handwerk und Landarbeit hinriss, und ich, die Stadtpflanze, stand auf, wenn die anderen schon den Hauptteil ihrer Arbeit hinter sich hatten. Schließlich waren nur noch Rafael, Lucía und ich übrig. Wir redeten weiter, das Fluidum der Worte, der Körper hielt an, es war, als wären wir symbiotisch wachsende Unterwasserpflanzen. Zum Schluss umarmten mich beide, und ich wäre mit beiden mitgegangen, hätten sie mich gefragt; ich wünschte mir Lucías Hände in mich, mit ihren ruhigen klaren Bewegungen. Sie hatte noch das Gewehr geholt und es mir stolz gezeigt, ein schönes wertvolles Gewehr mit verziertem Griff. Dass ich ein Gewehr schön finden konnte! Die ganze Zeit aßen wir Rafaels Käse zum Rotwein. Dann umarmte mich Rafael, und ich wäre in seinen starken Armen und seinem Duft am liebsten für immer geblieben, und da spürte ich es, ich spürte seine Erregung an meinem Bauch. Wir blieben lange stehen, während der Fluss des Redens zwischen uns dreien nicht abriss. Lucía erzählte von Liedern, die sie besonders gerne sang, und der Druck, leichte Bewegungen an meinem Schambein, das runde Glied, das von außen durch die Stoffe in mich versank. Dann küssten wir uns zum Abschied.
In den nächsten Tagen brachte mir Lucía Käse und Gemüse, und unser Reden setzte sich auch in wachem Zustand fort, mein Spanisch hatte in dieser Nacht einen Sprung gemacht. Ich hatte auch wach und ohne Wein keine Hemmungen mehr zu sprechen. Kurz vor meiner Abreise träumte ich von Sex mit beiden. Sie kamen als Paar, die strenge Lucía sah zu und gab Anweisungen, wie Rafael mich fickte, bevor sie sich dazugesellte, mich fistete, ich mich um sie schloss, ihre Hand einsog und meine inneren Wände zum Beben brachte, das sich durch meinen Körper fortsetzte und mich hinwegspülte ins Nichts, und Rafael war in ihr und dann wieder in mir, und beide zugleich, sie küsste mich, während Rafaels großer runder Schwanz mich durchdrang und ich mich wie in der Nacht meiner Ankunft um ihn und Lucía herum auflöste und verschmolz, ich hatte in diesem Traum wirklich ein Gefühl davon, dass diese drei Körper nicht nur miteinander fickten und sich in alle Öffnungen bewegten, sondern dass sie ineinanderflossen und sich mischten. Als ich erwachte im Orgasmus, spürte ich noch den Druck von Rafaels Händen auf meinen Oberarmen. Das konnte doch gar nicht sein!
Ein Jahr später flirtete Rafael offen mit mir. Er brachte mir nicht nur Käse, sondern auch Bücher vorbei. Erklärte wortreich in seiner schönen Stimme, dass sie nicht schwer zu lesen seien und warum er dieses oder jenes Buch empfehle. Er las viel, trotz seiner harten Arbeit. Meine Vorurteile, dass Menschen auf dem Land nur arbeiten und nichts lesen, wurden kleiner. Mein Vernunftwiderstand schmolz. Das erste Buch, das ich auf Spanisch mit Genuss las, war eine Übersetzung aus dem Portugiesischen von Coelho, über einen Mann, der sich auf die Suche nach einem Schatz machte und durch die Welt reiste, doch der Schatz war genau dort, wo seine Reise losgegangen war. Ich fragte mich, ob mir Rafael mit diesem Buchtipp etwas sagen wollte. Anschließend unterhielten wir uns über die Bücher. Auch Lucía kam oft zu mir ins Haus. Die beiden waren kein Paar, das

wusste ich inzwischen. Ich ahnte bald, dass Lucía lesbisch war, auch wenn sie hier mit ihren Eltern lebte, allein, eine Soltera, wie sie zu ihr sagten. Einsam und schön und stark. Doch einmal traf ich sie in der Stadt, an ihrer Seite eine Frau, die aussah wie ein Junge, mit kurzen lockigen Haaren und blitzend grünen Augen, und Lucía war glücksdurchstrahlt, so sehr, dass es mich sofort ansteckte

Gut gelaunt, vom Glück Lucías innerlich glühend, kam ich ins Häuschen zurück. Rafael musste mich erwartet haben. Kaum war ich im Haus, klopfte er. Er kam langsam auf mich zu, sagte: „Du siehst heute so fröhlich aus!“, legte seine virtuosen Hände um mein Gesicht und küsste mich zart auf den Mund, mehr ein Hauch als eine Berührung. „Leche leche“, flüsterte er dann und leckte mir die Mundwinkel ab. Stimmt, ich hatte mit Lucía und ihrer Freundin einen kleinen süßen Milchkaffee getrunken, „wie süß du schmeckst!“. Dann begann er, mein Gesicht zu streicheln, mit dem Mund fuhr er mir über Wangen, Nase, Kinn, die Augen, zurück zum Mund, ruhig, sachte, immer wieder, und ich versank, ich empfand, ich würde aufgegessen, würde in diesem schönen Mann verschwinden. Es folgte die erste Nacht, die wir miteinander verbrachten. Das Auflösungsgefühl kam, als er in mich eindrang. Langsam, jeden Millimeter, den er sich hineingleiten ließ, löste ich mich weiter auf, und er ließ sich viel Zeit, ich weiß, es klingt übertrieben, aber es war so, ich schmolz; dann verharrte er ruhig in mir, bis ich zu beben begann und er sich in Bewegung setzte, immer schneller, immer härter, und ich bald schrie, dass es bis zu den Nachbarn geschallt haben musste. Ich gab auf, mich zu wehren. Ich hatte mir einzureden versucht, dass es nicht gutgehen könne, ich, in einer Großstadt aufgewachsen, Tochter einer Lehrerin und eines Industriearbeiters, der später Abteilungsleiter geworden war, und er, der mit Ziegen aufgewachsen war, denn schon sein Vater hatte diese Käserei gehabt, und der um fünf aufstand, jemand, der aus einer anderen Welt kam, all das vergaß ich in dieser Nacht. Wir sind nun schon einige Jahre zusammen, nicht immer, denn ich bin oft in Deutschland. Vielleicht stützt das unsere Liebe, dass es einen Rhythmus von Zusammen- und Auseinandersein gibt. Mit seinem Sohn aus einer ersten Ehe verstehe ich mich gut. Der findet mich eine „coole Tante“, die ihn schon einmal nach Deutschland mitgenommen hat. Auch Lucía und ihre Freundin haben mich hier besucht. Noch immer erregt mich Lucías Ausstrahlung. Ich denke, wenn es passieren würde, würde ich mich nicht wehren. Ich bin sicher, meinen ungemindert starken Empfindungen beim Sex mit Rafael würde eine sexuelle Begegnung mit Lucía nicht schaden, im Gegenteil.

Sherin

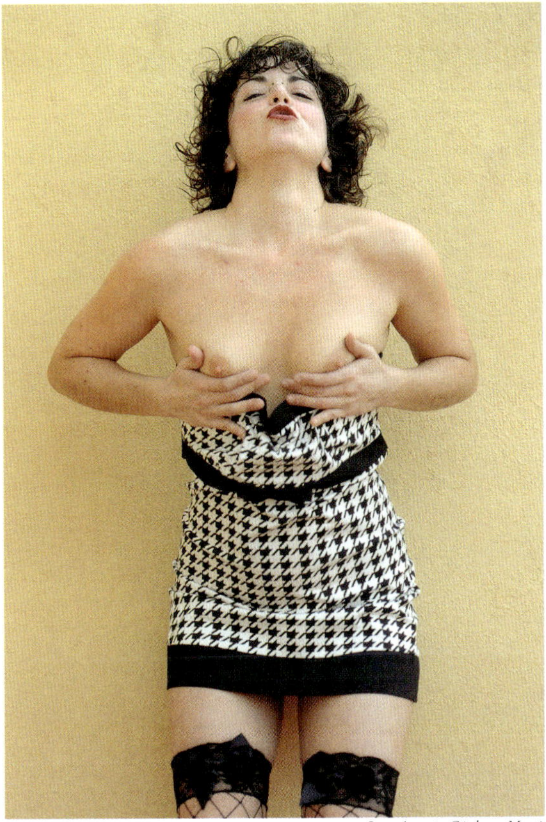

Juan Antonio Cárdenas Martín

Encarnación Moral

Aqui y Ahora

Abrió la puerta y levanté la vista del libro. Su miembro erecto y directo, como su mirada. Me mojé al instante y de...jé...len...ta...men...te el libro caer...plán...
plán...
plán...
Me abrí de piernas sobre el sofá y chupé mis dedos antes de abrir con ellos también mis labios mayores... pulsé el botón del clítoris y entrecerré los ojos...con propósito...Me abrí bien como ofreciendo una fruta.

Hier und Jetzt

Er öffnete die Tür, und ich sah vom Buch auf. Sein Schwanz war steif und unverblümt, wie sein Blick. Ich wurde sofort feucht und ließ ga...nz ... lang...sam das Buch fallen ... plumps ...
plumps ...
plumps ...
Auf der Couch öffnete ich meine Schenkel und lutschte erst an meinen Fingern, bevor ich meine Schamlippen öffnete. Ich berührte den Knopf der Klitoris und schloss die Augen halb... mit Absicht. Ich machte mich weit auf, als würde ich eine Frucht anbieten.

Saltó hacia mí y me cogió las piernas tirando de ellas y levantándome así hasta su boca. Comió todo con hambre y placer. Su golosidad me hacía sentir medio devorada. Saboreando cada hueco y esquina con tantas ganas como dedicación en su tarea. Con ambas manos sujetaba mis glúteos como una gran sandía. El jugo le chorreaba por los morros...me soltó y la metió hasta el fondo...y

Er sprang zu mir und zog mich an den Beinen zu sich, um mich an seinen Mund zu heben. Er leckte alles mit Appetit und Lust. Durch seine Schleckerei fühlte ich mich halb verschlungen. Er kostete jedes Loch und jede Ecke mit so viel Lust und gleichwohl Hingabe an seine Aufgabe. Er umfasste meinen Hintern wie eine Wassermelone. Der Saft tropfte ihm aus der Fresse ... er ließ mich los und stieß tief in mich hinein ... und dort blieb er. In meinem Inneren bewegte er sich von rechts nach links, während er meinen

Juan Antonio Cárdenas Martín

ahí se quedó, moviéndose dentro de derecha a izquierda, mientras besaba mi barriga, mis pechos, mi nariz, mi frente, la boca, la oreja... muy dentro, como pulsando un botón interno en mí, que ahora brillaba y explotaba en colores. Salió y entró con un movimiento rápido de cadera. Gemí...y entrecrucé mis pies en su espalda. Ahora era mío! Otra vez, ese movimiento preciso, aún lento, de entrada y reconocimiento. De repente, con un beso gordo se apartó y embistió con toda su fuerza mientras me agarraba fuerte las caderas...éxtasis...gorgoteo de fluidos y jadeos y ojos entornados y sudor. Una luz brillante se encendía cada vez que su falo invadía mis entrañas... que gusto ser mujer y sentirse así penetrada! Incluso un poco de dolor es bienvenido!

Salió de mí y con firmeza me dió la vuelta sobre el sofá:

– Muéstrame tu culo, quiero montarte como una buena yegua salvaje...

Su tono de voz y sus palabras me hicieron estremecer... sí, quiero!

Y me coloqué a sus deseos ofreciéndome a él con una sonrisa traviesa. Chupé mis dedos y así me masturbé antes de que me la meta. Húmeda y rosada como una flor de lis. El observaba la escena con orgullo y deseo masturbándose a su vez. Su cabeza un poco inclinada para ver mejor. Me miró a los ojos mientras se acercaba, acariciaba mis glúteos y pronto metió toda su cara en mi tarta de fresa, su nariz en mi vagina, su lengua en mi clítoris...grité y me retorcí de placer...estaba a punto

Bauch, meine Brüste, meine Nase, meine Stirn, den Mund, das Ohr küsste ... er war ganz tief in mir. Er schien einen inneren Knopf zu drücken, der alles zum Leuchten brachte und in Farben explodieren ließ. Mit schnellen Hüftbewegungen bewegte er sich rein und raus. Ich stöhnte ... und verschränkte meine Füße hinter seinem Rücken. Jetzt war er mein! Noch einmal, diese präzise Bewegung, langsam, hereinkommen und wiedererkennen. Plötzlich löste er sich mit einem heftigen Kuss von mir, um sofort wieder mit aller Kraft über mich herzufallen, während er meine Hüften packte ... Ekstase ... Gluckern von Flüssigkeiten und Keuchen und zusammengekniffene Augen und Schweiß. Und ein helles Licht flammte jedes Mal auf, wenn sein Phallus in mein Innerstes eindrang ... welch ein Vergnügen, Frau zu sein und so gefickt zu werden! Sogar ein bisschen Schmerz ist willkommen!

Er zog seinen Schwanz aus mir und drehte mich entschlossen auf der Couch um:

„Zeig mir deinen Arsch, ich will dich wie eine wilde Stute nehmen.“

Der Klang seiner Stimme und seine Worte ließen mich erschaudern ... ja, ich will!

Und ich platzierte mich nach seinen Wünschen und bot mich ihm mit einem frechen Lächeln an. Ich leckte meine Finger und wichste mich. Feucht und rosig wie eine Lilie. Er beobachtete die Szene stolz und geil, während auch er Hand an sich legte. Er hielt den Kopf etwas geneigt, um besser sehen zu können. Beim Näherkommen schaute er mir in die Augen, er streichelte meine Pobacken und steckte schnell sein Gesicht in meine Erdbeertorte. Seine Nase in meiner Scheide, seine Zunge an meiner Klitoris ... ich schrie und wand mich vor Lust ... ich war kurz davor zu kommen ... zu explodieren ... mit einer schnellen Bewegung richtete er sich auf de nieve...a punto de estallar...en un rápido gesto, se enderezó y la colocó en la entrada...oh! No tardes más! Entra! Entra de una vez! Sentí un rayo que me quemaba e inundaba de luz mi oscuridad incluso con ojos cerrados. Mi cabeza daba vueltas...yo flotaba...me toqué al ritmo de sus ataques y acometidas, no sé si gritaba ya, pero exploté y todo era luz y estremecimientos y gemidos y placer...oh, si, qué deleite! Él gritaba al unísono y empujaba más adentro...yo me desplomé sobre el sofá aún sujeta por sus firmes manos que también seguían el ritmo del compás de nuestra música.

Cual muñeca de trapo a su merced, pues todavía me movían las olas de su pasión. Me mordió la espalda y el cuello, sin salir de mí, me mordió con apetito salvaje. Sí...Y yo quiero más y más...

und legte ihn an meinen Eingang ... oh! Warte nicht mehr länger! Steck ihn rein! Steck ihn endlich rein! Ein brennender Blitz durchdrang mich, erhellte mein dunkles Inneres sogar mit geschlossenen Augen. In mir drehte sich alles ... ich schwebte ... ich berührte mich im Rhythmus seiner heftigen Stöße, ich weiß nicht, ob ich schon schrie, aber ich explodierte, und alles war Licht und Zittern und Stöhnen und Lust ... oh, ja, welch Wonne! Er schrie gleichzeitig und drang tiefer ein ... ich stürzte auf die Couch, noch immer von seinen starken Händen gehalten, die ebenfalls dem zuckenden Rhythmus unserer Musik folgten. Ausgeliefert wie eine Stoffpuppe durchbebten mich die Wellen seiner Leidenschaft. Er biss mich in den Rücken und in den Nacken, ohne sich aus mir zurückzuziehen, er biss mich voll wildem Hunger. Ja ... Ich will mehr und noch mehr ...

aus dem Spanischen von Ines Dietrich

Juan Antonio Cárdenas Martín

Kali Drische
Hinter der Tür

Wir hörten Schritte im Flur. Jetzt musste es schnell gehen. Ich zappelte mich unter der Bettdecke hervor und suchte hektisch mein T-Shirt, da war er schon vor der Tür. Ohne T-Shirt huschte ich dahinter. Starrte auf ein Poster der Bay City Rollers. Versuchte dabei beiläufig, normal und interessiert auszusehen, falls das Versteck so wenig halten sollte, wie es versprach.
Warum hatten wir nicht besser aufgepasst? Ihr Vater mochte mich nicht. Das war nicht nur offensichtlich, sondern auch explizit ausgesprochen. Wir waren knapp vor dem Kontaktverbot. Es galt alles zu vermeiden, dieses zu provozieren. Am besten war das dadurch möglich, dass er dachte, ich wäre nie da. Wer verbietet schon einen Kontakt, der gar nicht besteht?
Ich hinterfragte das Arrangement nicht, und was eigentlich das Problem mit mir war, wusste ich auch nicht so genau. Ich vermutete, es hing damit zusammen, dass meine Eltern mutmaßlich nicht CSU wählten, meine Mutter kurze Haare hatte, arbeiten ging und ein eigenes Auto hatte.
Die Flierschs hatten dafür mehrere marmorgeflieste Wohnzimmer, einen Pool im Keller und einen SUV, als das noch Geländewagen hieß und praktisch niemand so etwas fuhr. Genau genommen gehörte das alles natürlich nicht den Flierschs, sondern ausschließlich Herrn Fliersch. Einschließlich seiner Frau. Die hatte er immerhin auch gekauft. Ob für viel oder für wenig, ob aus dem Katalog oder vom Markt, weiß ich natürlich nicht, aber von den Philippinen war sie, soviel war bekannt.
Am Anfang war mir nicht klar, dass die verhuschte und immer beschäftigte Asiatin in der Küche die Mutter von Liza-Zee war und nicht die Putzfrau. Sie hatten so gar nichts miteinander gemein. Ich fand Liza-Zee glamourös und schön. Was hatte sie mit dieser flachgesichtigen, unterwürfigen, vierschrötigen Kittelschürzenperson in der Küche zu schaffen? Tatsächlich sah ich die Flierschin nie woanders als in der Küche. Später realisierte ich erst, dass sie uns manchmal warnte, wenn ER kam. Und zuweilen reichte auch die Zeit. Dann konnte ich aus ihrem Zimmer schlüpfen, über den Flur in das Fernsehzimmer und über die Terrassentür rausschleichen. Nun galt es, die Terrassentür ohne Außengriff so weit wie möglich zuzuziehen und mich dann hinter einer kleinen Mauer zu verstecken und zu warten. Wenn im Fernsehzimmer die Samtvorhänge vorgezogen wurden, um im Dunkeln was auch immer im Fernsehen anzusehen, war meine Gelegenheit. Gebückt schlich ich über den Hof, kletterte über ein Geländer auf die angrenzenden Garagen, lief über deren Dächer und ließ mich in ungefährdetem Gemeinschaftsgebiet, sprich öffentlichem Straßenland, wieder runter. Mit dem Gefühl, mit letzter Not und viel Glück entronnen zu sein.
Doch das klappte nicht immer. Wenn er mich trotz aller Vorsicht in ihrem Zimmer erwischte, murmelte ich nur schnell etwas von „wollte nur kurz was abgeben" und schlurfte mit konsequent auf den Boden gerichtetem Blick aus dem Haus. Draußen musste ich mich dann erst mal schütteln.
Einmal wollte Liza-Zee den Film in ihrem Fotoapparat wechseln. Sie beharrte

darauf, dass dies im Dunkeln, also unter der Bettdecke zu geschehen hatte. Liza-Zee verschwand also unter der Bettdecke, und die Wissenschaft erforderte, dass auch ich dort untertauchte. Es ist nicht so einfach, im komplett Finsteren einen Film zu wechseln, aber unter viel Gekicher gelang es schließlich und wir tauchten erhitzt wieder auf.

Seit diesem Tag gab es öfter einen Film zu wechseln, wenn ich gerade zu einem heimlichen Besuch da war. Sie machte wirklich erstaunlich viele Fotos. Die waren allerdings gänzlich uninteressant. Wirklich reizvoll war nur das Filmwechseln, und das erforderte nun mal einen verschossenen Film. „Unter der Decke ist es doch viel zu heiß", meinte sie einmal, und so streiften wir uns erst unsere T-Shirts ab, bevor wir unter die Decke tauchten. Im wilden Gefummel verknickten und verdrückten wir schließlich den Film, der so unbedingt zu schützen gewesen war. Und vor allem überhörten wir die Warnung der Flierschin aus der Küche. Die Flure waren zwar lang in dem Haus, aber nicht lang genug. Denn nun waren die schweren Schritte schon vor der Tür. Zum Anziehen war keine Zeit mehr. Schnell sprang ich auf und ließ mir die aufgehende Tür mit den Bay City Rollers entgegenkommen. Noch nie fand ich die Band so spannend wie in diesem Moment. Die tragen keine Unterhosen und ich kein T-Shirt, passt ja, dachte ich. Erst lief alles ganz gut. Die Tür stoppte rechtzeitig, bevor ich die Jungs im Tartanmuster ins Gesicht bekam, und ER fragte, was Liza-Zee so mache. Sie nuschelte aus dem Daunenbetthaufen etwas von Hausaufgaben. Vielleicht hätte sie besser etwas von Unpässlichkeit erzählt. Hausaufgaben halbnackt im Bett mit zerwühlter Decke, weder Buch noch Heft weit und breit, da wären auch andere misstrauisch geworden. Alles war still.

Doch plötzlich bewegten sich die Bay City Rollers weg von mir. Sehnsüchtig sah ich ihnen nach, bis ich auf den wütenden Blick des Herrn Fliersch traf. Kein Loch tat sich auf. So etwas passiert doch nicht wirklich, dachte ich. Wie hatte es mich immer gequält, wenn im Fernsehen Miss Marple Zimmer durchsuchte, sich wegen irgendwelcher Heimkehrer notdürftig verstecken musste und die Gefahr der Entdeckung drohte. Die Vorstellung allein gehörte für mich zu den peinlichsten Situationen überhaupt.

Aber da stand ich.

Halbnackt.

Jegliche Ausrede sinnlos.

Das machte es leichter. Ich legte alle jugendliche Impertinenz, die mir zur Verfügung stand, in meinen Blick, zog mein T-Shirt unter Liza-Zee hervor und verließ aufrecht das Haus.

Das Kontaktverbot war total, und Liza-Zee hielt sich daran. Eine Genugtuung bekam ich ein paar Wochen später. Herr Fliersch vergaß beim Parken seines Geländewagens vor der steilen Rampe zu seiner persönlichen Tiefgarage, die Handbremse fest genug anzuziehen. Sein SUV rauschte mit Vollkaracho durch das geschlossene Garagentor. Wochenlang konnte ich mich auf meinem Schulweg an diesem Metallkrater ergötzen und summte Bye Bye Baby vor mich hin.

Henrike Lang
Spontanes Stochern

Morgens unter der Dusche entdeckte ich einen Furunkel an meinem Hintern, einen riesigen schwarzen prallen Furunkel, und in wenigen Tagen wollte mich meine Geliebte besuchen, um die erste Nacht mit mir zu zelebrieren. Meine homophobe Mutter, in Unkenntnis meiner speziellen Notlage, empfahl mir Zinksalbe. Die half. Nur dass vorübergehend eine Art scharfrandiger Krater auf meinem Hintern zurückblieb. Von dem ich hoffte, dass er im Rausch der Leidenschaft haptisch unentdeckt bliebe. Das Licht wollte ich in meiner Schüchternheit gar nicht erst anlassen, obwohl ich mit achtzehn Jahren sehr schön war, wie ich heute finde.
Die Nacht war eine Enttäuschung für meine Geliebte, sie ging weinend und verließ mich kurze Zeit später für ihre beste Freundin, wie das bei Lesben so ist. Ich muss leidenschaftlich, aber mit wenig Feingefühl in ihr herumgestochert haben, völlig ahnungslos, „was man zu tun hat". Das tut mir heute noch leid, denn es war auch ihr erstes Mal, aber ich konnte es damals nicht besser.
Meine zweite, acht Jahre ältere und erfahrene Geliebte fand mich kurze Zeit später übrigens umwerfend – offenbar mochte sie heftiges Stochern, und die richtige Technik ist Typsache.

Ein Sexwunsch für die Zukunft ... Eigentlich bin ich sehr zufrieden, da glücklich verheiratet. Allmählich, sechs Jahre nach der Geburt unseres Kindes, kehrt die Leidenschaft unserer ersten Jahre in voller Wucht zurück und bricht sich ab und zu Bahn. Ich habe eine geradezu fetischistische Neigung zu Lesebrillen entwickelt. Gott sei Dank trägt meine Frau inzwischen eine, mit kantigem dunklem Nerd-Gestell, genau mein erotischer Typ. Wenn sie abends neben mir im Bett liegt und noch ein paar Seiten liest, ist sie für mich unwiderstehlich und muss sich, vorausgesetzt, ich habe noch genug Kraft, ihrer Haut erwehren, falls sie schon zu müde ist. Nur die Hälfte aller spontanen Attacken führt zum Erfolg. Vielleicht wünsche ich mir mehr Siege?

Kennen Sie die aktuellen Plakate von der Bundeszentrale für gesundheitliche Aufklärung zur Prävention von Geschlechtskrankheiten? Auf einem, es hängt bei uns an der Straßenecke, ist eine burschikose Mitdreißigerin mit blondem kurzen Haar, Lachfältchen, ärmelloser Weste und dezenter Schminke abgebildet, die in schreienden schwarzen Großbuchstaben von sich behauptet: *Ich mag's spontan!* – „O ja!", durchfährt es mich dann jedes Mal spontan, „ich auch! Ich auch!", wenn ich mit dem Rad an ihr vorüberfahre. „O ja! Frag *mich* doch mal!" – *Klar hab ich Kondome in der Tasche. Unverhofft kommt oft ...*, spricht sie weiter. – „Bei mir brauchst du kein Kondom", beruhige ich sie dann. „Wir haben doch Hände."
Aber sie hört mir nicht zu und faselt weiter von Kondomen.
Selbst schuld.

Sara Garsía

Julia *(32 Jahre)*

Gibt es bei irgendjemandem ein erstes Mal, das in guter Erinnerung ist? Bitte um Antworten und detaillierte Beschreibungen, am einfachsten an die Verlagsmailadresse. Pannenberichte sind aber vielleicht lustiger. Meins war so: über mir ein riesiges erigiertes männliches Geschlechtsteil samt mein Gesicht berührende Hoden. Ich wusste zwar, wie das in etwa auszusehen hatte, aber so hatte ich es mir doch nicht vorgestellt! Er wollte das Ganze mit „69" einleiten. Später blutete ich tatsächlich und empfand nichts.

Anja *(43 Jahre)*

Das erste Mal war gar keins. Ich war siebzehn. Sie auch. Sie wollte mich. Unsere Freundschaft war ein Hin und Her. Sehr nah. Und sie hatte einen Freund, einen festen. Ich wusste nicht, ob ich sie wollte. Ich wollte eine andere. Ich hatte noch nie. Als sie an meinem achtzehnten Geburtstag in der Tür stand, fühlte ich, dass ich sie wollte. Ich wusste nur nicht, wie. Alle gingen, sie blieb. Wir bauten ein Matratzenlager. Sie berührte mich, ich war verwirrt. Sie fragte mich, ob ich lieber einen Mann hätte, da war die Spannung weg. Die Nacht wurde schal, der Morgen verkrampft. Drei Tage später war ich bereit, Kopf und Bauch und Möse im Fluss. Ihr Herz in Sicherheit gebracht, wollte sie nicht mehr. Die Erste vergisst man nicht, und es gibt viele Erste.

Sara Garsía

Anya *(23 Jahre)*
Mein erstes Mal

Es war das Ende meines ersten Semesters an der Universität. Ich war 18 Jahre alt. Durch Freunde lernte ich Alex* kennen: Ein ruhiger, liebevoller Mann. Ich mochte ihn sehr gerne. Wir verstanden uns gut und verabredeten, dass wir nach seinem Trip nach Stuttgart zusammen auf meine Auszugsparty aus meiner WG gehen würden. Ich freute mich riesig. Wir würden uns unterhalten, tanzen, küssen und Sex haben.
Am Morgen der Party schrieb mir Alex, dass er nicht zu meiner Party kommen würde. Er würde nie wieder zurückkommen. Er bliebe in Stuttgart. Einfach so. Abends auf der Party war ich frustriert und einsam. Ich trug eine rote Strumpfhose und einen langen, enganliegenden Ringelpullover, sowie knallroten Lippenstift. Nach einiger Zeit lief „She moves in her own way" von den Kooks. Ich verkündete, dass das mein Lieblingslied sei, und zerrte einen Jungen von meinem Studiengang auf die Tanzfläche. Ich kannte Markus* kaum und ich fand ihn auch nicht besonders attraktiv, aber schon bald fingen wir an herumzuknutschen.
Nach einiger Zeit zog ich ihn in mein ehemaliges Zimmer. Wir zogen uns gegenseitig aus. Plötzlich klopften meine Freunde an die Tür und wollten ihre Jacken aus dem Zimmer holen. Panisch zog ich mir einen Bademantel über, der auf einem Stuhl lag, und versteckte mich hinter der Tür. Markus zog sich hastig an und öffnete die Tür. Eine meiner Freundinnen fragte Markus verwirrt: „Wieso bist du barfuß?" Sie sah mich nicht, sondern dachte, Markus hätte sich alleine in ein fremdes Zimmer eingeschlossen und seine Schuhe und Socken ausgezogen. Sie holten ihre Jacken und gingen wieder.
Ich war beschämt. Markus sagte: „Zieh den Bademantel aus. Der ist eine Beleidigung deines Körpers." Ich zog den Bademantel und Markus aus und erlebte mein erstes Mal auf meiner alten, unbezogenen Matratze. Es tat nicht weh, aber es fühlte sich auch nicht sonderlich gut an.
Danach schämte ich mich. Ich konnte nicht zurück zur Party. Alle hatten gesehen, wie wir in das Zimmer verschwunden waren. Ich lief in den Keller und kauerte mich in eine dunkle Ecke. Meine Freunde suchten nach mir und riefen sogar Markus an, um zu fragen, was er mit mir gemacht hatte. Einige Stunden später stand ich auf und lief zum Haus eines Kumpels, bei dem ich Unterschlupf fand.

Eineinhalb Jahre später schlief ich das erste Mal mit meinem jetzigen Freund. Es fühlte sich gut an, ich fühlte mich sicher und konnte mich fallen lassen. Danach schlief ich in seinen Armen ein. Manchmal tue ich so, als sei das mein erstes Mal gewesen.

** Namen geändert*

Sara Garsía

ART IS THE ONLY WAY TO RUN AWAY WITHOUT LEAVING HOME. TWYLA THARP
IN ART THE BEST IS GOOD ENOUGH. J.W. GOETHE
EVERY ARTIST WAS FIRST AN AMATEUR. R.W. EMERSON
MAN HAT MIR EINE MEDALLIE VERLIEHEN, WEIL ICH EINEN MANN TÖTETE UND MICH AUSGEMUSTERT, WEIL ICH EINEN LIEBTE. (SERGEANT LEONARD MATLOVICH)
LABELS ARE FOR FILING. LABELS ARE FOR CLOTHING. LABELS ARE NOT FOR PEOPLE. (MARTINA NAVRATILOVA)
NO MATTER HOW FAR IN OR OUT OF THE CLOSET YOU ARE, YOU STILL HAVE A NEXT STEP. (JUDY SHEPARD)

Norbert Tefelski

Sex und Sprachkritik

Ich bitte dich um einen geilen Text.
Ich meine geil, wie man das Wort dereinst verstund:
geschlechtsbezogen, quasi voll versext.
Das ist dir fremd? Dann fick dich doch und halt den Mund.

Ines Witka
Dirty Writing

Es gibt kaum ein besseres Stimulans für die Erotik als eine gut erzählte Geschichte, die Beichte eines erotischen Traums oder Worte, die sich Liebende ins Ohr flüstern und die wie Liebkosungen den Körper, die Seele streicheln. Wäre dies nicht so, gäbe es nicht tausende von gedruckten Seiten erotischer Literatur.
Die Motivation, über Erotik zu schreiben, kann sehr unterschiedlich sein: Es kann der Wunsch sein herauszufinden, was Lust für Sie bedeutet, was Sie möchten und wo Sie sich in Ihrer Entwicklung befinden. Es kann der Drang sein, Ihre wilden und aufregenden Fantasien beziehungsweise Erlebnisse zu teilen. Es kann aus der Notwendigkeit heraus sein, eine persönliche oder gesellschaftliche Befreiung zu dokumentieren. Es kann aus dem Bedürfnis heraus sein, der Partnerin, dem Partner mitzuteilen, was Sie erleben möchten. Es kann sein, dass Sie lieber schreiben, was Sie nicht wagen auszusprechen. Selbst Menschen mit einer „gesunden" Einstellung gegenüber dem Sex tun sich schwer, mit dem Partner über sexuelle Wünsche zu sprechen. Steht ein Gespräch über Intimes an, sind viele wenig mitteilsam. Die meisten fürchten die Reaktionen des anderen. Wenn man sich aber mitteilt, kann man die wunderbare Erfahrung machen, dass das Wissen um die sexuellen Wünsche des Partners die Intimität steigert. Mehr zu wissen, schwächt die erotische Spannung nicht, sondern löst Angst. So möchte ich anregen, selbst auf Entdeckungsreise zu gehen und sich der Erotik in all ihrer Vielschichtigkeit zu nähern. Neugier und erregende Erfahrungen sind der Zündstoff sexueller Lust. Dabei werden Sie herausfinden, dass Sexualität und Kreativität miteinander verschmelzen. Es gibt eine positive Verbindung zwischen ihnen, sie befeuern sich gegenseitig. Nach gutem Sex ist alles pure Elektrizität. Die Experimentierfreude und Schöpferkraft nimmt zu.
Aber auch das Schreiben fördert die Kreativität. Warum also nicht beides zusammenbringen und als positives Wechselspiel nutzen? Aus Schreiben erwächst Leidenschaft. Die Lust am Schreiben weckt die leidenschaftliche „Natur". So bezieht Schreiben den eigenen Körper, die eigene Lust immer mit ein. Gleichzeitig wird sich Ihr erotisches Fühlen mit dem Schreiben verändern. Das ist keine Magie; das Schreiben wird Sie freier und selbstbewusster machen. Sie werden mehr Vielfalt zulassen und unbekümmerter mit Sex umgehen.

Eine Übung
Schreiben Sie auf ein großes Blatt Papier die Buchstaben des Alphabets untereinander. Oder schreiben Sie gleich in Ihre Auge-Ausgabe. Sammeln Sie zu jedem Buchstaben Stichwörter, die Sie mit Erotik und Verführung, Lust und Pornografie verbinden – fertig ist ein *Abecedarium*. Diese klassische Schreibübung regt die Kreativität an und war schon in der Antike bekannt. Die Wortsammlung dient dazu, aus dem Gefängnis der immer wieder verwendeten und (zu) oft wiederholten Wörter auszubrechen oder um zu einem Thema von A bis Z alles zu sagen. Von A-wie-Aphrodisiakum bis Z-wie-Zärtlichkeit. Es ist nicht wichtig, zu jedem Buchstaben ein Wort zu finden, das

Alphabet dient als Anregung für neue Gedanken. Schreiben Sie Assoziationen auf, bei denen Sie eine Gänsehaut bekommen. Mit so einem *Abecedarium* lässt sich später noch einiges anstellen.

A______________________________
B______________________________
C______________________________
D______________________________
E______________________________
F______________________________
G______________________________
H______________________________
I______________________________
J______________________________
K______________________________
L______________________________
M______________________________
N______________________________
O______________________________
P______________________________
Q______________________________
R______________________________
S______________________________
T______________________________
U______________________________
V______________________________
W______________________________
X______________________________
Y______________________________
Z______________________________

Für eine gute Sex-Szene gilt, was für alle guten Szenen Gültigkeit hat: Überraschungen fesseln den Leser an den Text. Bei real gelebtem Sex wünschen die meisten, dass er möglichst störungsfrei und befriedigend für den anderen und einen selbst ist. Aber in einer Geschichte kann es spannender sein, wenn sie/er nicht immer bekommt, was sie/er will. Eine unerwartete Unterbrechung, Missgeschicke im Bett, Peinlichkeiten, unpassende Gedanken, seltsame Fantasien bieten Stoff, Leser zu unterhalten. Wiedererkenneffekte können den Unterhaltungswert steigern. Reibungslose Begegnungen langweilen. Außerdem kennen die meisten Leser den störungsfreien, vollendeten Akt hoffentlich aus eigener Erfahrung, oder?

Besonders geeignet für den Spannungsaufbau einer Geschichte sind die latente Gefahr oder die unerwünschte Konfrontation.
Übertragen auf die erotische Situation könnte eine mögliche Gefahr für die handelnden Figuren die Sexualität selbst sein, schließlich ist Sex nicht beherrschbar. Die Situation kann entgleiten, körperliche und psychische Grenzen können überschritten werden. Wenn eine der Figuren in einen Flow gerät, sich selbst und alles um sich herum vergisst, was geschieht dann? Aber die Gefahr kann auch eine nahende Naturkatastrophe, eine gefährliche Umgebung, ein politisches System, eine durch Sex übertragbare Krankheit, eine Schwangerschaft und vieles mehr sein. Eine unerwünschte Konfrontation kann es mit einem betrogenen Partner, den Eltern geben, aber auch mit einer Moralvorstellung.
Unabhängig davon, welche Variante Sie wählen: Die Spannung, die Sie erzeugen, sollten Sie so spät wie möglich auflösen.

Eine weitere Übung:
Wählen Sie drei Wörter aus dem *Abecedarium*, verwenden Sie diese sinnvoll in einer kurzen Szene. Setzen Sie sich ein Zeitlimit: zwanzig Minuten und keine Minute länger. **Los!**

Senden Sie uns das Ergebnis und Ihr Abecedarium ein. Anlässlich der kommenden runden Nummer unseres erotischen Jahrbuchs – 2015 wird die Nummer 30 erscheinen – werden wir unter den Zusendungen die schönsten Beiträge auswählen.
Die Jury besteht aus ausgewählten VerlagsautorInnen, einer Rezensentin und der Verlegerin. Der Preis: wir sind ein immer noch kleiner und finanzschwacher Verlag, also können wir keine enormen Literaturpreissummen stiften. Neben der Veröffentlichung im heimlichen Auge gibt es für die ersten drei unserer Auswahl (wenn es mehr sind, wird ausgelost) einen Überraschungspreis, der mit der Zahl 30 zu tun hat.
Ein Kriterium der Jury (die sich aus Menschen mit unterschiedlichen sexuellen Orientierungen zusammensetzt):
Der Text sollte uns – sprachlich – erregen.

Gute erotische Beschreibungen sind schwer, auch renommierten Schriftstellern gelingen sie nicht immer. Englischsprachige Autoren erhalten schon mal den *Bad Sex in Fiction Award*, der seit 1993 von der Literaturzeitschrift *Literary Review*[1] für schlechten fiktiven Sex vergeben wird. Damit soll die Aufmerksamkeit auf „krude, geschmacklose, oft oberflächlich gebrauchte, redundante Passagen von sexuellen Beschreibungen in zeitgenössischen Romanen“ gelenkt werden, „um davor abzuschrecken.“

2006 wurde er Iain Hollingshead für Sexpassagen in *Twenty Something* verliehen: „Und dann bin ich in ihr, und alles ist strahlend weiß, und wir verlieren uns in einem Aufruhr von Grunzen und Quieken, unzusammenhängende Bilder blitzen auf, Explosionen von Millionen kleiner Partikel.“
2007 bekam ihn (posthum) der Amerikaner Norman Mailer. In seinem Roman *Das Schloss im Wald* bezeichnete er den Penis als „stoßenden Kolben“.

Kaola Oty

2008 war die Preisträgerin Rachel Johnson, unter anderem für diese Passage aus ihrem Roman *Shire Hell*: „JMs Hände streicheln meine Brüste, jetzt, und ich darf seine Küsse erwidern, aber nur für einen Augenblick, da er mich unterbricht, um jeder Brust die Aufmerksamkeit zu schenken, die ihr gebührt. Und während er mit seinem Mund knabbert und zieht, finden seine Hände meinen Busch, und mit leichten Fingern flattert er dort umher, als sei er eine Motte, die in einem Lampenschirm gefangen ist.“

2009 wurde Jonathan Littell für sein Buch *Die Wohlgesinnten* (*The Kindly Ones*) ausgezeichnet. Sätze wie „Ich kam plötzlich. Es war ein Stoß, als ob jemand das Innere meines Kopfes mit einem Löffel auskratzen würde wie ein weichgekochtes Ei“ gaben den Ausschlag.
2010 bekam den Award Rowan Somerville, unter anderem für den Satz: „Wie ein Lepidopterologe (Schmetterlingsforscher), der ein harthäutiges Insekt mit einer zu stumpfen Nadel aufspießt, schraubte er sich in sie.“
Dem US-Schriftsteller David Guterson wurde am 06. Dezember 2011 der Preis für *Ed King*, einer Ödipus-Geschichte, verliehen. Unter anderem warf ihm die Jury die Verwendung von abgedroschenen sexuellen Metaphern wie „Familienjuwelen“ und „Hintertür“ vor.
2012 hat die heikle Auszeichnung die 60-jährige, vielfach ausgezeichnete kanadisch-französische Schriftstellerin Nancy Huston für ihren Roman *Infrared*, auf Deutsch Infrarot, erhalten. Weitere berühmte Preisträger finden sich in Wikipedia. Ich persönlich fände es natürlich toll, diesen Preis zu erhalten, denn es bekommen ihn namhafte Autoren, denen, in ansonsten achtbaren Romanen, die Sexszene nicht gelungen ist. Somit ist es eine Anerkennung, auf der Shortlist aufgeführt zu sein.

Christo Viola, Lena fangen

Viele weitere Übungen im Buch „Dirty Writing ... Das Schreiben schamloser Texte. Ein Übungs- und Inspirationsbuch“, Frühjahr 2015

Christo Viola

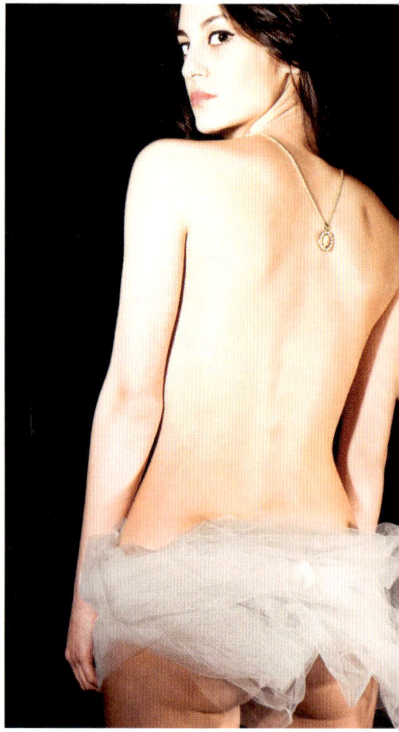

My life

Grit Hachmeister

Peggy Munson

Eine Kostprobe von Seligkeit

Wiley spielt gern Spiele, bei denen es um Mädchen und Jungs geht. Es gefällt ihr, dass in manchen Sprachen, zum Beispiel im Französischen, alles, sogar ein Stück Kuchen, ein Geschlecht hat. Der Artikel im Französischen allerdings ist wie singen. Man singt *la* oder *le*, und es bedeutet Junge oder Mädchen. Doch die Vorstellung davon verliert sich in der Melodie. Als sie noch strippte, trug sie immer High-Femme-Kostüme, die das Mädchen in ihr überhöhten. An ihrer Gitarre mag sie, dass sie die Form eines Jungenkörpers hat, den sie handhaben kann. Es gefällt ihr, wie beides zusammen, sie und die Gitarre, eine Art Androgynität erschaffen. Wiley hat ihren Namen von einem Cartoon-Koyoten. Manchmal meint sie auch tatsächlich, dass sie, sobald sie nach unten blickt, fallen wird. Sie hält ihren Kopf erhoben, und es ist ihr egal, ob sie in irgendetwas hineintritt.

Sie hat im Exotica als Stripperin gearbeitet, in der Nähe des berühmten City Lights Bookstore an der prachtvollen Pastameile von North Beach. Das war vor über fünf Jahren, kurz bevor sie die Stadt verließ. Sie ist für einen Auftritt mit ihrer Punk-Jazz-Fusion-Band, *Thelonius Assault*, nach San Francisco zurückgekommen. Später werden sie in einem Club an der Haight Street herumtoben, deshalb spaziert sie jetzt durch die Stadt, den mit Stickern beklebten Gitarrenkoffer über der Schulter, darin ihre bloße, hölzerne, japanische Stratocaster. Sie nimmt die

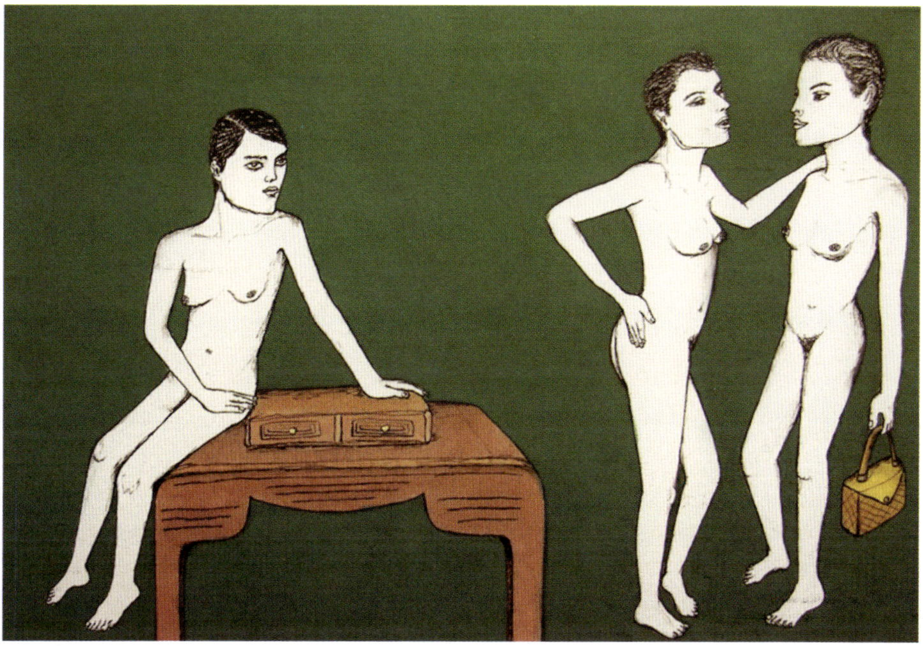

Grit Hachmeister

Gitarre überallhin mit, wie einen Buckel. Als wäre sie eine Art Quasimodo-Minnesängerin, denn die Gitarre verschafft ihr zuverlässiger Lust, als es irgendeine Geliebte je könnte. Es gefällt ihr, dass Gitarren wie Körper geformt sind. Wie sie sie in den Arm nehmen und ihre Resonanz überall auf der Haut spüren kann. Wenn sie Zeit hat, wird sie ihren kleinen batteriebetriebenen Verstärker an der Kerouac Road neben dem City Lights aufstellen und für ein bisschen Kleingeld spielen. Früher, als sie hier arbeitete, ging sie immer in diesen Buchladen. Um sich mental auf den Strip vorzubereiten, saß sie im Lyrikzimmer und las. Einmal, vor vielen Jahren, hat sie tatsächlich Allen Ginsberg dort gesehen. Er war damals schon alt, vornübergebeugt, blätterte in seinen eigenen Büchern, zusammen mit einem jungen Typen, der aussah, als wäre er sehr viel später geboren, lange nachdem Ginsberg mit seiner ersten Howl-Lesung durch die Stadt toste. Der Junge war ein hübscher, schmaler, intellektueller Latino-Punk, mit kurzem, stachligem Haar und einer abgefahren gerahmten, mit Steinchen verzierten Brille. Sie hat den Jungen danach immer wieder gesehen, und immer sah er nachdenklich aus, mehr Tiefe ausstrahlend, als sie ursprünglich erwartet hatte. Was sie jedoch wirklich faszinierte, war, dass er auf Spanisch vor sich hin murmelte, während er Bücher von Cesar Vallejo, Federico Garcia Lorca, Pablo Neruda las. Nach einer Weile kam sie ihm in ihrer Umlaufbahn näher, und irgendwann begann er, ihr laut vorzulesen. Sie sagte ihm, was er lesen sollte, und er las es, während sie zusah, wie seine Zunge die Vokale rollte und seine Lippen schneller wurden und wieder langsamer.

Grit Hachmeister

Sie verstand die Sprache nicht. Aber die fließenden, spanischen Wörter stürzten auf sie herab. Wenn sie nachher zum Strippen ging, bemühte sie sich, wie ein spanisches Liebesgedicht zu strippen.
Als sie das Lyrikzimmer betritt, erwartet sie halb, ihn zu sehen, aber es ist leer. In den Welten, in denen Wiley gearbeitet hat – der Stripper-Welt, der Welt der Bands –, hat sie gelernt, Männer zu tolerieren. Keiner hat sie aber je so berührt wie der Poetry-Boy. Die Jungs in ihrer Band waren cool, und Lila, die Saxofonistin, ist eine bisexuelle Allesfresserin, nach der alle schmachten. Sie wird Lila heute Nacht aber nicht in ihr Bett locken. Das eine Mal, dass sie miteinander schliefen, in einem billigen Motel in Athens, Georgia, wolle Lila so genommen werden, als wäre sie eine dieser traurig aussehenden Puppen, die Jungs den Mädchen klauen

Grit Hachmeister

und dann köpfen. Wiley zog Lila also einen Kissenbezug über den Kopf, machte ihn mit einer Gitarrensaite fest, zog ihr die Kleider aus und küsste sie, beinaufwärts. Lila hat ein M.C.-Escher-artiges Tattoo von einer Treppe, die sich um den einen Oberschenkel nach oben windet. Als Wiley dort ankam, war es ihr, als erkletterte sie den schiefen Turm von Pisa. Das Tattoo war so fesselnd, dass sie nicht bemerkte, dass Lila ohnmächtig wurde. Als sie es schließlich bemerkte, verlor sie keine Zeit. Sie riss den Kissenbezug herunter, ohrfeigte Lilas blasse Wangen und hielt ihr ihr starkes chinesisches Einreibemittel unter die Nase, bis sie das Mädchen wieder hergeholt hatte. Lila erzählte ihr, dass es eine Krankheit war und dass das dauernd passierte. Lila sagte, dass sie das mochte – ohnmächtig werden, während sie gefickt wurde, und dann wiederbelebt. Zurückgeholt von der anderen Seite.

Wiley stand nicht so richtig auf Lilas Goth-Schrägheit. Sie hatte komplizierten Sex satt. Das Tattoo allerdings war erregend und verwirrend zugleich. Besonders, weil Lilas Kopf nicht sichtbar war und ihr so die Richtung nach dem oben gelegenen Norden nicht weisen konnte. Wiley hatte das Gefühl, sie kletterte hinauf nach Nirgendwo, so wie damals, als sie das eine Mal auf den schiefen Turm gestiegen war. Wegen seiner Schieflage kam es einem manchmal so vor, als ob man abwärts ging, obwohl man aufstieg. Die Leute verloren ihr Gefühl für sich selbst, verliebten sich und erkannten auf dem Weg nach oben den Sinn des Lebens. Dann blickten sie hinunter und verloren sich in Höhenangst. Sie fühlte sich beim Strippen auch so, als kletterte sie höher und verlöre gleichzeitig den Boden.

Da wenig Leute im Buchladen sind, spaziert sie hinaus auf die Kerouac Road, baut Gitarre und Verstärker auf und fängt an zu spielen. Einige Leute werfen Scheine und Münzen in ihren Becher, aber die meisten gehen ohne anzuhalten vorbei. Schließlich beschließt sie, wieder einzupacken und zurück zur Haight Street zu gehen. Es ist komisch, in dieser Gegend zu sein, wo sie Fremden, viele von ihnen Touristen, andauernd ihr nacktes Fleisch gezeigt hat. Nichts mehr in der Stadt fühlt sich vertraut an. Sogar die Busse haben ihre Routen geändert.

Lila ist beim Aufbauen. Sie trägt einen kurzen Rock, sodass jeder die unteren Treppenstufen ihres Tattoos sehen kann und darauf brennt, sie zu besteigen. Das Saxofon wartet auf ihren Mund. Wiley setzt sich, um die Gitarre zu stimmen. Lila trägt ihr schwarzes *Thelonius Assault*-T-Shirt und hellroten Lippenstift. Sie kommt her, küsst Wiley auf die Wange und sagt zu ihr: „Wollen wir nach dem Auftritt mit Johnny und T.J. ausgehen? Wir können so tun, als wären wir zwei straighte Pärchen und in einen der Stripclubs in North Beach gehen."

Keiner von Wiley Bandkumpels weiß, dass sie früher gestrippt hat. Sie wissen, dass sie eine Lesbe ist und dass jeder denkt, dass sie straight ist, obwohl ihr Haar im Moment zu einer kurzen Punkfrisur geschoren ist und ihre Wangenknochen scharf sind. Es sind die Titten. Jeder sagt, dass sie die Brüste eines Pornostars hat. „Okay", sagt sie und streichelt das lackierte blanke Holz der Gitarre, betastet alle Wirbel in der Maserung. Ihre Gitarre sieht halb wie ein Torso, halb wie ein Baum aus. Wie eine schöne, junge Frau, die sich aus dem Holz herausbildet.

Grit Hachmeister

Die Band jammt sich durch ein perfektes Set und lässt den freiwilligen Roadie, T.J.s Bruder Hunter, allein zum Aufräumen zurück. Er hat nichts dagegen, denn er wird von den süßen kleinen Ausreißerinnen umschwärmt, die immer nach einem Van suchen, in dem sie unterkommen können. Hunter winkt zum Abschied, und sie machen sich im Nachtbus auf den Weg. Jeder in der Band hat ein wohlgehütetes Geheimnis. Johnny hat wahrscheinlich Gras in seiner Manteltasche, bei irgendeinem Alt-Hippie am Rand des Golden Gate Park gekauft. T.J. hat ein paar von diesen supergeriffelten, japanischen High-Tech-Kondomen, die sich oben an der Spitze auswölben, weil er hofft, dass Lila mit ihm schläft. Lila will eine Stripperin ficken und Fotos machen, deshalb hat sie ihre digitale Nikon dabei. Wiley trägt einen umgegurteten Schwanz unter ihren Jeans, einfach mal so. Falls die anderen es bemerken, sagen sie aber nichts. Sonst ist sie sehr girliemäßig gekleidet, mit dicksohligen Schuhen und tief ausgeschnittenem Shirt, um mit ihren Playboy-Titten anzugeben.
Als sie am City Lights vorbeigehen, übersieht Wiley fast den Poetry-Boy, denn er hängt am Arm eines hübschen Transenmädchens und ist wie ein Zuhälter mit Doktortitel angezogen. Sein Anzug sieht teuer und italienisch aus, dazu trägt er aber trashige Goldketten und eine dieser Schwulen-Intelligenzia-Brillen. Wiley geht Arm in Arm mit Johnny, tut so, als

wäre sie seine Freundin, und als sie sich umdreht und „Hey!“ zum Poetry-Boy sagt, ist sie nicht sicher, ob er sie erkennt. Erst als sie das alte Pornokino betreten haben, sieht sie, wie er hinter ihnen mit seiner Begleitung streitet, die ihn anschreit, dass er ja keine Ahnung habe, wie man ein Mädchen ausführt. Er blickt zu Wiley herüber und zuckt mit der Schulter. Sie ist aber immer noch nicht sicher, ob er wirklich weiß, wer sie ist. So zitiert sie aus Lorca, *Verde que te quiero verde – Grün, wie begehre ich dich Grün* –, und das Wiedererkennen lässt seine Augen aufleuchten. Johnny zieht sie am Ärmel, und so ruft sie zu ihm hinüber, *en el baños de los hombres* – komm ins Männerklo –, sie kratzt das bisschen Spanisch zusammen, das sie aufgeschnappt hat, als sie in Miami lebte. Dann fügt sie hinzu: „Wenn der erste Typ seinen Schwanz rausholt.“
Lila, T.J. Johnny und Wiley lassen sich weit hinten nieder. Johnny legt eine Hand auf Wileys Knie und eine auf Lilas. Er fächert seine Finger auf Lilas Oberschenkel auf, sodass sie alle auf unterschiedlichen Treppenstufen des Tattoos liegen. Er spielt bei einigen Songs Piano. Jetzt spielt er ein paar Noten auf ihrem Bein. Es war Johnnys Idee, einen Pornofilm anzusehen und dann in einen Stripclub zu gehen. T.J. hat einen besitzergreifenden Arm um Lilas Schulter gelegt. Wiley hat einen Fuß im Gang, als die Lichter ausgehen. Der Film fängt zu künstlich an, als wäre er von einem dieser Filmhochschulabbrecher gedreht worden, die jede Menge Bücher über Semiotik lesen. Endlich kommt ein Muskelmann herein, und die Kamera konzentriert sich auf die Beule in seiner Hose. Wiley denkt, dass es jetzt an der Zeit ist, zum Männerklo zu gehen. In dem dreckigen, kleinen Raum sind nur eine Kabine und ein Urinal. Als der Poetry-Boy hereinkommt, zieht sie ihn am Ellbogen in die Kabine und sperrt die Tür ab.
„Hey du“, sagt er. „Lange her. Und Ginsberg ist tot, was?“
„Ja, war traurig, das zu hören. Wo du doch dem Daddy der Dichtung damals einen geblasen hast“, sagt sie und lächelt, spielt mit seinem Kragen. „Hat er eigentlich geheult?“
Er lacht. „Nein. Meistens hat er mich in billige Lokale geschleppt und mich gezwungen, diese unansehnlichen riesigen Burritos aus den Taquerias im Mission District zu essen. Ich habe ihn nicht so gut gekannt.“
Dann versucht er, sie zu umarmen, doch sie stößt ihn kraftvoll zurück, greift in sein Haar und drängt ihn auf die Knie. Der Boden ist schmutzig. Sein Gesicht wird ernst. „Du scheinst wirklich billige Lokalitäten und riesige Burritos zu lieben“, sagt sie und fährt mit den Fingern durch sein schwarzes Haar, „oder du wärst nicht hergekommen.“
Dann öffnet sie ihre Hose, holt ihren Schwanz heraus, reibt ihn gegen seine Lippen. Er sagt: „Ich habe gemacht, was auch immer er wollte. Ich habe die ganze Beat-Enchilada verschlungen.“
Seine Zunge und seine Lippen bewegen sich am Schwanz auf und ab. Wiley schaut auf die anzüglichen Graffiti an der Wand. Er bemüht sich sehr, ihr Interesse zu behalten, so wie damals, als er ihr auf Spanisch vorgelesen hat. Sie spürt Gelassenheit, dann Dankbarkeit, und dann stöhnt sie. Er lutscht ihren Schwanz, sein dunkler Kopf geht auf und nieder, an ihr herunter, und sie stößt ihm ihre Hüften

entgegen. Sie stützt sich am Waschbecken ab, versinkt in seinem Mund. Sie fragt sich, wo er wohl herkam, so wie aus dem Nichts aufgetaucht, gerade in dem Moment, als sie ihn sehen wollte und musste. Er lutscht sie, als wollte er den größten Leuchten seiner Generation den Marsch blasen, sie füttern, trösten und kleiden. Er fährt mit der Zunge um die Spitze herum, leckt den Schaft. Als er fertig ist, dampft sein Mund feucht von Spucke. Sie küssen sich und pressen sich gegen die Klowand. Dann, ohne ein Wort, entblößt Wiley ihren Bauch. Sie möchte, dass er sieht, was ihr widerfahren ist, die Lyrik. Sie will, dass er die für immer eingeritzten Worte sieht, die seltsame Inschrift, ihr geschenkt vom geheimnisvollen Tattoo-Sadisten.

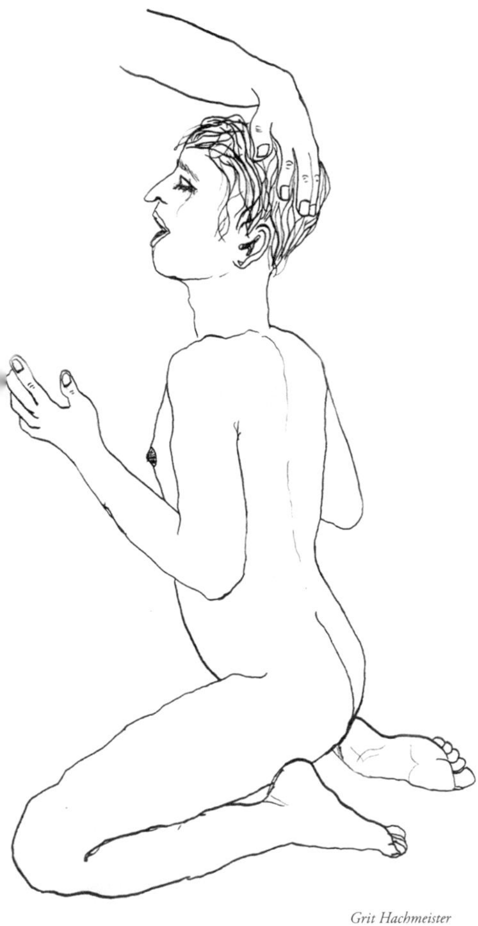

Grit Hachmeister

Er fährt jeden Buchstaben mit dem Finger nach. Dann liest er, aber nicht auf Spanisch. Er liest:

Denn das Schöne ist nichts / als des Schrecklichen Anfang, den wir noch grade ertragen, / und wir bewundern es so, weil es gelassen verschmäht, / uns zu zerstören. Ein jeder Engel ist schrecklich.

„Natürlich“, sagt er zu ihr. „Das ist aus Rilkes *Duineser Elegien*. Ich kann ein paar auswendig.“

„Bitte“, sagt sie. „Sagst du sie mir auf?“

Und so beginnt er vorzutragen. Während er spricht, zieht Wiley ihr Hemd über ihre Brust hoch. Sie reibt ihre Nippel zwischen den Fingern. Sie schiebt ihn nach unten, er setzt sich aufs Klo, und sie klettert auf seinen Schoß. Er schließt die Augen und spricht die Worte. Legt seine Hand zwischen ihre Brüste wie ein Priester. Er betastet ihr Gesicht sanft mit den Fingerspitzen, als wäre er blind. Sie stellt sich vor, wie sie langsam alle Kleider auszieht. Aber es ist deutsche Lyrik und nicht spanische, und als sie daran denkt, dazu zu strippen, wird ihr kalt. Sie fühlt sich wie im dunkelsten, nie endenden Wald und um sie herum nur Hunger. Sie stellt sich die Männer vor, die sie beim Strippen angesehen haben, und alle haben offene Münder. Er rezitiert das Gedicht:

Freilich ist es seltsam, die Erde nicht mehr zu bewohnen, / kaum erlernte Gebräuche nicht mehr zu üben, / Rosen, und andern eigens versprechenden Din-

gen / nicht die Bedeutung menschlicher Zukunft zu geben; / das, was man war in unendlich ängstlichen Händen, / nicht mehr zu sein, und selbst den eigenen Namen / wegzulassen wie ein zerbrochenes Spielzeug.
Sie presst sich an ihn. Sie fragt sich, ob er sie als Junge oder Mädchen sieht, oder beides.
„Ich habe Ginsberg angerufen und ihm Rilke vorgelesen", sagt er. „Einmal, bevor er gestorben ist."
Dann bittet sie ihn, die letzte Zeile zu wiederholen. Sie stellt sich vor, wie sie sich langsam für ihn auszieht, ihn warten lässt. Seine flüssige Stimme umgibt sie. Seine ruhige und beredte Stimme steigt um sie auf, im dreckigen Pornokinoklo, und er verkündet:
selbst den eigenen Namen wegzulassen
wie ein zerbrochenes Spielzeug.

aus dem amerikanischen Englisch von van Rijn und Regina Nössler

Grit Hachmeister und Claudia Gülzow, aus dem Wandkalender „Simon & Simone" 2015

Grit Hachmeister

Erhard Kunkel

Ich nannte sie Sementa

Ich stand an der Bushaltestelle. Da war wieder die Blonde. Sie saß wie immer um diese Zeit auf dem Rücken der gleichen Bank, vielleicht fiel sie mir deshalb auf, ich fand keine vernünftige Erklärung, warum sie auf der Lehne dieser Bank sitzen musste.
Jedenfalls saß sie so da, und ich sah sie lange durchdringend an. Was glotzt du so, ist was nicht in Ordnung, muss sie wohl gedacht haben. Sie sah auf ihre Schuhe, sah auf ihren Rock, hob ihn und entdeckte, dass ihr Schlüpfer verrutscht war und im Schritt spannte. Mit einem Griff rückte sie wieder alles zurecht und lächelte etwas verlegen. Mein Blick hatte sie irritiert.
Als ich sie nach zwei Tagen wiedertraf, saß sie nicht mehr auf der Lehne der Bank, sondern so wie man auf einer Bank normalerweise sitzt. Sie lächelte wieder, zog plötzlich ihre Beine zu sich auf die Sitzfläche, zog ihren Rock über die Knie und spreizte die Beine und ich sah, dass sie einen modernen Slip trug. Mir war klar, sie wollte mich verwirren, und das war ihr gelungen. Als ich wieder hinsah, saß sie wieder normal auf der Bank.

Sementa lernte ich über eine Zigarette kennen. Ihren richtigen Namen habe ich nie erfahren. Für mich hieß sie Sementa. Sie muss um die sechzig gewesen sein. Sie saß auf derselben Bank, auf der sonst die Blonde saß. Als ich in mein Institut fuhr, saß sie dort, als ich nach Stunden zurückkam, saß sie noch immer dort. Sie muss sehr einsam sein, dachte ich und setzte mich zu ihr.

Wortlos saßen wir nebeneinander, ich wollte, dass sie das erste Wort spricht. Da kam wieder der Bus, sie bemerkte ihn nicht einmal, sie nahm sich eine Zigarette, ich gab ihr Feuer. „Danke", sagte sie. Das erste Wort war gesprochen. Eine sympathische Stimme. Obwohl ich nur selten rauche, steckte ich mir auch eine Zigarette an. So hatten wir schon etwas Gemeinsames. „Ich rauche sehr selten." – „Ich auch, ich habe nicht einmal Streichhölzer bei mir. Warum haben Sie sich zu mir gesetzt?" Weil Sie einsam sind, dachte ich, sagte es aber nicht. Sie nahm die zweite Zigarette, ich gab ihr wieder Feuer, griff dabei wie zufällig nach ihrer Hand. Mir war, als würde sie einen Schreck bekommen, sie sah mich kurz an und zog ihre Hand zurück. „Es ist sehr zugig hier", sagte ich fast entschuldigend „nicht

Christian Reister

einmal ein Bushäuschen gibt es.“ Sie hatte mich durchschaut. „Sie sind einsam“, sagte ich jetzt. „Ich war es eine lange Zeit, aber jetzt nicht mehr, ich habe mich an Einsamkeit gewöhnt. Es ist auch eine schöne Erfahrung, sich an die Einsamkeit zu gewöhnen. Gott sei Dank wird man älter und die Bedürfnisse bleiben zurück, sie gehen nur ein bestimmtes Stück des Weges mit, dann bleiben sie zurück.“ Jetzt sprudelte es aus ihr heraus, aber es war, als erzählte sie alles sich selbst. Da gab es eine große Enttäuschung, die sie erlebt hatte, aber das für sie schmerzhafteste Erlebnis erzählte sie fast heiter, als würde sie sich darüber amüsieren. Sie wurde locker und temperamentvoll. „Alles geht vorüber, wie an dieser Haltestelle. Vielleicht ist das Leben nur eine große Haltestelle, alles kommt und geht und das ist gut so.“ Sie sah mich plötzlich an, als würde sie einen Schreck bekommen, dass jemand ihr zuhörte. Sie drückte die Zigarette aus. „Mein Bus“, sagte sie, und: „Danke für das Zuhören.“ Der Bus kam, aber sie

Kater Kosz

stieg nicht ein. Ohne sich umzuschauen, ging sie fort. Während ihrer Erzählung wurde sie immer jünger, dachte ich und sah ihr hinterher.

Einige Tage später begegnete ich der Blonden wieder und wieder die gleiche Zeremonie: Beine angezogen, Rock hoch, Beine gespreizt und jeden Tag einen neuen Slip, in rot, in blau, in beige – es begann mich zu amüsieren, welchen Spaß ihr dieses Spiel machte. Doch heute konnte ich ihrem Spaß nicht konzentriert folgen, weil ich im Unterbewusstsein auf Sementa wartete. Welche Farbe wohl heute, dachte ich, denn sie war die ganze Farbenskala durch, sogar die bedruckten Wochentage. Was nun heute? Wieder zog sie ihre Beine hoch, hob ihren Rock und spreizte ihre Beine, sie war – nackt. Sie tat es auffallend unauffällig, denn wir waren nicht allein an der Haltestelle. Als ich wieder hinsehen wollte, ließ sie den Rock fallen, beide Hände artig in den Schoß gelegt. Ihr Blick aber forderte meine Aufmerksamkeit heraus, und ich sah, wie sie ihre Daumen aufrichtete und durch den leichten Stoff ihres Rockes ihren Schoß rieb, völlig unauffällig, sich wiegend in einem gleich bleibenden Rhythmus. Sie sah mich ernst an, mit einem hingebungsvollen Gesicht. Der Bus kam. Sie stand auf, stieg ein und fuhr fort, ohne mich nur eines Blickes zu würdigen. Aber auf der Bank lag ihr Slip mit aufgedruckter Schrift „Good bye“. War es ein Spiel, das sie mit mir spielte, oder wollte sie mir ihre Enttäuschung mit einem besonderen Souvenir hinterlassen. Ich weiß es nicht. Zwei Wochen später traf ich meine Zigarettenbekanntschaft wieder. „Wollen wir eine rauchen?“ – „Aber ich habe kein Feuer.“ – „Aber ich, damals hatte ich auch Streichhölzer, aber es hat mir gefallen, dass Sie mir Feuer gegeben haben. Sie haben schöne Hände.“ Es forderte mich fast heraus, ihren Körper zu berühren, ihren Busen zu suchen, der in einem weiten groben Pullover versteckt war. Ich stellte mir vor, dass er sehr groß sein musste. Sie rückte dicht an mich heran, gab mir eine Zigarette. „Ich möchte nicht rauchen“, sagte ich. „Ich auch nicht“, sagte sie und lachte und erzählte mir eine belanglose Geschichte von irgendwelchen Kindern, die ich erst später in einen Zusammenhang mit ihrer Lebensgeschichte brachte. Als sie von ihrem Verlobten schwanger wurde, bestand er darauf, dass sie sich das Kind fortnehmen lassen sollte, mit der Begründung, es sei nicht von ihm. „Ich war wie betäubt und ließ mir das Kind fortnehmen, dann habe ich ihn verlassen, bevor er mich verlassen hätte. Ich musste ihm zuvorkommen. So war es, und mein Bauch war von mir enttäuscht, dass ich ihm das angetan hatte, und er hörte auf, mit mir zu sprechen. Ich habe ihn dann noch manchmal gestreichelt, aber es hat ihm nicht gefallen und mir auch nicht und so leben wir ganz gut, aber stumm miteinander. Aber warum erzähle ich Ihnen das überhaupt? Vielleicht habe ich einen Grund, vielleicht könnten Sie das Kind sein, das mir einmal gehören sollte. Nehmen Sie noch einmal meine Hand.“ Ich nahm ihre Hand und empfand eine große Sinnlichkeit. Ein Gewitterregen ging herunter, ich hielt immer noch ihre Hand. Wie zwei begossene Pudel saßen wir da. „Wenn man sich wenigstens unterstellen könnte!“ – „Ich wohne hier ganz in der Nähe. Flüchten wir!“
Sie gab mir ein Badetuch. „Trockne dich

ab, ich werde sehen, ob ich für dich etwas Passendes finde.“ – „Bleib, darf ich dich ausziehen?“ Sie sah mich an, dann lachte sie: „Ich bin eine alte Frau, und eine alte Frau ist kein schöner Anblick für einen jungen Mann.“ Sie warf mir einen Bademantel zu. Ich ging ihr nach und ich sah, wie sie sich auszog. Ich sah ihre großen Brüste, sah die dunklen Brustwarzen durch den Stoff des Büstenhalters, feucht klebte der Stoff auf der nassen Haut. Lass dir Zeit, dachte ich, ich möchte deinen Körper sehen. Sie löste ihren Büstenhalter, und ich sah, wie ihre Brüste sich unter ihrer Schwere senkten, wie zwei reife Trauben. Warte, dachte ich und sie sah mich an, als hätte sie meine Gedanken gehört. Sie stand da und ich sah sie an. „Na, was ist, ich denke, du willst mich ausziehen.“ Langsam streifte ich ihren Schlüpfer herunter und ich sah das Dreieck ihrer Scham. Ich nahm das Handtuch und begann, sie abzutrocknen. Ich fuhr über ihr Gesicht, ihre Brüste, über den Bauch, ihren Schoß, langsam, ganz langsam, dann spreizte sie ihre Beine und ich rieb sie ganz langsam. Sie bekam eine Gänsehaut. Plötzlich riss sie mir das Tuch weg, griff meine Hände und führte sie zwischen ihre Schenkel. Ich fühlte ihre wulstigen Schamlippen, sie waren trocken. „Der Brunnen ist versiegt und zwar schon lange und übersieh die Falten nicht an meinem Hintern, meinem Bauch, alles nicht mehr frisch. Ende der Vorstellung, runter mit deinen Klamotten, sonst erkältest du dich noch.“ Und sie riss mir alle Sachen vom Körper, ich stand nackt da. „Soll ich dich auch noch abtrocknen, gut, mach ich auch noch, und was erwartest du dann?“ Jetzt packte ich sie, riss sie an mich, umklammerte sie mit beiden Armen. „Wen habe ich mir da aufgegabelt, ich dachte, zwischen uns wäre alles

Harry Unte

Kater Kosz

klar." Ich rutschte an ihr herunter, mein Kopf gegen ihren Unterleib gepresst. Ich presste meine Lippen gegen ihre Scham. Sie war feucht. „Du meinst es ja ernst", sagte sie. Bewegungslos stand sie da. Ich merkte, wie ihr Körper zitterte. Ich spürte, wie eine wunderbare Lust in ihr aufstieg und ich küsste ihr Geschlecht. Sie glitt an mir herunter. Sie sah mich erstarrt an, und griff plötzlich mit beiden Händen tief in sich hinein. Ich riss ihr die Hände aus dem Schoß, und kniete mich zwischen ihre ausgebreiteten Schenkel, sah ihre bläulich schwarz glänzenden Schamhaare, glättete sie liebevoll, sah ihre feuchtglänzenden aufgeworfenen Schamlippen. Ich küsste sie wieder, schob ihr meine Zunge tief hinein. „Was machst du mit mir?", sagte sie fast teilnahmslos. „Ich werde dich töten." – „Dann töte mich, aber mach es schnell, oder ich werde dich töten, worauf wartest du?" Ich sah sie an und plötzlich war mir, als würde ich in das hingebungsvolle Gesicht der Blonden blicken. „Töte mich." Mit beiden Händen umklammerte sie mein aufgerichtetes Glied, dass es fast schmerzte, und stieß es sich in den Schoß. Ihr Körper bäumte sich auf und ließ sich wieder fallen. Ich sah ihre vollen Brüste tanzen im Rhythmus ihrer Stöße. Wieder und wieder. Mir war, als wollte sie sich in diesem Augenblick mit ihrem Körper versöhnen. Wilder und wilder stieß sie ihn mir entgegen, bis sie mich mit beiden Armen umklammerte und an sich presste und bewegungslos unter mir liegen blieb. Langsam, ganz langsam spürte ich ihren kleinen Tod kommen. Ihr Blick verschwamm. Ich spürte, wie die Lust sie erschütterte. „Warte noch, warte noch", sagte sie leise „komm noch nicht." So lag ich in ihrem Schoß, der Atem ihres Körpers wiegte mich. „Warte noch, beweg dich nicht, ich will spüren, wie du in mir kommst. Schenke mir das Leben zurück, das ich mir nehmen ließ." Sie schloss die Augen, ich atmete ihre Lust bis meine Lust sich in ihr entlud. Ihr Mund öffnete sich zu einem stummen Schrei. Tränen füllten ihre Augen. „Tränen sind gut. Ich wusste nicht, dass ich überhaupt noch Tränen habe. Du hast sie mir zurückgeschenkt.“ So lagen wir noch lange, dann sagte sie: „Wir sind uns begegnet, aber jetzt verlasse ich dich, bevor du mich verlässt. Wie heißt du eigentlich?“ Ich wollte ihr meinen Namen sagen, aber da küsste sie mich. „Unwichtig. Rauchen wir noch eine Zigarette? Gib mir Feuer. Du hast so schöne Hände.“

Immer noch, wenn ich an der Haltestelle stehe, denke ich an die Blonde, und an ihren vergessenen Slip – und ich warte auf Sementa, um noch einmal mit ihr eine Zigarette zu rauchen.
Ich habe beide nie wiedergesehen.

Felix Pulido

Leonartd & Leonartd *sich finden*

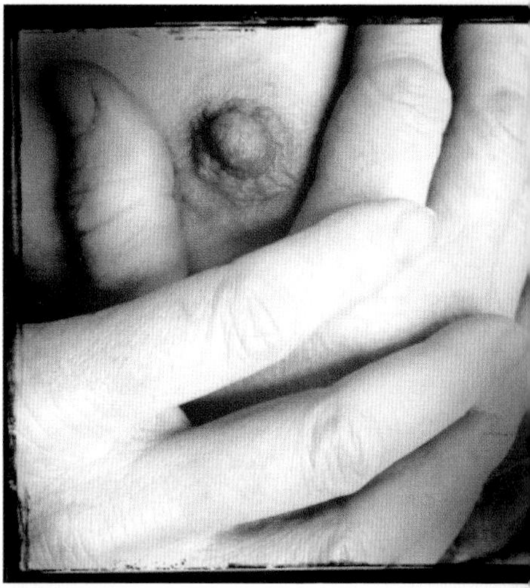

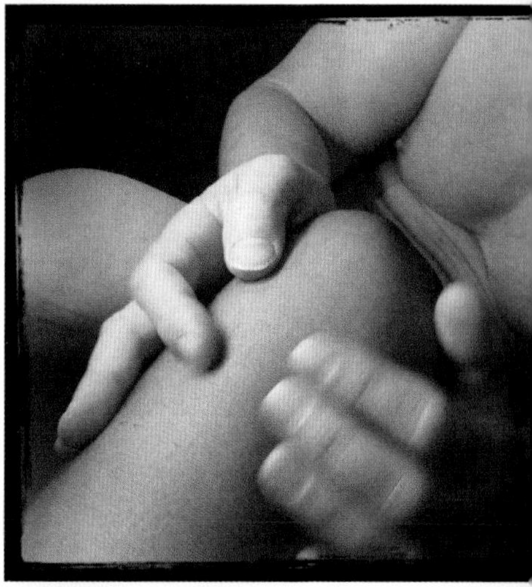

Stanle

Resa Rot, Hanna

KatdelaKat

Wenn der Wecker zwei Mal klingelt

Prolog

Die Gastronomie, diese Hure, diese Heilige! Wie sie uns vereinigt, im Scheinwerferlicht, welches dereinst Feuer war, bewusstseinserweitert und bewusstseinsbetäubt tanzen Fremde und Freunde zu rhythmischen Klängen, um Körper, um Seelen zu berühren, um Alltagsfiktionen wegzuwischen, die kleinen, feinen Unterschiede, nackt wollen wir alle sein, nackt uns berühren, uns nah sein, weg mit den Standesschranken, her mit dem geilen Leib, die Seele, die da drin ist, an die wollen doch alle ran. The night life ain't a good life, but it's my life.

Ein paar hundert unbekannte und bekannte Gesichter später wische ich das Café im Nachtclub des *Le Carambolage*, seine Fenster gehen zur Straße hin. Gegenüber ist der Haupteingang der technischen Universität, an der ich freiwillig Literaturwissenschaft und Philosophie studiere. Neunundzwanzig Jahre alt, Tochter einer Mutter, die mit achtzehn schwanger wurde, aufgewachsen ohne Vater, aber mit der lauten dröhnenden Stimme eines zünftigen Sängers. Er singt, summt wie ein lieblich himmlisch Erweckter vom Leiden, von Liebe, von Geilheit. Mit elf Jahren ziehe ich Charles Bukowskis Hot Water Music und andere uferlose Geschichten aus dem Erwachsenenbuchregal meiner Mutter. Die Brust hatte ich nie bekommen, aufgeklärt hatte mich die BRAVO und insbesondere das Dr.-Sommer-Team.
Die Mutter hielt mich auf kühler Distanz, neidisch und eifersüchtig auf jedes

intelligente Wort, das ihr Kind sagte, missgünstig, unterdrückend und geringschätzig. Ein eiskalter Wind zog ganzjährig durch die einfach verglasten Fenster unserer Drei-Zimmer-Altbauwohnung. Keiner konnte oder wollte die Energie aufbringen, die Lücken zu schließen.
Viele dunkle Liebhaber gaben sich verstohlen die Türklinke unserer schlecht sanierten Altbauwohnung in die Hand, Namen- und Gesichtslose. Was blieb, war die immer gleiche kühle Mutter, zurückgelassen auf einer Matratze, traurig und leer.

Wenn die Liebhaber längst fort waren, wenn Mutter alleine lag, dann warst du da. Dann sangst du, so laut oder leise sie begehrte. So oft sie es wollte. Du sangst ihr aus der Seele. Vom Geilsein. Vom Laschsein. Vom Einsamsein. Vom Traurigsein. Diese warme Stimme, so voller Liebe, voller Sehnsucht, voller Ironie, Witz, Zärtlichkeit, so prall gefüllt mit Integrität, Lebensinbrunst und Schwärmertum, begleitete mich mein Leben lang. Durch meine intensive Bukowski-Lektüre bekam ich nicht nur einen ungeschönten Einblick in männliche Triebstrukturen, sondern

lernte auch, globale Grenzen in meinen Kopf abzubauen. Angeblich kulturelle Unterschiede der Bevölkerungen dieser Welt enttarnte ich lesend als den *Immer-anderen-Tanz* um den *Immer-gleichen-Brei.* Ich lernte, dass kein Mensch ein anderes Tor als das durch *Sie* in die Welt passiert hatte, dass *Er* kein Tor war, aber durchs Tor ins Paradies zurückwollte, deshalb musste er *Sie* rumkriegen. *Er* brauchte ihre Ekstase Und *Er* musste mit dem Wesen, das an dieser gottverdammten geilen heiligen unheiligen *Sie* dranhing, noch irgendwie fertig werden.
Ich lernte auch, dass man Prostituierte bestellen konnte, in München wie in L.A., billige und teure Nutten, die für ein bisschen Geld, ein bisschen Koks und Glamour vieles taten. Das alles schien Alltag für die Erzähler und Lyriker meiner Kindheit. Und so süchtig, wie sie waren, so süchtig machten sie mich nach ihren Lebensgeschichten und Anekdoten, die prall gefüllt waren mit Gefühlen, die auch ich gerne fühlen wollte. Ich war gefangen und unmündig in dieser trockenen Wüstendürre meiner eiskalten Mutter, in einem Mangel, der mich erstickte, in der Leere eines Herzens, die meine Seele erdrückte.

Andreas Maria Kahn

Einige Weltumrundungen und heftige Grenzerfahrungen später stehe ich als als junge Studentin nach einem mehrjährigen Ritt auf Messers Schneide in einem der ältesten Clubs der Stadt und wische die Tische des Cafébereichs. Gleich Feierabend. Zwei leicht angegraute Herren passieren den Eingang, aber der neue Türsteher erklärt ihnen, dass wir gleich schließen. Irgendetwas passiert, und ich denke mir, diese Regenbogenhalskette, die kenne ich! Nach fast dreißig Jahren, das ist er! Komm zurück! Wo bist du gewesen? Wie lange habe ich deine warme, zarte Stimme nicht mehr gehört? Wo ist bloß die Zeit hin? Auf einmal löst sich alles auf. Ich kann dich singen hören. Ach was, du spinnst, KatdelaKat! Du halluzinierst! Einmal die Pforten des Bewusstseins zu weit geöffnet, da strömt so viel herein, schon bist du überfüllt, das reicht für mehr als ein Leben. Doch ich will einen Blick riskieren, vielleicht gehen sie ja rechts rum. Und wenn's der Himmel will, dann ist es wirklich er, einer wie Alexander der Große, ein Eroberer, auch von Frauenherzen, der aber auch klein sein kann. Weil man sich ihm nähern darf, kann ich seine Größe erst erkennen. Du Schöner, der alle Größen hat. Du Mensch, der gewinnt, je näher man ihm tritt. Ertränken will ich mich in den Tiefen deiner Stimme,

nimmersatt darin tauchen, im warmen Gefühl. Unbemerkt riskiere ich ein, zwei, drei Blicke durch die Fensterscheibe, und keiner kommt. Und dann kommen die beiden doch die Straße entlang. Ich reiße das Fenster auf und schreie durch die Kippöffnung: „Kommt sofort zurück!"
„Kriegen wir noch was?"
„Sofort reinkommen!", schreie ich, mein Herz schlägt bis zum Hals, mein Blut fließt verwirrt durch Adern und Arterien, eine magisch unsichtbare Hand drückt auf meinen Brustkorb. Ah ja! Er ist es! Ich laufe zum Eingang, er und sein Keyboarder, gemeinsam auf der heißen Pirsch, auf Tour, nach dem Konzert, auf Freiersfüßen. Du strahlst mich an, gütig, selig, liebevoll, erfahren, strahlende Schönheit von innen, ein Licht, das aus dem Dunkeln kommt und schöpft, erleuchtet dich. Er lacht mich an. Er drückt mich, er küsst mich auf die Wange, er freut sich wirklich. Er kann das noch, sich erfreuen, kann genießen. Du Schöner, du Strahlender, du, der aus dem Dunkeln emporsteigt, um pralle Früchte zu pflücken. Beide trinken

Eckard Ströder

sie Wodka Lemon und sitzen an der Bar und lachen. Du Glanz. Du willst es nicht sein, aber du bist es. Ein Glanz bist du, einer von uns, du kennst die schwarzen Fleckenseen der Seele, in ihnen badest du dich, tauchst tief ins kalte Schwarz. Wie wenig Helligkeit kann ein Menschenherz ertragen, wie viel Wahnsinn kann einer sehen und doch immer wieder in die lichte Tageswelt zurückkehren?
Deine Texte, deine Lyrik, deine Prosa, die berührt das Herz, macht es ganz weit auf. Du bist da. Du sagst nein. Du strahlst, weil du lieben kannst. Du strahlst, weil du leiden kannst. Nach einer Viertelstunde hat sich eine Menschentraube um die beiden gebildet. Unwissende Traube, die Saft abpressen will. Verheißungsvollen Saft.
Ich arbeite, und du bist hier. Die morastige Traube fotografiert und posiert für Dritte. Ich sortiere Leergut in diesem Moment, der magisch für mich ist.
Und du, der Große, der Nahbare, der sich zeigt, du schaust zu mir herüber, nicht nur einmal. Und ich räume auf, und du bist umringt von geifernden Aasfressern, und trotzdem, oder gerade wegen denen, unsere Seelen, die schütteln sich die Hände, und wir reden nichts, und wir lachen zusammen. Berührung beginnt an den Grenzen des Sagbaren. Dort, wo die Kunst vielleicht beginnt. Am anderen Ende der Bar sitzt du. Ich rechne die Verzehrliste aus, während die Traubenmeute dich gierig umringt und absaugt. Da kommst du angelaufen, du küsst meinen Nacken, es ist nur ein Hauch.
„Hast du jetzt fertig aufgeräumt?"
„Ja."
Du schaust mich an. Du bemerkst ein schönes Gesicht. Du siehst tätowierte

Eckard Ströder

Arme. Gütig und zart sagst du: „Du neigst zur krassen Biografie."
Du weißt es. Mit einem Blick. O Mensch, wie ich dich lieb'. Oh, in wie vielen Schlachten haben wir schon gekämpft und verloren und lagen uns weinend in den müden Armen? Ich kenn' dich nicht, aber erkenne dich, vertrauter Fremder bist du mir. Dein zärtlicher Hauchkuss in meinen Nacken, so schön. Ich kann's nicht einordnen, weil ich's nicht einordnen will. Wild und wertfrei und unkategorisch will ich alles erkunden. Ja, ja! Alles ist möglich, schmeiß die Schranken weg und die Schubladen hinterher und scheiß auf alles, was du zu wissen glaubtest. Es kann alles anders sein, und nichts weiß man, und das ist das Schönste daran!
Wir reden ein bisschen, über Literatur und Musik und Dinge, die das Herz erfreuen können.
„Weißt du", sagt der wunderbar wundersame magische Mann, „wenn Bukowski

Sex hatte, dann fickte er nur. Wenn Miller Sex hatte, dann liebte er die Frauen. Er liebte sie wirklich."
Du gebildeter, begnadeter, integrer, talentierter, von den Göttern vielfach beschenkter, sommerheißer Typ. Sehen kann ich dich, seit ich in der Wiege das erste Mal deine Stimme gehört habe. Wo deine Stimme singt, wo deine Feder schreibt, da ist ein Stück Zuhause. Ein Ort , an dem ich ruhen kann.
„Was machen wir noch?", fragst du.
Du umarmst mich, du küsst mich, du bist voller Wärme. Du bist wie ein Meer in mir. Die Sehnsuchtswellen erreichen ihr Ziel, sie zerschellen am Strand, sie suchen das Ende, fortgespült. Nimm mich mit. Ich kann dir folgen, weil ich fähig bin, wirst's schon sehen.
„Das war so ein toller Moment, du am Fenster, als du uns wieder hereingeholt hast. Dass du mich überhaupt kennst, so jung, wie du noch bist!"
Was soll ich dir entgegnen? Wie könnt ich etwas, das Schwingung und Bauchgefühl ist, in Worte pressen? Schweigen und Blikke nähern sich dem, was ich dir sagen will, sagen könnte, wenn Sprache es nur vermocht hätte. Gerne würde ich es in Worte fassen können. Wie könnte ein Satzgefüge jemals das ganze Thema transportieren? Wort muss grobe Annäherung bleiben, wo Melodie abholt, trägt und verfeinert.
Und während dein Keyboarder die Kloschüssel im Wodka-Lemon-Rausch bitter küsst, lachen wir, und unsere Seelen tanzen zusammen, scheu.
„Lass uns zu dir gehen, ich bring noch meinen Keyboarder ins Hotel, der kann nicht mehr."
Ich schreibe dir meine Handynummer und Adresse auf, wirst schon kommen, wenn du es willst. Die auserwählte Meute kommt mit, wir fahren mit dem Auto zu mir, durch graumorgendlichen Juniregen. Im Westen der Stadt stehst du schon vor meiner Tür und klingelst. Ich winke dir.
„Gehst du nie an dein Handy?"
Oben lege ich Paul Kuhns *World Of Music* auf, und wir trinken Gin Tonic und Wodka Lemon, und du diskutierst mit dem herzlos nichtssagenden HfG-Kunststudenten über Ideale und Aufstand und Nazivergangenheit und Gegenwart. Und ich ärgere mich, dass ich diesen Hanswurst mitgenommen habe. Gottsched hatte schon recht, als er den Harlekin von der Bühne verbannte. Ein arroganter junger aufgeblasener Arsch, der Stumpfsinn lautmalt und denkt, er wäre hip. Der weiß schon alles mit seinen fünfundzwanzig Jahren. Was meinst du dazu, Hank?
„Bei solchen Typen kommt selbst den Göttern das große Kotzen."
„Danke, Daddy, das tut gut."
Dann langt der Arsch nach deiner Regenbogenhalskette, und du schenkst sie ihm. Am Ende haben die Vollidioten, die mit der Tür ins Haus fallen, mehr Lebenssouvenirs. Kairos am Schopfe packen, dazu gehört Mut oder Dummheit. Nur dumm, dass er hintenherum Glatze trägt. Wer klug überlegt, langt zu spät ins Leere.
„Hättest du die haben wollen?", fragst du.
Ich nicke verlegen.
„Du könntest tausend Geschmeide von mir haben."
Wir hören den Song, in dem der Rechte den Linken erschlägt, und es ist sechs Uhr morgens, ein Sonntag, irgendwo in der Rheinebene, und die Nachbarn kommen und beschweren sich, weil die Mauern hundertzwanzig Jahre alt sind und alles durchlassen. Und ich frage sie,

ob sie sich beim Liedermacher gleich direkt erleichtern wollen, und sie denken, ich hab einen Schuss, und gehen wieder. Dem arroganten Kunststudenten fällt die Kinnlade herunter, als er dein Pianospiel hört, und er lobt dich. Wissen, dass man ab und zu einfach mal die Fresse hält, das hat ihm die Hochschule nicht beigebracht. Akademikernarr, randvoll gepresst mit fremdem Wissen, ohne eigenes Gefühl, ohne Substanz, wabbelnd und brabbelnd paraphrasierst du Fremdwahrheiten, tradiertes Gedankengut, so lange, bis du lernst, mal demütig das Maul zu halten. Goldenes Schweigen nähert sich dem Rahmen der Ewigkeit.

In meinem Schlafzimmer setzt du dich ans Piano und spielst. Deine Hände, dein Spiel, sie erzählen von dieser Welt und der anderen, unsichtbaren. Du streichelst die Tasten, vertraut sind sie dir, dein Impuls ist Bewegung, die Saiten schlägst du, die Stimmbänder des Klaviers transportieren deine Themen ohne Worte. Klang ist die unmissverständlichere Sprache. Wenn du singst, ist es weniger, was du sagst, als wie du es sagst. Die Melodie, den Klang den du hineinlegst, er transportiert das Thema, trägt deine Gefühlswelten nach außen. Erfahrung kann ich in deinem Ton spüren. Er lautmalt echte Bilder, die Berührung schaffen.

Du stehst auf und kommst mir ganz nah. Wir umarmen uns. Da bist du nun, in meinen Armen, der einzige Mann, der immer da war. Der Einzige, den Mutter ihr Leben lang liebte. Ich kann weinen vor Glück, aber ans Körperliche kann ich nicht denken.

„Lass mich bei dir bleiben heute Nacht."

„Ich kann nicht."

Deine Augen, dieser Grund darin, weite Abstiege in tiefe Täler zu Asche und Staub, sie spiegeln vergangene Abenteuer, sie funkeln mich mit Menschenliebe an. Wir umarmen uns, wir drücken die zarten Hände, lächeln uns an, und ich ruf dir ein Taxi. Den Seelensex, den hätte ich gern mit dir, doch du bist auf Tour, du musst weiter, keine Zeit bleibt, zum Nachkommen meines Körpers, wenn die Seele ihn bereitgemacht hat. Du gehst durch die Tür und langsam, sehr langsam die Treppe hinab. Nach ein paar Stufen bleibst du stehen, mit dem Rücken zu mir. Du hebst deinen Arm und zeigst mit dem Finger auf ein Fenster des Treppenhauses, durch das trübes Licht hereinfällt.

„Dem da würde ich niemals trauen."

„Es ist nur ein Fenster zum Hof."

„Nur ein Fenster zum Hof", wiederholst du, und dann bist du fort.

Epilog

Als ich mit dir auf der Bettkante saß, verliebte ich mich wohl in dich, ein bisschen. Der bunte Fantasiereigen erblüht in Prachtfarben, bis herbeigeholte Realität Früchte reifen oder Blüten welken lässt. Nein, heute nicht, du großer graupr ächtiger Mann. Ich verbleibe noch in dieser musischen Stimmung, verweile in der Schicksalhaftigkeit deines Besuches, pflücke pralle Früchte und erfreue mich den Alltag über an ihrer Süße, bis sie verbraucht sind. Bunte Blüten schmücken das fahle Haupt eines unterbrochenen Alltags. Ja, da war auch Fleisch, es ist da, aber was ist Fleisch ohne Geist und ohne Seele anderes als ein atmender Kadaver. Deinen Lebenssamen hast du auf mich gestreut, dort sprießt und wächst er, wann immer ich mich erinnere, danke, du Schöner, danke, du Nachtleben.

Ansgar Frohne

Abendmahl mit Priapos

Das Reh war medium gebraten, es schmeckte bestimmt köstlich. Keule, außen knusprig. Sie nahm einen Schluck Weißwein, schaute dabei über den Rand des Glases in die Runde. Am ganzen Tisch wurden Fleisch und Fisch in Münder geschoben, Muscheln geschlürft. Reis, scharf gewürzt, verschwand. Das gute Essen, Arm in Arm mit dem ausgesuchten Alkohol, ließ Wangen eine rötliche Färbung annehmen. Es war etwas zu warm. Hemdknöpfe fanden sich geöffnet, Blusenknöpfe auch. Ärmel wurden zum Ellbogen hochgekrempelt, Röcke unauffällig etwas höher geschoben. Es wurde höflich geschmatzt, Finger und manches Kinn glänzten von Fett oder Dressing. Sie streifte Elmars Blick. Er lächelte, wie immer. Elmar war hübsch – nein, schön. Ein schöner Mann, der verloren und abwesend wirkte. Als sie den Tintenfisch holten, sah es fast so aus, als hätte er eine Erektion gehabt. Allerdings müsste er dann wirklich ein Mordsgerät haben! Er war gut gebaut, auch um die Hüfte herum, warum also nicht? Ein kleiner Schwanz passte nicht zu ihm. Sie hatte seinen Blick im Flur gespürt. Irma gefiel sich in diesen Jeans gut, und ihr rotes Top liebte sie. Außerdem trug sie ihre Lieblingsschuhe, die sahen gut aus, waren bequem und machten einen tollen Gang, so wie die Jeans einen tollen Hintern machte. Kein Wunder also, wenn er sie angestarrt hatte.

Für einen winzigen Augenblick hatte sie Elmar ihren Nacken gezeigt. Meine Art zu flirten, dachte sie sich. Nonverbal, verheißend, aber nichts versprechend.

Erich von Götha

Vielleicht hätte sie sogar kurz mit ihm in der Küche herumknutschen wollen. Früher zumindest, da hätte sie es bestimmt gewollt. Also, wäre er ihr vor zehn oder fünfzehn Jahren auf irgendeiner Party über den Weg gelaufen – bestimmt hätten sie mindestens geknutscht. Aber wenn es wirklich ein Ständer gewesen sein sollte, da in seiner Hose, und nicht eine dieser rundlichen Falten, die Hosen manchmal werfen? – Sie hätte ihn kaum noch zügeln können. Umarmen mit Reden, Küssen und Kuscheln, danach war ihr, nicht nach einem schnellen Fick. Seit drei Jahren ohne festen Partner! Am Anfang ihrer Solokarriere, innerhalb des ersten halben Jahres, hatte sie ein paar One-Night-Stands, nicht besonders häufig.

Sie hatte sich über den Kauf eines Dildos Gedanken gemacht. Aber wo sollte sie das Ding verstecken? Kein Ort schien ihr sicher genug, egal, wo sie glaubte ihn lagern zu können, sofort fand sie einen Grund, warum ausgerechnet dort jemand außer ihr nachschauen könnte! Bei einem Umzug könnte sie ihn in einer Schublade vergessen, und die Möbelpacker würden nachschauen, was da so poltert. Der Umzugskarton, in dem sie den Dildo ganz unten verstecken würde, könnte beim Ausladen reißen und ihr heimlicher Freund den neuen Nachbarn direkt vor die Füße rollen. Im Auto transportieren? Was, wenn sie einen Unfall haben sollte und das Teil über die Autobahn hüpfte? Sie wusste, dass dies alles nur Ausflüchte waren, denn genau genommen war es ihr einfach zu peinlich, so ein Ding zu kaufen. Sei es im Internet, geschweige denn in einem Geschäft für Erotikartikel. Also musste es ohne gehen. Warum auch nicht? Sie konnte Ort und Zeit wählen und kam jedes Mal. Zugegeben, manchmal vermisste sie es schon sehr, einen Mann zu spüren: die Nähe, die Stöße, der Geruch, der Sexgeruch. Manchmal mochte sie es auch, wenn er zwischen ihren Titten kam und sie alles auf ihrem Körpern verreiben konnte. Dazu gehörte aber schon etwas mehr als eine hungrige Bettgeschichte nach einem gemeinsamen Abend an der Theke. Bei einem One-Night-Stand hatte das ganze Zeug gefälligst im Kondom zu bleiben! Doch auf schnödes Pornogeficke hatte sie keine Lust mehr. Rein, raus, vorne, hinten, Mund, Arsch, Muschi, Stellung eins bis fünfundzwanzig. Scheiße war das! Orgasmus heißt der neue Marathon, und sie merken nicht einmal mehr, dass sie sich bei dem Lauf dorthin ständig selbst auf die herabhängenden Eier und ausgefran-

Kater Kosz

Kater Kosz

sten Eicheln treten. Abgestumpfte Epigonen, denen jegliche Fantasie und Wärme abhandengekommen zu sein schien.
Nun gut, hin und wieder sah sie sich auch mal im Netz ein paar Pornos an, kurze Sequenzen, um mal wieder einen steifen Schwanz zu sehen oder um einen knackigen Arsch an einem gut proportionierten Körper bewundern zu können. Aber irgendwie war ihr das alles zu abgeschmackt und stillos. Fotos waren da schon besser, blieb doch der sehnliche Wunsch nach Bewegung immer unerfüllt. Eine kleine süße Marter war das! Sie liebte es auch, die Augen zu schließen und einfach nur dem Gestöhne und Geschmatze zu lauschen. Noch besser war es, wenn sie manchmal glaubte, dass irgendwo im Haus, nachts, kurz bevor sie einschlief, gevögelt wurde. War da was? Da stöhnt doch wer? Dann richteten sich schon ihre Brustwarzen auf. Angespannt lauschte sie weiter. Ja! Da wird irgendwo gevögelt! Gerade jetzt in diesem Augenblick! Dann machte sie es sich selber, und es war immer herrlich. Während sie mit einer Hand rieb, steckte sie Finger der anderen immer wieder in die Möse, führte sie zum Mund, leckte sie, umschlang sie mit der Zunge und fand, dass sie unglaublich gut schmeckten. „Oh, großer, schöner Schwanz, komm herab und fick mich, fick mich, fick mich, fick mich!"
Wie konnte sie nur so ordinär sein?
„Jetzt habe ich Lust auf Reh!" Sie hielt Elmar ihren Teller hin.
„Gute Entscheidung!" Er schnitt etwas Fleisch ab und gab es ihr.

Jaap de Jonge

Elisa Krimbacher
Janosz braucht Sex

Von draußen die Straßengeräusche, gedämpft durch Nebel, Nacht, Regen.
Das rote Licht einer Ampel fällt durch meine Fensterscheiben.
Ich glaube, das Telefon klingelt.

Ich drehe mich auf meiner Matratze, starre gegen die Wand. Die spröden Linien auf den Backsteinen, ich sehe ihnen nach, bis sich meine Pupillen verdrehen und in den Augenhöhlen verschwinden. Ich weiß nicht, wie lange ich hier schon liege. Ich weiß nicht, welcher Tag heute ist. Das Telefon klingelt. Wie lange schon?
Ich muss an einen James-Brown-Song denken: *That's life – and as funny as it seems: some people get their kicks stompin' on a dream …*
Das schrille Klingeln rauscht an meinen Ohren vorbei, manchmal laut, manchmal abgedämpft und ganz weit weg. Obwohl ich es wahrnehme, ist es nicht real. Es könnte ein Traum sein. Einer von den vielen, die ich gehabt habe. Ich spüre die Matratze unter meinem Rücken, die rasselnden Sprungfedern – ein altbekanntes Gefühl, und ebenso nichtig wie alles andere, so nichtig wie das, was ich tief in mir fühle: Ein Nichtgefühl.

Das Telefon schrillt in erbarmungslosen, hysterischen Abständen. Es könnte meine Mutter sein, mein Chef, meine Ex. Alle, um mich anzuscheißen. Die ganze Welt ist am Hörer, um mich anzuscheißen.
„Was für eine Siffbude", sagt meine Mutter. „Räum endlich deinen Mist auf! Muss man dir alles zweimal sagen? Wie lange willst du hier eigentlich noch rumhängen und nichts tun?"
„Nichtstun wird bei uns nicht bezahlt", sagt mein Chef. „Du bist zu langsam, zu wenig motiviert, zu faul – und außerdem nie da. Du bist draußen …"
„Draußen wird's dir gleich besser gehen. Heute Abend. Komm mit, wir gehen mit den Mädels was trinken", sagt irgendeiner meiner Kumpels. „Nein? Okay, dann komm aber nicht wieder an, um mich zu belabern, ich soll für dich da sein …"
„Dein beschissenes Dasein besteht nur noch aus Pennen, Fressen und Saufen! Du bist ein Versager! Hol endlich dein Zeug ab, und dann verpiss dich!", kreischt meine Ex.

Ich höre euch, ich höre euch alle; seit Wochen gehe ich nicht ans Telefon, und trotzdem höre ich eure verdammten Stimmen!
Ich presse meine Stirn gegen die kalte Mauer.
Sie gehen mir alle am Arsch vorbei, ihre Gesichter wandern durch mich hindurch und hinterlassen nichts als eine Menge Nichtgefühl. Ich glaube, irgendwann hatte ich mal Träume. Jetzt weiß ich es besser.
„Was willst du, Mann?", flüstere ich der Mauer zu.
„Was willst du, Mann?"
„Was willst du, Mann?"
„Was willst du, Mann?"
Das Telefon hat aufgehört. Und ich versinke wieder hinter einem Schleier aus Nichtgefühl. Jede Bewegung scheint sinnlos, genauso sinnlos wie das Nichtbewegen. Ewigkeiten scheinen vorbeizuziehen, bis ein Geräusch an mein Ohr dringt, das ich so lange nicht mehr gehört habe,

Io Hoffmann

dass ich es erst nicht identifizieren kann. Der Schlüssel, der sich im Schloss dreht. Das Klacken. Das Quietschen meiner Eingangstür, die sich öffnet. Und dann: Schritte.
Ich merke, dass mein Herz schneller schlägt. Mein Herz! Ich hatte schon ernsthafte Zweifel, ob es überhaupt noch da ist.
Niemand hat den Schlüssel zu meiner Wohnung. Kein Mensch.
Aber die Schritte sind da. Sie hallen durch den Flur. Oder ist es nur wieder einer meiner vielen Träume? Mühsam richte ich mich auf, den Schleier des Nichtgefühls immer noch vor Augen. Nicht, dass ich mir was draus machen würde, wenn da wirklich jemand wäre. Es wäre seltsam, unerklärlich, aber im Grunde genauso scheißegal wie der Rest meines Lebens.

Und doch klopft mein Herz heftig, als die Tür zu meinem Zimmer aufgeht, als wolle es sagen: Täusch dich mal nicht! *Ich* bin auch noch da!

Eine Gestalt schiebt sich in den Raum und meinen Nichtgefühl-Schleier ein kleines Stück beiseite. Schiebt sich durch Berge von Pizzakartons, zerdrückten Bierdosen und schmutzigen Klamotten. Bahnt sich einen Weg durch mein Chaos. Dann steht sie vor mir. Das Rotlicht der Ampel erhellt ihren Körper. Sie trägt ein verblichenes T-Shirt mit einem Bild von James Brown darauf. Auf ihren Armen sind Tattoos, die ziemlich selbstgestochen aussehen. Ihre Haare sind kinnlang und so stark gebleicht, dass das Ampellicht wie Feuer darin spielt. Ich habe sie nie zuvor gesehen.
„Wer bist du?“ Seit Wochen habe ich meine Stimme nicht benutzt. Die Worte quellen aus meinem Mund wie Kotze.
„Wie bist du hier reingekommen?“
Sie sieht mich an aus undefinierbaren Katzenaugen, streift sich eine Haarsträhne nach hinten.
„Mein Name ist nicht wichtig“, sagt sie. „Ich bin nur hier, weil du dringend Sex brauchst, Janosz.“
Ich verschlucke mich beinahe an meinem eigenen Speichel. Ich weiß nicht, was ich unglaublicher finde: Dass sie meinen zweiten Vornamen kennt – ausschließlich meine Eltern riefen mich so, als ich noch ein Kind war – oder dass eine Frau in meiner Gegenwart von Sex spricht.
Ich schließe die Augen und sage mir, dass ich aufwachen soll. Ich öffne die Augen, und da steht sie noch und starrt mich weiterhin so undefinierbar an.
„Also“, sagt sie. „Geht’s dann mal los?“

Sie streift sich das James-Brown-T-Shirt über den Kopf, und ich starre auf ihre Brüste und ihren mageren Bauch. Die Brüste sind der Hammer!
– Obwohl, eigentlich nicht, aber ich habe so lange keine mehr gesehen, dass jede Art von Brust für mich der Hammer ist.
Sie dreht sich im Rotlicht.
„Und, wie findest du sie? Komm, fass sie an!“
„He, Moment mal, Moment, Moment!“ Ich schreie fast, als sie näher auf mich zukommt. „Was geht hier ab, verdammt? Was bist du? 'ne Nutte oder was? Ich hab dich nicht bestellt! Ich hab keine Kohle, okay?“
„Ich will kein Geld, Janosz.“
Wie sie meinen Namen sagt! Als würde sie mich seit Ewigkeiten kennen.
Sie dreht sich im Licht wie die Königin der Leidenschaft, lasziv und gelangweilt zugleich.
„Was willst du dann?“, frage ich heiser.
„Das, was du willst, Janosz: ficken.“
„Schau mich an!“ Ich ziehe die Decke von meinem Körper. Beißender Schweißgeruch breitet sich aus. „Ich bin ein Wrack! Ich bring's nicht! Ich war seit zwei Wochen nicht unter der Dusche!“
„Warum?“, fragt sie.
„Weil es mir egal war.“
„Wieso ist es dir dann jetzt nicht egal?“ Sie schlüpft aus ihrer Jeans oder was auch immer sie trägt, ich sehe es nicht.
Ich starre sie an; ihren nackten Körper vor meinem Bett. O mein Gott. Wie lange ist es her? Wie lange schon?
Die Ampel schaltet um, und ihr Körper leuchtet grün. Sie wischt den Schleier des Nichtgefühls von meinen Augen und setzt sich auf mich. In dem Moment, in dem ihre Arschbacken meine Oberschenkel berühren, wird mein Schwanz steif.
Sie hatte recht. O Gott, wie recht sie hatte!
Sie zieht meine Shorts aus. Mein ganzer Körper zittert. Die Königin der Leidenschaft mit ihren selbstgestochenen Tattoos nimmt meine Hände in ihre und führt sie über ihren Körper. Ich fasse sie überall an, ihre Brüste, ihren Arsch, ich nehme mir alles, was ich kriegen kann; ich fahre mit beiden Händen über ihre unrasierte Scham und tauche dann mit den Fingern in sie hinein. Sie stöhnt auf, und ihre Augen blitzen mich an: „Nimm deine Finger weg, Janosz, ich will dich reiten!“

Das glaubt mir niemand. Im Leben glaubt mir das niemand!

Sie setzt sich auf meinen Schwanz. Klebrige, warme Feuchtigkeit umfängt mich; das Gefühl, wie ich in ihr hochrutsche, ist unbeschreiblich. Sie seufzt auf, und ich stöhne. Mein Herz hämmert wie Sau. Sie bewegt sich, sie reitet mich, mein Schweißgeruch vermischt sich mit ihrem, süßsauer irgendwie. Ihre Haare wirbeln um sie herum wie eine Flamme. Ich möchte mich fragen, was hier passiert, aber jeder Gedanke ist ausgelöscht. Ich falle einfach in sie hinein wie in einen Traum, haltlos und schwerfällig, ganz umschlossen von dieser nassen warmen Schwärze ihres Lochs. Ich habe Fieber, eine Fieberhalluzination. Mein Körper windet sich und bebt, schwitzt das ganze Nichtgefühl aus. Bleib da sitzen, bitte bleib da sitzen! Löse dich nicht auf, bevor ich komme, reite mich einfach weiter!
Die Backsteinwände schießen vor und zurück, vor und zurück. „Komm schon!“ Sie krallt ihre Finger in meine Schultern. „Komm schon, Janosz!“

Stefan Seffrin

Mein Körper zuckt, krümmt sich, ich stoße noch einmal so tief ich kann, und im nächsten Moment schieße ich alles in sie hinein. Und ich schwöre es, in diesem Augenblick wird mein Zimmer hell. Ein riesiger heller Blitz, er geht durch mein nebelverhangenes Gehirn, er schießt in jedes meiner Glieder. Eine unbeschreibliche Erlösung. Mein ganzer Körper pulsiert, das Bett, die Wand … Ich fühle, ich fühle alles! Ich fühle alles so krass, dass ich heulen könnte.

Als ich wieder zu mir komme, liegt sie neben mir.
„War doch 'ne gute Idee, oder?", höre ich sie murmeln, aber mir fällt keine Antwort ein.
Ich versinke in diesem Fieber, das mich befallen hat, versinke in Erlösung.

Mit dem nächsten Telefonklingeln wache ich auf. Morgenlicht scheint durch mein Fenster. Benommen starre ich an mir runter, auf meinen klebrigen, verschwitzten Körper. Eine Wahnsinnsruhe ist in mir; die Art von Ruhe, die man nur nach dem Sex haben kann. Im nächsten Moment denke ich an Haare; Haare wie Flammen, eine unrasierte Scham. Ich fahre hoch, blicke neben mich. Die leere Seite meines Bettes grinst mich spöttisch an: „Tja, du Penner!"
Sie ist nicht mehr da. Oder war sie nie da? Ich rieche an meinen Fingern – doch, sie war da; sie war *da*! Mit einem Satz bin ich aus dem Bett. Im nächsten Moment sinke ich wieder nach unten; Sterne tanzen vor meinen Augen, alles dreht sich. Es ist lange her, dass ich auf meinen zwei Beinen stand. Ich sehe mich um im Raum, hektisch, als wäre sie noch irgendwo, als hätte ich sie nur übersehen; dann stehe ich erneut auf und schleppe mich ans Fenster. Das Tageslicht blendet mich, der Verkehr tobt. Der Asphalt ist noch nass vom Regen; überall Menschen, die über Pfützen springen, aber nirgendwo wasserstoffgebleichte Haare und ein James-Brown-T-Shirt.
Ich starre aus dem Fenster und kämpfe gegen das Bedürfnis an, laut loszuschreien. Scheiße, was ist los mit mir?
Janosz, sie hat mich Janosz genannt.
Ich trample über das Chaos auf meinem Boden, diese Scheißpizzakartons … Ich suche nach irgendeiner Klamotte, die ich anziehen kann, aber alles ist versifft, alles stinkt wie Sau. Ich packe wahllos Zeug zusammen, renne in den Flur und stopfe alles auf einmal in meine Waschmaschine. Aus der Küche dringt der schimmlige Geruch nach Essensresten, die sich schon sehr lange selbst zersetzen. Den Brechreiz unterdrückend kippe ich alles mitsamt den Tellern in den Müll.
Ich laufe nackt in der Wohnung herum wie ein Irrer. Aus welchem meiner Träume ist sie zu mir gekommen? Und in welchen ist sie wieder hineinverschwunden?
Wenig später hänge ich im Bad vor dem Spiegel, mein unrasiertes Gesicht starrt mir entgegen, umrahmt von platt gelegenen, ungewaschenen Haaren. Meine Lippen sind aufgesprungen, in meinen Mundwinkeln hat sich gelber Speichel gesammelt.
„Scheiße", flüstere ich mir ins Gesicht. „Großer Gott! Scheiße."
Ich ziehe den Duschvorhang zur Seite und stelle das Wasser an.
Das erste Mal seit zwei Wochen.

Pepper

Wolfgang Kirschner
Strichmännchenerschießen

19:45 Uhr. Noch eine Dreiviertelstunde. Was ich tun konnte, hatte ich getan: Ich war frisch geduscht, sauber rasiert und ordentlich gekämmt. Vor dem großen Spiegel im Flur überprüfte ich noch einmal mein Äußeres. Alles in Ordnung, mehr war nicht herauszuholen. Ich griff in die Innentasche meiner braunen Lederjacke und holte die Brieftasche hervor. Ein letzter Blick auf ihr Foto, das sie mir tags zuvor gemailt hatte. Ja, Ellen war ein Lederjackentyp, keine Frage. Im Trenchcoat hätte ich neben ihr wie der heilige St. Martin ausgesehen. Sie war hübsch. Sehr hübsch sogar. Sie hätte die jüngere Ausgabe von Ellen Barkin sein können. Die gleiche wilde blonde Mähne, das gleiche sinnlich schöne Gesicht. Derselbe Vorname. Und was mich betraf – ohne übertreiben zu wollen –, in meiner Lederjacke war eine gewisse Ähnlichkeit mit Tom Cruise nicht zu übersehen. Aber bitte, das sage ich nur, damit man sich ein Bild machen kann. Die Lederjacke gab mir Schwung und Jugendlichkeit. Aufrecht und federnden Schrittes ging ich der U-Bahn-Station entgegen. Aufgeregt war ich nicht. Noch nicht. Das würde um halb neun kommen, wenn ich Ellen im Kolibri gegenüberstand. Die Idee mit dem Kolibri stammte von ihr, ich hätte nicht gewusst, was ich vorschlagen sollte. Wenn man nie ausgeht, kennt man auch keine Lokale. Dass ich nie ausging, hatte ich ihr verschwiegen. So etwas bringt nur Minuspunkte. Und das musste nicht sein, denn gerade hatte ich einen dicken Sympathiebonus eingefahren, weil ich mich trotz eines laufenden Fußballländerspiels mit einer Frau treffen wollte. Frauen hassen Sportschau-Typen, lasst euch das gesagt sein, Kollegen!

Pepper

Die Straßen waren wie leergefegt. Für Samstagabend sehr ungewöhnlich. Prompt durchfuhr mich ein Schreck: Würde ich in der U-Bahn-Station überhaupt ein paar Blümchen bekommen? Der Inhaber des Ladens war ein Mann, und heute war großer Kampfabend der Fußballgladiatoren! Egal. Notfalls konnte ich am Bahnhof einen Zwischenstopp machen, dort gab es immer Blumen. Das beruhigte mich.
Es war ein warmer Juniabend – etwas Magisches lag in der Luft. Aus den gekippten Fenstern drang das Dröhnen der Fernsehgeräte auf die Straße. Stumpfsinniges Zuschauergegröle mischte sich mit dem Geschwafel der Fußball-Experten. Ein Graus, wirklich. Ich konnte jede Frau verstehen.
Der Blumenladen war geöffnet. Der Inhaber hatte seine Gattin abkommandiert, dieser Schwachkopf! Ich kaufte eine einzelne rote Rose mit etwas Grünzeug, das Ganze hübsch verpackt. Die Frau des Inhabers sah mich bewundernd an. Sicher wusste sie es zu schätzen, dass an einem Abend wie diesem Männer in romantischer Mission unterwegs waren. Ich wähnte mich auf der Siegesstraße.

Das Kreischen der einfahrenden U 2 traf mich bis ins Mark. Die orange-gelbe Tür ging auf, und die Graffiti-Schenkel einer Barbarella-Blondine spreizten sich unnatürlich weit. Ich setzte mich ans Fenster, die Blume hielt ich achtsam in der Hand. Es roch nach muffigen Sitzpolstern, rauchigen Klamotten und Bier. Auf dem Boden kullerten Pilsflaschen. Schräg gegenüber saß ein Riese, Mitte vierzig, Schuhgröße 49. Seine Joggingschuhe waren weiß, die Socken gelb und die Hose blau. Ich hoffte, dass er zu keinem Date unterwegs war. Das hoffte ich für sie. Vor allem für sie, denn diese Figur war so ziemlich das Unappetitlichste, was die nicht Fußball guckende Männerwelt zu bieten hatte. Wenn er überhaupt jemals Sport gemacht hatte, dann im Laufstall. Seine Wampe quoll unter einer fleischfarbenen Windjacke hervor. Auf seiner Halbglatze schien es mehr Öl zu geben als auf der arabischen Halbinsel, und sein Unterkiefer war schief wie der eines Kamels. Aber okay, das sind Äußerlichkeiten, sagte ich mir. Die inneren Werte konnten gigantisch sein. Ich schaute mich um: Weiter hinten saß ein älteres Paar. Sie starrten schon recht leblos nach Nirgendwo und sprachen kein Wort miteinander. Alles war gesagt. Nach fünfzig Jahren oder so.
An der nächsten Station stieg ein Junge zu. Oder ein Mädchen, genau war das nicht zu sagen. Das Gesicht war zart und die blonden Haare hingen zu beiden Seiten des Mittelscheitels bis über die Ohren runter. Das Kind setzte sich mir gegenüber. Es war zehn, höchstens elf, und machte einen traurigen Eindruck. Durften Kinder um diese Uhrzeit alleine U-Bahn fahren? Hm, warum nicht, dies war ein freies Land. Aber was machte der Junge – als er direkt vor mir saß, war ich mir sicher, dass es ein Junge war – an einem Abend wie diesem fern von jeglichem Fernsehgerät? In seinem Alter hatte ich kein Spiel ausgelassen. Weder in der Glotze noch auf dem Bolzplatz. War er traurig, weil er keinen Fernseher zu Hause hatte? Gab es so etwas überhaupt noch?
Mit turbinenähnlichen Geräuschen sausten wir der nächsten Station entgegen. Die Lichter in der Röhre schossen wie Leuchtmunition an uns vorbei und blendeten in den Augen. Ich blickte den

Jungen an. Große traurige Augen erwiderten meinen Blick. Etwas Verstörtes lag darin. War das ein Kind in Not? Was machte man in einem solchen Fall? Die Notbremse ziehen?
„Alles okay, Kumpel?", hörte ich mich fragen.
Er senkte den Blick. Ich dachte, dass er nicht angesprochen werden wollte, und fixierte jetzt den Streckenplan über dem dösenden Kamelgesicht. Ein Verwirrspiel, das bestens geeignet war, halbstündige U-Bahnfahrten zu überbrücken.
„Ich habe meinen Vater umgebracht ..."
Was? Ich schaute auf den Kleinen herunter. Er biss sich auf die Knöchel seiner kleinen Faust, und eine Träne lief ihm über die Wange. Sein Blick war stur auf den Boden gerichtet.
„Du hast was?", fragte ich nach.
„Ich habe meinen Vater umgebracht", wiederholte er leise. Seine Stimme war brüchig, und seine Füße baumelten in abgetragenen Turnschuhen nervös und knapp über dem Boden.
„Wie – umgebracht?", fragte ich wieder.
„Mit ... einem Messer. Dem Brotmesser aus der Küche."
Jetzt musste ich grinsen. Aus Hilflosigkeit. Der Junge sah es nicht, weil er immer noch auf den Boden starrte. Komm, du guckst zu viele schlechte Filme, beruhigte ich mich selbst.
„Du machst bloß Quatsch, hab ich recht? Ein Junge wie du sitzt an einem Abend wie diesem vorm Fernseher und guckt mit seinem Vater das Fußballspiel an. Da greift man höchstens zu Kartoffelchips, aber nicht zu einem Brotmesser."
Ich merkte nicht gleich, dass meine Argumentation gerade nicht dafür sprach, dass der Junge Quatsch machte. Er saß ja nicht vorm Fernseher, sondern in dieser U-Bahn. Mit mir. Und dem fettwanstigen Riesen. Den alten Leuten und einem Teenager-Pärchen, das an der nächsten Station zustieg und sich neben die Alten setzte. Da passten die Teenies auch hin. Sie küssten sich so laut, dass es durchs Abteil schmatzte, aber sonst hatten sie sich nichts zu sagen.
Der Kleine schlug die Augen auf und starrte mir verzweifelt ins Gesicht. Hinter einem See aus Tränen sah ich seine traurigen blauen Augen. Sie flehten mich geradezu an. Um was, wusste ich nicht.
„Du glaubst mir nicht", sagte er, und es klang vorwurfsvoll. Eine kleine Träne lief dicht an der Nase entlang und blieb an seiner Oberlippe hängen. Dann rollte er sein grün-gelbes T-Shirt in den brasilianischen Nationalfarben hoch und zeigte mir seinen schmächtigen Oberkörper. Die blasse Haut war mit Striemen und blauen Flecken übersät. Der Junge sagte nichts und rollte das Hemd wieder herunter. Ich schaute zu dem dösenden Dicken rüber und dann wieder auf den Jungen.
„Was hat das zu bedeuten?", fragte ich.
„Das war er!", sagte der Junge. Seine Stimme wurde wieder brüchig.
„Dein Vater?"
Er nickte. „Jeden Abend, wenn er besoffen war, hat er mich geschlagen. Aus Frust. Weil meine Mutter mit einem anderen abgehauen ist."
Der Junge sprach leise, ich nahm nicht an, dass der Typ mit dem Bierbauch etwas hörte.
Allmählich nahm diese Geschichte Dimensionen an, die ich nicht mehr übergehen konnte. Das war ein unerwarteter Albtraum, der mir da in der U-Bahn-Röhre entgegenkam. Noch dazu an einem

Abend, auf den ich mich wirklich gefreut hatte. Wegen Ellen. Und den Aussichten auf eine wilde Nacht. Und jetzt das. Eine wilde Untergrundgeschichte.
„Du musst zur Polizei!", sagte ich. Und natürlich war mir klar, dass der Knirps das am allerwenigsten hören wollte. Hätte ich in seiner Lage auch nicht gewollt.
Ein heftiges Kopfschütteln war seine Reaktion. „Nein, will ich nicht!", sagte er etwas lauter. Der dösende Dicke schlug ein Auge auf und schielte misstrauisch herüber. „Die stecken mich in ein Heim", flüsterte der Kleine. Und dann wiederholte er leider viel zu laut: „Das will ich nicht!"
Der Kerl mit dem Kamelgesicht richtete sich auf und mahlte mit dem Kiefer. Aus seinen Sehschlitzen nahm er mich ins Visier.
Mir wurde es zu blöd. Alles. Ich machte einen letzten Versuch, die ganze Angelegenheit als Fantasiegespinst eines überdrehten Kindergehirns abzutun.
„Komm, erzähl mir nichts. Du bist ein Kind. Wie wolltest du einen erwachsenen Mann mit einem Brotmesser umbringen? Das gibt's doch gar nicht. Wie willst du das gemacht haben?"
Der Dicke grunzte jetzt bedrohlich. Er zog die riesigen Beine an und kauerte – wie es aussah – sprungbereit auf seinem Sitz.
Der Junge sprang auf. Er stürzte sich auf mich und bohrte mir seine kleine Faust in die Herzgegend. „Du gemeiner Kerl!", schrie er. „Du wirst mir nie wieder wehtun, nie wieder ...!" Dabei schlug er mehrfach mit der Faust auf mein Herz ein und brüllte: „So! So! So ...!"
Ich war total überrumpelt. Wusste nicht, was ich tun sollte. Die Rose für Ellen war zermalmt. Der Riese stand plötzlich direkt vor mir.
„Beruhige dich!", sagte ich zu dem Kleinen und drückte ihn vorsichtig von mir weg.
Der Riese fuhr den rechten Arm aus, ein Ding wie ein Kran, und schnappte mich am Kragen. Ich roch seinen Senfatem.
„Du mieser Kinderschänder!", herrschte er mich an. Aus tieferen Schichten konnte man Bratwurst riechen.
„Loslassen, Mensch!", rief ich. „Der Junge hat seinen Vater umgebracht. Da muss was geschehen ..."
„Ich kann dir sagen, was geschieht", knurrte der Fleischberg. „Du fliegst hier im hohen Bogen raus! Mit Pälo... Pälophiden mache ich kurzen Prozess, kapiert? Wenn wir nicht in der Bahn wären, würdest du auf den Gleisen landen, du Stück Scheiße – bäh ...!"
Er spuckte mir ins Gesicht.
Ich schaute hilfesuchend zu dem älteren Paar, aber sie hatten nicht mal dazu was zu sagen. Sie mussten wirklich schon alles gesagt haben. Das junge Pärchen blickte kurz und angewidert herüber und schleckte sich dann weiter ab. Ich war allein. Selbst der Junge kam mir nicht zu Hilfe, stellte nicht richtig, was diese Riesenbratwurst falsch verstanden hatte. Er verkroch sich hinter dem nächsten Sitz und sah zu, wie mich das Monstrum an der nächsten Station mit einem heftigen Tritt in den Allerwertesten aus der Bahn warf. Buchstäblich. Surrend fuhr die U 2 wieder an. Das Gesicht des Jungen tauchte an der Scheibe auf. Er grinste. Der Koloss stand daneben und klatschte sich zufrieden die Hände ab.
Als ich die Rolltreppe hochfuhr, stand ein Rasta-Freak mit seiner Wandergitarre auf dem Treppenabsatz und sang diesen Runaway-Song von den Kindern, die alljährlich verschwinden, und niemand weiß, warum und wohin.

Ich fühlte mich grenzenlos verhöhnt. Ellens Rose lag noch in der Bahn. Oder was die Kinderfaust davon übrig gelassen hatte. Konnte das alles wahr sein?
Der Polizist blickte nicht mal auf, als ich ihm meine Geschichte erzählte. Er starrte auf den Monitor, wo vermutlich der Spielstand eingeblendet wurde.
Als ich fertig war, murmelte er, den Blick immer noch auf den Bildschirm geheftet: „Ja, ja, und um wie viel geht es nun?"
„Was?"
„Um wie viel Geld?"
„Wieso Geld? Was meinen Sie?"
„Ihre Brieftasche, Geldbeutel, was weiß ich – schon mal nachgeguckt?" Ich griff in die Innentasche meiner Lederjacke: Nichts. Die Brieftasche war weg. Und damit zweihundert Euro, mein Ausweis, die Kreditkarte, und – was fast am schlimmsten war – Ellen Barkin, die Jüngere.
„Sie also auch", sagte der Beamte.
„Bitte?"
„Na, Sie auch. You too. In der U 2!" Er grinste über sein Wortspiel. „Das Bürschchen ist seit einer Woche aktiv, leimt am liebsten Touristen. Aber wir werden das Früchtchen schon kriegen …"

Nach einem halben Jahr wurden die Ermittlungen eingestellt. Das Früchtchen schnappten sie nicht. Ich schaffte es an diesem Abend nicht mehr ins Kolibri. Und ich schaffte es nie mehr, Ellen Barkin zu versöhnen, trotz zahlloser beschwörender Mails.
Zwei Wochen nach dem Vorfall bekam ich einen Brief. Ellens Foto lag darin. Ihr Vorderzahn war schwarz angemalt, so dass sie eine Zahnlücke hatte. Darunter stand: „Die häte dich noch mer ausgenomen. Sei fro das ich schneller war." Daneben ein grinsendes Strichmännchen. Ich stand vor dem großen Spiegel im Flur und übte Strichmännchenerschießen aus der Hüfte.

Igor Tishin

Igor Tishin

SAID

miserabelmarie

juli 2014

ich lungerte vor dem café, bis der kellner
mich mit einer serviette verscheuchte.
ich ging ein paar häuser weiter und ließ
meinen blick umherschweifen. auf der
anderen straßenseite stand ein kerl, mit
einem fuß an die hauswand gelehnt.
„dem entkomme ich nicht“, dachte ich
und lockte mit meinem gang.
„er weiß, daß meine küsse durch tausend
hände gegangen sind.“
dann stand er vor mir.
„ich bin miserabelmarie.“
wir gingen nebeneinander bis zu seinem
wagen, er ließ mich im fond platz nehmen.
ich öffnete die beine und legte die füße auf
die fensterrahmen – der wind tat gut.
an einem feld hielt er an, stieg aus und
öffnete den wagenschlag. dann hörte ich
den befehl. er roch an meinem slip und
warf ihn ins gebüsch.
am abend nahm er mich wieder, ohne jegliche rücksicht – als wollte er etwas beweisen.
hernach lag ich auf seinem bett und nahm
die regeln zur kenntnis. schließlich streckte
ich die zunge raus. bis er entschieden hat,
was mit ihr geschehen soll.
für gewöhnlich konnte ich an seinen augen
lesen, wann er zornig war. dann ließ er
mich seine hand lecken.
es kam auch vor, daß er mich stundenlang
in einer ecke verhungern ließ. „kein ding,
das seinen ort nicht hätte“, sagte er, bevor
er auf mich losging. später schaute er auf
sein stück herab und nannte mich seine
kakerlake.
am abend setzte er sich in ein café und
ließ mich laufen: „dein gang allein müßte
genügen.“
einige dinge verbot er mir.
„ich weiß mich zu benehmen“, rief ich und
donnerte davon.
am ende der nacht zählte er die flecken auf
meiner haut und verlangte sein geld.

Frank Schwede
Im Nebel der Gefühle

San Francisco ist kuschelig. Morgens in aller Herrgottsfrühe, wenn der Nebel sein weißes Laken über die Frisco Bay zieht, wie eine Schlummerdecke, die Menschen einhüllt und ihre Fantasie auf Reisen schickt. Plötzlich ist die Welt so irreal, so einzigartig, so verzaubert und doch so unheimlich. Dann spielt das Auge Streiche, keine bösen, nein, manchmal sogar freudige. Neulich erst wieder ist es mir passiert. Ich saß bei Hank um die Ecke und frühstückte. Bacon and Eggs, meine müden Augen ruhten auf der Bay. Frühstücken ist eine Zeremonie. Man sagt, das Frühstück sei die wichtigste Mahlzeit des Tages. Frühstücke ausgiebig, und der Tag ist gut zu dir. Also frühstückte ich und schickte meine Augen auf Wanderschaft, ließ sie im Nebel stochern, wie kleine Zahnstocher, die nach Essensresten suchen. Irgendwann hatten meine Augen ihr Ziel erreicht, sie ruhten auf einem mächtigen Bauwerk, monumental, ehrfürchtig thront es in der Frisco Bay. Der Nebel umhüllte den weißen Backstein, und manchmal glaubt man, die schreienden einsamen Seelen weit draußen zu hören, in weiße Tücher gehüllt, an Gitterstäben rüttelnd. Laut und klagend, stimmgewaltig und ohrenbetäubend. Wie ein wilder Sausewind peitschen die Oktaven durch die tosende See in die Ohrmuschel „Finden Sie das nicht schrecklich, dreißig sein und für immer eingesperrt, dreißig sein und nie mehr das Gefühl von Freiheit spüren. Also ich stelle mir das schrecklich vor.“ Ich drehte mich reflexartig um, sah, dass diese Stimme kein Produkt meiner Fantasie war, sondern ausgesprochen munter und lebendig neben mir stand. Mein Blick wanderte von ganz unten nach ganz oben. Genauer gesagt, von der Fußsohle zur Haarspitze. Und jeder weitere Zentimeter, den sich

Igor Tishin

meine Augen nach oben tasteten, ließ meinen Blutdruck steigen, meine Gedanken ruhten nun nicht mehr hinter Mauern und Gittern, sondern auf einer Wespentaille, die in engen Hotpants steckte, die den Bauchumfang um weitere zehn Zentimeter schmälerten. Erst, als meine Augen oben angekommen waren, sah ich, dass zur Wespentaille auch ein schöner Kopf gehörte, verziert mit einer langen kastanienbraunen Mähne, die wallend die schmalen Schultern bedeckte – aber das i-Tüpfelchen waren zweifellos die sinnlichen Lippen, die glatt eine Ehe zerstören konnten.

„Sind Sie oft hier?", flötete die Wespentaille im munteren Südstaatenslang. „Ich komme übrigens aus New Orleans und lebe erst seit ein paar Monaten in Frisco, na ja, ich habe schon viel gehört von der Stadt." Sie sah mich an und lächelte nervös und sah sich aus dem Augenwinkel nach Hank um. Dann errötete sie und wurde von einem unterdrückten Lachen geschüttelt. „Es tut mir leid", sagte sie schließlich, „ich habe Sie wohl verwechselt, aber von hinten sehen eben alle Männer gleich aus …" Weiter kam sie nicht. Nicht nur, dass sie von einem heftigen und lang anhaltenden Lachanfall geschüttelt wurde – im selben Moment stand Hank mit Kugelschreiber und Block bewaffnet hinter ihr und wollte ihre Bestellung aufnehmen. Hank verstand es immer vorzüglich, im richtigen Moment in eine Sache zu platzen, die gerade im Begriff war, sich zu entwickeln. Die Wespentaille bestellte ein Tonicwater eisgekühlt, und ich war sichtlich irritiert. Als ich wieder einen einigermaßen klaren Gedanken fassen konnte, versuchte ich, die Sache strategisch anzugehen. „Es tut mir leid, aber ich muss Sie das fragen", sagte ich, „mit wem haben sie mich verwechselt?" Ich versuchte in diesem Moment, mir die Geschichte zusammenzureimen, aber es wollte mir einfach nicht gelingen. Also erklärte sie es mir, und schließlich bekam ich die Chance, noch einmal von vorne anzufangen und ein normales Gespräch zu führen. Wir redeten über Frisco, über Fantasien und über diverse finstere Gestalten. Plötzlich prustete die Wespentaille los und wurde zum bereits zweiten Mal von einem Lachkrampf geschüttelt, der Sektgläser springen lassen konnte. „Kitty", platzte es plötzlich aus ihr heraus. Als ich zu begreifen begann, war es bereits zu spät. Kitty hatte mich bei meiner Begriffsstutzigkeit ertappt. Sie sah mich an, und ihr schmaler Erdbeermund begann zu beben. „Kitty ist mein Name", sagte sie und nippte an ihrem Tonicwater, das ihr Hank vor einer Minute vor die Nase gestellt hatte. „Morgens trinke ich übrigens nie, also ich meine Alk", fügte sie kichernd hinzu und starrte dabei die ganze Zeit auf meine Hose. Als sie ihr zweites Tonicwater ausgetrunken hatte, hatte ich eine Einladung zum Abendessen und eine Telefonnummer. Immerhin hatte ich an diesem Morgen etwas zum Abschluss gebracht, was ich vom Rest der Woche nicht behaupten konnte. Es war früher Freitagmorgen und die Kurzgeschichte spukte nun schon vier Tage in meinem Kopf herum, ohne dass ich den Schlüssel zur Tür fand, hinter der sich der Plot befand. Manchmal ist es zum Haare-Ausreißen, dachte ich und betrachtete die Telefonnummer und spielte eine Zeit lang mit dem Bierdeckel in der Hand, auf den Kitty die Nummer gekritzelt hatte.

Als ich sie nach ein paar Tagen wiedertraf, erzählte sie mir gleich von ihren zwei Kindern. Am liebsten hätte ich den ganzen Tisch umgestoßen und wäre weggerannt. Kitty erkannte sofort an meinem Gesichtsausdruck, dass ich nicht amüsiert darüber war. Mit kindlicher Unschuldsmiene sah sich mich an und sagte kleinlaut: „Ich dachte, du solltest das wissen. Für manche macht das einen Unterschied." Ich sah Kitty an und, ehrlich gesagt, verschlug es mir fast die Sprache, Kitty kam mir zuvor und fügte hinzu: „Für Männer meine ich natürlich." Natürlich hatte ich längst verstanden, was Kitty mir mit diesem einen Satz sagen wollte, und sagte: „Klar, das habe ich verstanden." Kitty begann wieder zu lachen, so laut, dass sich alle Leute in dem gut besuchten Lokal zu uns umdrehten. „Nein, es ist nur so, gewisse Dinge sollte man klären, wenn man sich darüber im Klaren ist, dass es das richtige Rendezvous ist."
„Und das ist es?", wollte ich wissen.
„Ja, ich denke schon", lächelte Kitty.
„Und ist das ein Problem für dich, ich meine mit den Kindern?"
„O nein, keineswegs, ich wäre enttäuscht, wenn du keine hättest."
Kitty lachte wieder, fast glaubte ich, dass sie mich auslachte, doch dann sagte sie: „Warum?" Das Warum irritierte mich, und ich wusste nicht, was ich darauf antworten sollte, schließlich sollte es logisch klingen, nicht zu cool, aber auch nicht zu einnehmend. Also entschied ich mich für die Wahrheit. „Weil ich noch nie mit einer Mutter aus war, das wollte ich schon immer mal." Obwohl ich in diesem Moment noch nicht einmal wusste, ob ich gut im Umgang mit Kindern war. Rumalbern, ständig gut drauf sein und auf alle Fragen die passende Antwort parat haben. Schließlich bin ich ein notorischer Melancholiker, der mit Mühe und Not seine Brötchen verdient und noch miesere Laune hat, wenn ihm am Computer nichts Passendes einfällt und dann kommt … nein, ich wollte mir diese Szene in diesem einen wichtigen Augenblick nicht ansatzweise vorstellen. Ich blendete sie einfach aus. Gut, Kitty hatte mir die Wahrheit gesagt, schön so, aber was änderte das an den Gefühlen zu ihr, wollte ich wissen, und horchte tief in mein Herz, das hat in solchen Angelegenheiten immer geholfen. Doch an diesem Abend wollte das einfach nicht gelingen.

Ich dachte wieder an die Kurzgeschichte, die seit Montag in meinem Kopfe herumspukte, da ging es um etwas Ähnliches, Mutter mit zwei Kindern, alleinerziehend, sucht netten männlichen Begleiter für gewisse Stunden, Heirat nicht ausgeschlossen. Das war die Story, fast zu alltäglich, zu banal – doch kommt sie immer wieder vor, sie ist eben Alltag in unserer Turbogesellschaft, wo nur das zählt, was am Ende unterm Strich rauskommt. Doch jetzt sollte ich diese Geschichte in Wirklichkeit erleben, ich konnte mir das nicht vorstellen. Nicht jetzt und nicht hier. Kitty war Mitte dreißig, frecher Blick, locker im Umgang, sie sollte wirklich, nein, ich konnte mir das einfach nicht vorstellen. Und überhaupt: hatte mich meine Story am Ende bereits eingeholt, oder folgt jetzt der lang gesuchte Plot? Ich wusste es nicht, aber ich wusste, dass der Abend nicht die passende Antwort auf diese drängende Frage parat hatte. Also überließ ich alles wie immer dem Zufall. Nun war auch mein Kopf in Nebel gehüllt. Alles um mich herum nahm ich nur schemenhaft war, und auch Kitty war weit weg, obwohl sie die ganze Zeit neben mir am Tisch saß und in einer Tour redete. Redete und redete, doch erst bei einem Satz wachte ich auf. Kitty sah mich plötzlich an, ihre Augen funkelten, und ich wusste, in diesem Augenblick war es ihr wichtig, dass ich ihr aufmerksam zuhörte.

Der Satz passte wirklich und hinterließ anfangs Spuren des Zorns in mir: Ich versuchte in meiner Short Story den Satz einigermaßen in eine Form zu gießen, nicht zu sperrig, aber auch nicht so flach, dass man ihn überlesen könnte. Er ging so: „Als alleinerziehende Mutter wird man sehr empfänglich für diese alten feministischen Klischees, du weißt schon, Männer sind Schweine, eine Frau ohne Mann ist wie …“ Kitty brach mitten im Satz ab. Schade, ich hätte gerne gewusst, wie der Satz endet, doch ich konnte ihr auch mit gutem Zureden sein Ende nicht entlocken. Dabei fing der Abend doch erst an, so richtig schön zu werden. Einsamer Schriftsteller trifft liebeshungrige alleinerziehende Mutter und macht sich am Ende selbst zum Versuchskaninchen. Kitty hatte mein ganzes Interesse geweckt und ließ meine Fantasie weiterspielen. Wenn alle alleinerziehenden Mütter wirklich alle Männer für Schweine hielten, dann hatte ich das große Los gezogen. Ich legte meine Stirn in Falten, sah Kitty an, während sie weiter loswetterte.
In den folgenden Wochen war ich der Gutmensch. Kevin, Kittys Vierjähriger, hielt mich zwar für grundunsolide, aber das machte nichts. Wir gingen in Fastfood-Restaurants, unternahmen Bootsfahrten und hatten über mögliche eigene Kinder nachgedacht. Das Frisch-Verliebtsein hat auch immer etwas mit Sturm und Drang zu tun, und Vaterschaft im Unverbindlichkeitsstatus hatte irgendwie etwas Bequemes und ein sicheres Gefühl von Freiheit; man konnte Hand in Hand mit einer witzigen und tollen Frau spazieren gehen, die Kinder tobten, und alle Welt sah uns dabei zu; wenn der Nachmittag zu Ende war, konnte man nach Hause gehen, ohne weitere Verpflichtung, ein rundum Sorglos-Beziehungs-Paket. Auf einmal wusste ich, dass das der Plot der Geschichte war: Vater sein auf Zeit, mit einer Superfrau an der Seite, die einfach zu allem bereit war und diesen Beziehungsstatus ebenfalls zu genießen schien. Und dann war da natürlich auch noch der Sex. Sex mit einer alleinerziehenden Mutter schlug alles, was ich bisher an Sex erlebt hatte. Besonders dann, wenn diese Frau vom Vater ihrer Kinder stets schlecht behandelt wurde und nie die Gelegenheit dazu hatte, einen neuen Partner kennenzulernen, immer in der Angst, erneut enttäuscht zu werden, weil man mit Kindern nicht ausgehen konnte oder die Männer Kinder fremder Väter nicht mochten. Wenn man sich eine von diesen Frauen aussuchte, dann würde man geliebt dafür, wurde mir klar.

Man war auf einmal ein besserer Liebhaber und ein besserer Mensch, und die Beziehung bekam eine Seele in einer Welt, die nur aus One-Night-Stands in fremden Betten zu bestehen schien, nur aus Ficks unter vielen. Nein, das konnte es nicht sein, redete ich mir immer wieder ein und genoss ganz einfach die Erfahrung mit Kitty, auch deshalb, weil ich wenig Konkurrenz zu befürchten hatte und weil ich nicht Clark war, Kittys Ex, der ein Trinker und Tagelöhner war, nebenbei Linda von der Gewerkschaft bumste und Kitty im Suff prügelte, wenn das Essen nicht pünktlich auf dem Tisch stand. Ich wurde von Kitty dafür geliebt, nicht Clark zu sein, und auch dafür, dass ich ich selbst war. Kittys Liebe war ein Privileg und ein Beweis dafür, ein guter Liebhaber zu sein.

Ein Ende war nicht in Sicht, dachte ich immer, und plötzlich kam mir sogar der Gedanke, dass diese Beziehung einen Haken hatten, einen Haken, den ich bisher nicht erkannt hatte, der so klein sein musste, dass ich ihn schlichtweg übersah. Ich war genau sechs Wochen mit ihr zusammen – doch dann zog die erste Krise wie eine drohende Gewitterwolke über unserem Honeymoon auf. Auf einmal gab es Dinge, die ich ganz und gar nicht an Kitty ausstehen konnte, sie war nicht sonderlich flexibel und im Umgang mit Kevin zu locker, sie ließ alles durchgehen. Im Restaurant konnte er mit Essen um sich werfen, und selbst wenn er meinen Papierkorb mit dem Pissoir verwechselte, fand sie das so witzig, dass sie wieder eine ihrer berüchtigten Lachkanonaden abließ, die mir schier den Verstand raubten. Ich begann mich plötzlich zu fragen, ob Kitty wirklich das war, was ich die ganze Zeit über gesucht hatte. Als wir eines Morgens wieder bei Hank saßen, sagte sie: „Frank, ich weiß nicht, ob das mit uns so weitergehen kann." Ich sagte kein Wort und schwieg. Hank brachte mir einen zweiten Kaffee und Kitty ein frisches Tonicwater, das sie so prickelnd und erfrischend fand, dass sie in den letzten Wochen schier süchtig danach wurde, so süchtig, wie ich nach ihrer Liebe war. Hier hatte alles begonnen, und hier sollte auch alles enden, dachte ich und sah Kitty an. Und ich wusste in diesem Augenblick wirklich nicht, ob ich darüber betrübt oder am Ende sogar glücklich sein konnte. Gemischte Gefühle waren nie meine Sache, doch in diesem einen Fall sollte es so sein. In der Regel begannen solche Gespräche immer dann, wenn ich etwas Dummes oder Taktloses getan hatte, doch so sehr ich auch in meinem Speicher suchte, ich fand nichts, was diese Beziehung auch nur ansatzweise hätte zerstören können. Plötzlich durchbrach Kittys Südstaaten-Timbre die Stille, und sie sah mich an. „Es liegt nicht an dir, sondern an mir und meinem Chaos und der Unfähigkeit, Dinge in den Griff zu bekommen, und sicherlich hältst du mich jetzt für eine schlechte Mutter, aber das bin ich nicht. Ich bin aus New Orleans abgehauen, weil ich ein neues Leben beginnen wollte, aber man kann eben nicht vor sich selbst abhauen. Mit dir ist echt alles in Ordnung."
Ich sah Kitty an und sah gleichzeitig tausend Fragezeichen vor meinen Augen. Kitty war eine tolle Frau, und sie machte eigentlich ihren Job als Mutter ganz gut, abgesehen davon, dass sie zu viel durchgehen ließ – aber gemeinsam hätten wir auch das stemmen können.
Ich musste zugeben, dass ich an diesem Morgen wieder im Nebel stocherte, obwohl die Frisco Bay so klar war wie selten und Alcatraz im schönsten Sonnenlicht glänzte. Kitty holte erneut Anlauf, mir die Sache zu erklären. „Sieh, ich bin noch nicht bereit für eine neue Beziehung, ich habe einfach den falschen Zeitpunkt getroffen, vielleicht hätte ich mit einer bedeutungslosen Affäre anfangen sollen, dann wäre alles sicherlich leichter gewesen. Ich hatte mich die ganze Zeit gefragt, ob ich dich unter Druck gesetzt habe,

aber nein, Frank, du warst wirklich großartig, es tut mir so leid.“ Kitty verdrückte ein paar Tränen, schnäuzte sich einmal kräftig und kippte das Glas Tonicwater in einem Zug herunter, als spülte sie die Affäre mit diesem einen Zug für immer fort, die Kehle herunter in die ewigen Jagdgründe. Ich fragte mich die ganze Zeit, wie viele Beziehungen da wohl schon im Magen ruhten und so langsam durch die ätzende Magensäure zerfressen wurden. Ich hatte noch nie zuvor eine Frau weinen sehen, ohne mich dafür verantwortlich zu fühlen. Doch irgendwie liebte ich Kitty für diese Tränen.

Ich griff nach Kittys kleiner Hand und drückte sie kräftig. Kitty sah mich an und versuchte zu lächeln. Ich sah, dass es ihr schwerfiel und sie viel Mühe dafür aufbrachte, für dieses eine dünne Lächeln auf ihren schmalen Lippen, das meinen Blutdruck gleich wieder in die Höhe trieb. „Es muss dir nicht leid tun“, sagte ich. – „Tut es aber.“ – „Muss es nicht.“ – „Tut es aber.“ Wir wiederholten die Sätze so oft hintereinander, dass Hank ernsthaft an unserer geistigen Gesundheit zweifelte. Von allen gemeinsamen Morgen genoss ich diesen am meisten, und ich stellte zu meinem Erstaunen fest, dass es auch noch einen Morgen nach Kitty geben würde und vor allem Frauen wie Kitty, die zuerst glaubten, nur einen festen Fickpartner zu wollen und schließlich feststellen mussten, dass ein ruhiges Leben am Ende mehr wert war als tausend lautstarke Orgasmen. Nur das Gefangensein mit Anfang dreißig schien Kitty nicht zu gefallen. Erst jetzt fiel es mir wie Schuppen von den Augen, und ich begriff, was sie mir mit diesem Satz sagen wollte. Der Plot für meine Geschichte war in Form gegossen und mein Leben außerdem um eine Erfahrung reicher. Super Sex, viele Streicheleinheiten fürs Ego, Vaterschaft light und eine Trennung ohne Schuldgefühle. Alleinerziehende Mütter, liebessehnsüchtige Frauen und tausende von ihnen in San Francisco. Die beste Erfahrung, die ich je in meinem Leben gemacht habe. San Francisco ist so kuschelig.

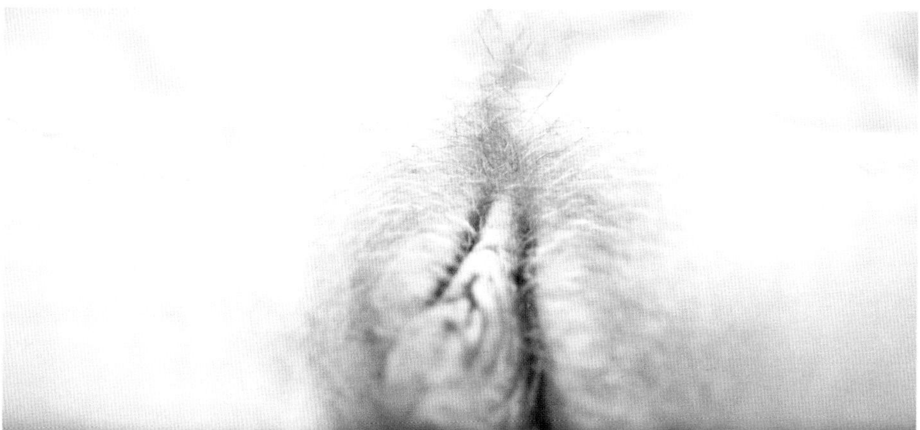

Jasmine Shah, Vulvart

Harry Unte

Norbert Tefelski

Drei feuchte Vierzeiler mit einigen Fragezeichen (und einer albernen Bonuszeile)

Was, schon fertig? Tank ist leer?
Wenn ich diese Worte hör',
lass ich Dich gelassen wissen:
Nicht so ganz, ich könnt' noch pissen.

Josef hat unter die Decke gekleckert.
Und wo bleibe ich?, hat Maria gemeckert:
Das nächste Mal sagst du gefälligst Bescheid
und machst mir die leckeren Flecken ins Kleid.

Ich frag mich, bevor ich mich selber verführ':
Sag, geh'n wir zu mir oder geh'n wir zu mir?
Erziel ich mit mir keine Einigung,
verführ ich die Frau von der Reinigung.

(Ist besser vielleicht als Alleinigung)

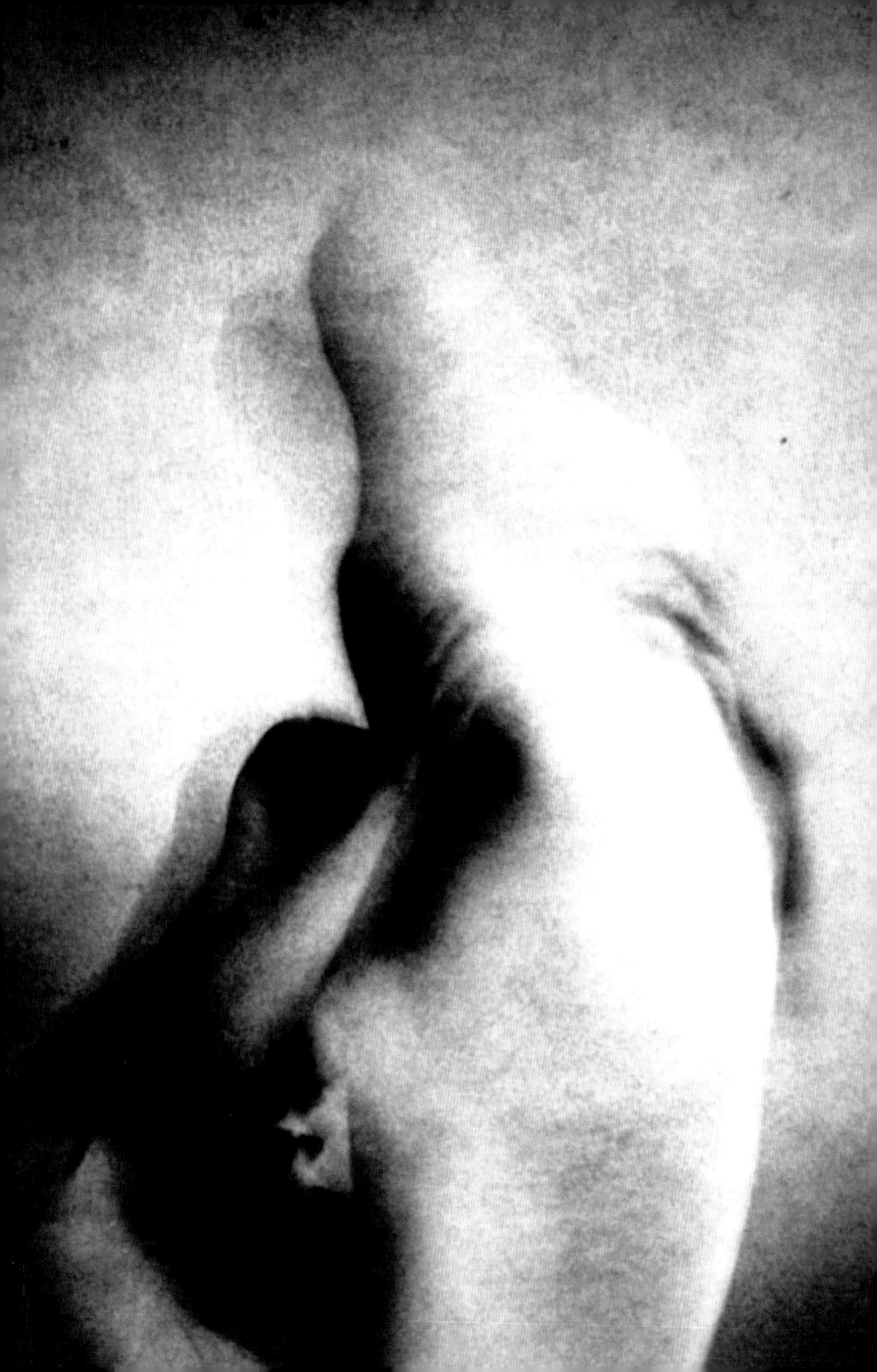

Jana Walther
Mein Lieblingsengel

Harry Unte

Ich lasse die belebten, hell erleuchteten Straßencafés hinter mir, die Menschen am Brunnen und auf den Bänken am Marktplatz. Ihre lebhaften Gespräche, ihre Ungezwungenheit. Die Melodie des Italienischen schwingt zwischen den engen Häusern. Aus der Dunkelheit ruft mir jemand zu: „Ciao, Paola!" Wie verführerisch mein langweiliger Name bei ihnen klingt. Ich lasse ein weiches, langgezogenes Ciao aus meinem Mund rollen, gehe beschwingt weiter.
Ich liebe es noch genauso wie bei meinem ersten Besuch. Ihre Aufgeschlossenheit, ihr Temperament. Den Stolz und das Blitzen in den Augen der Frauen, die ihr Haar über die Schulter werfen. Die gepflegte, selbstbewusste Ausstrahlung der Männer, in jedem Alter ungebrochen. Ich fühle mich wohl zwischen ihnen, etwas distanziert und doch nicht fremd. Aber nicht das hält mich in diesem Städtchen.
Die Nachtluft ist mild, die Mauern geben die Hitze des Tages großzügig ab. Die Lichter werden spärlicher, ich gehe unter dem dunklen Tor der Stadtmauer hindurch, dann über einen unbeleuchteten Pfad. Meine Füße finden den Weg sicher, er ist ihnen vertraut.
Ich bleibe vor dem hohen schmiedeeisernen Tor stehen, schaue mich kurz um. Ein Auto fährt langsam vorbei, die Fenster heruntergekurbelt, Musik tönt heraus. Dann ist es wieder still. Ich klettere schnell am Tor hinauf, aber der Saum meines Kleides verfängt sich an seiner Spitze. Aus Eitelkeit habe ich ausgerechnet das lange Kleid angezogen. Ich schaffe es, mich zu befreien, und springe auf der anderen Seite hinunter, aber ich komme ungünstig auf und mein Fuß knickt weg. Einen Moment bleibe ich hocken, fluche über den Schmerz in meinem Knöchel. Die Engel drehen ihre Köpfe, zischen mich an. Ich störe. Ich warte, bis der Schmerz nachlässt, richte mich dann auf. Ich lasse sie zischen. Auch wenn ich ein Eindringling bin, sie werden sich daran gewöhnen müssen. Die Nacht ist perfekt, samtig, der Vollmond am klaren Himmel lockt das Übersinnliche hervor.
Vor mir ragt eine schwarze Zypresse in den Himmel. Das Mondlicht schleicht über die Wege, tiefe Schatten fallen auf mich zu. Eine abgeschlossene Welt, von Arkaden umsäumt. Ich wende mich nach links.
Die melancholisch an einen Sarg gelehnte Dame unter der ersten Arkade raschelt mit ihrem Spitzengewand.
Ich beachte sie nicht. Ich bin gierig, Erinnerungen durchfluten mich heiß.

Die erste Nacht, als ich hier eindrang, nur das Abgeschiedene und Magische suchte. Jemand umfasste mich von hinten. Ich spürte eine Zunge, viele Zungen auf meiner Haut, viele Finger, sie setzten meine Haut in Brand. Etwas Weiches, Warmes umhüllte mich beschützend, und plötzlich stand ich nackt da. Schrie. Eine Hand verschloss meinen Mund, eine raue Stimme flüsterte fremde, beruhigende Laute in mein Ohr. Weiche Locken an meiner Wange.
Ich versuchte den Kopf zu drehen, aber die Hand auf meinem Mund verhinderte das. Die Stimme wurde kehlig, brachte mein Blut in Wallung, lenkte es zwischen meine Beine. Ich schloss die Augen, ließ mich fallen. Arme hielten mich fest, Hände fanden ihren Weg. Waren schon in mir, bevor sie noch in mir waren, ließen mich zittern in der winterlichen Luft, ließen mich die Kälte nicht spüren.
Heute ist es nicht kalt. Ich bin stehen geblieben. Am Ende der Arkadenreihe stehe ich ihm gegenüber, angestrahlt von hellem Mondlicht, überirdisch schön wie immer, perfekt und unnahbar. Das ebenmäßige androgyne Gesicht von Locken umrahmt. Glatte Marmorbrust, die Flügel erhoben, aus dem sinnlichen Körper fließt erst ab den Lenden nahtlos ein Gewand. Niemand weiß, was sich unter diesem Gewand verbirgt, niemand außer mir. Es ist heiß, es ist hart, und es lässt alles Engelhafte vergessen. Der Gedanke daran, wie viel stürmische Leidenschaft sich in kühlem Marmor verbergen kann, beschleunigt meinen Herzschlag. Er spielt den Unnahbaren, aber ich lasse mich nicht täuschen.
„Ich weiß, dass du da bist", raune ich ihm angriffslustig zu.
Er löst sich aus dem Stein wie ein ätherischer Geist und steht plötzlich vor mir. So groß wie ich, die Flügel jetzt sittsam gesenkt. Ich muss nach Luft schnappen, seine bloße Anwesenheit raubt mir den Atem. Ein anzügliches Lächeln spielt um seine Lippen. Ich strecke den Arm aus, berühre seine harte Brust. Er zieht mich an sich, umarmt mich, umhüllt mich, durchdringt meinen Körper.
Wir ziehen uns gegenseitig in den nächsten Gang, ohne voneinander zu lassen. Sinken auf den kalten Steinboden und fallen übereinander her. Ein Monat Abstinenz macht verdammt heiß.
Mein Kleid wird zu unserer dürftigen Unterlage. Streifen von Mondlicht dringen zwischen den Säulen hindurch und beleuchten mal sein Gesicht, dann seine strahlende Brust und meine Hand zwischen seinen Schenkeln. Ich beuge mich hinunter. Mein Mund nimmt den Platz meiner Hand ein. Der weiße Marmor ist feingeädert, meine Lippen gleiten darüber.
Er legt die Hand auf meinen Kopf, schwer und bestimmt. Er genießt es. Er beginnt zu leuchten. Sein Strahlen dringt durch meine geschlossenen Lider. Engel stöhnen übrigens nie, niemals. Aber ich höre seinen Schrei in meinen Ohren, als er das erste Mal kommt. Ich lasse nicht ab von meinem Tun, werde ungestümer, und da ist wieder dieser Schrei, den sonst niemand hört. Die empfindlichsten Engel fliehen ob der Schweinerei im Arkadengang.
Mein Engel drückt mich bäuchlings auf den Boden, schiebt meine Schenkel auseinander. Er spielt mit mir. Er macht mich unerträglich heiß, mein Stöhnen hallt durch die Gänge. Plötzlich schiebt

er seine Finger in mich. Er fickt in mich hinein, massiert mich mit der anderen Hand im selben Rhythmus. Ich fließe weg, alles löst sich auf, ich kralle mich zwischen den Steinfugen fest. Es ist wie ein endloser Höhepunkt. Ich schreie den ganzen Friedhof zusammen. Alle meine Sinne werden gereizt, seine Finger sind tiefer und tiefer in mir. Als ich mit offenem Mund ohne ein Geräusch komme, drehen sämtliche Engel die Köpfe.
Mein Engel sinkt über mich, umhüllt mich, durchdringt meinen Körper. Er flüstert mir Zärtlichkeiten in einer kehligen Sprache ins Ohr, die ich nicht verstehe. Seine Lippen auf meinem Nacken, in meinem Haar. Meine Gedanken fliegen davon, über die Friedhofsmauer hinweg.
„Eines Tages komme ich dahin mit“, lügt er mich an. Eine Träne zerspringt auf dem Steinboden.
Ich schleiche mich leise davon, als der Himmel im Osten heller zu werden beginnt, der Mond langsam verblasst. Vielleicht ist morgen noch einmal Vollmond.

Harry Unte

Bernd Aretz
Das Elend des Meisters

Was für einen Hund haben Sie denn?" Ein abmessender Blick in der Tierhandlung, „ach, einen Hannoveraner, so etwa eins sechsundsiebzig groß." Für die Pflege des Fells mussten Bürsten her. So ganz habe ich mich ja noch nicht daran gewöhnt, einen Hund, obendrein noch einen Vegetarier, an der virtuellen oder realen Leine zu führen, sei es in Frankfurt in der Straßenbahn oder aber in Hannover an der Leine. Aber das Schild aus dem Hundeladen von Herr und Hund und der Erklärung, sie gehörten zusammen, ziert jetzt meine Wohnungstür. Und bei näherem Nachfragen stellt sich heraus, dass sich das Vegetariertum ausschließlich auf Hamburger erstreckt. „Geduld. Sei du selbst, Probleme auf den Tisch, die Entdeckung der Langsamkeit." Es ist schon eine harte Prüfung, die die Sklaven unter dem scheinheiligen Deckmäntelchen des Gehorsams von ihren Meistern verlangen. „Ich möchte einfach zehn Regeln für das Leben von dir." Unverschämtheit, eine solche Aufforderung. Da läuft einem ungefragt ein struppiger Hund zu, man denkt, ach, ein erfahrener Straßenköter, der harmlosen älteren Damen unschuldige und ganz verletzte Augen macht, sich auf dem Auslaufplatz rauft und weiß, wie man geschickt durchs Leben kommt. Und was kriegt man? Ein Tier, von dem sich herausstellt, dass es ein Welpe ist. Und dann soll man sich völlig unvorbereitet in die Seele eines solchen Wesens versetzen und es für das Leben tauglich machen. „Sei ganz du selbst, ich bin gehorsam." Auf Pudelfriseur und Winterdeckchen mit Schottenkaro erstreckt sich das dann aber doch nicht. Zehn Regeln. Wenn man überlegt, was da wirklich wichtig ist. Ich kann doch meinem Gefangenen nicht einfach befehlen, zehn oder zwanzig Liegestütze zu machen. Das wäre doch völlig absurd, es sei denn, ich würde mich irgendwie daruntermogeln. „Och?", sagt mein Gefangener. Und vielleicht will er ja nur einfach ein bisschen Unterstützung dabei, seine Faulheit und den inneren Schweinehund zu überwinden. Oder seinem Herrn einfach nur zeigen, dass so unverrückbar die eigenen gewaltfreien Selbstbilder nun auch nicht sind. Also ich versuche ja, meine Missetaten bei Gefangenenmisshandlung und Sklavenausbeutung in solchen Grenzen zu halten, dass ich bei Änderung der Machtverhältnisse vor der Versöhnungskommission Bestand hätte und keine härteren Strafen erhielte, als ich ausgeteilt habe, und vor allem keine grausamen. „Also, das finde ich ja richtig gut, wie ihr rumlauft", erzählte uns Ruth, eine ältere Nachbarin aus dem Viertel. „Normalerweise" spricht sie ja nicht darüber, aber ihr Sohn, den wir mal kennenlernen sollten, „ist auch so". Und die ganze Debatte über Machtverhältnisse bringt sie mit ihrer interessierten Nachfrage „Seid ihr eigentlich beide Hunde?" auf den Punkt. Es ist völlig gleich, an welchem Ende der Leine man sich befindet. Was ich mit dem „armen Mann" gemacht habe, fand Maria, die italienische Brotverkäuferin, überhaupt nicht gut. Sie brauchte Zeit, um zu glauben, dass der Mann freiwillig mit Halsband und Hundemarken an der Leine lief. „Warum legen Sie das Halsband nicht einmal an", geiferte eine Frau in der Linie 12. In Gedanken war hinzuzufügen, dann würden Sie auch einmal merken, wie das ist. Nun weiß ich natürlich nicht, welche Erfahrungen sie vielleicht mit dem Band der bürgerlichen Ehe gefesselt machte, aber dieses völlige über den Kopf meines Hundes

Hinweggiften ließ nicht auf eine ausgeglichene und der Welt zugewandte Persönlichkeit schließen. Sie konnte nicht wissen, in welch abenteuerlichem Aufzug ich mich schon weit abseits des CSD als Sklave durch Frankfurts Straßen habe führen lassen. Meinen Hund würdigte sie keinerlei Ansprache, und mir fiel leider zu spät der passende Befehl ein: „Fass!“ Eine Dame aus dem Pulk sonntäglicher Spaziergängerinnen begehrt, mit an die Leine genommen zu werden, und im Thai-Imbiss salutiert die freundliche Bedienung im fleckfarbigen Mini ganz artig. Es ist aufregend, wie sich die wechselseitige Wahrnehmung durch offensichtlich irritierende kleine optische Reize verändert. Wer sich, wie mein Gefangener und ich, schon einmal zur großen Eröffnung des deutschen Schützentages in Hannover begeben hat und die Augen offen hält, der wird entdecken, dass auch eine Tunte im

Rainer Menke

Militarylook mit einer Federboa verblasst neben den Damen im Lodenkostüm mit Federbüscheln, Eichenblättertarnung und Tierzähnen am Jägerhütchen. Dagegen waren mein Hund und ich ja geradezu harmlos. Der wesentliche Unterschied war der, dass wir höchst vergnügt waren, während die offensichtlich zwangsrekrutierten Teilnehmerinnen und Teilnehmer des Schützentages weitgehend einen Charme und Lebensfreude versprühten, wie man es gemeinhin den DDR-Grenzabfertigungstruppen zuschrieb. Da sah man dann doch deutlich die Folgen einer repressiven Sexualpolitik, die in Hannover 1536 und – wahrscheinlich wegen mangelnder Wirksamkeit – 1544 erneut recht lakonisch bestimmte, „dass der außereheliche Beischlaf gänzlich abgeschafft und unzüchtige Weiber, die sich nicht bessern, der Stadt verwiesen werden.“ Aber Vorsicht, die strengen Damen waren vielleicht die Art Zugereiste, die mit dem schönen Hinweisschild am Lindener Wehr abgeschreckt werden sollen: „Wer hier fällt rein, dem geht's nicht fein, drum bleibe weg von diesem Fleck. Stadtwerke Hannover.“ Denn eigentlich ist die Stadt ja ganz aufgeschlossen. Schon 1920 gab es nicht nur das National-Kaffee in der Nordmannstraße für männerliebende Männer, sondern auch in der Windmühlenstraße das Café Schwarzer Kater. Also, tierfreundlich war man hier immer schon in der Szene. Und wenn man ein wenig um sich her schaut, dann entdeckt man plötzlich, dass man mit seinen Obsessionen nicht allein ist und auch nicht mit der Erkenntnis, dass sich nur der einzelne selbst – nicht die Gesellschaft und nicht die Umstände – davon abhalten kann, sein Leben zu leben. Man darf sich nur nicht seine Seele und sein Hirn mit fremden Bildern zukleistern lassen. „Wuff.“

Lukas H.

Sie hatte ganz ganz dicke Titten,
Ich sah sie neben meinen Fritten.
Und als ich beides so genoss
sich mir die Soß' im Schoß ergoss.
Die Soß', sie war so scharf und heiß
Wie mein Schoß bis heute weiß.
In Gedanken an ihr Dekollete
Fuhr ich weg im Cabriolet.
Und die Moral von der Geschicht,
auf dicke Titten glotzt man nicht.

entstanden als Pausen-Aufgabe „Gedichtschreiben" bei Love Bites im Schlachthof, München

Chryssula Kokossulis
Der Verrat

Freundschaften sind wichtig. Sie sind das Elixier des Lebens. Es gibt Menschen, die behaupten, Freundschaften seien ein nettes Etwas, aber für mich handelt es sich um etwas, was den Sinn des Lebens adelt. Eine Freundschaft mag sogar manche Ehe überdauern.
Momentan befinde ich mich in einer erhabenen Situation. Das Institut hat mich eben angerufen. Sie müssen mit mir reden. Das, meine geneigten Leser, kann nur bedeuten, dass der vakante Posten der Professur auf Lebenszeit meine Teilzeit-Professur ersetzt. Ich bin Archäologe, Fachrichtung Ägyptologie. Meine Forschungen haben die Grundlagen für weitere wichtige Forschungen gelegt. Ich habe einen Freund. Er ist ein paar Jahre älter als ich. Ich habe schon immer zu ihm aufgesehen, aber eigentlich sind wir ebenbürtig. Das weiß er. Das weiß ich. Er arbeitet ebenso wie ich im Bereich Ägyptologie. Aber ich habe die Forschungsstelle erhalten. Gott sei Dank. Nicht, dass er sie nicht verdient hätte. Aber einer muss sie wohl erhalten.
The winner takes it all.
Wie in diesem Abba-Song.
Tja, the winner, das bin dann wohl ich.
Er hat mich direkt angerufen, als er davon hörte. Gratulierte.
Lud mich, lud uns ein. Zu einem verlängerten Wochenende. Wir nahmen an. Mit Freuden. Es war fantastisch. Wir waren segeln, haben Muscheln gesammelt, die Frauen am Strand zurückgelassen, viele gute Gespräche gehabt, gemütlich am Ende gegessen.
Meine Frau mag ihn auch. Ich spüre eine Winzigkeit Eifersucht. Sicher ist es lächerlich. Aber jedes Mal, wenn wir uns zu viert sehen, zähle ich innerlich die Sekunden, während sie ihm um den Hals fällt, ein glockenhelles Lachen lacht und die beiden sich anschauen, als wären sie verliebt. Nun ja, wir sind zwölf Jahre zusammen, fünf davon verheiratet. Ich denke, ich bin auf der sicheren Seite. Außerdem sicherlich alles Fantasien eines überarbeiteten Hirns. Mireia ist mir treu. Wie könnte sie auch nicht? Ich bin gut aussehend, nun ja, zumindest war ich es einmal, ich habe eine gute Stellung, bin erfolgreich, im Bett läuft es manchmal flau, aber das ist sicher nur eine Phase, wie in jeder längeren Beziehung. Richard, mein Freund, und ich haben letztens noch darüber gesprochen. Über die Wertigkeit von Sex. Wie er maßlos überbewertet wird. Von überall springen sie einen an – diese übergroßen multimedialen Zeichen einer Massenhysterie: Sex, Sex und nochmals Sex.
Er nickte. Ließ mich reden.
„Wir wollen Sex haben. Sie und ich. Aber dann kommt immer etwas dazwischen. Es ist wie verhext."
„Wie sieht Mireia das Ganze? Macht es ihr viel aus?"
„Ja, du kennst sie. Sie ist eine sinnliche Frau. Wie könnte es ihr nichts ausmachen?"
„Kein Grund, in Panik zu geraten."
„Ich habe keine Panik."
„Nicht? Ich hätte sie. Meine Frau will nie Sex. Sie ist das Gegenteil von Mireia. Scheint das Interesse komplett verloren zu haben."
„Na, du bist mir ein toller Freund! Also sollte ich Panik schieben? Oder wie?"
„Nein, beruhige dich!"
„Ich bin ruhig."
„Es ist doch nur eine Redensart. Schau.

Macht doch ein romantisches Wochenende. Nimm dir Zeit. Für sie."
Als er das sagte, sah ich in seinen Augen etwas, das mich hätte warnen müssen. Einen verräterischen Glanz.
„Wie meinst du das? Ich habe viel zu tun. Andauernd neue Studenten. Meine Fachpublikationen. Die Doktorkandidaten vorbereiten."
„Cyril, was kann wertvoller sein als eine Frau, die mit Anfang vierzig so hinreißend aussieht. Ich meine, wow! Was für ein steiler Zahn!"
Wir stießen mit Bier an und lachten. Sein Mund war entspannt, träumerisch fast, als er das Bier absetzte und sich mit dem Handrücken über den Mund wischte. Richard und Cyril. Das Zweigespann aus alten Tagen. Wir hatten so vieles gemeinsam.

Kein Wunder, dass ihm meine Frau gefiel. Sie war ja auch hübsch. Richards Frau war auch nett, aber sagen wir es so, eher hausfraulich, eher zurückhaltend. Eine zarte Blüte, blond, ein wenig zu dünn, immer mit ihrem Handy beschäftigt. Jedes Mal, wenn wir sie sahen, machten wir schon Witze darüber.
Während Mireia eine archaische Form Frau darstellte, schien Richards Frau, Fabiola, den irdischen Genüssen komplett entsagt zu haben. Eigentlich hätte man sie auch „ätherisch schön" oder entrückt nennen können. Weizenblonde Haare, wasserblaue Augen und blonde Wimpern. Mireia hingegen hatte kastanienbraune Haare, die ins Rot spielten, und graue Augen. Ein lustiges Grau, eingerahmt von schwarzen Wimpern. Unterschiedlicher hätten sie kaum sein können.

Io Hoffmann

Markus Sauer

Mireia eine dynamische Frau, sportlich, mit weiblichen Rundungen, aber sehr sexy dabei. Fabiola statuesk, in sich ruhend, träumerisch, mit langen Fingern und langen Beinen.
Aber das ist nicht das Thema. Heute ist mein Glückstag. Ich werde befördert. O mein Gott, ich finde sogar einen Parkplatz in der Nähe des Instituts. Springe aus dem Wagen, spurte die Stufen hinauf. Fünf Minuten später trotte ich die Stufen hinunter, wie ein alter Mann.
Sie haben die Stelle einem anderen Professor gegeben. Jemandem von außerhalb. Hätte bessere Referenzen als ich. Außerdem sei ich doch so jung. Es würden andere Stellen kommen. Verdammte Scheiße! Ich will Richard anrufen, ihm von der Schmach erzählen, aber erreiche nur die Mailbox. Mist! Mireia geht auch nicht ans Telefon. Sie hat es bestimmt wieder neben dem Bett liegen lassen. Ich seufze und setze mich auf die Stufen der Betontreppe. Für einen Moment möchte ich weinen, aber ich weiß, es wäre lächerlich, also lasse ich es und gehe in die nächstbeste Studentenkneipe.
Gott sei Dank sehe ich keinen meiner

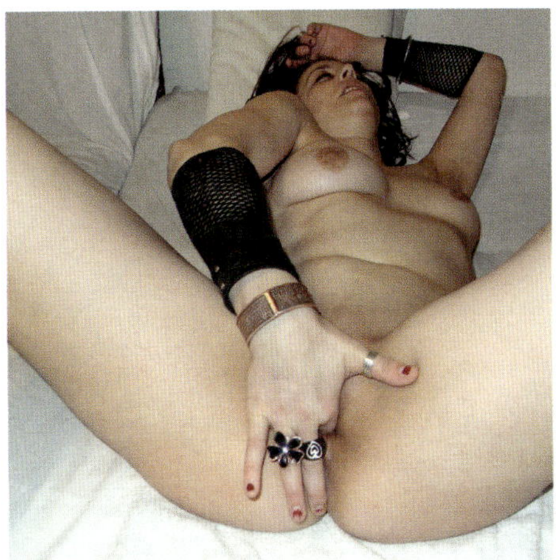

Kater Kosz

Studenten. Das würde mir noch fehlen. Mein Bier stürze ich herunter, zahle mechanisch und gehe wieder.

Auf der Fahrt nach Hause gehen mir Gedanken durch den Kopf. Warum? Warum ich nicht? Was ist mit meinem Artikel über den neuen Fund im Tal der Könige? Mensch, verdammt. Das hätte mein Ticket zu der Professur sein müssen. Richards Handy ist weiterhin nicht erreichbar.

Meine Wohnung. Endlich. Mireia wird erst gegen sechzehn Uhr kommen, wir haben dreizehn Uhr.

Mir ist langweilig. Ich stolpere wie aufgedreht in der Wohnung herum. Warum kommt Mireia nicht früher? Okay, schaue ich halt eine DVD. Im Recorder liegt noch eine DVD, eine selbstgebrannte. Vielleicht ist es die Sendung, die ich mir letztens von BBC runtergeladen und gebrannt habe. Obwohl, seltsam. Die DVD hat kein Etikett. Es ist anscheinend ein Sexfilmchen. Na ja, wenn schon. Wie kommt das dahin? Man sieht sehr wenig. Die Aufnahme ist wackelig und das Bild seltsam dunkel. Man hört mehr, als man erkennen kann. Ein lautes Gestöhne, fast urmenschlich, dieses Gegrunze. Ich lasse mich auf das Sofa fallen und mache ein Dosenbier auf, stelle den Ton leise, da er mich rausbringt. Ich fixiere mich auf das Paar auf dem Bildschirm, das sich in allerlei Verrenkungen übt und nicht müde wird, sich den Verstand rauszuvögeln. Ich gebe zu, es macht mich an. Ein Blick auf die Uhr und ich habe Gewissheit. Die Zeit, um sich einen runterzuholen, habe ich noch. Ich lasse die Jalousien herunter, sperre die Tür ab, lasse mich erneut aufs Sofa gleiten und begebe mich ans Werk. Mein Schwanz ist senkrecht und hart. Das würde Mireia gefallen. Wenn sie mich sehen könnte. Meine Hand lasse ich langsam auf und ab gleiten. Mein Penis wird, falls das überhaupt möglich ist, immer härter. Ich schaue lasziv auf die beiden sportlichen Körper, die sich auf der Leinwand abmühen. Sie geben echt alles, die beiden, denke ich anerkennend. Ich spucke mir in die Hand und reibe die Spucke auf meinen Schwanz und mache weiter. Ich sehe mich als einen dritten Teil dieser kleinen Fickorgie. Wenn Mireia nur nicht so prüde wäre. Was für eine geile kleine Schlampe auf dem Bildschirm. Jetzt bläst sie ihm einen, nachdem sie seinen Schwanz schon in sich hatte. O Mann. Mein Knüppel ist so hart, ich weiß gar nicht, wohin mit meiner Geilheit. Sie macht mich so an, es ist unglaublich. Und im Bild, eine endgeile Figur, sofern man was sehen kann. Eigentlich sieht man kaum etwas. Moment, jetzt ist er gekommen, auf ihren Brüsten. Sie verreibt das Sperma auf ihren kleinen geilen Titten, die steil aufgerichtet sind.

Mik Hartmann

O Mann, Mireia, komm endlich nach Hause.
Im selben Moment höre ich einen Schlüssel im Schloss. Vor Schreck lasse ich die DVD weiterlaufen und verstecke mich hinter dem Sofa, mit meiner harten Latte, die fast schmerzt vor Geilheit. Wieso ich mich verstecke? Keine Ahnung.
Jedenfalls höre ich zwei Stimmen. Es ist wie ein Echo der DVD, Gestöhne und einige Geräusche, die verraten, dass zwei Menschen Spaß haben. Ich bleibe in Deckung.
„Komm schon. Blas ihn mir."
„Okay, okay. Lass mich nur meine Klamotten ausziehen."
„Quatsch, jetzt und hier!"
„Ich stelle mir so gerne vor, du wärst ein Polizist."
„Ach was? Du hast ja versaute Fantasien. Jetzt mach schon, auf die Knie. Wir haben nicht ewig Zeit."
„Ahhh. Gut machst du das. Verdammt, das ist gut."
Ich wusste nicht, worüber ich mich mehr wundern sollte, dass ich die beiden nicht in flagranti erwischen wollte oder dass ich immer noch einen Steifen hatte. Jedenfalls schlich ich mich leise hinaus, während die beiden geräuschvoll kamen, und setzte mich ins Auto.
Ich fuhr zu Richards Haus. Fabiola war zu Hause. Ich wusste nicht, was ich hier sollte. Ich stand vor der Tür und wollte klingeln. Bald hätte mich der Mut verlassen. Noch bevor ich die Klingel drückte, öffnete sich die Tür nach innen und ich wurde hineingebeten von einem Arm, der milchweiß war und in einer schmalen Hand endete, die durch lange wunderschöne Finger mit rubinroten makellosen Nägeln kontrastiert und ergänzt wurde.
„Rein mit dir."
„Woher wusstest du? Ich meine, macht es dir nichts aus?"
„Ich wusste es schon lange. Soll er doch Mireia ficken. Die kann er ruhig haben. Ich war schon lange scharf auf dich."
„Was? Auf mich?"
Anstatt eine Antwort abzuwarten, zog sie mich an meinem Gürtel in ihr Haus, während sie sich mit einem flinken Blick versicherte, dass uns niemand beobachtete, und fasste mich dort an, wo meine Männlichkeit aufs Neue entbrannte. Fabiola war sich sicher, und das strahlte sie auch aus. Sie hatte eine herbe Aura, wie eine Amazone, ein wenig Eiskönigin, aber auch etwas unglaublich Enigmatisches und dabei hinreißend sexy. Sie schaute mich an, fasste durch meine Hose hindurch meinen Schwanz an, leicht, fast beiläufig. Diese Beiläufigkeit machte mich rasend. Mein Schwanz pochte, ich wollte sie nur noch ausziehen und das tun, wozu die Natur die Menschen geschaffen hat. Ich hatte endlose Lust. Sie hob eine Augenbraue hoch und schob sich die Brille zurecht. Ihre Stimme war heiser und geil.
„Ich habe schon lange ein Auge auf dich geworfen. Hast du das nie gemerkt, Cyril?"
„Was? Nein. Ich bin nur gekommen, weil ..."
„Pst. Das ist doch echt egal. Was zählt, sind wir beide. Los doch. Komm mir nach."
„Wir dürfen nichts Unüberlegtes tun."
Sie drehte sich um. Ich schaute in ihr Gesicht, ihre Züge nahmen etwas Herrisches an.
„Das hier ist nichts Unüberlegtes. Ich bin es satt, dass er seinen Spaß hat und ich in die Röhre gucken kann."
„Okay. Wenn das so ist. Was für ein elender Schuft. Ich denke, so ein kleiner Quickie kann nicht schaden."

„Quickie? Nein ... Ich habe da an etwas anderes gedacht. Wie sieht es mit dir aus? Gibt es Dinge die du noch nie probiert hast und gerne machen möchtest?“
„Was? Keine Ahnung. Fabiola, ich bin Wissenschaftler.“
„Na und? Heißt das etwa, du bist nicht aus Fleisch und Blut?“
„Doch. Schon. Mich überrascht nur deine Direktheit. Das hätte ich nicht von dir gedacht.“
„Du wirst schon sehen, stille Wasser sind tief.“
Mit diesen Worten zog sie mich am Gürtel ins Schlafzimmer, das im ersten Stock war. Ich sah ihre wunderschönen Beine vor mir. Sie sollte recht behalten. Alles, was ich mir je gewünscht hatte, was im Bett passieren sollte, passierte. Sie hatte eine Art, nur aus Blicken und Gesten meine geheimsten Fantasien abzulesen, und wir kamen in dieser Nacht endlos oft zusammen.
Wir fickten wie verliebte Teenager. Von oben, von unten, seitwärts, mit Gummi, ohne, mit Spielzeug, ohne. Sie ließ mich endlos oft kommen. Sie saugte mich aus, mit ihrer engen kleinen Fotze, und mit ihrem endlos geilen Mund, der den letzten Tropfen aus mir rausholte. Am Ende der Nacht legte sie mir ein Halsband um und flüsterte mir ins Ohr:
„Du bist jetzt mein Sklave, merk dir das, du bist mein geliebtes Nichts. Morgen kann es anders sein. Morgen will ich dann auch gerne mal deine Bitch sein. Ich will, dass wir uns abwechseln. Merk dir das. Nach außen kann es anders sein, aber hier im Bett werden wir switchen. Wenn du mein Sklave bist, dann senke deinen Kopf.“
Ich spürte, wie mein Hals trocken wurde. Ich senkte meinen Kopf. Ich brachte keinen Ton raus. Ich weiß bis heute nicht, woher sie wissen konnte, dass ich latent masochistisch war, aber immer wieder auch Momente verspürte, in denen ich dominant sein wollte. Mit Mireia habe ich diese Seite nie ausleben können. Sie wollte einen echten Kerl. Ich hingegen wollte mal dominiert werden und mal selber der Dominus sein. Und dieses Wechselspiel von Macht und Ohnmacht spüren. Sie hat es nie nachvollziehen können. SM war ihr derart fremd, dass ich es nie weiter probiert habe mit ihr.
Fabiola hingegen machte mich zum glücklichsten Mann der Welt. Was wir hinter verschlossenen Türen machen, geht keinen was an, aber, verdammt noch mal, es macht mich an, es macht sie an. Das, was und wie sie es macht, wie sie mich leiden lässt, wie sie mich warten lässt, und dann ab und zu, wenn mich die Geilheit krank macht, es endlich zulässt, dass ich ihre Brüste anfassen oder in den Mund nehmen, ihre kleine perfekte Fotze lecken darf, während sie auf dem Bett liegt und grinst, ich meistens mit gefesselten Händen ihren Haussklaven mime. Aber wir sind glücklich. Nach dem Sex nimmt sie mich in den Arm, schaut mir in die Augen.
An anderen Tagen lege ich ihr ein Utensil oder auch einfach ein Seil auf ihre Seite des Bettes, und dann weiß sie, dass ich switchen will. Sie lässt mich Herr sein, wann immer ich es will. Ich bin nicht sehr gut darin, das weiß sie. Aber wir lachen endlos viel. Wir schauen Pornos an. Wir gehen in den Park und dort ins Gebüsch oder im Einkaufscenter in eine Nische neben dem Parkhaus. Und wir ficken immer noch wie die frisch verliebten Teenager.
Wir teilen viele intime Momente miteinander, und wenn ich in ihre Augen sehe,

dann weiß ich etwas, das ich all die Jahre nicht ein einziges Mal bei Mireia gesehen habe, und das ist der Wunsch, sie und mich selbst glücklich zu sehen. Egal, was es kostet.
Das ist genau das, weshalb ich zusehe, dass ich jeden Abend schnell nach Hause komme. Meistens habe ich schon einen Ständer, bevor ich sie überhaupt zu sehen bekomme.
Meinen Job an der Uni habe ich aufgeben müssen, ich wollte Richard nicht mehr sehen. Ich arbeite jetzt als wissenschaftlicher Mitarbeiter bei einem Radio- und TV-Sender und bin sehr glücklich. Wir haben eine kleine Wohnung zusammen.
Zwei perfekte Hände schlingen sich um meine Schultern.
„Schwing keine Opern, Cyril. Und komm endlich ins Bett."
Sie steht hinter mir, eine nackte kühle Schönheit, die mich versklavt hat und sich manchmal auch gerne versklaven lässt.
Und ich?
Ich liebe sie, genauso wie ich unseren Sex liebe. Meine Fabiola. Eine Hexe der Lust.

Barbara Reer-Gröning

Ortie, après l'amour 3

après l'amour 4

Cornelia Jönsson

So denk ich sie mir

Am Anfang konnte ich kaum aufstehen
Unter ihrer Gier
Dann brannten meine Nerven
Vor Überreizung
Dann wurde ich krank.
Sie träumte vor sich hin
Während ich schlief
Den Kopf auf ihrem Bauch

Von ihrem Bett aus
Kann man in den Himmel sehen
Wo schwarze Hubschrauber
Wie Vögel
Demonstrationen überfliegen
Dic wir verpassen
Während wir uns lieben.

In ihrem Bett
Schreibe ich
Während sie lernt
Lese ich ihr vor, was ich schrieb
Und sie schmiegt sich an.

Mit ihm, den ich liebe
spricht sie über Autos & Fußball
Und beide wollen Eis.

Nachts finde ich sie in dicken Decken
Sie friert oft, ich nie.
Ein Auge halb geöffnet
streckt sie die Arme nach mir aus
Und ich schlafe, noch bevor ich liege.

Ich denke sie mir
Wie sie wehenden Kittels
nach meinem Anruf
Diesem einen Anruf
Durch die Stadt jagt
In ihrem roten Blitz
Hin zu dem Ort,
An dem ich unter Schmerzen, von Sin
Mit dem, den ich liebe
Endlich zu dritt.

Tage, auf Wolkenschuhen aus Lust durchschritten.

Wir liegen blutend beieinander.
Wir haben uns wund geliebt im Früher.
Wir sind Versehrte.
Wir legen einander Küsse auf Wunden.
Behutsam

Ihr T-Shirt spannt sich über meiner Brust.
Meine Zehen weiten ihre Schuhe.
Unsere Eisprungtests liegen nebeneinander im Bad.

Andreas Urstadt
Maisette

Eine tote Stunde nach der anderen wurde aus den Ufern des Bachs gezogen, die toten Stunden liegen zu Beton und Steinstapeln am Bachrand aufgeschichtet. Frühling, fast Frühsommer. Ohne den Beton und Kunststeinkäfig am Wasser kann sich in wiederhergestellten Gegenströmungen der Schaum bilden, aus dem die Nixen kommen. Winterhochwasser hat die kleine Bucht freigespült, das Spielfeld der kleinen glitzernden Fische, ein gerundeter großer Stein tritt aus dem Erdreich morgens beim Ändern des Nachthimmels zu Morgenstreifen. Seltsamer Erdgeruch folgt dem Stein. Ein dunkler Schatten verstellt die Lichtwechsel an der Luft, hinter den Beton- und Steinstapeln, einer von mehreren Wagen der Bauern, ein Stapel nach dem anderen, verladen auf den Wagen. Der Bach wieder befreit, die Umgehungsstraße weiter hinten auf den Wiesen löchrig, weggeschippt und zur Hälfte abgebaut. Der Teer, die Planken, Aufschüttungen. Verkehr rollt wieder durch die zu ruhig gewordene Stadt, weniger nachts, immer mehr Elektro- und Solarautos dabei auch nachts.

Durch die Maisstangen blinkt der nackte Po von Brigitte. Ihr abgestelltes Solarmobil funkelt davor an der Sonne, frisst sich mit Strahlen voll. Brigitte geht vom Maisfeld zum Kornacker nebenan, passiert die Frischwiese und von dort direkt zum kleinen Apfelbaumwald und dort zu einem Baum mitten drin, den Stamm rauf zu ihrer Hängematte, sich von der Nachtschicht auszuruhen. Zwischen Nixen und Menschen besteht kaum mehr ein Unterschied. Nixen brauchen zu ihrer Entstehung Schaum. Schaum bildet sich meist durch eine Gegenströmung in freien Bächen. Im Stamm nebenan ruht noch Brigitte II auf ihrer Matte unterm Blätterdach. Licht joggt auf ihren Brüsten. Falls sie aufsteht, wird sie den Solarwagen nehmen, an einen Teil der abgebauten Umgehungsstraße fahren, daneben alte Birnensorten anpflanzen, drei Setzlinge. Dann zieht sie sich erst an. Sie fährt zur Stadt mit dem Solarmobil auf Schleichwegen, dem Verkehr zu entgehen. Brigitte hat mittlerweile genug Schlaf aus den Bäumen geholt, um von dort auf die Wiese zu wechseln. Sie blickt direkt zum Maisfeld, von dem sie gleich auf die Wiese hätte kommen können, wenn sie gewollt hätte. Anstatt völlig aufzustehen, legt sie sich bäuchlings auf die Halme.

Mit freien Oberkörpern haben die neuen Bauern die Beton- und Steinstapel auf die Wagen gehoben. Ohne die Umgehungsstraße bekommt die Ebene wieder einen Horizont, und der Höhe wird das abrupte Stoppen genommen.

Brigitte II sieht in der Stadt den braunen Beinen der Mädchen nach.

M.H. Martin
Der Anruf

Ja, sie hatte sich gefreut über seinen Anruf, seine Stimme zu hören, wenn auch nur auf dem Anrufbeantworter. Dass er wieder hier ist, damit hatte sie nicht gerechnet. Sicher, sie hatte immer mal an ihn gedacht, an die lustvollen Stunden damals. Sie war gerne seine Geliebte. Ungeduldig erwartete sie die SMS mit einem Termin für seinen neuen Anruf. Je näher der vereinbarte Termin kam, desto unruhiger war sie, nur keine anderen Anrufe entgegennehmen, die Leitung nicht blockieren.

Sie hatte sich schon vor seinem Anruf entschieden, mit ihm zu schlafen, die Gefühle der Leidenschaft waren sofort wieder da, Erinnerungen an Stunden voller Begierde und Befriedigung. Blitzschnell standen die Bilder vor ihr, weckten neue Lust, vermischt mit der Neugierde, ob er noch so leidenschaftlich ist.
Wie lange ist es her, bevor er beruflich ins Ausland musste, zwei oder drei Jahre? Vergessen hatte sie ihn nicht, auch wenn sie ihre Gefühle neu orientiert hatte, glücklich war, wie sie immer sagte. Und nun sein plötzliches Auftauchen, kein Gedanke in diesem Moment an ihre jetzige Bindung.

Ben Marcato

Mit zitternden Händen hatte sie das Telefon abgenommen, ein kurzes „Grüß dich“ von ihm und „Komm um 16 Uhr auf einen Drink in die Bar im Stadthotel, du kennst es ja“, dann hatte er aufgelegt. Ihr nächster Gedanke war, was ziehe ich an, den langen Rock oder lieber den kurzen, um ein wenig bestrumpftes Bein zu zeigen? Für das Drunter hatte sie sich schnell entschieden, die rote Wäsche und halterlose schwarze Strümpfe, ich will mich ihm verführerisch zeigen.
Sie kannte ihn aus ihrer Ich-will-als-Frau-geliebt-werden-Zeit, er war von ihrer erotischen Ausstrahlung immer wieder begeistert, mit ihm hatte sie mehr als nur eine flüchtige Affäre.
Ja, sie wollte es wissen, ob sie immer noch zufrieden war danach, wie früher. Ein schlechtes Gewissen hatte sie nicht, es war ja nicht mehr eine Liebe zu ihm, es war ihre Neugierde, die sie zu diesem Seitensprung trieb.

Ein knappes Hallo, eine kurze Umarmung, Küsschen auf die Wange, ein mattes Lächeln, sie konnte ihre Nervosität nicht verbergen, hatte ihn sofort gesehen in der Lounge, spürte eine erwartungsvolle Erregung vom ersten Augenblick an. Der Schluck Sekt beruhigte nicht, „rede“, bat sie ihn, „rede irgendwas, aber hör nicht auf“, also sprach er von seinen Projekten im Ausland und der Einsamkeit

Ben Marcato

unterwegs, auch von seiner Frau sprach er, das hätte sie sich früher verbeten, jetzt redete er, und sie wusste nicht, wovon er sprach, hörte ihn sprechen und hörte doch nichts.
Nach Stunden der Lust hatte sie das Hotel verlassen, jetzt kamen auch wieder Gedanken an die Realität. Mulmig war ihr, als sie die Wohnungstür aufgeschlossen hatte, ein Blick zum Telefon, der Anrufbeantworter leuchtete, sie wusste nicht, was sie tun sollte, jetzt sofort abhören, zurückrufen? Tausend Erklärungen rasten durch ihren Kopf, und doch würde keine die richtige sein, weil sie nicht erklären konnte und wollte, was sie in den letzten Stunden erlebt hatte, erst einmal zur Ruhe kommen, Abstand finden vom Hotelzimmer, vom Duft seiner Haut.

Auf der Heimfahrt hatte sie plötzlich einen verwegenen Gedanken. Ja, es ist unmoralisch, ging ihr durch den Kopf, und doch war sie fasziniert. Nur jetzt nicht weiter daran denken, sie musste eine glaubhafte Ausrede finden, warum sie nicht zu erreichen war. Eine Freundin musste neulich erst als Entschuldigung herhalten. Oder: sie hatte sich hingelegt und war eingeschlafen, heute vielleicht ein Arzttermin oder Einkauf, egal welche Entschuldigung, der verwegene Gedanke ging ihr nicht aus dem Kopf.

Ich tanze langsam zu einer einschmeichelnden Musik mit meinen zwei Männern, du mein Liebster und du anderer, von dem ich gerade komme, wir drei tanzen mal eng umschlungen, mal auseinander. Ich bewege mich zwischen euch, drücke mich abwechselnd an dich und den andern, ihr umarmt mich, ich küsse euch, er streichelt über meinen Rücken, über den Po, du knöpfst mir die Bluse auf, streichelst meine Brüste. Langsam bewegen wir uns zum Schlafzimmer.

Mein Gott, was geht mir nur durch den Kopf, sagte sie halblaut vor sich hin. In meiner Fantasie habe ich mir das schon mal vorgestellt, habe nicht gefragt, ob man so etwas darf.
In Romanen habe ich davon gelesen und dass es der Frau gefallen und sie eine neue Erfüllung erfahren hat mit zwei Männern. Und jetzt denke ich selber an so etwas, stelle mir das konkret vor mit meinem Partner und ihm, dem anderen.
Bin ich noch normal?
Nein, ich sollte nicht zweifeln, in der TV-Dokumentation „Sex im Alter" hat eine Frau gesagt, seine sexuellen Fantasien soll man ausleben, der anwesende Psychologe hat es bestätigt.

Ja, ich stelle es mir vor mit meinen zwei Männern.

Du legst einen Arm um meinen Rücken, der andere umfasst meine Beine in den Kniekehlen, ihr legt mich sanft aufs Bett. Ihr zieht eure Pullis und Hosen aus. Du legst dich an meine rechte Seite, der andere an die linke. Ihr streichelt meine Schulter, an den Armen entlang, streichelt vom Hals kommend langsam zu den Brüsten, umstreichelt und küsst sie, spielt mit der Zunge an den Brustwarzen, saugt daran. Es gefällt mir, gleichzeitig von zwei Männern an den Brüsten berührt zu werden.
Du knöpfst mir den Gürtel auf, ich hebe mein Becken, der andere zieht mir den Rock aus.
Jetzt liege ich nur noch mit meinem Höschen vor euch.

Ich habe die Augen geschlossen und meine Schenkel geöffnet.

Du hockst zwischen meinen Beinen, streichelst mit den Fingerspitzen an der Innenseite meiner Oberschenkel entlang, der andere legt seine Hand auf mein Höschen und drückt sanft gegen meine Yoni. Ich liege still und genieße eure Zärtlichkeit. Schöne warme Gefühle strömen durch mich.

Zieh mir das Höschen aus, sage ich und hebe mein Becken. Du machst es. Ich spreize meine Schenkel weiter auseinander, du streichst mit der Zunge über meine Schamlippen, der andere umspielt mit Fingern sanft meinen Kitzler. Meine Scheide ist feucht. Es ist ein unbeschreiblich warmes Gefühl, das ich durch eure Berührungen spüre. Du leckst an den Schamlippen, züngelst in mich hinein, der andere rubbelt meinen Kitzler, mit der anderen Hand umfasst er meine Brust, drückt und knetet sie. Ich kann nicht reden, aber an meinen Atem merkt ihr, dass es mir gefällt. Du richtest dich auf, hebst mein Becken und dringst mit deinem steifen Schwanz langsam in mich. Der andere streicht weiter über meinen Kitzler. Jetzt stößt du kräftig zu, wilder wirst du. Auch ich. Dein Schwanz in meiner Fotze, der Finger vom anderen am Kitzler. Du fickst mich wie schon lange nicht mehr. Ich schreie vor Wollust meinen Orgasmus heraus. Dann sinke ich zurück, du bewegst dein inzwischen schwächeres Glied noch ein wenig in mir, dann rutscht es raus. Lang ausgestreckt drückst du dich an mich, wir drehen unsere Köpfe zueinander und küssen uns.

Der andere hat sich an meiner linken Seite ausgestreckt, auch ihn küsse ich.

Wir bleiben eine Zeit lang ruhig liegen, dann beginnt ihr wieder, meinen Körper zu streicheln, an meiner Brust zu spielen, mit Händen, Zungen, wir küssen uns, drei Zungen umspielen sich heftig.

Dann setzt du dich aufrecht an das obere Bettteil, ich rutsche hoch und lege meinen Kopf auf deinen Bauch.

In dieser Position kannst du mit beiden Händen meine Brüste drücken, sie kneten, an den Nippeln drehen und ziehen. Das gefällt mir, macht mich wieder heiß. Der andere spürt das, schiebt sein Glied in meine Scheide. Er macht es sanft, ruhig bewegt er sich in mir. Durch dein kräftiges Spiel an meinen Brüsten werde ich geil, drücke mein Becken gegen seinen Schwanz, er reagiert sofort und stößt kräftig zu. Wieder beginne ich heftig zu atmen.

Was für ein herrliches Gefühl! Du machst mich an den Brüsten wild, und der andere fickt mich. Er hat einen großen festen Schwanz, den ich tief in mir spüre.

Ihr merkt, wie ich dem Höhepunkt näher komme. Der andere hat seinen Oberkörper aufgerichtet, du beugst dich über meinen Körper, bewegst dich herunter zu meinem Kitzler, nimmst ihn zwischen die Lippen, drückst, saugst, rubbelst mit der Zunge. Ich weiß nichts mehr, gebe mich ganz dem wilden Spiel mit euch hin. Irgendwann schreie ich wieder, es läuft aus mir heraus, ich bin im Irgendwo.

Ich schließe die Schenkel und öffne die Augen.

Lange liegen wir still beieinander, unser Atem beruhigt sich.

Nach einer längeren Ruhepause sage ich, dass ich euch beide gleichzeitig in mir spüren möchte, denn ich habe noch immer ein Verlangen.

Der andere legt sich auf den Rücken, ich setze mich auf ihn und schiebe seinen wieder steifen Schwanz in meine Möse. Dann beuge ich mich auf seinen Körper, hebe mei-

nen Hintern. Du bist hinter mir, drückst meine Pobacken auseinander, streichst um mein Poloch, schiebst einen Finger vorsichtig rein. Das ist schön.
Dann cremst du mein Loch ein, reibst mit deinem Schwanz daran, drückst ihn hinein. Ein unbeschreibliches Gefühl. Jetzt habe ich zwei Schwänze in mir. Ihr bleibt ganz ruhig, eure Schwänze spannen sich, das spüre ich. Du umfasst meinen Po und beginnst ihn langsam zu bewegen, kreisend erst, dann leichte Stoßbewegungen. Du gibst jetzt den Rhythmus vor, der andere und ich folgen dir. Ihr seid vorsichtig, ruhig bewegt ihr euch in mir. Mein Poloch ist enger als meine Möse, dein Schwanz wird intensiver gerieben. Das treibt dich an, du beginnst mich stärker zu stoßen, ich nehme deine Stöße auf. Ihr habt den Rhythmus gefunden, abwechselnd stößt er, dann du. Ich bewege mich nicht, will euer Spiel nicht aus dem Takt bringen. Dieses Spiel macht euch wild, ihr stoßt beide gleichzeitig zu. Zwei Schwänze in mir, wie berauschend das ist. Ihr macht mich fertig.

Was mache ich nur mit meinen verwegenen Gedanken, ist es Fantasie, oder wünsche ich es mir? Habe ich den Mut, es wirklich zu tun? Ich weiß es nicht, schwanke zwischen Ja und Nein.
Und was würden meine beiden Männer sagen, es empört ablehnen oder fragen, wann?
Ich sollte nicht zu viel darüber nachdenken.

Ben Marcato

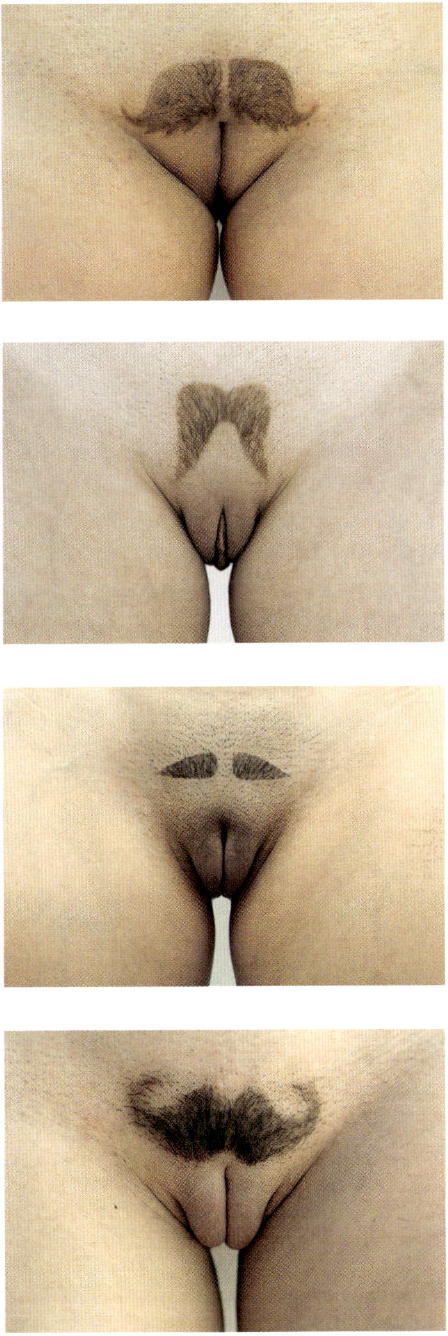

Raquel Verdú

Cord Buch

Aug in Aug

schau mir in die Augen
Kleines
feucht wie du bist
verschmitzt. Grinst du?
Erzähl mir deinen Abend
berichte davon
was geschah
als sie ihren Slip auszog

Dufte in meine Nase
Kleines
gierig wie du bist
haltlos. Bittest du?
Lass mich deinen Abend riechen
berichte davon
was geschah
als ihr Slip auf dem Boden lag.

Spät zuhause ankommen
so kenne ich sie nicht
Selbstvergessenheit zeichnet ihr Gesicht
werktags unübliche Gelassenheit
rasantes Aneinanderreihen von Worten
ein schneller Gute-Nacht-Kuss
traumwandlerischer Müdigkeit
Ich folge ihr ins Bett
Du, ich muss schlafen
der Tag war anstrengend
nein, heute nicht
morgen muss ich wieder raus
Ein Kuss tief
Berührungen warm
Begierden aufsteigend
ihre Worte vergessen

Ungelenk im Liegen
befreit sie dich vom Slip
spreizt die Beine

ein wenig, doch genug
dich zu betrachten
Sprachlos flüstere ich dir zu
schau mir in die Augen
Kleines

Sicher schwankte sie unschlüssig
bis du ihren Willen übernahmst
drängtest, verlangtest
nicht verzichten konntest
dir genommen
was du wolltest
diesen fremden Schwanz
deine Lust genossen hast

Nun schaust du in meine Augen
Kleines
mit diesem verschmitzten Blick
liegst du vor mir
zeigst dich
feucht und geil
erzählst mir
aufgeregt schweigend

Ich komme dir entgegen
meine Zunge leckt,
drückt, verlangt
schmeckt dich, schmeckt ihn,
dein Verlangen, den anderen,
deine empfundene Lust, fremdes Sperma
ich trinke deine Erregung, mein
Schwanz wächst, will platzen
ich trinke deine Lust
Gedanken schleichen sich ein:
sollte ich nicht
Klärung fordern?
warum gab sie dich
ihm statt mir?

Ob es sie erregt?
ein zweiter Mann am Abend?
der aus der Alltäglichkeit?

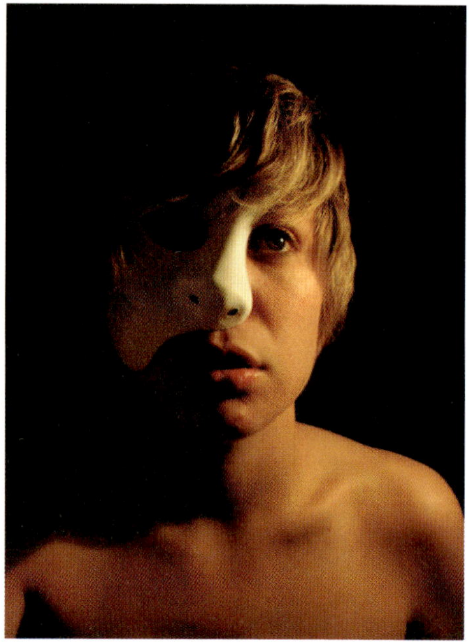

Raquel Verdú

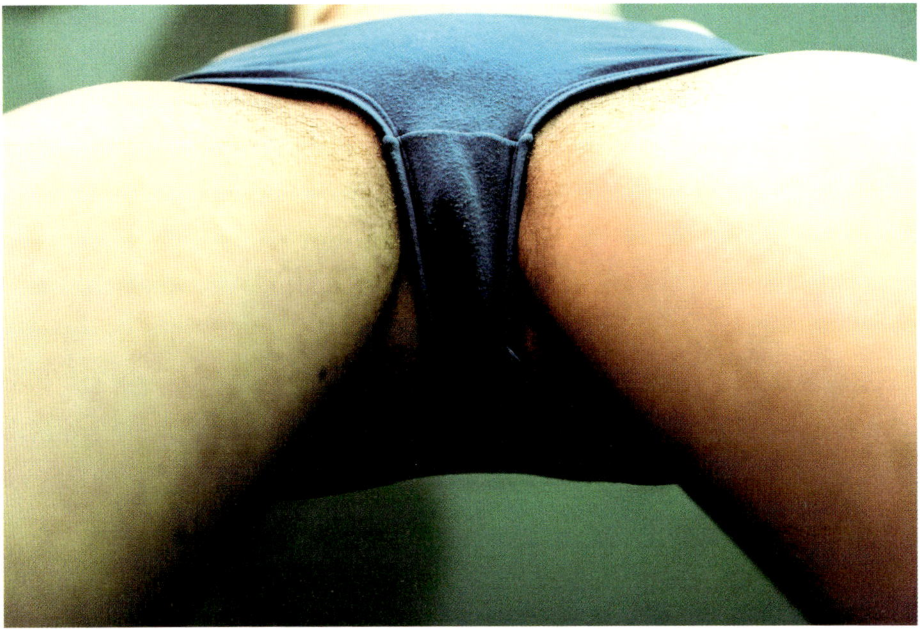

Ich frage sie nicht
fordere keine Erklärung
lasse mich überwältigen
von deinem Zauber
deiner Magie
ertaste dich
verfalle dir
ein wenig mehr
folge gedankenlos
deiner Lust
die du lebst
deinem Verlangen
das du bist

nenne dich beim Namen

Möse,
Kleines

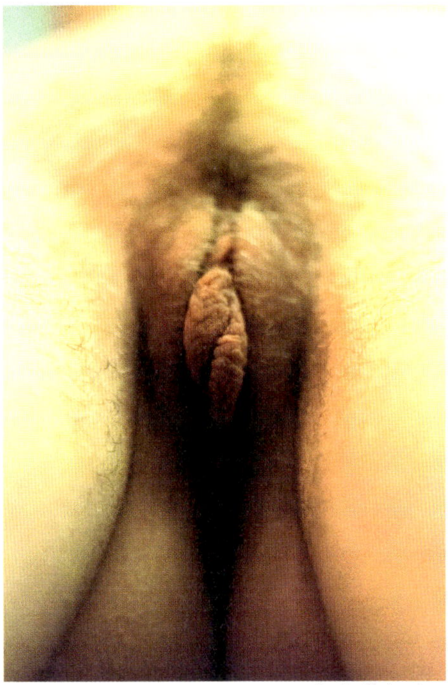

Jasmine Shah, vulvart

Olive Feuerbach

Annalena

Manchmal funkt es einfach. Annalena war das süßeste Wesen, in das ich je verliebt war, mit ganz reiner Haut, die im Winter noch makellos hell war, dabei schnell die Kussmale und Striemen zeigte und ebenso schnell wieder verlor, und einem Körper aus dem Märchenbuch. Sie war mit ihren neunzehn Jahren natürlich schmaler als ich, hielt sich ganz aufrecht auf unendlich langen Beinen. Ihre Brüste fingen gerade an, eine Hand zu füllen, aber die Nippel, wenn man sie reizte, standen schon prall heraus wie fette Himbeeren. Ein klein wenig hochmütig war sie auch, aber das gefiel mir; sie wusste schon, dass sie eine kostbare Prinzessin war.
Ich war auch immer ein wenig stolz auf meine noch immer jugendlich weiche Figur mit kleinen festen Brüsten und keinem Gramm zu viel. Viele hielten uns für Schwestern, zumal wir gleich groß waren, Gesichter und Kopfform sich ähnelten und wir seit dem Frühjahr ganz ähnliche Bob-Frisuren mit langem Pony trugen. Niemand vermutete, dass ich doppelt so alt war wie sie; nur ich spürte es und kam mir neben ihr viel älter vor. Ihre Lüsternheit kam mit unbändiger Neugier, die meine aus der Sucht nach Wiederholungen. Letzte Weihnachten hatte ich sie verführt. Dann tat ich von mir aus gar nichts, um den Kink in unserer Beziehung zu forcieren. Schon ihre feine Erregung, ihr Gurren, Geruch und Geschmack machten mich glücklich, und wenn ich neben ihr aufwachte, kam es mir gar nicht in den Sinn, sie gleich mit den schärferen Gewürzen, die meinen Neigungen auch entsprachen, vertraut zu machen. Aber natürlich ahnte sie, dass es die gab, und bald war sie neugierig und lernwillig; ich begann mit zärtlichen Züchtigungen, neckte und lockte sie im Freundinnenkreis zu kleinen demütigenden Gesten, ersten Entblößungen, machte sie mit Fesselspielen bekannt und dem hilflosen Ausgeliefertsein bis zur Erschöpfung. Das mündete dann immer öfter in maßlose gemeinsame Fantasien, was wir miteinander anstellen könnten, ich mit ihr zuerst, aber sie machte dann auch aktiv mit, in der Fantasie wurden Dritte, Freundinnen und Unbekannte einbezogen, das Moment der Beschämung spielte eine immer stärkere Rolle. Im Frühjahr fingen wir an, diese Fantasien vorsichtig in die Tat umzusetzen. Wir konnten uns nicht allzu oft treffen, wohnten in verschiedenen Städten, aber wenn wir zusammenkamen, war es jedes Mal ein Fest und Abenteuer zugleich. Es ist ja nicht ganz schwer, eine Geliebte zu finden, die neugierig ist und sich sagen lässt, was man mit ihr anstellen will. Aber es ist schon etwas Besonderes, wenn dich eine junge Geliebte sich und ihren Körper so völlig gebrauchen und für die beschämendsten Dinge auch missbrauchen lässt und dann noch willig und süchtig nach mehr verlangt, obwohl sie von Kopf bis Fuß in den Körpersäften schwimmt und jede ihrer Öffnungen wund ist. Dabei wurde Annalena immer schöner, und im Sommer, da hatte ich ihr ein rückenfreies Spitzenkleidchen geschenkt, unter dem sie ein weißes Panty tragen musste, um kein Ärgernis zu erregen, drehten sich sogar alte Frauen nach ihr um.
Es war ein tolles Frühjahr. Natürlich entdeckte sie auch meine Piercings. Ich zeigte sie fast nie, bei der Arbeit sowieso

nicht, aber sie gefielen mir, zumal sie schön ausgeheilt waren; nachts legte ich sie immer wieder ein, damit sich die Kanäle nicht schlossen. Und das Ringlein durch die Klitoris-Vorhaut war immer drin, wenn wir uns liebten. Manchmal legte ich auch die beiden schönen weißgoldenen Ringe, die mir meine erste große Liebe geschenkt hatte, in die inneren Labien ein; es gefiel mir, wenn Annalena daran mit der Zunge spielte und sie vorsichtig mit den Zähnen packte. Die Barbells in den Brüsten trug ich nur selten, wenn wir zusammen waren, und vom Ringlein im Septum erfuhr sie erst, als ich es wieder einmal für die Nacht einlegte,

damit sich die Öffnung nicht schloss. Sie war fasziniert, und am Morgen wollte sie unbedingt, dass ich es drin ließ. Und als ich nein sagte, drohte sie lachend, sie würde mir bald einen größeren Ring schenken, den man nicht mehr herausnehmen könne. Dann könnte sie mich wie ein Weidetier an der Kette führen. „Sachte, sachte", antwortete ich, „zuerst kommst du dran"; sie hatte ja noch nicht einmal die Ohrläppchen durchstochen, in denen ich mir schon oft große Kreolen bei ihr gewünscht hätte oder eine schlichte Perle. Und dann wollte ich doch auch ein Ringlein bei ihr über der Klit haben. Ich sagte nicht, dass ich mir da vielleicht mehr wünschte als einen kleinen Ring, konnte mich aber dann doch nicht bremsen und fügte hinzu, wir könnten manchmal ein silberhelles Glöckchen anhängen, damit die Kundigen ahnten, was mit ihr los sei. Aber all das ging im Geschmuse unter.

Vor den Sommerferien war ihr zwanzigster Geburtstag; ich hatte für uns das Ferienhaus von Freunden organisieren können. Zehn Tage ganz für uns allein und unsere wilderen Fantasien ausleben! Sie war begeistert und warf sich mir in die Arme, das sei das schönste Geschenk, das ich ihr machen könne. Spät in der Nacht wurde sie dann plötzlich ganz ernst und sagte, sie wünsche sich, in diesen Ferien auch einmal die Rollen zu wechseln, sie habe ja bisher immer die Bottom-Rolle der kleinen Netten gespielt und würde gern auch ihre dominante Seite erleben.

„So leicht ist das aber nicht", sagte ich lachend und tippte ihr aufs Näschen: „Eine Sub muss sich nur in ihre Rolle fallen lassen, aber als Dominante hättest du eine Verantwortung für uns beide und müsstest immer neue Ideen haben."

„Eben deshalb möchte ich das ausprobieren", sagte sie, „und ich will dich schon fest rannehmen, du hast mich ja auch ganz schön getestet." – Ich fand das eine ziemlich wichtige Veränderung in unserer Beziehung. Sie war selbstständig geworden. Aber ich freute mich auch, denn ich war eigentlich nicht auf die dominante Rolle fixiert.

Doch als Ältere musste ich ein wenig die Spielregeln festlegen. „Was wolltest du denn alles mit mir anstellen?" – „Oh, da fällt mir schon einiges ein, ich hab von dir doch gelernt. Und ich hab auch viel darüber gelesen. Ich werde dich auch züchtigen, und es macht uns beiden sicher Spaß, wenn du mal die Sklavin bist." Erst später fiel mir ein, dass ich sie bei allen unseren Spielchen nie als Sklavin bezeichnet hatte, nur in den Fantasien, an denen wir uns berauscht hatten. Ich wusste nicht, wie es dazu kam, dass ich mental schon ein Stück weit in die Sklavinnenrolle eintrat und nur bat: „Aber übertreib es bitte nicht."

„Aber nein", lachte sie und küsste mich, „wir lieben uns doch. Und außerdem weiß ich schon, wo man in der Community die Grenzen zieht: Keine Entstellungen, keine irreversiblen Veränderungen am Körper und nichts, was die äußere Existenz schädigt."

Ich wusste nicht, warum ich nicht genauer darauf bestand, das zu klären. Ich war mir sicher, wir würden jedes Mal darüber sprechen, was sie mit mir vorhatte. Und weil sie in letzter Zeit manchmal von Tattoos geredet hatte, sagte ich nur: „Aber kein Tattoo bitte." Da lag ich auf ihr und saugte an ihrem linken Nippel. „Das ist klar", sagte sie schnurrend, „weiß ich doch. Aber deine Muschi möchte

ich so glatt haben wie du meine." – Fair enough, dachte ich: „Ja, wenn du das so möchtest, okay." Und dann hob sie den Kopf und grinste spitzbübisch: „Lass sie mal wachsen. Und wenn du nicht brav bist, könnte ich dir auch den Kopf rasieren!" Sie konnte so etwas sagen, du wusstest nicht, wie das gemeint war, so lieb lächelte sie dabei.

„Du bist gemein", rief ich lachend, „so war das nicht ausgemacht!" Und ärgerte mich im Stillen, denn es war ja eigentlich noch gar nichts ausgemacht. Ich konnte jederzeit Nein sagen. Aber das Biest wusste schon, wie sie mich kriegte: „Ach komm, ich mein ja nur. Und wenn wir das je machen würden, dann würden deine Haare wieder nachwachsen, noch

schöner und kräftiger. Das wäre keine dauerhafte Veränderung."
„Aber wie sollte ich so zur Arbeit?", protestierte ich. Ich wusste nicht, was mich ritt, dass ich mich noch weiter auf das Thema einließ. „Dann schenke ich dir eine schöne Perücke. Eine Freundin von mir macht Perücken. Die sind wunderbar leicht. Das würde man gar nicht merken." Ich zog sie zu einem langen Kuss an mich, um sie das ganze Thema vergessen zu machen. Wir liebten uns doch, so gemein würde sie nie sein. Aber ein bisschen unruhig war ich doch.

Dann waren wir in Frankreich am Meer. Das Haus war schön und wie für uns geschaffen. Was mich irritierte, waren einige wenige unauffällige, aber strategisch gut platzierte Haken, von denen ich den stabilsten, im Balken unter dem Terrassendach, zusammen mit dem Hausherrn sogar selber eingeschraubt hatte. Jetzt wäre mir lieber gewesen, es hätte keinen gegeben, denn ich wusste ja nicht, was meiner momentanen Herrin alles einfallen könnte. Dabei war ich total in sie verliebt. Noch verrückter als die ganzen Monate davor. Sie war noch schöner, noch süßer und raffinierter in ihrer Erotik; wenn wir zusammen waren, war es das reine Fest. Aber ab dem Moment, in dem wir unser Gepäck zusammengestellt hatten, hatte sie die Zügel ergriffen. Sie hatte dies und das gefragt, aber dann ganz selbstverständlich angeordnet, was ich packen und für mich mitnehmen sollte. Aber auf der Fahrt war es wieder wie zuvor. In ihrem wunderbaren, leicht lispelnd fröhlichen Parlando begann sie eine Art Wettstreit um die verrücktesten Fantasien, was man alles mit einer Partnerin anfangen könnte, die in ihrer Geilheit auf Entblößung und Beschämung keine Grenzen kannte.
Erst als sie am Nachmittag eingenickt war, begriff ich, zu was ich mich in meiner blinden Verliebtheit hatte verführen lassen. Geschichten und Fantasien waren eines, aber wehe, wenn sie das alles ernst nahm und als Rezeptbuch für das, was sie mit mir vorhatte. Als sie kurz hinter der Porte de Soleil am Flüsschen Roubion, wo man zum ersten Mal den Harzgeruch des Südens in die Nase bekam, ihre Augen öffnete, spürte ich die Veränderung. Wir hatten bis dahin immer nur für kurze Zeit eine Session miteinander gehabt und miteinander gespielt, und danach waren wir wieder liebende Freundinnen. Aber sie dachte jetzt wohl an eine 24/7 Situation. So etwas war neu für mich. Und in der devoten Rolle, das konnte ich mir gar nicht vorstellen. Als Erstes sagte sie, sie werde von jetzt an alles für mich entscheiden. Was ich anziehen dürfe, und zwar meistens nichts, was essen, wann, wo und wie schlafen, selbst, wann ich duschen oder aufs Klo gehen dürfe. „Du spinnst", sagte ich, „so haben wir nicht gewettet!" Und sie schaute mich nur schräg an: „Wetten, dass!"

Das hält sie nicht durch, dachte ich, aber sie hatte offenbar einen Plan und nahm ihn verdammt ernst. Kaum hatte sie das Haus aufgeschlossen, sagte sie: „Worauf wartest du?"
Als ich sie fragend anschaute, zeigte sie auf ein kleines Foto an der Wand gegenüber, sie musste es schon vorher auf einem Foto des Hauses entdeckt haben; es zeigte ein Schild, auf dem stand Nudité obligatoire. Solche Schilder standen hier

früher am Zugang zum Naturistenstrand. Unser Gastgeber hatte eins fotografiert, bevor man sie alle durch große Tafeln mit Bürokratenfranzösisch ersetzte.
„Das hängt nicht bloß als Erinnerung hier! Also mach!“
Vielleicht half ja Ironie: „Gleich, Herrin, wie du willst. Ich leere nur noch das Auto und stelle es in die Garage.“
Aber sie schüttelte den Kopf: „Kommt hier die Polizei, wenn jemand im eigenen Garten nackt herumläuft?“
Ich hätte sagen können, dass ich das nicht wisse, denn ich wusste es wirklich nicht. Stattdessen sagte ich ohne zu denken: „Bei einem Mann vielleicht, bei einer Frau glaube ich das kaum.“
„Also, worauf wartest du? Und hol als Erstes gleich das Halsband, das schwarze, lederne, aus dem Kofferraum.“
Ich wusste nicht, wovon sie redete. „Was meinst du?“
„Ich habe ein Halsband gekauft, für dich. Damit du weißt, was du jetzt bist.“
Ich war total aus dem Häuschen, so hatte ich mir das nicht vorgestellt. Bis jetzt hatte ich mir mit ihr jedes Mal in einer zärtlichen Umarmung mit viel Küssen und

Liebkosungen ausgedacht, was ich mit ihr anfangen wollte, bevor das dann in die Tat umgesetzt wurde. Und alles hatte sich in meinen vier Wänden abgespielt. Und jetzt machte mich dieses freche junge Gör, die eigentlich noch gar nichts wissen konnte, für alle Welt sichtbar zu ihrer Sexsklavin? „Du, darauf bin ich nicht vorbereitet. Können wir bitte zuerst darüber reden? Die Nachbarinnen gegenüber kennen mich.“ – Im Haus gegenüber wohnten zwei jüngere Frauen, sie waren nett, mit ihnen hatte ich bei früheren Besuchen manchmal geredet, aber nur auf der Straße, wie das mit Französinnen so war. – „Was werden die von mir denken, zumal ich ja viel älter bin?“

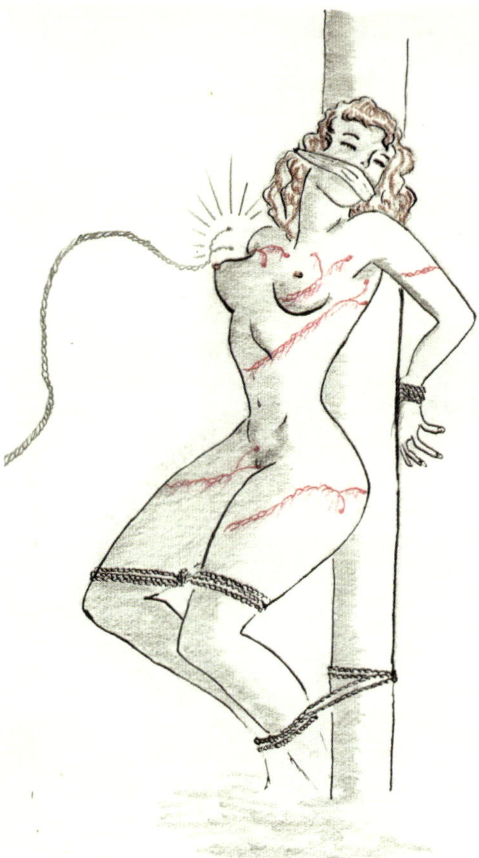

Sammlung A. Langley

„Nein, liebste Sklavin, das machen wir nicht. Hast du nicht selbst gesagt, sie sind nett? Die werden schon keinen Aufstand machen und wenn sie wissen, was los ist, ihr Vergnügen daran haben. Wenn du noch mal so dumme Sachen sagst, schicke ich dich ohne alles rüber, damit du sie zum Apéro bittest. Aber zuerst trägst du die Sachen rein. Vergiss das Halsband nicht.“
Oh, kapierte ich, sie hat schon das ganze Ritual intus. Ich bin bereit zum Auspakken, Herrin. Aber dieser infantile Rollenspeak fiel mir schwer. Erst jetzt realisierte

ich gutgläubige Eselin, auf was ich mich eingelassen hatte. Mein unbedarftes Schätzchen hatte sich offenbar in wenigen Wochen zu einer respektablen Domina gemausert, und ich in meiner Verliebtheit war die ganze Zeit blind dafür gewesen. Und ich musste jetzt mittun, wenn ich nicht die ganze Beziehung kaputt ma-

Sammlung A. Langley

chen wollte. Auf einmal erkannte ich, dass sie wirklich dominante Züge besaß und nicht bloß aus Neugier so tat. Und ich wusste überhaupt nicht mehr, ob ich bloß so tat, als wäre ich ihre Sklavin, oder ob bei mir mehr dahinter steckte. Aber ich konnte jetzt keine Szene machen, ging hinaus zum Auto, suchte umständlich und fand schließlich das Halsband, schnallte es mir um, zog schnell die Klamotten aus und legte sie auf den Fahrersitz. Verschämt schaute ich mich um, hoffentlich kam niemand.
„Also, worauf wartest du?“ Sie stand neben mir und wartete. Ohne jedes Zeichen von Unsicherheit. Und ich, pudelnackt und puterrot, fing an, unser Gepäck raufzuschleppen, zuerst ihre Taschen, von denen ich gar nicht wusste, was für Überraschungen für mich noch darin steckten. Aber nach dem dritten Gang zog sie mich ans Hoftor und nahm mich in die Arme. Eigentlich war sie ja immer noch ein Kind, und jetzt hatte sie gerade winzige Shorts und das dünnste denkbare Spaghetti-Top an, war also auch fast nackt. Aber sie war es eben nicht, sondern bekleidet mit der Aura einer Herrin, die die Situation definierte, während ich, bis zu diesem Moment eigentlich ihre ältere erfahrene Freundin, nicht bloß äußerlich splitternackt war, sondern in einem viel tieferen Sinne entblößt, meiner ganzen Selbstverständlichkeiten und Sicherheiten beraubt und nur noch von dem einen Gedanken besessen, wie ich ihr gefallen konnte, sie wieder für mich gewinnen, damit sie das Nichts, das ich in wenigen Sekunden geworden war, nicht verstieß, sondern wieder in ihrer Liebe akzeptierte. Ich war den Tränen nahe, nein, ich begann schon zu heulen, aber sie spürte das

und küsste die Tropfen, bevor sie herunterrannen, liebevoll weg. Erst mit diesem Rollenwechsel in seiner ganzen Drastik begriff ich, was im Moment des Rollentauschs auf dem Spiel stand und mit uns passierte. Ich hatte geglaubt, ich könnte mit ihr spielen, aber sie machte mit ihrem vielleicht altklugen, vielleicht nur halb bewussten oder geahnten Spiel klar, wie sehr ich von ihr abhängig war. Und brach dem auch schon wieder die Spitze:
„Du weißt doch, ich bin ja keine geübte Herrin. Hab bitte Geduld, wenn ich viel zu viel falsch mache. Das musst du mir dann sagen, und womöglich werde ich dich dann dafür züchtigen, und das ist dann gerecht, weil du mir das alles früher hättest beibringen müssen. Aber komm, ich brauch dich jetzt.“
Sie zog mich mit, am offenen Auto vorbei, wir warfen uns aufs Bett, vergaßen alles, Hunger und Durst und Schweiß, und liebten uns bis zur Erschöpfung. Ich

wachte auf, als es schon fast dunkel war, an einem geilen Schmerz über der Möse; Annalena stand vor mir, eine dünne böse Gerte in der Hand, die ich noch nie gesehen hatte, und schlug mir im Moment des Erwachens nochmals quer über die Brustwarzen, sodass ich aufschrie und mich zusammenrollte.
„Wach auf, alte Trantüte, draußen steht ein Auto mit allen Türen offen, und du pennst hier. Bring die Sachen rein, räume sie ein, und dann bittest du um deine Bestrafung. Ist ja unglaublich, was sich so eine alte Haussklavin an Nachlässigkeiten leistet!"
Ich wollte eigentlich heulen, als ich das hörte, aber dann sah ich ihr ins Gesicht, wie sie lachte, fröhlich lachte mit ihren liebenden Augen, und ich war überzeugt, dass sie sich diese Sprüche sorgsam ausgedacht und gelernt hatte, damit ihre Rolle auch stimmte. Und doch spürte ich zugleich, dass sie bei allem liebenden Vergnügen das meinte, was sie sagte, und wirklich erproben wollte, ob es ihr Ding war. Und ganz zögerlich begann ich zu fürchten, dass es wirklich ihre Lebensform sein könnte. Und noch schrecklicher ahnte ich die Frage, ob ich diesen Weg mitgehen konnte oder sie freigeben müsste.
Ich leerte also das Auto, trug die Sachen die lange Treppe hoch, nackt und von meinem Sklavinnenhalsband beschämt, und versuchte mich so unauffällig wie möglich zu bewegen, als immer wieder kleine Gruppen von Leuten die Straße entlangkamen. Am peinlichsten waren die frechen Blicke einer Gruppe halbwüchsiger Schülerinnen. Die schienen zu wissen und wissen zu wollen, was mir passierte. Aber niemand schalt, sprach mich an, keine Pfiffe. Als alles eingeräumt war, war es für den kleinen Supermarkt zu spät, und weil man mit einer Sklavin auch normal reden kann, beschlossen wir gemeinsam, an den Strand hinunter zum Essen zu gehen.
„Kennen dich hier viele Leute?" Offenbar achtete meine junge Herrin schon darauf, mich nicht allzu sehr zu kompromittieren.
„Na ja, nur wenige richtig persönlich. Warum?"
Sie lächelte vorsichtig, ein ganz klein wenig süffisant; so ein Lächeln hatte ich noch nie bei ihr gesehen. Irgendwie musste ich an eine Katze denken, die mit der Maus spielt. „Also geht nichts kaputt, wenn sie ahnen, was du für eine bist."
Ich brauchte eine Weile, bis ich ganz begriff, was sie gesagt hatte. „Wieso? Was für eine? Was sollen sie ahnen können?"
Ich spürte, wie es in ihrem schönen Köpfchen arbeitete.
„Dass du was Besonderes bist. Dass du die Sklavin bist. Ich dachte an römischen Sandalen, bloß eine Ledersohle mit Wadenriemchen. War das nicht eine Art Uniform?" – „Ich glaub nicht", sagte ich voreilig, „haben die nicht alle Frauen gehabt?" Hätte ich doch den Mund gehalten, jetzt suchte sie etwas anderes, um mich zu markieren.
„Aber es passt zu der weißen Toga, die wir eingepackt haben." – „Du meinst doch nicht den Bikini-Überwurf?" Der war halb durchsichtig und unter den Hüften bloß lose gehäkelt. Man sollte ja etwas von dem schicken Bikini darunter sehen. Dass der schmale Halsausschnitt auch bis unter den Brustansatz ging, störte mich weniger, ich hatte keine Möpse, die unversehens heraushüpften. – „Hier, schlüpf mal rein. Das ist gut so. Komm!"

„Moment, den Bikini. Man kann doch alles sehen.“ Ich drehte mich zum Schrank und spürte in dem Moment einen stechenden Schmerz hinten auf den Oberschenkeln. Annalena hatte wieder die bösartige Gerte in der Hand und drohte mir. Immerhin lachte sie dabei. „Du musst doch fragen, wenn du was anziehen willst, und die Antwort ist: Nein.“ Sie schaute an mir herunter. „Das Einzige, was stört, ist dein dunkler Landing Strip. Wir machen den gleich weg, dann siehst du aus wie ein junges Mädchen.“ Ich wollte nicht, aber sie hatte das Sagen. Meine nackte Spalte war tatsächlich weniger auffällig unter dem Überwurf. Aber auch so hätte ich mich in den Boden geschämt und quengelte weiter, bat um wenigstens einen String. Schließlich durfte ich mir einen langen Schal und eine Kette mit allerlei Krimskrams umhängen und bekam eine lange beglückende Umarmung. Aber dann begann mein Spießrutenlauf. Beziehungsweise es war gar keiner. Ich war sicher, dass auf der Straße alle bemerkten, dass ich unter der lockeren Tunika nackt war, das sah man schon von fern an der Bewegung der Hinterbacken. Und in dem blau-weißen Restaurant unten am Strand sowieso, aber es schien niemanden aufzuregen. Annalena als Prinzessin zog alle Blicke auf sich, ich spürte ihre Liebe fast körperlich, war auch verliebt wie nie zuvor, trank zu viel und ertränkte mich in ihren lieben Augen. Wir wurden immer ausgelassener, ich verschüttete den Wein, und beim Zahlen musste ich der jungen Bedienung zeigen, dass ich nichts drunter hatte. Auf der leeren Straße sagte sie: „Dir gefällt dieser Exhibitionismus, das spürt man. Ich wette, du bist die ganze Zeit nass.“ Ich solle die Tunika bis zum Nabel hochheben. Das hätte mich fast gereizt, aber ich traute mich dann doch nicht. Dafür musste oder durfte ich sie später vom Scheitel bis zu den Zehen mit meiner Zunge baden.

„Als du vorhin den Wein verschüttet hast, habe ich mir überlegt, ob ich dich nicht übers Knie legen, das Kleid hochziehen und dich versohlen soll. Aber das hätte bloß nach Nackedeispielen ausgesehen, zu gewöhnlich. Mit einem Strumpfgürtel wär das schon anders.“ – Die Vorstellung reizte mich, ein nackter Hintern eingerahmt von dunklen Strümpfen und Strapsen, und ich wusste ja, dass ich einen knakkigen Po mit zarter Haut hatte. Aber hier war das verrückt; ich fürchtete mich auch. Drum sagte ich nichts. So wie ich Annalena gerade kennenlernte, würde sie sowieso irgendwann damit weitermachen.

Sammlung A. Langley

Kurz darauf: „Mach bitte kleinere Schritte als deine Herrin!“ Ich versuchte es, und es stimmte, es wirkte irgendwie – ehrerbietiger. Sie lächelte zufrieden, aber das kluge Köpfchen arbeitete weiter. „Du hast immer schon eine sehr gute Haltung gehabt, doch jetzt spüre ich, dass du sie in jedem Moment kontrollierst und noch genauer darauf achtest. Das gefällt mir. Aber ich möchte dich noch schöner, noch hochmütiger haben; das ist der Schmuck, den man einer Sklavin gar nicht nehmen kann. Ich denke gerade an alte Fotos von Afrikanerinnen, Massai-Frauen, aus dem letzten Jahrhundert, mit vielen Halsreifen, vielleicht erinnerst du dich. In den Fetisch-Läden gibt es doch Halskragen, die man posture collar nennt, die einen zwingen, den Kopf immer ganz hoch und den Hals gestreckt zu halten. So einer würde mir bei dir gefallen. Es wirkt so aufregend künstlich.“

Das Thema des Künstlichen ließ sie nicht mehr los. Eine Sklavin müsse ganz von selbst ständig darauf achten, sich ein wenig wie eine Puppe zu geben und zu fühlen. Ich hätte, sagte sie, sie auch immer ein bisschen wie eine Puppe behandelt, mit der man spielt. Und jetzt wolle sie mit mir wie mit einer Puppe spielen, mich ausziehen, anziehen, schmücken und immer wieder etwas Neues mit mir anstellen.

Nach dem kurzen Weg zurück, wenige hundert Meter, war ich völlig fertig. Zuerst waren es die Vorstellungen, wer mich

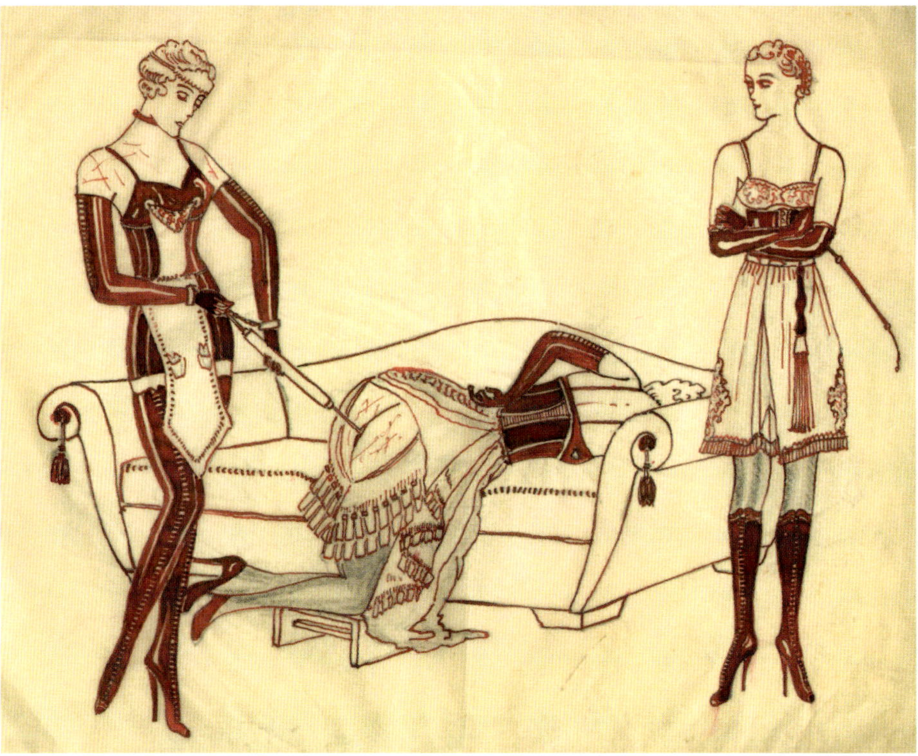

Sammlung A. Langley

jetzt alles gesehen hatte und künftig als so eine wahrnehmen würde, aber dann war es mehr eine unbestimmte Angst vor dem, was sie mit mir anstellen könnte, und doch auch Angstlust. Ich hatte mit Annalena ja solche Szenen nur kurz, einige Minuten oder selten eine Stunde gespielt. Da konnte man den sexuellen Kitzel genießen, aber danach sich schütteln, und alles war vorbei. Aber jetzt, das spürte ich, änderte sich etwas bei mir. Kürzel aus der Szene wie 24/7 oder TPE, total power exchange, schossen mir durch den Kopf. Wenn mich Annalena wirklich versklavte in diesen zehn Tagen, wenn ich nachher nicht mehr davon loskam? Ihr verfiel und sich mein ganzes Leben umkrempelte? Das waren meine Gedanken, aber gleichzeitig schossen die Ängste am Kopf vorbei in die Möse und machten mich zu einem Lappen aus Geilheit. Ich wollte die Fragen nicht gelöst, die Ängste nicht fort haben, sondern mich meiner unklaren Erregung, meiner Sucht und Gier überlassen und darin ertrinken. All diese widerstrebenden Gefühle musste ich zuerst wieder auf die Reihe kriegen, und ihr ging es vielleicht ähnlich, deswegen war ich froh, dass wir uns ganz normal mit zwei Gläsern Wein und einer Kerze auf die nächtliche Terrasse setzten. Obwohl ich dort gleich wieder den ominösen Haken oben im Balken sah und bemerkte, dass auch Annalena ihn entdeckt hatte. Unsere Nacht dann war wild und maßlos und ließ mich wieder alle Bedenken vergessen. Gegen Morgen weckte sie mich, zog mich mit den Händen am Haken auf der Terrasse hoch, bis ich auf den Zehen stand, und nahm die Riemenpeitsche, bis ich zu schreien begann. Und selbst dann hörte sie nicht auf, sondern holte den Knebel und machte mit der bösen Gerte weiter, bis ich mich selber nass machte.

Am Morgen dachte ich, wir würden zum Naturistenstrand gehen. Aber dort meine Nacktheit – sie sagte foufoune dafür, und ich frage mich, woher sie das Wort kannte – zu zeigen, wäre ja keine Beschämung, also gingen wir an den normalen Strand, wo nicht zu viele Leute waren, und ich musste mich trotzdem ganz ausziehen. Als niemand blöd schaute, ließ meine Spannung etwas nach, und auch Annalena löste das Oberteil ihres Mikrobikinis. Wir planschten und schwammen lange, doch als wir wieder auf den Handtüchern lagen, wollte sie, dass ich mich auf den Rücken legte und die Beine öffnete.

„Du hättest deine Piercings einlegen sollen, das wär jetzt witzig." – „Glaube ich nicht. Hier wäre das eher vulgär. Zu wenig Puppensituation."

Ich glaubte, das hätte sie überzeugt, aber sie nahm es lachend zum Vorwand, sich eine Bestrafung für mich zu überlegen.

„Wir sollten dich mehr zu einer Puppe machen, meinst du nicht?" Sie fing an, von ihrer Lieblingspuppe zu erzählen, sie sei aus weichem warmem Plastik gewesen und habe doch ausgesehen wie aus Porzellan. Mit einem tollen Schlafzimmerblick, wenn man sie auf den Rücken legte und sie die Augen schloss. Das habe vielleicht auch daran gelegen, dass sie keine Augenbrauen hatte. Meine Augenbrauen hatten ihr bisher zwar sehr gefallen, aber vielleicht sollten wir sie abrasieren, das würde ja später nachwachsen. „Nein, Schatz, das finde ich nicht gut. Es würde mich unglücklich machen." – „Unglücklicher, als wenn ich dir den Kopf rasiere? Das könntest du mit einer Perücke verdecken, aber für die Augenbrauen gibt es tatsächlich keine Perücke."

Ich war jetzt sehr verunsichert, denn ich konnte einfach nicht mehr erkennen, welche Grundlagen sich in unserer Beziehung verändert hatten. Wollte sie mich bloß necken, oder war das ernsthaft? Es ging mir jedenfalls so nahe, dass ich ein bisschen anfing zu weinen und hilflos ihre Küsse suchte. Sie nahm mich in den Arm und streichelte mich, küsste aber nicht zurück und stieß mich damit in eine noch größere Unruhe. „Sei ruhig, Kleines, ich hab ja nur herumüberlegt und nicht gesagt, dass wir das machen. Vielleicht bin ich einfach zu voreilig gewesen. Aber du liebst doch deine Herrin und möchtest ihr in jeder Hinsicht gefallen, oder nicht?"

Jetzt küsste sie mich kräftig auf den Mund, aber das beruhigte mich gar nicht. Eigentlich hatte sie bestätigt, dass sie mich auf einem Weg mitnehmen wollte, der noch lange nicht zu Ende war und vielerlei Überraschungen barg. Zumal sie dann gleich hinzufügte: „Ich möchte schon, dass du nachher die tollen weißgoldenen Ringe in deine Möse einsetzt. Ich finde sie schön und aufregend. Und am liebsten hätte ich einen dritten Ring in deiner Nase. Man darf doch sehen, dass du etwas ganz Besonderes bist."

Als sie das sagte, hatte sie sicher schon gesehen, dass es in meinem Schmucketui nicht nur das Ringlein gab, das sie mich damals hatte einsetzen sehen, sondern auch noch einen größeren aus Chirurgenstahl.

Ich fiel nach diesem ominösen Wortwechsel wie in einen Schacht, in eine der tiefsten Krisen meiner Existenz, und wusste nicht mehr, wer ich selber wirklich war. Vielleicht brauchte es das, damit ich akzeptieren konnte: Ich war nicht mehr die ältere Freundin meiner süßen kleinen Annalena, sondern sie war trotz ihrer Jugend jetzt meine kapriziöse Herrin und ich ihre Hörige, und dieser Rollenwechsel brachte uns noch viel näher zusammen. Ich konnte heulen und stammeln und mich von ihr trösten lassen, und wenn sie gut gelaunt war, ließ sie uns auch für kurze Zeit die äußeren Rollen tauschen.

In den folgenden Tagen, seit das klar war, wurden unsere Zärtlichkeiten und Liebeskämpfe noch wilder und hemmungsloser. Sie besaß mich und machte mit mir rücksichtslos all das, was ich vorsichtig mit ihr im Frühjahr begonnen hatte. Und mehr, sogar von hinten; das hatte ich bisher nie geduldet, aber gestern fistete sie mich mit ihrer schlanken Hand. Meine Schreie und meine Ergüsse und Orgasmen gehörten ihr, und auch mein ganzer Körper gehörte ihr, so wie sie mir den ihren schenkte. Weil sie das wollte, trug ich jetzt immer die beiden schweren Ringe in den Labien, die mich wild machten und immer wieder auch durch die dünnen Kleider blitzten, wenn wir ins Dorf gingen, und wenn sie frivol war, hing sogar ein silbernes Glöckchen daran. Und nachdem ich das Septum mit einiger Mühe geweitet hatte, trug ich auch gut sichtbar den stählernen Nasenring, der die Oberlippe berührte. Wir besorgten uns einen Positurkragen, den ich oft auch in der Öffentlichkeit nicht ablegte, und die Haare meiner Augenbrauen wurden rasiert und durch einen Strich ersetzt. Vielleicht wollte meine Liebste auch noch meinen Kopf rasieren. Bald. Ich fürchtete und ich hoffe es.

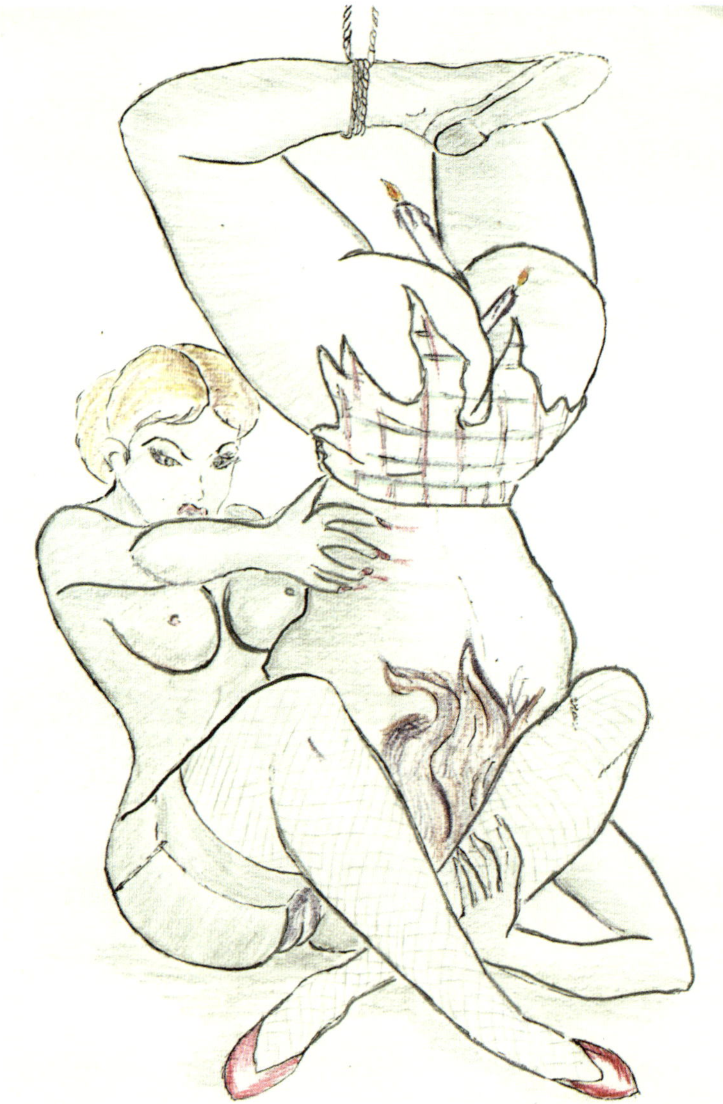

Sammlung A. Langley

Maria D.

Unter deinen Händen

Simon war abgereist, und ein seltsam schaler Geschmack ließ sich nicht aus meinem Mund vertreiben. Fühlt es sich so an, wenn eine Liebe stirbt? Kann es möglich sein, dass mit einem Mal nichts mehr von ihr zu spüren ist? Unspektakulär und leise löst sie sich auf, und nicht der kleinste Hauch zeugt von ihrer einstigen Kraft. Wenn mein Noch-Ehemann zurückkommt, werde ich ihm davon berichten müssen.

Meine Gefühle waren unaufhaltsam Karussell gefahren. Amors Pfeil hatte mein Herz getroffen, und weder Maja noch ich hatten uns seiner Wirkung entziehen können. Ich war zu anderen Ufern unterwegs.

Wir gestalteten unseren Alltag immer öfter gemeinsam. Ich fand eine Anstellung und arbeitete wieder in meinem alten Beruf als Architektin. Maja übernahm oft Fahrten für die Mädels, damit ich meine Termine wahrnehmen konnte. Wir stimmten unsere Arbeitszeiten aufeinander ab, sodass immer eine bei den Kindern war. Allmählich festigte sich das Band zwischen uns, und genauso allmählich entfaltete sich Majas Dominanz mir gegenüber. Kleine Gesten waren es, die verrieten, dass sie die Führung übernahm, und ich genoss es. Endlich einmal Verantwortung abgeben können, endlich einmal mich anlehnen und dabei Halt finden. Beispielsweise war ich mit meiner Gesundheit bisher recht leichtsinnig umgegangen. Wenn ich ausgekühlt von der Baustelle komme und Maja bei uns ist, lässt sie mir heißes Wasser in die Wanne und schickt mich sofort hinein. Mit strafendem Blick registriert sie zu leichte Kleidung bei widriger Wetterlage, Ausreden lässt sie nicht gelten. Alte Gewohnheiten, wie Bücher aufgeschlagen und umgedreht auf dem Fußboden liegen zu lassen, Wäscheberge unter dem Waschbecken anzuhäufen anstatt im Wäschekorb, das Haus ohne Frühstück zu verlassen oder bei grellem Sonnenschein ohne Sonnenbrille Auto zu fahren, waren Vergangenheit. All das und vieles andere fand nicht Majas Zustimmung, und ich warf mich vorbehaltlos in ihre Arme. Sie ist streng, und ich gehorche.

Erst auf einer Ausflugsfahrt ins niederländische Arnheim allerdings begann ich, den besonderen Charakter unserer Beziehung zu erfassen. Spontan nutzten wir ein freies Wochenende ohne Kinder, sie waren bei meinem Noch-Mann, und machten uns zu zweit auf den Weg in den Arnheimer Zoo. Wir fuhren mit meinem Wagen, die Sonne strahlte vom Himmel, und die Stimmung war ausgelassen. „Komm, wir machen eine Pause, nehmen etwas von unserem Proviant und eine Decke und picknicken in den Wiesen", schlug Maja vor. „O ja, prima!" Ich hielt am nächsten Feldweg an. Mit Rucksack und Decke beladen stapften wir einen ruhigen Grasweg entlang. Links und rechts erstreckten sich holzumzäunte Wiesen. Nachdem wir einsame Gehöfte hinter uns gelassen hatten, deutete Maja auf ein sonniges Fleckchen hinter zwei Fliederbüschen. „Lass uns hier bleiben, das ist ein schöner Picknickplatz." Zwischen Butterblumen und Wiesenschaumkraut breitete ich die karierte Decke aus. Auf einer Ecke kniend reckte ich mich zur anderen Seite, um sie glatt zu ziehen,

Alejandra Rubies

als Maja mir einen schwungvollen Klaps auf meinen Jeans-Po verpasste und ich auf dem Bauch landete. „He!“ Kreischend drehte ich mich auf den Rücken und konnte Maja gerade noch abfangen, die sich stürmisch in meine Arme warf. Wild begann sie, mich zu küssen. Mit einer Hand streckte sie mir die Arme über den Kopf, während die andere unter meinem Shirt nach den Brüsten tastete. Entschlossen schob sie mir das Hemd hoch bis unters Kinn, und ich wollte aufbegehren: „Nicht, Maja, wenn jemand kommt!“ Ihre Hand umschloss meine Handgelenke fester. „Und wenn schon, du gehörst zu mir, und ich zeige deine süßen Brüstchen, wem ich will! Komm, wehr dich doch, dann wirst du schon merken, was passiert: Hast du nicht die Zäune an den Wiesen gesehen? Zwei dicke Querbalken an Längspfosten befestigt. Die ganze Strecke habe ich mir vorgestellt, wie es wäre, dich bäuchlings darüberzulegen, dir deine Jeans in die Kniekehlen zu ziehen, ein paar Klapse auf deinen frechen Hintern zu geben und dich dann mit Fingern von hinten durchzuficken. Was meinst du, wie du dich fühlst, wenn dann jemand kommt? “ – „Das will ich gar nicht wissen!“, schrie ich; doch ohne zu begreifen wieso, befeuchtete heiße Erregung mein Höschen, und mein Atem beschleunigte sich. Dass Maja dabei fest meine Brustwarzen zwirbelte, entschärfte die Situation nicht gerade. „Oh, nicht“, schaffte ich noch zu stöhnen, bevor ihre saugenden Lippen meinen Mund wieder verschlossen. Ratsch, öffnete sie meinen Reißverschluss und ich hob bereitwillig mein Becken an, um mir die Hosen herunterziehen zu lassen. Das Höschen folgte der Jeans in meine Kniekehlen, und Maja schob ihre Hand zwischen meine Beine. „Na komm“, schmeichelte sie, „zeig mir dein kleines weiches Möschen, uns wird schon niemand sehen.“ Ich konnte ihren liebkosenden Fingern an meinen schwellenden Schamlippen nicht mehr widerstehen und öffnete die Beine weiter. Das Hemd hochgeschoben, die Jeans in den Kniekehlen, lag ich entblößt im Freien und Maja über mir. „Ich möchte noch mehr von dir sehen“, flüsterte ihr heißer Atem in mein Ohr, und sie entledigte mich meiner Hosen komplett, zog mir das Hemd über den Kopf und zurrte es stramm über meinen Handgelenken fest. Automatisch reckte ich ihr meine Brüste entgegen. „Braves Mädchen, aber nun möchte ich deine Kehrseite.“ Schwungvoll drehte sie mich zurück auf den Bauch. „Nein, nicht“, wollte ich rufen, aber ich wehrte mich nicht. „Oh, sieh nur, was für ein hübsches Hinterteil!

Und diese süße Spalte lädt geradezu ein, etwas mit ihr anzustellen." Mit einem surrenden Geräusch riss sich Maja ihren Ledergürtel von der Hose und warf ihn zusammengerollt vor mich hin. „So ist's besser!" Heiß erfasste mich eine Welle der Erregung, und mein Körper begann zu beben. Den Ledergürtel direkt vor den Augen streckte ich Maja mein Gesäß entgegen und ließ zu, dass sie mich mitten auf dieser Wiese unter freiem Himmel von hinten fickte. Finger und Zunge wechselten so geschickt ab im Spiel mit meiner Möse und den Arschbacken, dass sich meine Spannung schnell in einem erlösenden Orgasmus entlud. Das Shirt rutschte mir dabei von den Armen, und ich blieb erschöpft und splitternackt auf der Picknickdecke liegen. „Na, das war aber nötig. Komm, mein Schatz, dreh dich um, ich ziehe dich wieder an, sonst findet dich doch noch jemand." Noch im Liegen kleidete Maja mich wieder an und streichelte mir dabei zärtlich über Arme und Beine. Anschließend griff sie mit nachdenklichem Lächeln nach ihrem Gürtel. Das besondere Geräusch, als sie ihn wieder durch die Hosenlaschen zog, ließ mich schaudern. „Ich glaube, über die Wirkung meines Gürtels müssen wir uns noch mal genauer unterhalten. Da scheint mehr dahinter zu stecken, als du zugeben willst." Grinsend zog Maja mich hoch, und wir beschlossen, das Picknick auf einen Schluck Orangensaft zu beschränken und zum Auto zurückzukehren und weiterzufahren. Die restliche Fahrt über ließ mich der Gedanke an das nachmittägliche Abenteuer im Gras nicht los, und ich musste meine ganze Konzentration aufbringen, um sicher fahren zu können. Maja saß neben mir und hielt mir mit festem Griff das Haar im Nacken zusammen. Mein Herz raste, und ich konnte kaum durchatmen. Der Teil in meinem Kopf, der noch klar denken konnte, nahm sich fest vor, bei nächster Gelegenheit mit Maja über ihre Wirkung auf mich zu sprechen. Vielleicht schaffte ich es, ihr von meinen Fantasien zu erzählen. Es fühlte sich so an, als ob das bei Maja auf fruchtbaren Boden fiele.

So begann eine sadomasochistische Liebesbeziehung, deren Kraft auf gegenseitiger Hingabe, absoluter Verlässlichkeit, Verantwortungsbewusstsein und tiefem Vertrauen beruht.

Sammlung A. Langley

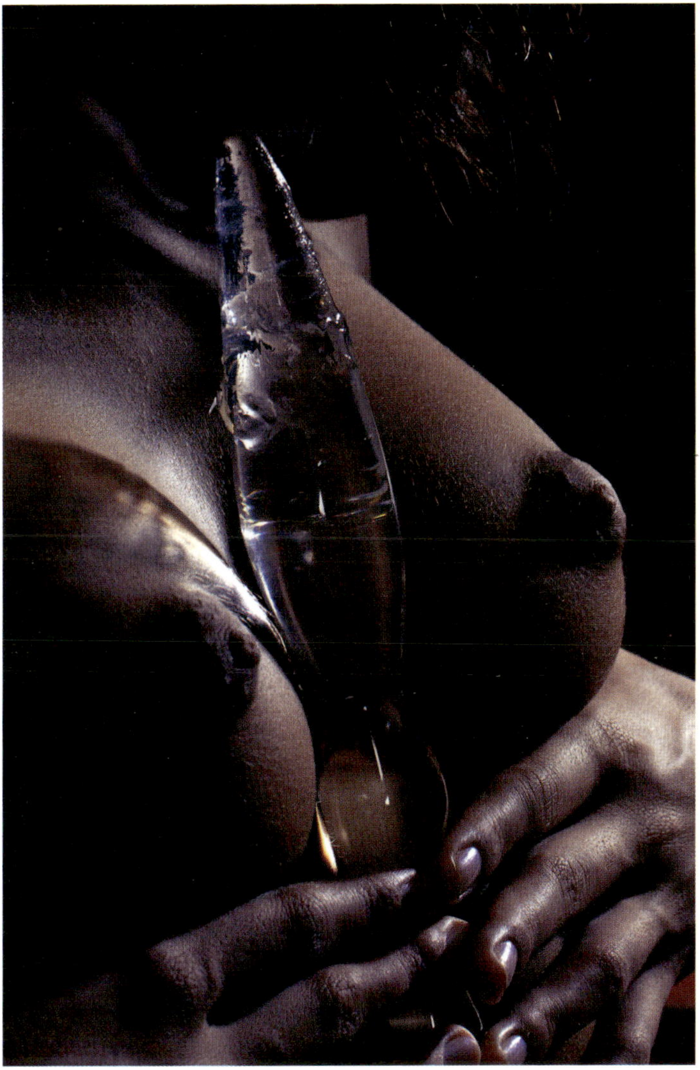

Mik Hartmann

Mik Hartmann

Udinolino Poletti
Bi sexuell im Porn Kino

Schenkel öffnen sich für muskulöse Körper / steife pralle Glieder gleiten im Rhythmus auf und ab, vor und zurück, / rein und raus / geheucheltes Stöhnen unterlegt die Detailaufnahmen, flimmerndes Licht reflektiert im Raum, / wechselnd von kurzen Sequenzen auf vielen Monitoren / „es geht nicht mehr" gibt es nicht im endlosen Reinrausaufab / ein virtuelles Aufgeilen im Alleingelassensein mit Gefühlen / Wünsche, Geilheit brechen heraus, öffnen die Fantasie / sexuelles Ausleben ohne Scham, du packst dich an und deine Geilheit aus / Wenn sich der Gürtel öffnet, wird Zugreifen zum Zwang, / arbeitet sich die Hand wie fremdgesteuert unter die Hose / Der Slip schiebt sich über Hüfte, Po und spannt über den Oberschenkeln, / jetzt spürst du die fremde Hand, die deinen Schwanz streichelt und reibt / spürst den Atem der Lust, ergibst dich den geilen Gefühlen und Fantasien, / gespeist von voyeuristischen digitalen Bildern um dich herum / deine Hand sucht das Gegenüber und fühlt pralle Lust in voller Erregung / Fantasie, sich hingeben im Losgelöstsein von Zwängen / deine Zunge schmeckt das Fleisch unter der zurückgezogenen Vorhaut / sanftes Verlangen, lustvolles Drängen, fingernde Hände in jedem Augenblick / lustvolle Minuten ergießen sich wie ein warmer Strahl über deinen Körper / langsam, genussvoll, hoffentlich endlos lange, / bis sich Fantasie und Geilheit dir als lustvolle Realität erschließen, / bis sich mit einem pulsierenden Flash deine Geilheit aus dir ergießt / mit jedem Tropfen löst sich deine Geilheit, entspannt sich dein Glied / du denkst, ich komm nicht wieder, und weißt doch, es ist ein Trieb.

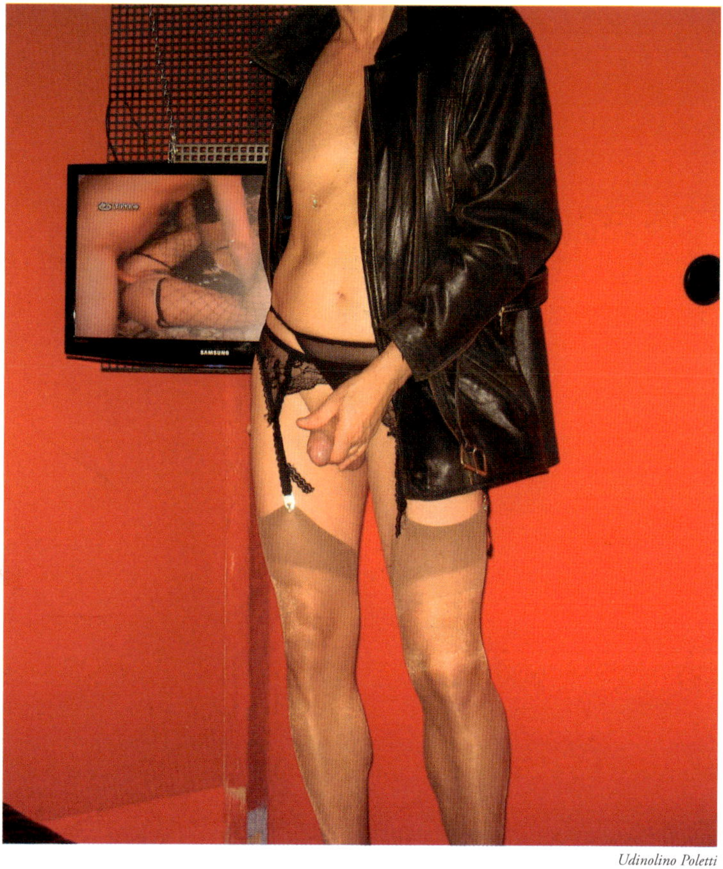

Udinolino Poletti

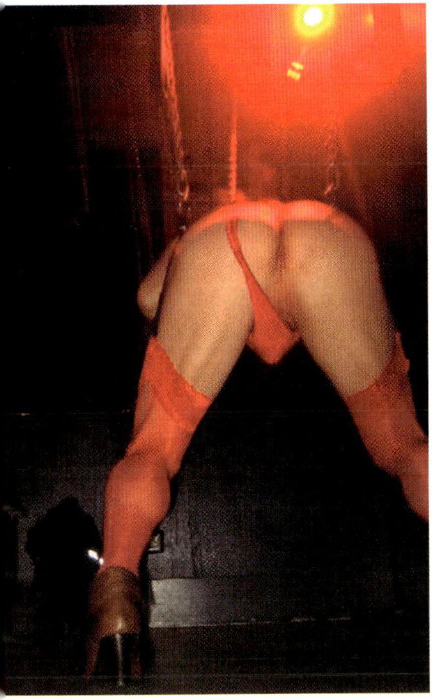

Michael Hartmann

M.H. Martin

Ich bewohne ein Doppelhaus.

Ich lebe in einem Doppelhaus, diesen Luxus gönne ich mir.
Die meiste Zeit bin ich in meinem Alltagshaus. Es ist sehr persönlich eingerichtet, nicht protzig, auch nicht bieder, eher ein bisschen spinnert, wie manche liebevoll sagen.
Dort fühle ich mich die meiste Zeit wohl. Gelegentlich aber zieht es mich in die andere Hälfte meines Doppelhauses. Außenstehende wären verwundert, wenn sie in dieses Haus kämen. Es hat nur einen großen Raum mit einem Sofa, hinten an der Wand steht ein Bett, gegenüber ein Schrank mit Spiegeltüren.
Du bist jetzt in meinem Alltagshaus. Öfter schon warst du hier, es ist dir vertraut.
Du hast dich für mich schön gemacht, etwas geschminkt, der geschlitzte Rock gibt ein Stück von deinem schwarz bestrumpften Bein frei, die Schuhe mit dem hohen Absatz zaubern dir schöne Beine. Du schaust verführerisch aus.
Wir tanzen. Leise Schmusemusik zum Aneinander-Kleben. Die Musik macht sich im Kopf breit, im ganzen Körper. Ich drücke mich an deine Schenkel, es drängt mich, dazwischen zu sein.
Ich streiche sanft über deinen Rücken, wir spüren warme Gefühle in uns.
Wir liegen aufeinander, ineinander, ich schaue in dein gelöstes Gesicht, du schaust mich an und lächelst.
Du ahnst noch nicht, dass du heute in mein anderes Haus gehen sollst, darfst,

musst. Denn das ist auch ein Teil von mir. Wir stehen auf, ich verbinde dir die Augen. Wir tanzen langsam in mein anderes Haus. Ich nehme dir die Augenbinde ab. Verwundert blickst du in den Raum.
Du siehst mich auf dem Sofa sitzen, die Beine übereinandergeschlagen, ein Stück Haut vom Oberschenkel ist zwischen dem bestrumpften Bein und dem Höschen zu sehen, die Strapse straff.
Langsam kannst du bei dem gedämpften Licht der Kerzen mehr erkennen. Zarte Strümpfe, braun oder schwarz, hängen über dem Paravent. Ein lachsfarbenes Korsett mit Strumpfhaltern, ein weißer Hüftgürtel mit Strapsen, seidene Hemdchen und Höschen liegen dekorativ herum. Du siehst Fotos an der Wand: Ich im Seidenhemdchen oder weißen Miederhöschen, in halterlosen Strümpfen.
Du bist irritiert, willst fragen, aber ich lege meinen Finger auf deine Lippen.
Ja, dies ist mein anderes Haus, in das ich gelegentlich gehe. Du hast begriffen, auch wenn es für dich befremdlich ist.
Du reichst mir die Hand, ich folge dir zum Bett. Du liegst zwischen meinen weit geöffneten Schenkeln. Sei mein Mann, mein Geliebter. Flüstere mir ordinäre Worte ins Ohr.
Ich reiche dir einen Dildo. Du drückst ihn in mich, langsam, zärtlich, du Geliebter. Ich spüre dich, in meinem Schoß, im ganzen Körper. Ich habe die Augen geschlossen, will mich dir ganz hingeben, du meine Geliebte, die jetzt mein Geliebter ist.

Wie ist das für dich, höre ich dich fragen von weit her, denn ich bin weit weg, irgendwo in ungeahnten Gefühlen. Unheimlich schön, höre ich mich sagen, während ich mein Becken dir entgegenstrecke. Genau kann ich es dir nicht beschreiben. Meine Lust ist mir wichtiger als eine Antwort.

Du berührst meine Brust, ganz zart streichst du mit den Fingerkuppen von innen an meinen Brustwarzen entlang, du erlebst meine Lust, während du dich langsam in mir bewegst. Ich antworte dir, spanne meine Muskeln an, halte dich fest, lasse dich wieder los.

Ich will wie du fühlen. Lass mich Frau sein, mich in diese Rolle schlüpfen. Für einen Augenblick wenigstens, auch wenn mein Körper nicht danach aussieht. Lass mich dieses Eingeschnürtsein in ein enges Korsett, lass mich das Spannen und Ziehen der Strümpfe am Halter beim Gehen, im Sitzen spüren, den Druck des Halters, wenn ich die Schenkel übereinanderlege. Lass mich dich spüren in mir, du Geliebte, Geliebter.
Lass mich Frau sein in meinem Doppelhaus. Gelegentlich.

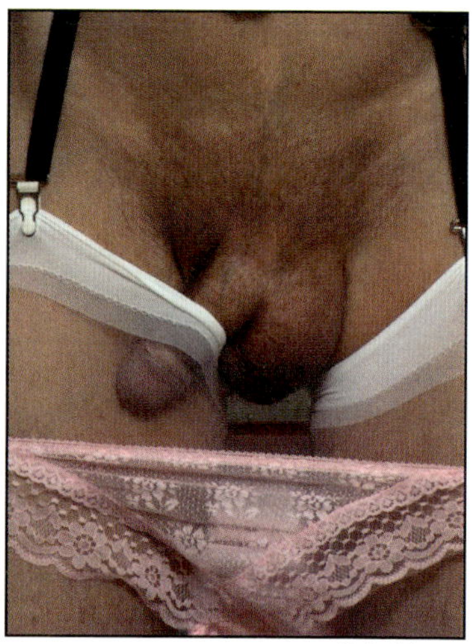

Vadim Filimonov

Harry Unte

Jan Gympel
Die Welt von morgen

Wie stellen Sie sich das Leben in fünfzig Jahren vor, mein Lieber?

Im Jahre 2014 meinen Sie?

Ja. Möchten Sie noch eine?

Danke. Ich denke, das Rauchen wird in fünfzig Jahren fast überall verboten worden sein. Und bald ganz verboten werden.

Was? Aber warum das denn?

Weil es ungesund ist.

Das ist das ganze Leben: Es endet immer tödlich. Außerdem könnte man da genauso gut wieder den Alkohol verbieten.

Das kommt als Nächstes dran. Dafür wird der Konsum von Cannabis fast alltäglich werden.

Sie meinen Haschisch? Kein Tabak, aber Cannabis? Wie absurd.

Männer werden Männer heiraten dürfen und Frauen Frauen.

Das ist ja noch ab-, na, wem's gefällt. Drollig. Was wird die Raumfahrt machen?

Menschen werden auf dem Mond gewesen sein.

Selbstverständlich, und weiter?

Satelliten werden es ermöglichen, farbige Fernsehbilder in erstklassiger Qualität von jedem Ort der Welt an jeden Ort der Welt zu übertragen. Sie können dann in Europa live sehen, was in Amerika passiert oder in Asien oder Australien. Sie können Sendungen sehen, die vom anderen Ende

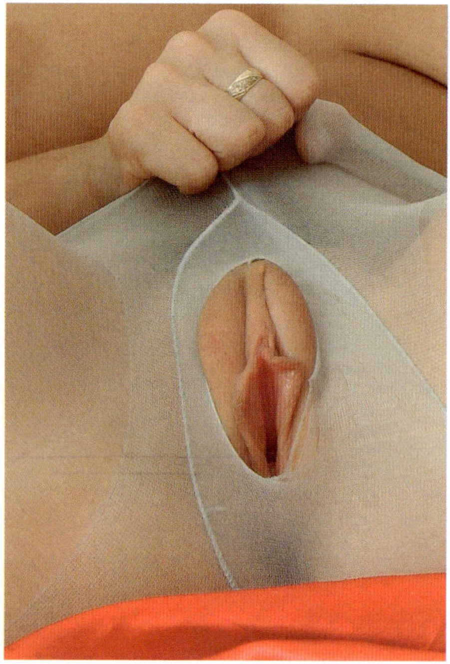

Mik Hartmann, Ausschnitt

der Welt ausgestrahlt werden.

Faszinierend. Und wird man auch kleine tragbare Fernsehgeräte haben?

Ja, aber wichtiger werden Funktelefone sein, kaum größer als ein Feuerzeug. Und tragbare Computer.

Tragbare Elektronenhirne?

Hunderte Millionen Menschen werden ihren eigenen Computer besitzen.

Und den tragen sie dann immer mit sich herum?

Wenn sie es wollen. Oder sie benutzen ihn nur zu Hause. Außerdem werden alle Computer auf der ganzen Welt, wenn ihre Besitzer es wünschen, über ungeheuer leistungsfähige Leitungen miteinander verbunden sein.

Oh, verstehe, und dann tauschen die Menschen ihr Wissen aus? Um noch klüger zu werden und die Menschheit voranzubringen?

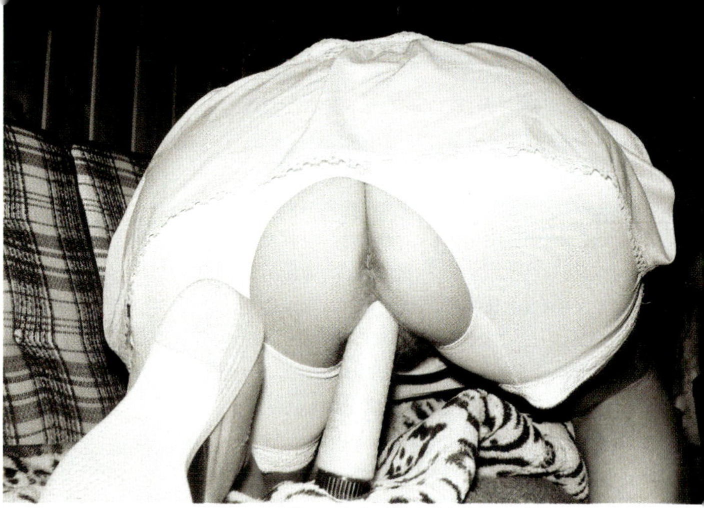

Selbstgenähte Sex-Wäsche, 80er Jahre vor den Internetzeiten

Das auch. Aber zu einem nicht unwesentlichen Teil werden die einen die Computer und deren Verbindung miteinander benutzen, um Fotos, die sie von hren Genitalien gemacht haben, aller Welt zu präsentieren. Und die anderen werden sich diese Bilder anschauen. Oder noch andere Körperteile entblößen. Oder sich gleich ganz nackt zeigen. Auch in sehr eindeutigen Posen. Um Sexpartner zu suchen. Oder einfach bloß ihrem Exhibitionismus zu frönen. Milliarden von Fotos mit Geschlechtsteilen werden durch die weltweiten Datenleitungen schwirren und jederzeit frei verfügbar sein.

Komm, Schatz, wir gehen. Was für ein widerwärtiger Mensch mit was für einer kranken Fantasie!

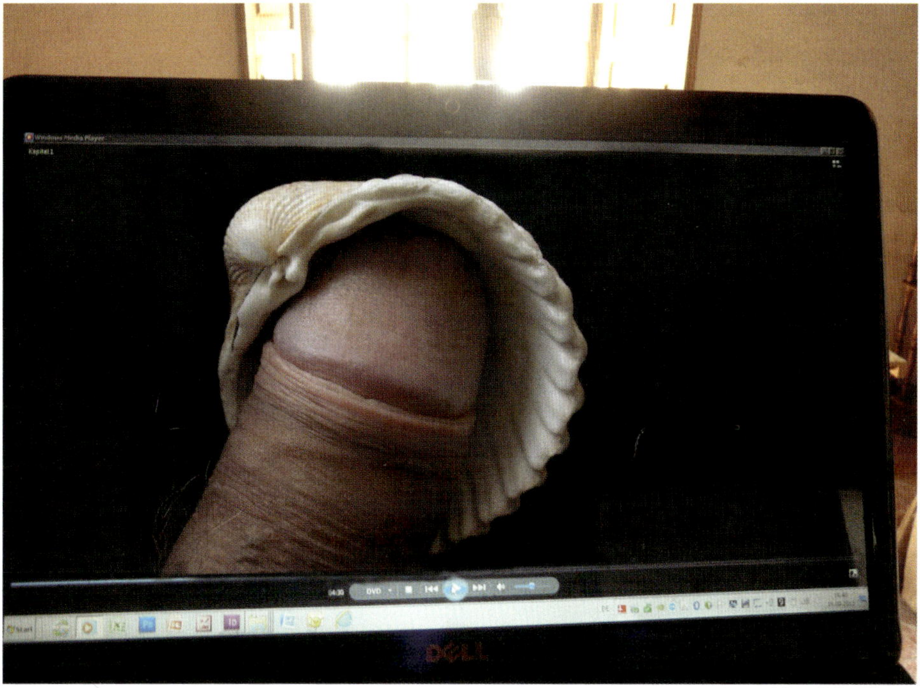

Foto im PC von Vadim Filimonov

Jan Gympel
Meine schwulen Doktorspiele

„Mmmh, jaaah, oh, das ist gut! Genau da! Jaaah, so! Mann, du machst das wirklich gut. Mach weiter! Ah, mmmh, und noch ein bisschen tiefer. Tiefer! Ja! Aaaah ..."
„Seid ihr bald fertig?" Armin platzte dazwischen. Wieder einmal. In letzter Zeit störte er Donny und mich immer, wenn wir miteinander beschäftigt waren. Genauer gesagt: Wenn Donny an mir tätig war. „Wenn du dich angezogen hast, können wir essen", verkündete Armin pikiert und verschwand.
Donny schaute mich an, hob eine Augenbraue, lächelte leicht und zuckte mit den Schultern. „Nur noch einen Moment", rief er in Armins Richtung und widmete sich wieder meinem Körper. „Sonst müssen wir morgen weitermachen!"
Beide konnten wir uns das Lachen kaum verkneifen. Erst recht nicht, als aus dem anderen Zimmer Armin sarkastisch antwortete: „Toll!"

Er sollte sich nicht so haben. Immerhin hatte sich auch unsere Freundschaft vertieft, seit ich seinen Liebsten zwei-, dreimal die Woche in Anspruch nahm. Manchmal auch viermal. Und es war doch seine Sache, wenn er dann immer für mich mitkochte. Ich würde auch ohne Abendessen gehen, wenn ich mit Donny fertig war – beziehungsweise er mit mir. Aber womöglich wollte Armin mich mästen. In der Hoffnung, dass ich dann unattraktiv würde für seinen Gatten. Dabei musste Armin doch wissen, dass Donny überhaupt nicht mein Typ war. Ich hatte oft genug darüber gesprochen, wie wenig ich seine Vorliebe für große, hagere, drahtige

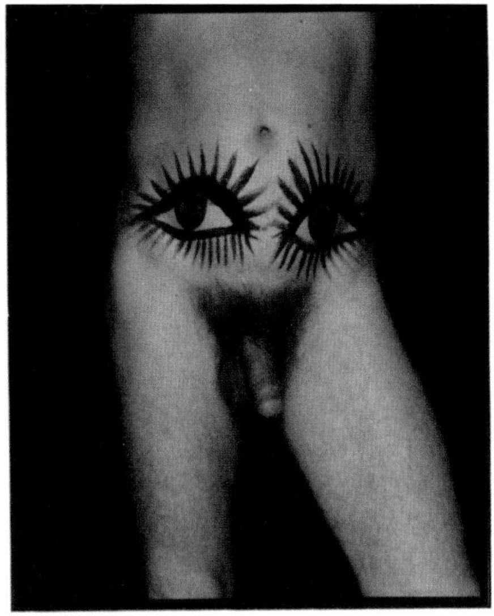

Vadim Filimonov

Männer, am besten noch mit schmalen Schultern, nachvollziehen konnte. Dass ich solche Kerle sogar regelrecht abstoßend fand – rein äußerlich. Und dass daran auch der Umstand nichts ändern konnte, dass ich natürlich wusste, dass dürre Typen häufig die größten, längsten – also darauf kam es doch nun wirklich nicht an!

Vermutlich bereute Armin es längst, dass er mir gewisse Andeutungen gemacht hatte, als er und Donny ein Paar geworden waren. Ganz sicher bereute er, was er mir ganz offen über seinen neuen Lebensabschnittsbegleiter verraten hatte, denn das entflammte mich für diesen sofort: Er war ein Arzt! Praktischerweise auch noch ein praktischer. So etwas hatte ich mir schon immer gewünscht: Am besten im eigenen Haus (und Bett). Aber im engeren Bekanntenkreis war auch schon ganz gut.

Glücklicherweise hatte es nicht lange gedauert, bis Armin und seine neue

Flamme zusammengezogen waren. Glücklicherweise hatten sie ihr Liebesnest in meiner Nachbarschaft gefunden. Und zum allergrößten Glück war Doktor Donny gern bereit, nach Feierabend, daheim, mal eben nachzuschauen, wenn mich mal wieder etwas plagte. Was häufig geschah. Wenn auch nicht so häufig wie dass mich etwas beunruhigte. Irgendetwas sagt mir, dass ich sechsundachtzig Jahre alt werde. Vielleicht auch siebenundachtzig. Aber ich kann mich ja irren. Zumal, wenn ich weiter so gern rauche. Zwickt's mich irgendwo, vermute ich daher sofort Krebs. Außer bei Kopfschmerzen, und seien sie noch so leicht: Das könnte statt eines Tumors natürlich ebenso gut eine Hirnblutung sein. Eigenartige Gefühle in der Brust sind womöglich Lungentuberkulose, wahlweise Vorboten eines Herzinfarkts, die zweite Erkältung innerhalb von vier Monaten ist vielleicht die Folge von Aids, gelegentlicher Schwindel ein erstes Anzeichen von Multipler Sklerose, ein eingeschlafener Arm könnte auf einen Schlaganfall hindeuten, Müdigkeit auf Leukämie, im Laufe der Jahre nachlassende Sehschärfe der Vorbote einer Erblindung sein, gelegentliches Brennen beim Wasserlassen erfordert vermutlich eine Penisamputation. Und jeder Fleck auf der Haut sollte am besten täglich fotografiert werden, um bedenkliche Veränderungen rechtzeitig zu bemerken.

Kurzum: Ich fand fast täglich einen Grund, um Donny zu konsultieren. Und nur mit äußerster Disziplin schaffte ich es, lediglich jeden zweiten bis dritten Tag bei ihm und Armin aufzukreuzen.
„Du gehörst wirklich in Behandlung", meinte Letzterer bald.
„Danke für dein Verständnis", antwortete ich. „Du siehst also ein, dass ich dringend der Hilfe deines Mannes bedarf?"
Armin verzog das Gesicht. „Nein, ich meine, du gehörst zum Psychiater!"

Ich war erschüttert. Und zwar davon, wie gut Armin mich doch kannte. Schon früh war ich mir meiner unheilvollen Veranlagung bewusst gewesen – jener zum Hypochonder. Dementsprechend hatte ich auch gewusst, dass ein Arzt im Haus bedeuten würde, dass ich rettungslos verloren war. Jedenfalls, was meinen lebenslangen Versuch anging, diesen Hang zum fortwährenden Entdecken und Ausmalen aller möglichen, möglichst schweren, am liebsten tödlichen Leiden zu unterdrücken. Mit einem Arzt liiert zu sein, hätte mich vollständig in Anspruch genommen: Tagsüber als brave Sprechstundenhilfe, die sich von allerlei Schniefnasen anhusten lässt und die Scharen von Rentnern abfertigt, die sich die Zeit mit Arztbesuchen vertreiben. Und nach Feierabend wär's auf die Liege gegangen, mein Mann hätte mich befingert, eingeschmiert und wäre dann mit seiner großen Spritze gekommen.

Wenn ich zu Donny kam, machte ich mich immer schon mal frei, ungefragt und ehe mir Armin womöglich noch die lebensrettende Untersuchung verwehren konnte. Manchmal fand sein Liebster sogar etwas, und angesichts des abweisenden Auftretens von Armin war mir jede bestätigte Krankheit ein kleiner Triumph. Wie würde das Ekel es erst einmal bereuen, stünde es an meinem Totenbett! Armins Verhalten störte mich umso mehr, als er mittlerweile reichlich Gelegenheit gehabt hatte, die Attraktivität aller – aber wirklich aller – Teile meines Körpers einer Begutachtung zu unterziehen, denn bei meinen privaten Konsultationen war er stets zugegen. Zweitens sollte er doch ausreichend Vertrauen nicht nur in die Liebe seines Mannes haben, sondern auch in die Professionalität seines Blicks. Und drittens – ich stand wirklich nicht auf solche hageren, drahtigen Typen, Modell ausgezehrter Ausdauersportler. Nicht mal seine Hände waren schön, wie mir immer wieder auffiel, wenn er mich behandelte. Außerdem dieser Name: Donald. Ich kann doch keinen Sex haben mit jemandem, bei dem ich immer an eine Gestalt im albernen Matrosenanzug denken muss. Auch wenn die keine Hose trägt und daher ständig ihren Bürzel zeigt.

Vadim Filimonov

Und was dachte Armin überhaupt von mir? Ich fang doch nichts mit dem Mann von meinem Kumpel an. Trotzdem zickte dieser immer mehr herum. Erklärte mir

Tyler Udall

am Telefon, der Herr Doktor sei nicht da und komme auch nicht vor ein Uhr nachts. Entwickelte zwanghafte Abendaktivität und schleppte seinen müden Mediziner zu allen möglichen Veranstaltungen, nur damit ich ihn nicht um eine Fortsetzung unserer unschuldigen Doktorspiele bitten konnte. Verkündete mir barsch an der Tür, weder er noch Donny könnten jetzt, und schlug sie mir vor der Nase zu. Was fast wieder zum Anlass für einen Arztbesuch geworden wäre.
„Ja. Ach, Herr Müller, dann komm ich doch mal rasch bei Ihnen vorbei“, meinte Donny und dämpfte damit meine Freude, ihn gleich am Apparat gehabt zu haben, zunächst gewaltig. Ich rechnete doch immer damit, in Kürze in der Demenz zu versinken. Und jetzt hatte es Donny erwischt, der mich plötzlich „Herr Müller“ nannte und siezte.
„Du, Donny, ich bin’s doch, der –“
„Ja, Herr Müller, ich bin gleich bei Ihnen!“, rief mein Arzt und legte auf. Es dauerte noch einen Moment, bis bei mir endlich der Groschen gefallen war: Armin war wahrscheinlich in Hörweite gewesen und ein weiterer Besuch von mir hätte den Haussegen gefährdet. Vermutlich war es Donny inzwischen auch peinlich, wie mich sein Liebster immer abzuwimmeln versuchte. Ich fand es unglaublich taktvoll von mir, dass ich Donny darauf nicht ansprach, als er wenige Minuten später bei mir war. Ich hatte nicht mal Zeit gehabt, das Klo zu putzen – aber na ja, sagte ich mir, so einen Arzt darf es ja vor gar nichts grausen. Darauf vertrauend, hatte ich mich schnell schon mal wieder frei gemacht. Zumal ich diesmal unbestreitbar litt.
„Ich habe Rücken“, sagte ich und drehte Donny selbigen zu.
„Na, und was für einen!“
„Ja, wieder da unten, Lendenwirbelsäule oder was das ist. Bandscheibe, Verspannung – mach doch mal deinen Koffer auf!“ Donny legte seine Hände auf den entsprechenden Bereich, und ich dachte daran, wie schmal und dünn und in meinen Augen hässlich selbst sie waren.
„Ja! Genau da!“, rief ich und stieß einen leichten Schmerzensschrei aus. „Alles verspannt!“

Ismael Delarge

„Hm“, meinte Donny, strich mit beiden Händen noch einmal über meinen unteren Wirbelsäulensektor, schob sie dann nicht nur in meine Hose, sondern auch in meine Unterhose, griff sich meine Backen, drückte sich an mich und flüsterte mir von hinten ins Ohr: „Vielleicht brauchst du ja mal ’ne ganz andere Entspannung?“

Ach du Scheiße.

Rainer Vollath
Gabis geiler Gambiaurlaub

„Küss mich", flüstert sie, und in Gedanken fügt sie ‚mein kleiner geiler Neger' hinzu. Seine Lippen berühren ihre Lippen. Seine Zunge, die glatt ist wie Musselin, dringt in ihren Mund ein. Sie spürt sie an ihren Zähnen, an ihrem Zahnfleisch. Sie spürt, wie sie um ihre Zunge kreist und sie erregt. Sie stöhnt ein leises „Ah".
Mit den Händen fährt sie durch sein schwarzes krauses Haar. Fein wie Fäden aus Seide gleitet es durch ihre Finger. Sie mag es. Dann lässt sie ihre Hände über seinen Rücken gleiten, der zart ist wie Samt.
„Ah", stöhnt sie vor Erregung erneut.
‚Ihre Zunge, fleischig wie eine feuchte Eidechse, widert mich an. Doch ich werde sie befriedigen.'
Er lässt seine Zunge um ihre Zunge kreisen. Er tut so, als ob ihm das Herumwühlen in seinen schwarzen Locken gefiele, und täuscht ein leises Stöhnen vor.
‚Es ist das letzte Mal, dass ich das tue', schwört er sich.
„Ah", stöhnt auch sie erneut.
Sie blickt durch das Fenster ihrer Hotel-Lodge.
Der sonnige Himmel Gambias ist über ihr. Keine Wolke ist zu sehen. Es ist nur heiß. Aber in ihrer Lodge ist es angenehm kühl. Sie ist klimatisiert.
Sie hört das Rauschen des Meeres. Sie hört die Boys am Strand ihre Djembés trommeln.
Seit einer Woche ist sie jetzt hier. Zum dritten Mal macht sie Urlaub in Gambia. Schon zum dritten Mal ist er in ihrer Lodge.
Sie ist eine erfolgreiche Managerin bei einer international aufgestellten Firma. Länderbetreuerin für Afrika. Sie reist viel. Sie kennt viel. Sie kennt sich aus. Kennt das Land, kennt die Leute – glaubt sie. Seit fünfundzwanzig Jahren arbeitet sie in der Firma. Hat alles ihrer Karriere geopfert. Hat ihre Familie aufgegeben, sich scheiden lassen. Es kommt, wie es kommt. Und so, wie es beruflich gekommen ist, ist es gut. Sie hat es so gewollt.
Er lässt seine Zunge weiter um ihre fleischige Eidechsenzunge kreisen.
Er denkt an sein Heimatdorf mit den Strohhütten am Rande der Savanne. Schön war es dort, ist es noch. Doch jeden Tag musste er kilometerweit laufen, um Wasser zu holen. Strom gibt es nicht. Durch mehrere trockene Jahre hatte er keine Ernteerträge mehr und konnte auf einmal seine Familie nicht mehr ernähren. Eine andere Arbeit gab es in dem Dorf für ihn nicht.
Deshalb ging er mit der Frau und den Kindern an den Strand nahe der Hauptstadt. Die weiße Frau findet sein Leben in der Strohhütte, die er ihr gezeigt hat, idyllisch. Er hält es einfach nur für primitiv. Auch hier muss er, wie in seinem Heimatdorf, das Wasser von weither holen, und Strom gibt es ebenfalls nicht. Abends benutzt er eine Petroleumlampe, und seine Frau bereitet das Essen auf einem Gaskocher. Er rasiert sich nass.
Mit den Händen drückt sie seinen Lockenkopf nach unten in die Richtung ihrer Brüste. Schon kreist seine Zunge, die glatt ist wie Musselin, um ihre Brustwarzen. Erst um die rechte, dann um die linke. Das erregt sie. Das gefällt ihr. Das erregt sie noch mehr, das gefällt ihr noch mehr als das Spiel in ihrem Mund.
„Ah", stöhnt sie.
Wieder fahren ihre Hände durch sein

Haar, das fein ist wie Seide, gleiten sie über seine Haut, die zart ist wie Samt.
„Ja, leck", flüstert sie, und in Gedanken fügt sie wieder ‚mein kleiner geiler Neger' hinzu.
‚Ich mag ihre Brüste nicht, die dick sind wie das Euter eines Flusspferds. Ich mag sie genauso wenig wie ihre fleischige Eidechsenzunge. Doch ich werde sie befriedigen.' Er bearbeitet mit seiner Zunge die großen Brustwarzen der weißen Frau, die mittlerweile so hart sind wie der Penis eines Buschbocks, und täuscht wieder ein leises Stöhnen vor.
‚Es ist das letzte Mal, dass ich das tue.'
„Ah", stöhnt auch sie erneut.
Gestern hat sie einen Ausflug auf dem Fluss gemacht und die tropische Schönheit der Landschaft genossen. Entlang an den Galeriewäldern mit den hohen Palmen. Vorbei an den Mangrovenbäumen mit Wurzeln wie Stelzen. Sie hat Sumpfantilopen weglaufen, Paviane schlafen und Meerkatzen klettern sehen. Landeinwärts hat sie lauernde Krokodile, sich suhlende Flusspferde, sich sonnende Warane entdeckt.
Und über ihr war immer der sonnige Himmel Gambias. Keine Wolke war zu sehen. Es war nur heiß.
Er verwöhnt noch immer ihre dicken Flusspferdbrüste, stimuliert weiterhin ihre Brustwarzen, hart wie ein Buschbockpenis, und knabbert an ihnen, dass es ihr sogar ein wenig wehtut.
„Ah", stöhnt sie.
Ihr Ex. Er arbeitete rund um die Uhr. Sie arbeitete rund um die Uhr. Irgendwann hatten sie sich nichts mehr zu sagen. Ihre Gefühle waren eingeschlafen. Die guten wie die schlechten. Die Scheidung fiel nicht schwer.
Die Tochter kam zum Vater, wurde seitdem von seiner Mutter großgezogen. Die hatte ja Zeit. Das kam ihr gelegen. Sie reiste ohnehin so viel. Da konnte sie sich nicht auch noch um die Tochter kümmern.
Dafür zahlt sie jeden Monat Unterhalt. Das fällt ihr nicht schwer. Sie verdient gut. Die Tochter macht gerade das Abitur, wird bald studieren und sie dann noch mehr kosten. Aber sie ist froh, dass sie so gut in der Schule ist und an die Uni will. Als Akademikerin wird sie wie sie einen guten Job finden, viel Geld verdienen und erfolgreich sein.
„Tiefer", flüstert sie, ‚mein kleiner geiler Neger.'
Er gleitet hinunter zu ihrem Nabel, wo er kurz innehält und seine Zunge hineinbohrt. Dann geht es weiter zu ihrer Vulva, die seine Zunge nun leckt.
„Ah", stöhnt sie.
Sie spürt seine glatte Musselinzunge, fährt durch sein feines Seidenhaar, gleitet über seine zarte Samthaut.
Feucht und erregt ist sie schon lange. Aber jetzt wird sie noch feuchter, noch erregter. Dieses Spiel gefällt ihr noch mehr als das in ihrem Mund und an ihren Brüsten.
„Ah", stöhnt sie.
‚Sie ist haarig wie ein Schimpanse, hat noch Sand vom Strand an den Härchen und stinkt wie ein verfaulter Marlin. Doch ich werde sie befriedigen.'
Wieder täuscht er ein Stöhnen vor, und wieder begleitet sie es.
‚Es ist das letzte Mal, dass ich das tue', schwört er.
Gleich am zweiten Tag hat sie einen Ausflug in die Hauptstadt gemacht. Sie hat mehrere Moscheen besichtigt und die Kathedrale. Dann war sie im Kolonialmuseum und im Erdnusshafen. Die Erdnüsse sind hier so wichtig wie die Touristen.

Und auch an diesem Tag war über ihr immer der sonnige Himmel Gambias. Keine Wolke. Es war nur heiß.
Zum Glück blieben ihr die Slums erspart. Das, was sie gesehen hat, hat ihr gereicht. Die vielen jungen und schönen Menschen, die nicht mal ein richtiges Dach über dem Kopf haben. Das leuchtende Weiß ihrer Augen und Zähne, das kräftig aus den schwarzen Gesichtern hervortritt. Aber sie leben im Elend. Hier könnte ihre Firma noch ein gutes Geschäft machen. Ein Stromnetz aufbauen, eine Wasserversorgung errichten. Dann hätte ihre Firma nicht nur ein gutes Geschäft gemacht, sondern auch etwas für ihr Image getan.
Er leckt und leckt.
Sie sieht aus dem Fenster. Es beginnt zu dämmern. Jeden Tag dämmert es hier um die gleiche Zeit und jeden Tag gleich schnell.
Der sonnige Himmel Afrikas über ihr wird dunkler. Immer noch keine Wolke. Und es ist immer noch heiß. Aber in ihrer Lodge ist es angenehm kühl, denn sie ist ja klimatisiert.
Das Rauschen des Meeres vom feinen Sandstrand her hört sie noch. Die Djembés der Boys aber sind verstummt.
Sie ist im Laufe der Jahre dick geworden. Hat nur noch für die Firma gearbeitet, keinen Sport mehr gemacht. Hat immer mehr gegessen. Essen wurde für sie zur Überwindung des Frusts. Ja, des Frusts. Des großen Frusts.
Denn schon kurz nach der Scheidung haben sich die Männer nicht mehr für sie interessiert. Und die, die sich für sie interessierten, waren noch älter und dicker als sie selbst. Oder hatten einen an der Klatsche, dass sie nicht in Frage kamen.
‚Gut, dass es die Boys in Afrika gibt. Hier kriege ich sogar die Straffen und Knackigen. Die Jungen und Schlanken, die im Bett lange durchhalten.‘
Er hatte keinen anderen Ausweg, er kannte keine andere Möglichkeit, wusste keine andere Lösung. Am Strand verdient er sein Geld, seinen Lebensunterhalt. Mit den Sugar Mummies, von denen er sich für den Sex mit ihnen bezahlen lässt.
Vor drei Tagen hat seine Frau ihr drittes Kind bekommen. Seitdem ist sie krank. Liegt im Bett. Hat hohes Fieber.
Er leckt fester und fester.
Sie krallt ihre Fingernägel so tief in seine Seidenlocken und in seinen Samtrücken, dass es ihm wehtut.
Er leckt noch fester und fester die verfaulte Marlinvulva, die haarig ist wie ein Schimpansenfell.
Sie kommt. Ihr Körper spürt seine Grenzen nicht mehr, vergisst sich, verliert sich. Sie ist in Ekstase, ist völlig außer sich. Sie stöhnt ein lautes und langes „Ah“.
‚Es war widerlich. Doch ich habe sie befriedigt.‘
Er ist erleichtert.
Sie ist zufrieden, aber auch erschöpft. Trotz der Klimaanlage ist ihr Körper mit Schweiß bedeckt.
Sie bleibt mit ihm noch eine Weile auf dem Bett liegen. Dann schiebt sie ihn von sich und steht auf. Auch er steht auf. Sie sucht nach ihrem Portemonnaie und gibt ihm das Geld.
Er freut sich. Schnell nimmt er es an sich, prüft flüchtig, ob der Betrag stimmt, und steckt es in seine Shorts. Er lächelt.
‚Jetzt habe ich das Geld für den Arzt und die Medikamente. Bald wird meine Frau wieder gesund.‘
„Du kannst jetzt gehen“, sagt sie, ‚mein kleiner geiler Neger‘.

Rimaldas Vikšraitis

Die grandiose Rede einer durchgeknallten sturzbetrunkenen Berlinerin

Live-Mitschrift von Simon Traston*

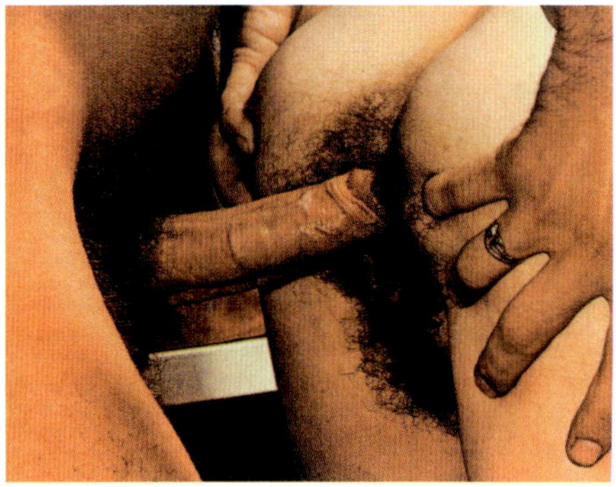

Eh, du Sau – hab ich dich erwischt oder wat hier – eh, du Puppe, verpiss dich oder wat – eh, du Drecksau, jeh jetzt endlich (die andere verschwindet) – eh, ich bin völlig fett – eh, bist du auch noch in der Lage, 'ne Frau zu befriedigen? – du bist lieb zu mir? – da muss ick erst mal pissen oder wat – denn piss ick – oah – o ja, schieb mir dein Schwanz rein – ja, komm her – o ja – leck mich – jah – o ja, o ja, du Sau, du – leck mich, du Schwein – o ja, Billy – oh, ja besorg's mir richtig – ja – o ja – fick mich richtig – komm, schieb 'nen Finger rein, du Sau, du – ja – oh, du weißt, ich steh da drauf – oh, fick mich – ja, o ja, oh, du weißt ja genau, was ich mag – aber du geile Sau du – o ja – ja – oh, ja fick mich – ooh – o ja – oh, ja, Baby – oh, leck mich, du Sau – ja, du Schwein – ja – leck mich – mehr – ja – ooch – oh – oh, geil – pack dein Schwanz aus (sie bläst) – oh, ja – o ja – ooch – eh, ich will, dass du bläst, dich blasen – ich will, dass du mich fickst, du Sau, du – fick mich – ja – komm, fick mich – oh, ja – so is es da runter (der Slip) – oh, ja – ja-ah – fick mich, du Sau – o ja – ja, du Schwein, du – fick mich – ja, du geile Sau, du – eh, dein Schwanz steht wie 'ne Eins, du Sau – fick mich – fick mich – jah – ja – ja, du Schwein, du – fick mich – ja-ah – o ja, dit is so geil – ja, du Sau – jah, fick mich, du geiles Schwein – komm, stoß ihn mir richtig rein – o ja – jah – jah – ja, du bist so geil – oh, du Schwein, du – ja, du bist so geil – oh, oahh … – ja, Schwein du, fick mich – ja – ah – ja – ja – ja, du Sau, du – eh, du geiler Ficker, du Sau – aach – ah ja, is so geil – ja, du Sau – ja, fick mich – ja – jah – fick mich, du Schwein – oh – o ja – oh – o-jah – fick mich, du Sau – komm, fick mich – ja – ja, du Schwein du – j-ah – ja (Wechsel in die Reitstellung) – o ja – ja, fick mich – ja-ah – du geiles Schwein, du – ja, steck ihn mir rein – jah – ah, ist das geil – jah – ooch – o, du geile Sau – jah – oah – ja, du Schwein, du – oh – ahja – oh – oach – oh – oh – oh – oh – sag mal, du kleines geiles Schwein, was is'n mit deim Kumpel? – ich will jetzt zwei Schwänze ham – einen in meiner Fotze und einen in meinem Arsch – dafür bin ich ja schließlich hier – du nützt mir gar nix – oh ja – oh – ooh –ja, du Schwein, du – jah – oah – oh, jetzt hab ick aba Durscht – oh, jetzt muss ich aba was trinken – oh – oah – oh – jah – kleine geile Sau – ja – dein Schwanz – jah aah – ah (sie bläst bis zum Anschlag) – aah – ah – oh, du geile Sau, du bist mein Schwanz – du Schwein, du – der gehört nur mir – nur mir gehört dieses geile Teil – und wehe dir, du gibst mit diesem geilen dicken Ding noch mal, um mich anzufotzen – dann schneid ich dir den ab – der gehört nur mir – und das weißt du – das ist mein Schwanz– das

Editorische Notiz: Fehler und Versprecher wurden bewusst nicht korrigiert, um den Text möglichst wortgetreu wiederzugeben und seine Glaubwürdigkeit hervorzuheben. Nicht zu entschlüsselnde Worte sind durch Punkte gekennzeichnet. Notwendige Erklärungen stehen in Klammern. Die dürftigen Äußerungen der Männer entfielen als belanglos.

muss in meine Fotze bestimmt – ja – der gehört keiner anderen Alten – der gehört nur mir – das is mein Schwanz – mein Schwanz, du Sau, du (Auftritt von M 2) – o ja – o, zwei Schwänze fand ich schon immer geil – jah – fick mich, du Schwein – jah – o jah – oh – jah – o, komm, du geile Sau, oh, ick glaub, ick muss erst mal pissen oder wat, du Sau – oh, jah, o jah – so, du Sau, jetzt komm her und fick mich in mein' Arsch, du Schwein, ja-a, steck ihn da rein, du Sau – ah ja, fick mich in mein' Arsch – ja, so is das geil, so steh ich da drauf, ja – o, fick mich, du Schwein – ja, fick mein' Arsch so richtig durch – und geile Sau – jaah – ja, du Sau – oh, du bist so geiler Ficker – ja, schieb mir deinen Schwanz richtig rein, du Sau, du – ja fick mich – ooh – zeig mir, wie bei uns hier gefickt wird – ooh – fick mich, du Sau – jaah – oh, dein Schwanz is so geil – steck ihn mir tiefer rein, jah – oh jah – ja – jaah –ja, fick mich – jaah – oh, du Sau – oh, jaah – oh, gib mir deinen Schwanz ... – oh – fick mich – jaah – ooh – jah – du Sau, du – oh – ooh – ja – oh, fick mich – jah – ooh, mein geiler Arsch – ja, schlag mich – o, ich steh da drauf – ooh – jaah – ooh – ja, du Sau – ja – jah – ja, is das geil – ja, fick mich richtig ran – in mein' Arsch – o, ich steh auf Arschfick – ja – oh– ah – ja, geil – jaah – jah doch – jaah – ooah – oh-jah – jaah – oh, du besorgst mein' Arsch it so richtig, wie der det braucht – ja – oh, fick mich – ja, raus, das geil – ja – ja, gib mir dein' Schwanz, du Sau – oh, ich wart' auf deinen Schwanz in meiner Fotze – oh, zwei Schwänze, ein' im Arsch, ein' in der Muschi – ja – oh, das macht mich richtig an – komm, steck es mir fest rein – ooh, ja –jah – fick mich, du Sau – fester, jah – ah, 'n Schwanz im Arsch und einen mit so 'ner geilen Aussicht – oh, ich will zwei Schwänze – ja – ich will Schwanz im Arsch und ein' in der Fotze – o ja, is das

Michael Kühn

geil – ja, wichs ihn dir bisschen hart – ja, du Sau – o ja – komm, lass mich rauf da – oh, ja – ja – ja – und vorher mach ich mich erst mal nackich – denn dit geht mich auf'n Keks – ja – scheiß drauf – ja – fick mich – ja, du Sau – oh – ooh – ooh, ja – ah – ah – ja – ja – ja – ja – o ja – oh, fickt mich, ihr Schweine – ja – alle beide – ja – ja – oh – oh, zwei Schwänze – jah – ja, is das geil – oh, fickt mich, ihr Schweine – fickt mich richtig durch – ja – jah – ooh – o ja – o ja – ja – oh, das Ding richtig rein – ja, ihr zwei Säue ihr – o ja – fickt mich – oh – alle beide fickt mich – jah – fickt mich, ihr Säue – einer vorne und einer hinten – ja – ooch – oh, is das geil – o-oh – fickt mich richtig durch, ihr Säue – jah – oh, is das geil …
auf seinem Arsch – ja, fickt mich, ihr Säue – oohooh – ooh – oh– o jah – fickt mich – ihr Schweine ihr – ja, besorgt's mir – jah – ooh – zeigt mir, was zwei geile Schwänze können – jah – ooh – oah – jah – ja – ja – jah –oh-ja – ja – oh, nimm mich richtig rein – ja, ihr zwei Säue ihr – o ja – fickt mich – jah – jah – jah – oah – ooh – jah – ja-a-ah – jah– orgelt auf mir richtig– ja – jah – o ja – ooh – o-oh – oah – o ja – ja – ja – oh – oh – fuck me – jah – ooh, is dis geil – jah – oh, ihr zwei Schweine – oh ja – oaoh – ja – (die Gruppe teilt sich – zu M 1:) ich gib dir mein' Arsch – (zu M 2:) und gib dein' Schwanz mir raus – ich will ihn blasen – komm ran – komm her – ja – (zu M 1:) ja – schön in mir komm (lallendes Stammeln) – ja – ja – ja – jah – ja, du Sau du – jah – jah – oh – oh – o ja – jah – jah– oh– ja – ja – ja, gib mir dein' Saft, du Schwein du – jah, komm, gib ihn mir – oh, spritz mich voll, du Schwein – o ja, is das geil – ja – (zu M 2:) gib mir dein' Schwanz – ich will dein' Saft lecken – ja, komm – komm hoch – komm her – ja – ja-ah (sie trinkt Sekt aus der Flasche) – komm – ah ja – ja, Baby – komm – ah – ja, wichs ihn mir – ja, wichs dir dein' Schwanz – komm, ich will dein' Saft – ja, ja, ja – eh komm, ich will ihn schlecken – ehjah – ah – ah, geil – jah – ja, spritz mir mein Gesicht voll – ja, ja – o-o ja – oh, is das geil – jah – ich will dein' Saft ganz – ja, lass uns zu Haus weitermachen –
oh, ich bin geil –

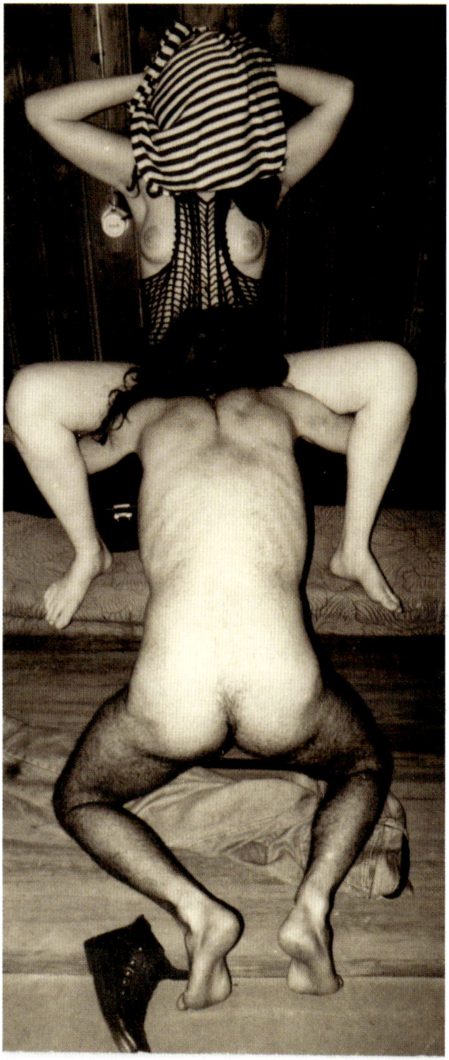

Rimaldas Vikšraitis

Rimaldas Vikšraitis

H. Walter Rentsch

Ich atme dich –
deine Haut, deine Haare – dich.

Ich schmecke dich –
deine Zunge, deine Achseln – dich.

Ich esse dich –
deine Möse, deinen Arsch – dich.

Zungen kreisen, Hände fassen.
Beben, keuchen, suchen, finden.

Lecken, saugen – Brüste steigen!
Signale zum Kopf – DU.

Feuchtes Nirwana.
Zitternde Schenkel an meinen Wangen.

Beißen, fingern, Schwanz steif!
Signale zum Kopf – ICH.

Geile Schläge, kreisender Arsch
vor meiner Zunge.

Fordern, nehmen – Hände ziehen
dich nach oben – UNS.

ICH bin in DIR.
ICH bin bei DIR.
DU bist um MICH.
DU bist bei MIR.

Explosionen im Kopf
und
im Herzen nur:
die LIEBE.

Alexander Kress
Paul kommt heim

Paul ist der Sohn aus der ersten Ehe meines Mannes. Er ist zwanzig und war seit über einem halben Jahr nicht mehr bei uns, seit er zum Studieren in die Stadt gezogen ist. Eigentlich wollte er erst in zwei Wochen kommen, aber weil eine Ferienaktivität der Fakultät auf später verlegt wurde, hat er sich bereits gestern angekündigt.

Am Abend fahre ich mit Karolin zum Bahnhof. Karolin ist eine Freundin aus Kindheitstagen, und sie ist mit ihrer Tochter für ein paar Tage zu Besuch bei uns. Platz haben wir genug in dem großen Haus. Nina ist fast neunzehn, und ich war überrascht, wie sehr sie sich verändert hat, seit ich sie das letzte Mal gesehen habe. Sie hat jetzt schulterlange Haare, frauliche Hüften und einen schönen Busen wie ihre Mutter. Ich musste sie lange anschauen, als sie aus dem Auto gestiegen ist, um mich zu vergewissern, dass es tatsächlich Nina ist. Sie wollte gleich in der ersten Nacht in dem Baumhaus im Garten übernachten, das mein Mann vor ein paar Jahren für die Kinder in die alte Eiche gebaut hat. Das Baumhaus ist rundum geschlossen, hat ein dichtes Dach und zwei Holzfenster. Auf dem Boden liegt eine Matratze, und vor einem der Fenster steht sogar ein kleiner Tisch mit einem Stuhl. Wenn man die Leiter hochsteigt, hat man eine schöne Aussicht in den Garten und runter auf die Straße, die ins Dorf läuft. Nina sagte heute Morgen, dass es dort oben viel luftiger sei als im Haus und sie viel besser schlafen könne. Seit drei Wochen haben wir eine trockene Hitze, es hat nicht einmal geregnet, und die Nächte werden selten kühler als zwanzig Grad. Das Leben ändert sich, wenn es so heiß ist. Alles wird langsam und leicht.

Paul ist müde, aber gut gelaunt, als er uns auf dem Bahnsteig begrüßt. Karolin geht es wie mir mit Nina, sie umarmt ihn herzlich, und ich spüre ihre Überraschung über sein Aussehen. Auf der Rückfahrt fragt sie ihn aus, ich komme kaum zu Wort. Er gibt bereitwillig Auskunft über die Universität, die Dozenten und seine Studienkollegen. Als wir in den Hof fahren, wird es schon dunkel. Über dem Baumhaus scheint ein halber Mond, durch das Fenster schimmert Licht. Nina hat sich schon hingelegt. Paul geht gleich auf sein Zimmer.

Am nächsten Morgen sitze ich mit Karolin und Nina zusammen beim Frühstück. In der Nacht hat es gewittert, ab und zu sah man Blitze, aber es hat wieder nicht geregnet. Ich höre Geräusche aus dem oberen Stockwerk, dann läuft die Dusche. Paul ist wach. Nach ein paar Minuten kommt er die Treppe runter, bleibt im Türrahmen stehen und schaut ins Zimmer. „Hallo, guten Morgen“, grüßt er und grinst über das ganze Gesicht, „weißt du, wo mein Shampoo steht?“ Das Einzige, was er trägt, ist das Handtuch um seine Schultern. Seine Haare sind nass und auf dem Oberkörper sammeln sich Wassertropfen. Wir schauen alle gebannt. Sein Geschlechtsteil hängt lang und schwer zwischen den Beinen, und ich frage mich, ob er eine leichte Erektion hat oder ob das immer so aussieht. Es nimmt jedenfalls komplett das Bild ein, das wir uns gerade von ihm machen.

Fedya Ili

„Ich hab schon überall gesucht", sagt er mit vorwurfsvoller Stimme, und er weiß, dass ihm die Überraschung gelungen ist. „Ich habe keine Ahnung", sage ich, „vielleicht hat es dein Vater mitgenommen". Er wechselt seinen Stand, und der Penis kommt leicht ins Schwingen. Ich sehe genau, wo Karolin hinschaut, und Nina. Paul steht da wie Adonis auf der Säule, nur dass er aus Fleisch und Blut ist.

Nina, die direkt neben der Tür sitzt, dreht sich plötzlich zur Seite und greift nach seinem Schwanz. Damit hat er nicht gerechnet. „Mach hier mal nicht so einen Aufstand", sagt sie und umschließt den Penisschaft mit ihren Fingern. Sie hat das Teil jetzt fest in der Hand, und er kommt nicht mehr weg, obwohl er es noch versucht. „Ist das überhaupt eine Art, Hallo zu sagen?", tadelt sie ihn und zieht an seinem Schwanz. Er greift nach ihren Händen, um sein Geschlechtsteil zu befreien, aber sie ist jetzt in der stärkeren Position. Bevor sie endlich loslässt, drückt sie noch ein bisschen seine Eichel, was ihm sichtlich unangenehm ist. Er macht einen Schritt zur Seite, und wir können deutlich sehen, dass ihm das Blut in den Unterleib gerauscht ist. Sein halb erigierter Penis ist ihm nun peinlich, er dreht sich um und steigt die Treppe hoch. „Du spinnst wohl", hört man ihn noch. Nina hat ihre Ellenbogen auf den Tisch gestützt und lächelt diabolisch. Ihre Mutter presst ein langgezogenes „Nina!" hervor, und ich weiß nicht, ob es vorwurfsvoll oder bewundernd gemeint ist.

Nach diesem furiosen Auftakt verlaufen die nächsten Tage erstaunlich friedlich zwischen den beiden. Sie sitzen viel zusammen und unterhalten sich angeregt, meistens ist Tom dabei, der Sohn unserer Nachbarn, der mit Paul zur Schule gegangen ist. Mir entgeht nicht, dass sie beide von Nina fasziniert sind und um ihre Aufmerksamkeit buhlen. Nina findet Gefallen daran und nutzt die Zuwendung weidlich aus. Ich habe überhaupt nicht gewusst, was für Kavaliere die beiden sein können. Fast fürsorglich werden sie, wenn Nina in der Nähe ist. Sie spüren schon eine Minute vorher, dass sie gleich was zu trinken möchte oder die Sonnenmilch im Haus vergessen hat. Und wenn die beiden auf der Wiese Federball spielen, hat man das Gefühl, sie stehen im Finale der Weltmeisterschaft und kämpfen den Kampf der Giganten. Ich schaue fasziniert zu; das alte Spiel.

Tanja Selzer

Nina sitzt in ihrem hellblauen Bikini daneben und tut so, als läse sie in ihrem Buch, aber dass der Kampf um den Federball eigentlich ihr gilt, weiß sie genau. Ab und zu wirft sie ein „Den hättest du aber haben können" oder ein aufforderndes „Los, den kriegst du noch" ein, was die Jungs noch weiter anspornt. Am Nachmittag, wenn es heißer wird, lassen die Aktivitäten nach, und die drei liegen dösend unter der alten Eiche. Ich sitze mit Karolin auf der Terrasse unter der Markise, wo sich zunehmend die Luft staut. Es geht überhaupt kein Wind mehr. Wir reden über Nina und Paul, über unsere Männer – die ehemaligen und derzeitigen – und wie wir damals im Freibad die Jungs angemacht haben. Karolin ist fast zwei Jahre jünger als ich, aber sie war mir immer schon voraus, gerade was die ersten Kontakte mit Männern anbelangte. Sie war neunzehn, als sie mit Nina schwanger wurde, heiratete den Vater, mit dem sie dann auch fast zehn Jahre zusammen blieb, bis es nicht mehr ging mit den beiden und sie sich trennten. Er zog in eine Wohnung ganz in ihrer Nähe. Sie haben immer einen guten Kontakt gehabt und nie schlecht übereinander geredet. Bestimmt hat Nina deshalb nie unter der Trennung gelitten. Ich habe sie immer als ein selbstbewusstes und fröhliches Kind erlebt. Und die neuen Partner ihrer Mutter hat sie wie ein Naturereignis hingenommen und sich schnell mit den Gegebenheiten arrangiert. Sie ist viel intelligenter als andere Mädchen in ihrem Alter, sie weiß einfach mehr, und ich habe sie gern in meiner Nähe.

Am Abend, der immer noch keinen Regen verspricht, beschließen wir, zum See zu fahren. Der ist eine ganze Strecke entfernt, aber heute haben wir alle keine Lust auf das Freibad, wo es viel zu voll ist. Wir packen unsere Sachen ins Auto und fahren los. Nina sitzt vorne neben mir, auf der Rückbank hat sich Karolin zwischen die beiden Jungs gezwängt. Das Auto hat keine Klimaanlage, und trotz der weit geöffneten Fenster wird es schnell heiß im Innenraum, und alle beginnen zu schwitzen. Ich sehe, wie Karolin ihre Arme auf den Oberschenkeln der Jungs abgelegt hat, einen links und einen rechts, und wie Pauls Gesicht zunehmend röter wird, wahrscheinlich, weil er keine Luft mehr bekommt. Nina dirigiert mich den Feldweg hinunter zum See, und sie entdeckt auch gleich einen schattigen Platz am Ufer, wo wir sogar mit dem Auto hinfahren können. Trotz der Ferien ist nicht viel los, nur ein paar Leute sind in der Nähe, und als wir nacheinander aus dem Auto steigen, spüren wir den leichten Wind, der hier weht.

Wir wollen gleich ins Wasser, um uns abzukühlen. Im halb hohen Gras streifen wir unsere Kleider ab. Als die Bikinis und Badehosen zum Vorschein kommen, ruft Karolin laut: „Ja, Leute, ihr wollt doch hier nicht in den Klamotten baden! Wo kommen wir da hin! Los Jungs, Hosen runter!“ Und die Jungs tun tatsächlich wie befohlen, und auch wir Mädchen legen nach. Allein Nina zieht nur ihr Bikini-Oberteil aus, die Hose behält sie an. Sie macht das mit einer Selbstverständlichkeit, dass keiner etwas dagegen hat. Wir stürzen uns ins kalte Wasser, alle prusten und lachen. Ich schwimme Tom hinterher, der mit kräftigen Kraulzügen die Seemitte ansteuert. Er ist ein guter Schwimmer, und ich habe Schwierigkeiten, ihm zu folgen. Die anderen kommen kaum hinterher. Paul versucht sich im Butterfly-Stil, aber er hält nicht lange durch und sieht auch eher aus wie ein Ertrinkender. Nach ein paar Minuten sind wir alle wieder versammelt, wir genießen die Ruhe und die Kühle des Wassers. Am Horizont sieht man Wolken aufziehen, sie sind deutlich dunkler und größer als in den vergangenen Tagen. Vielleicht regnet es heute. Als uns kalt wird, schwimmen wir zurück und steigen ans Ufer. Ich hole mein Handtuch und betrachte beim Ab-

Tanja Selzer

trocknen die nackten Körper um mich herum. Die Geschlechtsteile der Jungs sind jetzt recht klein, die Kälte hat ihnen zugesetzt. Dafür sind die Muskeln der Schultern, Oberarme und Schenkel schön angespannt. Tom, der zu lange im Wasser war, zittert vor Kälte, und Nina reibt seinen Oberkörper mit dem Handtuch trokken. Paul ist fast einen Kopf größer als Tom, beide sind groß und schlank, wobei man bei Tom deutlich die Rippen zählen kann. Er ist fast zu dünn; kein Wunder, dass er friert. Aus dem Augenwinkel beobachte ich Karolin, wie sie die Körper der beiden Jungs mustert. Ich frage sie, wie viel Grad das Wasser wohl hat. Und sie antwortet: „Genau zwei Zentimeter." Wir müssen beide lachen. Ich hole die großen Matten und Handtücher aus dem Kofferraum und verteile sie auf der Wiese. Nina hat jetzt auch ihr Höschen ausgezogen und sich langgestreckt auf den Bauch gelegt. Die ungebräunten Stellen ihrer runden Pobacken glänzen in der Sonne. Paul liegt direkt neben ihr, ebenfalls auf dem Bauch, Tom rechts von ihr auf dem Rükken. Von der Anstrengung des Schwimmens müssen alle noch stark atmen. Die Oberkörper heben und senken sich. Von der Seite betrachte ich die feinen Gesichtszüge von Tom, die hohlen Wangen und die blonden Haare. Wenn man mit ihm redet, sieht man in melancholische Augen, die mir früher nie aufgefallen sind.
Nina hat denselben Körperbau wie ihre Mutter, nur ihr Busen ist noch ein bisschen größer und fester. Sie sind sich in vielen Dingen ähnlich, in bestimmten Situationen haben sie sogar denselben Gesichtsausdruck. Nina hat sich auf die Ellenbogen gestützt und sieht hinaus auf den See. Die verstohlenen Blicke der Jungs auf ihre Brüste und ihren Po entgehen ihr nicht. Es ist ganz still jetzt, nur ab und zu hört man einen Vogel zwitschern und aus der Ferne die Stimmen von Badenden. Karolin geht zum Auto und holt den Wein aus der Kühlbox. Sie hat sogar an die Gläser gedacht. Sie schenkt allen ein und drückt jedem ein Glas in die Hand. „Santé", sagt sie, „auf uns, und den Sommer." Wir prosten uns zu und nippen an unseren Gläsern. Langsam kehrt die Wärme in unsere Körper zurück, das richtige Gefühl, um ein bisschen vor sich hinzudösen.
Irgendwann scheint mir die tiefstehende Sonne ins Gesicht, und ich gehe zum Auto, um meine Sonnenbrille zu holen. Nina und die Jungs liegen lang ausgestreckt auf dem Rücken Seite an Seite. Paul hat sachte eine Hand auf die Brust von Nina gelegt, die rechte Hand von Tom liegt auf der Höhe ihres Bauchnabels. Nina streicht über den Oberschenkel von Paul, die andere Hand liegt im Schoß von Tom. Sieht sehr friedlich aus, ich sollte ein Foto machen.

Die dunklen Wolken bauen sich zunehmend zu einem bedrohlichen Ungetüm auf, das bald den ganzen Horizont einnimmt. Als die ersten großen Tropfen fallen, räumen wir unsere Sachen zusammen und brechen auf. Zurück im Haus hören wir das Gewitter aus der Ferne, hier regnet es noch nicht. Nina, Paul und Tom sind in der Küche und bereiten das Abendessen vor; es gibt Salate, Brot, Wurst und Käse. Wir sitzen bis spät in der Nacht auf der Terrasse, trinken Wein und reden. Die Stimmung ist ausgelassen, irgendwann bilden sich Pärchen, die sich wieder auflösen und neu bilden. Durch das gemeinsame Nacktbaden ist noch einmal eine besondere Nähe entstanden. Eine spezielle Art des Vertrauens, fast etwas Verschwörerisches.

In der Nacht wache ich auf. Es donnert laut, die Blitze sind jetzt ganz nah und beleuchten den Innenhof. Auf dem Weg zur Toilette höre ich Geräusche aus Pauls Zimmer. Ich bleibe vor der Tür stehen und bemerke, dass er nicht allein ist. Man hört lautes Atmen und Keuchen, vorsichtiges Flüstern. Ich erkenne Ninas Stimme und bin beruhigt, dass sie heute Nacht nicht im Baumhaus übernachtet. Ich freue mich, es geht mir gut, ich habe nur ein bisschen Kopfweh. Wenn ich nur nicht so viel Wein getrunken hätte.

Als ich im Bad bin, setzt der Regen ein. Laut prasselnd, wie man es nur selten hört. Ich öffne das Fenster, um in den Garten zu schauen. Dort steht schon das Wasser auf der Wiese, ab und zu blitzt es, und es wird taghell. Ich atme die kühle Luft ein und schaue dem Spektakel zu. Schon als Kind habe ich es gemocht, wenn es regnete und stürmte. Es hat etwas Beruhigendes. Angst bei Gewittern hatte ich nie. Ich will gerade das Fenster wieder schließen, als ich jemanden von der Leiter des Baumhauses steigen sehe. Es ist Tom. Er hat nur ein T-Shirt an und steigt barfuß und mit nacktem Hintern vorsichtig Sprosse für Sprosse nach unten. Dort liest er seine Kleider zusammen und wirft einen langen Handkuss nach oben. Beim nächsten Blitz, der sich knapp über dem Haus entlädt, erkenne ich Nina in der Tür. Sie schickt Handküsse nach unten. Ich brauche ein paar Sekunden, bis ich verstehe. Der Wind drückt den Regen ins Bad, ich werde ganz nass, aber es macht mir nichts. Ich gehe in mein Zimmer zurück und lege mich auf das Bett. Das Fenster ist herausgeklappt, und kühle Luft strömt in den Raum. Nach ein paar Minuten höre ich die Haustür; das muss Nina sein, die vorsichtshalber ins Haus zurückkommt. Es donnert und regnet die ganze Nacht, aber ich schlafe schnell wieder ein.

Susanna Ronge

Susanna Ronge

Marta *(75 Jahre)*

Das erste Mal kann ich, wenn, dann nur in einem Satz beschreiben: Der erschrockene Blick am nächsten Morgen auf sein irgendwie angeblutetes Hemd und dann sein Blick in meine Augen: Diesen tiefen, schweigenden Mitwisserblick habe ich nicht vergessen.

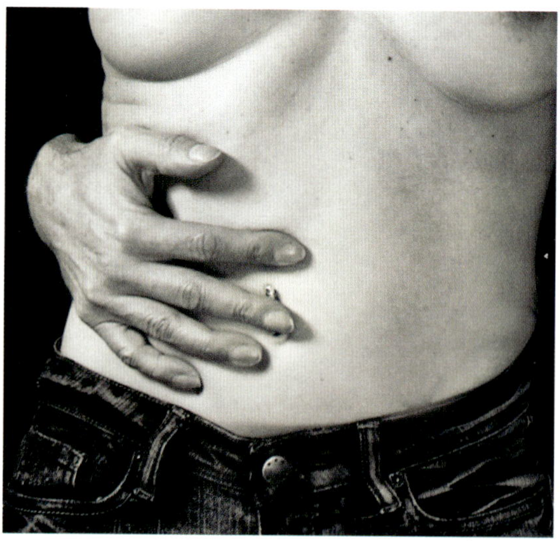

Susanna Ronge

Was die Erinnerung an schönen Sex anbelangt: das ist ganz komisch und hat, glaube ich, nichts mit Gedächtnisschwund zu tun. Ich erinnere mich an nichts Bestimmtes und auch an keinen bestimmten Mann mehr, was Sex anbelangt. Vielleicht habe ich mit diesem Thema altersbedingt für mich abgeschlossen. Finde das nicht traurig stimmend, denn ich habe jahrzehntelang sehr, sehr viele schöne, tolle, intensive, zärtliche körperliche Begegnungen in meinem Liebesleben erlebt. Vier Jahre lang war ich mit einem Mann zusammen, von dem ich sagen kann: Das war der beste Liebhaber, der mir jemals unter- oder der mich überkam – aber die schönsten Sexmomente hatte ich, das kann ich heute eben leider nur noch ganz allgemein sagen, wenn ich das Gefühl hatte, ich liebe, liebe, liebe jetzt mit allem, was ich bin, und ich werde geliebt. Unter anderem deswegen finde ich das französische „faire l'amour" so schön.

Mein von heute her gesehen letztes Mal Sex, verdammt, das weiß ich nicht mehr. Ich glaube, das letzte Mal Sex war mit meinem letzten Lover. Jedes Mal Sex mit ihm war wie das letzte Mal. Nicht gut, nicht schlecht, nicht befriedigend, keineswegs unbefriedigend. Leidenschaftlich wird es gewesen sein, aber nicht so, wie man es aus Filmen kennt. Irgendwie wütend. Ich mochte es mit ihm. Ich mochte ihn. Er wollte doch eine Familie gründen. Das hat er dann auch. Vor drei Jahren ist er gestorben.

Verdammt, jetzt fang ich gleich an zu heulen.

Susanna Ronge

Barbara Reer-Gröning

Der Richtige

Als sie am Sonntagmorgen die Augen aufschlug, wusste sie sofort, dass irgendetwas anders war. Da lag ein schweres, einzelnes Bein, anscheinend mit vielen Haaren, die ihre zarte Haut an den Oberschenkeln kitzelten, auf ihren beiden Beinen, sodass sie sich wie angenagelt im eigenen Bett fühlte. Aber das war noch nicht alles, denn irgendein harter Schädel ruhte neben ihrem Kopf, anscheinend von borstigen Haaren gekrönt, die an ihrer Schläfe im Rhythmus des Schnarchens entlangkratzten. Und nun sah sie, was sie die ganze Zeit schon beunruhigt hatte: eine raue männliche Hand umschloss ganz selbstverständlich eine ihrer Brüste und zuckte ab und zu im Rhythmus des Atmens. Sie drehte wie in Zeitlupe ihren Kopf zur Seite, um die Eroberung des gestrigen Abends unauffällig zu beäugen, und bekam vor Schreck und Abneigung ein Würgen im Hals, das sie unterdrückte, um ihren Bettgast nicht zu wecken. Zuerst wollte sie nachdenken, wieso sie diesen Mann nach Hause mitgenommen hatte, wo er doch überhaupt nicht ihrem sonstigen Geschmack entsprach. Er war nicht mehr der Jüngste, wie man unschwer an der faltigen Haut der Wangen erkennen konnte, und seine Oberlippe zierte ein altmodisches Schnauzbärtchen.

Das behaarte Bein ließ nun endlich von ihr ab und drehte sich weg, sodass sie die Kehrseite der Zufallsbekanntschaft betrachten konnte. Der Rücken war beeindruckend breit und wurde von einem dichten Pelz gewärmt. Warum hatte sie dieses Prachtexemplar von Mann in ihr privates Reich und sogar in ihr Bett gelassen? Seit der Scheidung vor gut einem Jahr war sie nie mehr ausgegangen und lebte zurückgezogen in dieser kleinen Zweizimmerwohnung am Stadtrand. Ihr Mitschläfer grunzte plötzlich, was zu seinen borstigen Haaren passte, und sagte mit einer Selbstverständlichkeit, als wenn sie sich schon lange kennen würden: „Spinnchen, wann gibt es denn Frühstück?“ Dieser Satz hätte sie aus den Socken gehauen, wenn sie nicht schon in liegender Position gewesen wäre. Beim Hören des grässlichen Kosenamens fiel ihr fast alles, was in der letzten Nacht passiert war, wieder ein. Sie musste wohl eine Menge Schnaps getrunken haben, aus Angst, dass diese böse dicke Spinne, die mit ihren schwarz behaarten Beinen fett in ihrem riesigen wie mit Luftmaschen gehäkelten Netz saß, einen hinterhältigen Mordanschlag auf sie vorhatte. Sie wartete dort bestimmt auf den passenden Zeitpunkt, um ihr in die Kehle zu beißen. Kaum noch des normalen Laufens fähig, war sie aus dem Haus gestürzt, um sich vor der Spinne zu retten, denn unter diesem ekligen Geschöpf konnte sie nicht schlafen. Und dann? Sie warf einen verstohlenen Blick zu ihrer Eroberung hinüber. Diese räkelte sich gerade genüsslich unter der Bettdecke und wiederholte in leichter Abwandlung die gleiche Frage: „Spinnen-Beinchen, gibt es bald was zu beißen?“ Jetzt fiel ihr auch der Rest der Nacht, die sie anscheinend total verdrängt hatte, wieder ein. In ihrer Verzweiflung hatte sie wahllos auf eine der Klingeln gedrückt und dabei dieses strubbelige Urviech von Mann aufgeweckt. Er hatte sofort einen ausgedienten Socken aus seinem Single-Katastrophen-Koffer geholt, die Spinne samt Netz an die Luft befördert und vorsichtig auf einem Flieder-Strauch

Seit ich Hermann liebe,
ist meine Spinnenphobie
verschwun- den
B.14.

im Vorgarten abgesetzt. Sie sah ihn sich noch einmal von oben bis unten genau an: die borstigen Haare, den kantigen Schädel, die breiten Schultern, die faltige Haut. Die unteren Körperteile waren unter der Bettdecke verborgen. Sie dachte an die vielen Spinnen, die ihr in ihrem Leben noch begegnen würden, über dem Bett, unter dem Bett und überall, groß, klein, dick, dünn, glatt, behaart, rot, schwarz ... Und plötzlich erschien ihr dieses Gesamtpaket Mann gar nicht mehr so widerborstig, und der Oberlippenbart hatte schon fast eine gewisse erotische Ausstrahlungskraft. Ihr nächtlicher Held war erneut eingeschlafen, denn er plapperte leise vor sich hin: „Spinnenweibchen, Gottesanbeterinchen, Netzilein“ und noch viele andere Worte, die sie nicht verstand. Sie lauschte seinen Traum-Geburten, und der letzte Erinnerungsschleier verzog sich aus ihrem Gehirn. Sie hatte ihn aus Dankbarkeit noch auf ein Glas Wein eingeladen, aber während sie den Korkenzieher suchte, fiel ihr ein, dass sie seit der Scheidung keinen Wein mehr getrunken hatte, und auch sonst war in ihrem Single- Haushalt nicht viel Trinkbares vorhanden. Beim Ausdrücken der einzigen Zitrone und dem Auffüllen der Gläser mit Leitungswasser und Zucker hatten beide kindisch gelacht, und sie hatte sich gefühlt wie ein Teenager, der mit seiner ersten Liebe eine Zitronenlimonade trinkt. Der Höhepunkt des Abends aber war der Moment, als er ihr die Bluse aufknöpfte und ein violetter Büstenhalter in Netzoptik zum Vorschein kam. Da brachen beide wieder in ein nicht endendes Gekicher aus, bis er sie endlich an sich drückte und heftig küsste. Und dann? Mit einem beherzten Griff zog sie die Bettdecke weg und starrte auf ein ausladend-muskulöses Hinterteil, eingebettet in einen zerrissenen Netz-Slip. Das war das letzte Erinnerungsteilchen, das ihr noch fehlte. Mit einem laut klatschenden Schlag auf beide Backen und einem kreischenden „Yes, Spiderman!“ sprang sie aus dem Bett und rannte in die Küche.

RAN

ich ziehe dich an mich
mein mund will nur eines
mein schwanz ist ein anderer
leidenschaft kennt keine vernunft
unsere sprache – nackt
sie kümmert sich nicht um
symbole
knochengelenkig
mit all der dramatik
umarmen wir den kleinen tod

Alejandra Rubies, Anke Kuhnecke 2014

Autorinnen & Autoren

Anja, S. 185, **Anya**, S. 186

Aretz, Bernd, S.252, *1948. 1974-2002 Rechtsanwalt, seit 1984 als infizierter schwuler Mann in der AIDS-Hilfe engagiert, derzeit u. a. im Nationalen AIDS-Beirat. Zahlreiche Veröffentlichungen u. a. zu HIV/Aids in Fach- und Publikumsmedien sowie *Annäherungen. Meine ersten zehn Jahre im Zeichen von Aids* (1995) und *Notate. Aus dem Leben eines HIV-infizierten schwulen Mannes* (1997)

Beinstein, Krista, S.170f, *3.7.1955. Fotografin und Aktionskünstlerin in Hamburg und Wien. Anlässlich des runden Geburtstages für Sommer 2015 geplant: Ausstellung im Schwulen Museum, Berlin und Buch *Ein Leben für die Lust* mit neuen Arbeiten und einer Auswahl an Bildern aus ihren vergriffenen ersten Fotobüchern. *Obszöne Frauen* (1986) enthielt damals (und heute vielleicht immer noch) tabubrechende Bilder über lesbische Sexualität.

Bello, Imeldo, S. 30, Künstler, Teneriffa. Sein Vater und Großvater waren auch Fotografen und Maler in La Orotava.

Botanicus, 43ff, Magister, 56 Lenze alt, Pflanzenkundler und Heilkräutler, Autor des Magischen Kräutercompendiums. Lebt seit 2001 in der Nähe eines kleinen Städtchens an der Lahn und pflegt zusammen mit seiner Frau Katzenbär 15000 qm Land und die darauf lebenden chlorophylligen Mitbewohner.

Breitenbach, Anna, S.48f, *1952 in Hessen, studierte Germanistik und Politikwissenschaft, Journalistenschule München, Reporterin und Autorin SDR Stuttgart, 2001 Thaddäus Troll-Preis für *Fremde Leute, 2005* Lyrikpreis des C.H.Beck Verlags, ab 2004 in Vorstand und Jury des Förderkreises für Schriftsteller Baden-Württemberg, Konzeption und Redaktion der Reihe *Frische Gedichte* im Feuilleton der Eßlinger Zeitung, lebt in Esslingen und Elmo/Italien.

Casper, Sigrun, S.88, 168. *1939 in Kleinmachnow, lebt in Berlin. Romane, Erzählungen, Gedichte (*Zeitlos dein Lächeln*). Zuletzt: *Chagall ist schuld. Ostwestgeschichten*. 2014 *Schultage* Beobachtungen und Geschichten über ihre Zeit als Lehrerin an einer Berliner Förderschule). *Ars incognita* mit Fotos und Text. Hrsg u.a. von *konkursbuch 43: Scham; 51: Außenseiter*. In Arbeit *52: Liebe*.

Costeau, Yvette, S.148f, *1979, Erotikmodel, Rothenburg.

Delarge, Ismael, S.309, *1981, Fotograf und Kurzfilmregisseur italienisch-spanischer Abstammung. www.ismaeldelarge.com

Dietrich, Ines, S.37, 177, Topaciegas/La Palma. Autorin des Buchs *Geheimnisse der Insel La Palma. Reiseführer durch 12 Monate*.

Dorn, Maria, S.294, Tierärztin, Fachveröffentlichungen. Dies ist ihre erste literarische Veröffentlichung. Teil eines Manuskripts über eine SM-Liebesbeziehung. Bei Interesse Nachfrage über den Verlag.

Drische, Kali, S.181, (Pseudonym *2010), lebt mit ihrem Stammhirn (*1968) zusammen in Berlin. Weil beide schreiben, gibt es manchmal Streit um den Computer. 2015 Buch: *Körper, Sex und andere Widrigkeiten* mit realitätsnahen, pointiert komischen Geschichten über Pubertierende und Ältere.

Eich, Marina Anna, S.81, *1976, Schauspielerin und Filmproduzentin. Buch mit Bildern von Thomas Karsten 2014.

Essler, Kai , S.70, Filmemacher und Sachbuchautor. *Ping-Pong oriental* ist sein erster erotischer Text, an den er sich erst nach jahrelangem Zögern gewagt hat. Denn: „Die deutsche Sprache gleitet bei diesem Thema gefährlich schnell ins Kitschige oder Schmuddelige ab."

Feuerbach, Olive, S.276, sie publizierte bisher zwei erotische Krimis: *Sommerkrimi* und *Schmutziger Mord*.

Feyerabend, Joachim, S. 47, *1940 in Berlin, ausgebombt, Kindheit und Jugend auf der Schwäbischen Alb, Journalist u. a. bei Handelsblatt, Spiegel, Welt und Wirtschaftswoche. 1975 Kauf des Fischkutters *Käthe Rüscher*, dann freiberufliche Tätigkeit als Journalist und Schriftsteller, erzählende Sachbücher. Lebensstationen in Irland, Tessin, Spanien, Venezuela, Nevada, Samoa und 15 Jahre auf den Philippinen, jetzt bei Hamburg.

Filimonov, Vadim, S.302, 305ff, *1947 in Jaroslavl (Russland), Studium an der Leingrader Serov Kunstschule, Haft als politischer Gefangener, lebt in Wiesbaden, zahlreiche Ausstellungen.

Fischer, Rainer, S.146, Illustrator, Autor, Tijarafe, La Palma.

Franzl, S.99

Frohne, Ansgar, S.224, *1969, lebt mit Partnerin und gemeinsamer Tochter in Osnabrück, arbeitet für ein Marktforschungsinstitut. Bisher zwei Kurzgeschichten im D.I.Y Fanzine *Drachenmaedchen*.

Garsía, Sara, S.184ff, *1995, Teneriffa. Sie lässt in ihren Fotografien Licht und Dunkelheit ineinander übergehen, um ihre Vision der Realität zu zeigen. Erste Ausstellungen auf den Kanaren.

Gautier, Uga, S.37, *auf einer kanarischen Insel, Vater aus Frankreich, Mutter von der Insel, Schriftstellerin. Expertin und Liebhaberin von Kultur und Bräuchen der Inseln, beschäftigt sich in ihren Texten damit und mit Sexualität. Liest viel und gerne. Herausgeberin und Literaturkritikerin. Über ihre erotischen Texte formulierte ein Rezensent: *Poetische Prosa mit suggestiver Kraft, die sich mit feinem Gespür zwischen ‚hartem Sex' und intimer Innigkeit bewegt und ein schönes Gelichgewicht herstelle, wie es selten in erotischer Literatur zu finden ist*. Publizierte bisher einen Roman und Erzählungen.

Gérard, S.72, 74

Göbel, Wulf, S.139, leidenschaftlicher Sammler.

Großmann, Ulf, S.19, 85, *31.12.1968 in Freiberg. Zahlreiche Veröffentlichungen von Lyrik, Belletristik und Rezensionen in Zeitschriften und Anthologien. Lebt in Dresden.

Gympel, Jan, S.304, *1966, Berliner Eingeborene, Journalist, Autor und manches mehr. Hat viel Fantasie. www.gympel.de

Hachmeister, Grit, S.196ff, *1979 in Leipzig, lebt in Berlin. Fotografie-Studium an der Hochschule für Grafik und Buchkunst, Leipzig, Meisterschülerin bei Timm Rautert. Einzelausstellungen und -beteiligungen, Arbeiten u.a. in der Fotografischen Sammlung, Museum Folkwang. Mit Claudia Gülzow (freie Autorin) Wandkalender: *Simon & Simone 2015* . Pin-Ups zwischen Trash und Erotik.

Hartmann, Mik, S.128, 258, 297ff., 301, 304, Erotikfotograf aus Stuttgart, www.nude4art.com, mikhartmann@t-online.de

Hoffmann, Io, S.229, 257, *1987 in Berlin, lebt in Berlin-Neukölln. Modell und Fotografin, Selbstinszenierungen, malt und schreibt leidenschaftlich und erträumt sich Veröffentlichungen.

Holbein, Ulrich, S.151, *1953, Kolumnen für ZEIT, FAZ, *Süddeutsche, konkret*. Kasseler Literaturpreis 2011, Bücher u. a. *Bitte umblättern* und *Narratorium*.

Holz, Regina und Jörg, S. 7,9,14f, 133ff, 261,

Hopf, Rinaldo, S.68f, *1955, Künstler in Berlin und Auroville. Viele internationale Ausstellungen, Kunstband *Trickster* mit Malerei 2013. Mitherausgeber von *Mein schwules Auge*.

Hornauer, Jan-Eike, S.168, *1979 in Lübeck, leidenschaftlicher Textzüchter (freier Autor, Herausgeber, Lektor, Texter), wohnt in München. Studium der Germanistik und Soziologie in Würzburg. Erster Band nur mit eigenen Texten: *Schallende Verse. Vorwiegend komische Gedichte* (Lerato 2009). Herausgeber und Mitautor von Prosa-Sammlungen und Lyrik-Anthologien. Zweiter Vorsitzender des Münchner Künstlervereins Realtraum. Unbestreitbar einer der größten Literaten Deutschlands (exakt zwei Meter Körperlänge).

Hutter, Sigrid, S.36, 39, *1968 in Bregenz, seit 1993 freischaffende Künstlerin. Ihre Themen sind Frauen. Frauen alleine, in Selbstbetrachtung, Selbstbefragung, Selbstbewusstsein und Selbstdarstellung, Frauen in Zweierkonstellationen, Paarbeziehungen, Gefährtinnen, Freundinnen, Konkurrentinnen. Ausstellungen. Katalog *100 Frauen*.

Ili, Fedya, S.321, *1980 in Kirov, Russland, lebt in Buenos Aires/Argentinien. U.a. Art Director bei *Gala*, dann Entscheidung, sich ganz auf Kunst zu konzentrieren. www.ifedya.com

Jeremias, S.132, 140, beschreibt, fotografiert und filmt authentische erotische Erlebnisse.

Jonge, Jaap de, S. 119, 212, studierte niederländische Literatur an der Rijksuniverseit Groningen; als Fotograf Autodidakt. www.jaapdejonge-modelfotografie.nl

Jönsson, Cornelia, S.264, *1980 in Lörrach, lebt in Berlin, studierte Theaterwissenschaften, Philosophie, Psychologie, arbeitete als Regieassistentin, Dramaturgin und freie Autorin für Zeitungen, zur Zeit in einem Wohnprojekt für Menschen aus dem Maßregelvollzug. Letzte Buchveröffentlichung: *Fischfang. Liebesgeschichten.*

Julia, S. 185

Kahn, Andreas Maria, S.217, 222f, *1969 in Braunschweig, lebt in Berlin, Mitglied im Berufsverband Bildender Künstler Berlin, www.andreasmariakahn.de

Karsten, Thomas, S.79ff, in Leipzig aufgewachsen, lebt in einer ehemaligen Kirche in Uffenheim. Ausstellungen, Publikationen in Zeitschriften und Magazinen, Aktfotobücher. In den letzten Jahren viel in Afrika für Fotoprojekte unterwegs. Bücher mit vielen verschiedenen Frauen u.a. *Women Only* und *A Look at Myself;* mit einzelnen Frauen u.a. *Days of intimacy.* 2014 erschien die auf 1000 Exemplare limitierte Ausgabe von *Marina Anna Eich.* Weitere erotische Porträtbände einzelner Frauen in kleinen Auflagen sind geplant.

KatdelaKat, S.216, *1984 in Karlsruhe, Djane für Rock and Roll, Swing und Country, studiert Literatur, Kurzgeschichten.

Katlen, S.123

Kebelmann, Bernd, S.50, *1947 in Rüdersdorf bei Berlin; Diplom-Chemiker in Forschung und Umweltschutz; seit 1983 fortschreitende Erblindung. Lyriker und Erzähler, Förderpreise und Stipendien, führt mit Musikern szenische Lesungen eigener Werke auf. – Veröff.: drei Gedichtbände, drei Prosabände, zuletzt *Hiddensee mon amour* (Liebesgeschichte), *Das kleine Buch der Berührung* (Gedichte, deutsch-polnisch), *Lyrikbrücken* (Autor und Hrsg., Lesebuch in zehn Sprachen).

Kirschner, Wolfgang, S.234, Tübinger Autor mit eigener Kolumne bei *Tübingen im Fokus*, Lesungen,Veröffentlichung von Kurzgeschichten, u.a. im Journal des Hamburger Abendblattes.

Kokossulis, Chryssula, S. 255, *1970 in Köln, sie studierte Anglistik, Germanistik und Geschichte. Erste Veröffentlichung: *Stiller*, in *Mein Heimliches Auge XVI*, seitdem Veröff. in Anthologien. Lebt seit 2007 auf Ibiza, freie Übersetzerin, Texterin und Werbetreibende.

Kosz, Kater, S.207, 210, 225f, 257, *1957 in Stralsund, Handwerkslehre, Fotografieren ist seine Lebensart. Ausstellungen. Bilder in vielen Ausgaben von *Mein heimliches Auge.*

Kress, Alexander, S.320, *1960, arbeitet in seiner Geburtsstadt Heilbronn, lebt auf dem Land am Neckar. Schreibt journalistische Texte, Erzählungen, Romane, Theaterstücke. 2005 Preis für das Stück *Pinkys letzter Sommer*. Tätigkeiten im öffentlichen Dienst und bei Industriebetrieben als Kaufmann und Übersetzer für Englisch. Mag die Theorien Kants und schreibt vielleicht genau deshalb.

Krimbacher, Elisa, S.228, *1985 in München, Ausbildung zur Goldschmiedin. Der zentrale Punkt ihres Lebens ist die Literatur; für Lyrik *Kalter Entzug* und *Der schwarze Gedanke:* Goldene Feder 2013 der fabelhaften Couchpoeten (Lesebühne ars musica e.V.); 2014 auch Kurzgeschichte *Endspiel* in *Fußball – nur eine Nebensache?*

Kühn, Michael, S.315, *1964 in Wittenberg, ein paar Semester Theologie, Gärtner, Essensfahrer, Heizer. Studium an der Abendakademie der HdK Berlin, Friedhofsgärtner in Bad Düben. *Erotisches Rommeespiel* (2 x 55 verschiedene lesbische Motive), in Vorb: *Erotisches Skatspiel* (schwule Motive).

Kunkel, Erhard, S.206, *1935, war Regisseur an Theatern. Gestaltet bibliophile Bücher mit KünstlerInnen, Neustrelitz.

Lang, Henrike, S.183. Veröffentlichung: *Apfelduft* (Roman über Schwangerschaft und das Leben mit Kleinkind in einer lesbischen Langzeitbeziehung, ohne Selbstzensur erzählt), in Vorbereitung ein Band mit lebensnahen erotischen Erzählungen.

Langley, A., (Sammlung), S.254, 282f, 286ff, 292f, 296.

Laura, S.3, Comiczeichnerin, Künstlerin, Barcelona, Buch mit erotischen Zeichnungen und Geschichten: *sin permiso / Ohne Erlaubnis*

Leitner, Anton G., S.84, *1961 in München. Lyriker, Herausgeber und Verleger (u. a. Jahresschrift *Das Gedicht* seit 1993) in Weßling. Bislang 9 Poesiebände, zuletzt *Kopf. Bahnhof. 11 neue Gedichte* (Künstlerbuch mit Bildern von Alfred Wäspi, Hamburg 2013). Edition von über 35 Anthologien für dtv, dtv/Hanser, Eichborn, Reclam u. a. www.AntonLeitner.de und www.dasgedicht.de

Leonartd & Leonartd, S.10, 212f, sind ein Fotografen- und ein Liebespaar. „Seit längerer Zeit versuchen wir uns fotografisch dem Thema Zweisamkeit zu nähern. Auf der Suche nach Ausdruck, Ästhetik und nach Machbarem führte nichts zu so befriedigenden Ergebnissen wie die Unmittelbarkeit der Selbstfotografie. Das Interesse am Thema ließ uns die anfängliche Scheu überwinden, anderen eine Welt zugänglich zu machen, in der sonst nur wir selbst zugelassen sind. Die Arbeit zu *sich finden* war eine echte Herausforderung – fotografisch, aber auch für unsere inzwischen hinlänglich erprobte Beziehung. Um die Nähe und tiefe Innigkeit einzufangen, ohne den Zauber des Momentes zu zerstören, erwies sich eine Handykamera als einzig taugliches technisches Mittel. Der bewusste Bruch von Gestaltungsregeln, die Arbeit mit der Andeutung und die Abwesenheit von Farbe gehören ebenfalls zum fotografischen Konzept. Der Anspruch war, ausschließlich Augenblicke echter Intimität einzufangen. Dabei sind wir uns durchaus bewusst, dass unsere Freude an der Wandlungsfähigkeit des Anderen und am Stochern in sexuellen Grauzonen für so manchen grenzwertig ist. Dafür wünschen wir uns Toleranz. Unsere Bilder sind eine Verbeugung vor der menschlichen Lust in all ihren Facetten." Vielleicht entsteht aus diesem „work in progress" einmal ein Buch.

Luthardt, Thomas, S.68, *1950 in Potsdam, seit 1953 in Berlin-Friedrichshagen. Arzt und Schriftsteller. Gedichtbände u. a. *Die Anderen sind immer wir.* Zuletzt: *Der Mond hält Hof.* 2015 im Verlag Männerschwarm Lyrikband *Winterengel und sanfte Matrosen.*

Marcato, Ben, S.65ff, 266ff, *1951 im Ruhrgebiet, Ingenieursausbildung. Fotografie (Autodidakt) dient ihm als künstlerisches Hilfsmittel, sich mit Menschen, deren Lebenssituationen und Vorstellungen, dem Bedürfnis nach Unabhängigkeit und Freiheit auseinanderzusetzen.

Marini, Giovanna aka Sanibel Page, S. 108ff, * in Fano (historische Stadt am Adriatischen Meer), diplomierte Bühnenbildnerin, Spezialgebiet Kunstmalerei, arbeitete an verschiedenen kleinen Theatern in Italien. Mit der Zeit zog es sie mehr zum Zeichnen und zur Malerei. Eines Tages hat sie ihre erste *Pupette* gezeichnet und eine Leidenschaft entdeckt, die sie nicht mehr loslässt: „Kunst sollte etwas so Alltägliches wie Brot sein. Meine Pupette möchten die Seele des Betrachters ernähren, stärken und erfrischen, Licht, Farbe und Fröhlichkeit ins Leben bringen. Ähnlich wie Postkarten, die an den Kühlschrank oder einen Türrahmen gehängt werden, sollen sie spontan und unkompliziert ihren Platz finden." www.pupette.ch

Marta, S.326

Martín, Juan Antonio Cárdenas, S.177ff

Martin, M. H., S.266, 301, *1938, Stuttgart, spielt Theater.

Menke, Rainer, S.253, *1954 im Sauerland, lebt in Berlin, Diplom-Psychologe, Theatermacher, Schauspieler, Ausstellungen.

Moral, Encarnación, S.177, Tänzerin und Performerin.

Müller, Anja, S.38, 40ff, 159, 161ff, *1971, Fotografin in Berlin. Fotobücher u.a. *Mittendrin. Erotische Fotografien von Frauen zwischen 45 und 55; Sechzig +.* 2015 erscheint ihr neues Buch mit farbigen Fotografien: *Liebespaare*, erotische Serien von Paaren, teils schon lange zusammen, teils frisch verliebt, hetero, lesbisch und schwul.

Munson, Peggy, S.197, lebt in Massachusetts. Für ihren Roman *Origami Striptease* erhielt sie den Queerlit-Preis, auf Deutsch *Die Nacht, als sich die Welt auflöste. Erotische Erzählungen.*

Nössler, Regina, S.197, Schriftstellerin, zuletzt Thriller *Wanderurlaub.* Mitübersetzerin, literarische Überarbeitung Peggy Munson.

Ortie, 19ff, 106f, 112, 262f, Paris, Nantes, Marseille. Regisseur und Fotograf, Ausstellungen und Festivalbeteiligungen. www.ortie.name

Otberg, Mari, S.50, 53, *1969 in Stuttgart, studierte Mode, in London Kollektionen und Schaufenstergestaltung, lebt in Berlin. Buch: *Mari geht aus*. Illustrationen zu *Der Tote* von Georges Bataille. In Planung: Kleines Buch mit Bildern und Text *l`orage / Das Unwetter* von Régine Deforges (1935-2014).

Oty, Kaola, S.192 , *1978. Künstlerin und Modedesignerin, Bukarest. Sie hat bereits im Alter von 16 Jahren erste schwule Pornozeichnungen angefertigt. Ausstellungen in Cannes und New York. kaola.oty@facebook.com

Otto, Jürgen-Ernst, S.96f, Diplomingenieur Elektrotechnik, Autodidakt im Bereich Fotografie. Die Bilder stammen aus einer Serie mit dem Titel *Badewoche*.

P., Lukas, S. 254, Student.

Pattipeilohy, Natasja, S.116f, 121,*1981, Tochter eines molukkischen Vaters und einer ungarisch-niederländischen Mutter. Straßen-Fotografin, erforscht verlassene Orte. Ihr erstes Fotobuch *Trots* dokumentiert die Vielfalt der mollukischen Community in den Niederlanden. Zur Zeit Arbeit an ihrer zweiten Dokumentation, ein Film über (molukkische) Identität und Transition. Mit der von ihr für das Jahrbuch ausgewählten Serie von Jeisson möchte sie den fließenden Übergang von straight zu gay thematisieren. Ihr „voyeuristischer" Blick in sein Alltagsleben legt die sexuelle Präferenz nicht fest, er kann „alles" sein. Nur kleine Dinge weisen darauf hin.

Paul, Ina, S.143, Dramaturgin beim Deutschen Fernsehfunk, Journalistin bei Radio Hanoi/DR Vietnam, später am DEFA Studio für Synchronisation Künstlerische Leiterin. Romane, Lyrikbände, Novellen. 2014 autobiografischer Roman *Im freien Fall* über ihr Liebesleben bis heute, durch Mauerbau und Mauerfall in Teile gerissen.

Peifer, Gabriel Calvin, S. 96, *9. 12.1964 im Saarland, Teil seiner Kindheit in Lothringen, einige Gedichte in Anthologien. Beruf: Informatikkaufmann.

Pepper, S.233f, Autor und Fotograf aus Berlin. www.pepperproject.de .

Piper, Barbara, S.66

Poletti, Udinolino, S.300. Der Autor schickte uns den Text mit der Anmerkung: „Alter bedeutet oft auch Auffrischen und Bisexualität. Dieses Thema, denke ich, ist noch nicht aufgearbeitet: Männer, die nie gay waren, aber im Alter Lust auf bisexuelle Kontakte spüren und in die weibliche Rolle schlüpfen. Zumindest habe ich viele Ungeoutete in Porn-Kinos kennengelernt."

Pulido, Felix, S.211, Tazacorte, La Palma. Farben besitzen eine rätselhafte Macht für ihn. Autodidakt, studierte eine Zeitlang Malerei bei Fernando Álamo, Bellas Artes bei Lola Massieu.

RAN Rainer Anton Niedermeier, S.17, 330, * in Augsburg, seit 17 Jahren in Berlin-Kreuzberg, Dichter, Lyrikperformer, Fingermaler. Radioauftritte, Gedichte in Zeitschriften, CDs und Gedichtbände u.a. *Wechselfieber* und *stone stories* (bibliophile Ausgabe mit sieben Steinlithographien und elf in Blei und Holz gesetzten Gedichten); CD *Die Asche der Nacht*. Zahlreiche Lyrik-Performances, u.a. Alte Feuerwache Köln 2011; Roter Salon der Volksbühne Berlin 2014.

Reer-Gröning, Barbara, S.261, 328, *1948 in Lüneburg, Studium an der Kunstakademie Düsseldorf bei Norbert Tadäusz, bis 2004 Kunsterzieherin, Teilnahme an zahlreichen Ausstellungen.

Reister, Christian, S.207, *1972, lebt in Berlin. Fotograf, Gestalter, Ausstellungsmacher. Dokumentations- und Straßenfotografie, Porträts. Zahlreiche Veröffentlichungen und Ausstellungen im In- und Ausland. Autor mehrerer Künstlerbücher. www.reister-images.de

Rentsch, H. Walter, S.319, *1946, Jurist und Autor

Rijn, van, S.197, Zeichnungen, illustrierte Bücher. Übersetzte Peggy Munson.

Ronge, Susanna, S.102f, 261, 325ff, *1965, Dortmund, zahlreiche Veröffentlichungen im Internet unter dem Pseudonym *nachtblau*. Ihr Ziel ist es, Menschen zu fotografieren und nicht zur Perfektion zu verarbeiten. www.nachtblau.com

Rot, Resa, S.100, 105, 215, 336, *1979, Wahlleipzigerin (seit 2002), „Fotografin, Frau, Mensch. Aber was sagt man noch über sich?" Eine Ausstellung von März bis Juli 2014 im Leipziger Theatercafé Tabori, die erste und dementsprechend aufregend.

Rothmaler, Valentin, S.4, S.131, 142, *1950 in Halle/Saale, Studium Graphik an der Kunsthochschule Berlin-Weissensee, Malerei an der Akademie der Bildenden Künste in München bei Mac Zimmermann. Professor an der Hochschule Wismar, Malerei und Graphik, publiziert und kuratiert. www.rothmaler.com

Rubies, Alejandra, S.295, 331, Teià, Spanien, macht neben Kunst auch Wein. Aktuelles Projekt: Zeichnungen und Sprache, mit Texten von Anke Kuhnecke.

Sabrina, S.106

SAID, S.239, *1947 in Teheran, kam 1965 als Student nach München. Sein politisch-demokratisches Engagement machte eine Rückkehr in den Iran unmöglich, nach dem Sturz des Schahs, 1979, kommt er zum ersten Mal wieder in den Iran, sieht aber unter dem Regime der Mullahs keine Möglichkeit zu einem Neuanfang; seither lebt er in München. Sein literarisches Werk wurde vielfach ausgezeichnet, u.a. Adelbert-von-Chamissopreis, Goethe-Medaille. Aktuelles Buch: *Parlando mit Le Phung*, Göttingen 2013.

Sauer, Markus, S.157, 257, www.markussauer.com

Schinkel, André**,** S.24, *1972, Autor in Halle, Auszeichnungen und Stipendien, 2014 Stadtschreiber in Jena, Bücher, zuletzt: *In Sina Gumpert war ich jung verliebt*.

Schlösser, Hermann, S.82, *1953 in Worms. Studium der Germanistik und Anglistik in Marburg und Sheffield, Dr. phil. Feuilleton-Redakteur der *Wiener Zeitung*. Schreibt vor allem über das Reisen, die Kultur der Großstadt und über europäische Literatur des 20. und 21. Jahrhunderts. Letztes Buch: *Die Wiener in Berlin. Ein Künstlermilieu der 20er Jahre*, Wien 2011.

Schmidt, Susanne, S.172, *1980, Bisher ein E-Book mit erotischen Geschichten: *Die Nacht*. Herbst 2014 erscheint ihr erster erotischer Roman *In einem glühend blauen Sommer* über eine Frau um die 30 und einen aufregenden Sommer, der sie in Gefahr bringt und ihr (Liebes-)Leben in neue Bahnen lenkt.

Schock, Axel, S.118, *1965, Berlin, Redakteur und Journalist. Das Interview erschien im Blog der Deutschen AIDS-Hilfe www.magazin.hiv. Bücher u. a. *Schwules Wissen. 333 Antworten auf ungestellte Fragen; Absolut Berlin. Das Berlin-Sammelsurium*; *Schwule Orte. 150 berühmt-berüchtigte Schauplätze* . Mitherausgeber von *Mein schwules Auge*, Band 3-11. Seit 2013 Organisator des internationalen poesiefestival berlin. Axel.Schock@web.de

Scholl, Helmut, S.124, *in Siegen, lebt und arbeitet dort, studierte in Köln und Dortmund.

Schönefeld, Dora / **Schumann**, Dagmar, S.168f, S. 171, Dichterin und Malerin in Leipzig, Bücher u.a. *bittersalz*, Gedichte; *Sehnsucht nach Leben*, Gedichte, 2013. Ab 2007 publiziert sie unter dem Namen Dora Schönefeld.

Schöningh-Taylor, Sylvia, S.86 Frankfurt und London. Germanistin, Theaterpädagogin, Psychosynthese-Coach, Autorin. Veröffentlichungen: *Das Schwarze Loch in mir, Kinderdiebe*.

Schumann, Ludwig, S.92, *Diplom-Theologe, Zeppernick/Fläming, mehrere Bücher, aktuell *WASSERHAUTSEELE*, 2014. www.ludwig-schumann.de

Schwarzmaier, Michael, S.148, *1940 in Frankfurt, Internat, Abitur, Bund, Studium, Schauspielschule. Schauspieler an großen Häusern in Deutschland und Südamerika, schließlich Münchner Kammerspiele. Fernsehen, Funk, Synchron. Gedichte, Kurzgeschichten. 2013 Buch *Meine Menschen*

Schwede, Frank, S.240, *1965 in Hannover, freier Journalist, Autor Fotograf für Tageszeitungen und Magazine – u.a. hat er auch für *Playboy* und *High Society* gearbeitet, vornehmlich im Bereich der Reportage. Unveröffentlichter Roman: *Dahinter liegt Hollywood.*

Seffrin, Stefan, S. 23, *1964 in Bad Dürkheim, Spängler, Schauspielschule, freier Fotograf.

Seipel, Spunk, S.188f, *1972 in Hof/Saale, lebt in Berlin. Künstler, Kritiker und Kurator.spunkseipel@googlemail.com

Selzer, Tanja, S.322f, *1970 in Idar-Oberstein, Design-Studium in Hamburg, lebt in Berlin, Einzel- und Gruppenausstellungen. Katalog *Süße Lügen*, janinabeangallery in Berlin.

Shah, Jasmine, S.158, 245, 275, *1983 in Castrop-Rauxel, Studium Fotografie und Medien an der Fachhochschule Bielefeld, 2004 -2005 in Australien, 2010-2011 studierte sie an der Mohoy-Nagy-Universität Art und Design in Budapest mit DAAD-Erasmus-Stipendium. www.shah-photographies.de. Ausstellungen und Ausstellungsbeteiligungen, u.a. The Other Side, Photography from Eastern Europe, Drag Kings Two in One, u.a. in London und Bielefeld.

Sherin, S.176, Studium Mode-Design, HAW Hamburg, Mode-Illustration, Fashion Institute of Technology in New York, Aktzeichnen-Kurse 5 Jahre freischaffende Mode-Illustratorin und Designerin in New York, jetzt in Hamburg. Atelier für freie und angewandte Kunst. Unter dem Künstlerinnennamen Sherin widmet sie sich der Schönheit, Fantasie, Sehnsucht, Lust, Begierde, Leidenschaft. Das Bild fürs *Auge* (Mann mit Goldhelm) 2014 inspiriert durch „das Göttliche im Mann. Kraft und Sexualität, etwas Archetyptisches."

Sieber, Martin Alexander, S.54, *1980 in Duisburg, Studium der Erziehungswissenschaften in Bielefeld.

Silva, Bruno da, S.122, *1985 in Lissabon, Fotograf in Penryn, Cornwall, www.brunoworld.com

Stellar, Stanley, S.214, *1945 in Brooklyn/New York. Grafik- und Fotografiestudium, Buchdesign, Art Direction,Coverfotografie, zahlreiche Fotoausstellungen. Buch u.a.: „*The Beauty of all Men.* Photographies, New York.

Ströder, Eckhard, S.218f, *1941 in Essen, studierte Sozialpädagogik, lebt in Geeste-Dalum/Emsland. Einzelausstellungen, Ausstellungsbeteiligungen, Aktionen im öffentlichen Raum. Auszeichnungen u.a.: 1 Preis der Jury für Design des XXXI. Salon de peintures et sculptures des Beaux Arts de Andresy.

Sven und Steffen, S.118

Székessy, Karin, S.24f, 27ff, *1938 in Essen, Studium am Institut für Bildjournalismus München, Reportagefotografin der Zeitschrift Kristall, seit 1970 freie Fotografin in Hamburg, Ausstellungen im In- und Ausland. 1971 bis zu seinem Tod 2010 Ehe und Zusammenarbeit mit dem Maler Paul Wunderlich. Fotobücher. Sie fotografierte das Cover für *Mein heimliches Auge IV.*

Taenzer, Babett, S. 106, 123, *1979, studierte in Leipzig und Padova (Padua)/Italien Germanistik, Politikwissenschaft und Geschichte. Verlagsmitarbeiterin. Herausgeberin des Buches *Lange Lieben* (Gesprächsprotokolle), 2015.

Tefelski, Norbert, S.189, *1950 in München, seit 1979 relativ freier Autor in Berlin. Näheres: www.literaturport.de

Tishin, Igor, S. 238ff, *1958 in Vasilpolie, Weissrussland, Studium an der Kunstakademie Minsk, lebt in Brüssel, Ausstellungen, Auszeichnungen, Teilnahme an 51. Biennale in Venedig.

Tollkien, Lilli, S.58, *4.7.1980 in Berlin-Neukölln, in einer Männer-WG aufgewachsen, mit 14 Jahren ausgezogen, zahlreiche Studiengänge abgebrochen, bevor sie (nach der Geburt ihres Sohnes) Musiktherapie und Soziale Arbeit in Heidelberg studierte und mit 34 Jahren mit Master abgeschlossen hat. Neben Gedichten und Geschichten schreibt sie gerne Lieder.

tomboy62 alias Thomas Grosse, S.1, S.10, Cover-Rückseite, Berlin, Mitglied in der Schlomographischen Aktion und des Mannsbilder-Fotoclubs, fotografierte das Cover von *Mein heimliches Auge XXV* .

Tornberg, Freddy, S.130, Regisseur, Kameramann. Freddy und Stine Tornberg fotografieren sich seit Jahrzehnten,

Traston, Simon, S. 8, 314, *1929, Autor erotischer Romane und Erzählungen, bis zur Pensionierung u.a. Postbeamter in Berlin.

Udall, Tyler, S.308,Vancouver, Fashion Director, Autor, Fotograf.

Uffhausen, Dietrich, S.27, Literaturwissenschaftler, Tübingen.

Unte, Harry, S.16f, 18, 209, 246ff, 303, *1950, Rockmusiker (Krautrockband Hairy Chapter), in Köln Studium Freie Kunst in der Fotoklasse, Meisterschüler bei Prof. Arno Jansen. Die Bilder auf den Seiten 246 ff. sind nicht nur analog im Labor entwickelt, sondern auf Dokumentenpapier, das es so nicht mehr gibt, von der Rückseite belichtet.

Urstadt, Andreas, S.265, *1970, Erststudium, Zweitstudium, Kurz-Bibliographie: ca. 120 buchlange meist evaluierte Manuskripte (Titelanzahl entsteht durch dt/engl Fassungen). Momentan: Play in engl. zu Bürgerkrieg. Manuskript in engl. zu Fukushima.

Verdú, Raquel, S.277ff, *18.09.1984 in Las Palmas, studierte an der Kunst- und Designschule in Gran Canaria. Arbeiten rund um die visuelle Sichtbarkeit von Queer-Philosophie, die davon ausgehen, dass intellektuelle Fähigkeiten von Menschen nicht allein mit ihrem biologischen Erbe zu tun haben, sondern Ergebnis einer Vielfalt an Sozialisierungsprozessen sind, während derer man die Rolle in der Gesellschaft zu finden versucht, die zu einem passt – jenseits vorgeschriebener Grenzen.

Vikšraitis, Rimaldis, S.51, 313, 316f, Fotograf, Litauen, Ausstellungen, Bilder in Sammlungen.

Villalonga, Iñigo, S.258, Künstler, Atelier in Cabo de Gata.

Viola, Christo, S.86f, 89ff, 98, 193ff, *1979. Fotografin in London, studierte Kunst und Modefotografie in Rom, u.a. Mitarbeiterin von Diesel Reboot. Hat mit 10 ihre ersten künstlerischen Erfahrungen gesammelt, als sie die Kleider ihrer Barbies zerschnitt. Möchte eine revolutionäre Bewegung ohne Gewehre, sieht Liebe und Kunst als revolutionär an. Spezialisierte sich auf Bilder von Frauen und ihre erotischen Ausdrucksweisen und Gesten, auch sich selbst setzt sie obsessiv in Bildern und Performances in Szene. Es hilft ihr auch, negative Gefühle loszuwerden. Sie wünscht sich, dass Frauen ihre Bilder wie einen Spiegel betrachten und etwas Freiheit empfinden.

Vollath, Rainer, S. 310, *1966 in Oberfranken, Kurzgeschichten. Roman *Zwei Lieben.*

Voss, Ulrike, S.30. Bisher drei erotische Romane in der Reihe Liebesleben, zuletzt: *Das dritte Mal* über eine Frau, die ihre große Liebe findet, doch diese Frau hat Probleme mit Nähe und Distanz und ein Geheimnis in ihrer Vergangenheit.

W., Alexis, S.33, 54ff, *1972 in Taibique/El Hierro. Fotograf, Madrid und El Hierro, Ausstellungen, u.a. einmal im Jahr *La ventana indiscreta* in Chueca/Madrid. Kataloge, u.a. *Mis vidas.*

Walther, Jana, S.249, *1977 in der Oberlausitz, wo sie immer noch lebt und Debüt *Benjamins Gärten* 2010 im Debütverlag, Zuletzt *Nur eine Frage der Liebe*. www.janas-seiten.de

Waltzing, Thierry, S.130, *1980 Luxembourg, lebt in Strasbourg, Ausstellungen, Veröffentlichungen.

Witka, Ines, S.190, Stuttgart, studierte einige Semester Kunst, dann Verlagswissenschaft, Diplom. 2012 Master of Arts in Biografischem und Kreativem Schreiben von der Alice Salomon Hochschule in Berlin. Konzipiert und realisiert Schreibwerkstätten und Workshops zum erotischen, kreativen und biografischen Schreiben. Verschiedene Buchpublikationen. Frühjahr 2015 erscheint *Dirty Writing.*

POLAROID
320